DIRK VAN DEN BOOM

DIE REISE DER SCYTHE
2|VARIANZ

DIE REISE DER SCYTHE – Band 2: VARIANZ
wird herausgegeben von Amigo Grafik, Teinacher Straße 72, 71634 Ludwigsburg.
Herausgeber: Andreas Mergenthaler und Hardy Hellstern, Verantwortlicher Redakteur
und Lektorat: Markus Rohde; Lektorat: Kerstin Feuersänger; Korrektorat: André Piotrowski;
Satz: Rowan Rüster/Amigo Grafik; Cover Artwork: Arndt Drechsler und Herminio Nieves;
Print-Ausgabe gedruckt von CPI books GmbH, Leck.
Printed in the Germany.

Copyright © 2018 Dirk van den Boom

Originalausgabe

Print ISBN 978-3-95981-529-1 (September 2018) · E-Book ISBN 978-3-95981-530-7 (September 2018)

WWW.CROSS-CULT.DE

WAS BISHER GESCHAH

Zwei junge Astronomiestudenten, Elissi und Jordan, entdecken ein seltsames Objekt, das sich mit großer Geschwindigkeit von außerhalb der Galaxis kommend durch den Raum bewegt und als Nächstes im Territorium des Konkordats Halt machen wird. Sie werden einer Einheit von Wissenschaftlern auf dem Schiff *Licht des Wissens* zugeteilt, die im Auftrag der Astronomischen Autorität dieses sphärenförmige Objekt untersuchen wollen.

Auf der Jagd nach dem Schwerverbrecher Joaqim Gracen, der sich einer genetischen Veränderung unterworfen hat und nun nicht mehr am Aussehen erkennbar ist, verfolgen Captain Lyma Apostol und die Crew des Polizeischiffs *Scythe* seine Spur – bis zu dem Wissenschaftsschiff, das sich der rätselhaften Sphäre annehmen möchte.

Beide Schiffe werden in die Sphäre gezogen, in deren Inneren seit Jahrhunderten ein Kampf um begrenzte Ressourcen und das blanke Überleben herrscht – vor allem nach dem Tode eines Politikers, der bisher die Fäden in der Hand hielt. Die Sphäre indes macht sich wieder auf den Weg und nimmt die Erdlinge mit sich.

Der innere Konflikt spitzt sich immer weiter zu. Während die *Scythe* dem zunächst entfliehen kann und sich in der Nähe des Kerns der Sphäre aufhält, werden die Wissenschaftler an Bord der *Licht des Wissens* gefangen genommen, nur die zwei Studenten können entkommen und sich auf der *Scythe* in Sicherheit bringen.

Jordan und Elissi untersuchen von der *Scythe* aus den offenbar organischen Kern der Sphäre, eine sich erwärmende, bewegliche Masse. Elissi ist es schließlich, die in den Bewegungsmustern der Oberfläche des Kerns eine Botschaft erkennt: das Logo der Astronomischen Autorität. Es scheint fast so, als hätte die Sphäre nur auf sie gewartet ...

1

Siebzehn von ihnen waren noch am Leben.

Nein, Leben war anders. Sie existierten.

Rivera schaute sie sich immer wieder an, sprach, lächelte, berührte, wo es erlaubt war. Er ging von einem zur anderen. Er war bemüht, ihren Geist zu stärken und zu ermuntern, ihren Mut und ihr Durchhaltevermögen, irgendwie. Es fiel ihm schwer, mangelte es ihm doch selbst oft an der nötigen Kraft. Das Problem war in ihnen selbst, und nur da. Sie waren alle in einem akzeptablen körperlichen Zustand, von leichten Verletzungen einmal abgesehen. Horana LaPaz hatte es am schlimmsten erwischt, mit dem abgehackten Arm, der fachmännisch verarztet worden war. Sie hatte lange unter Schock gestanden, und Rivera hatte die größten Befürchtungen gehabt, doch sie war eine zähe Frau.

Möglicherweise die zäheste von ihnen allen.

Alle siebzehn Gefangenen saßen in einem Raum an Bord der *Licht*, die nun ganz in Händen der Iskoten war, und nachdem Rivera alle Steuerungscodes des Schiffes auf Eirmengerd, den Kommandanten der Invasoren, übertragen hatte, war deren Kontrolle vollständig. Erkensteen, der Ingenieur, war derzeit der Einzige, den die Eroberer immer wieder aus dem großen Raum holten, um ihn bezüglich der außergewöhnlichen technischen Anlagen zu konsultieren. Das hatte nach einigen Tagen aber auch sichtlich nachgelassen, und in diesem Moment hockte der Mann wie alle anderen auf dem Fußboden, da die wenigen Sitzgelegenheiten jenen überlassen blieben, denen es körperlich oder mental nicht ganz so gut ging. Er drückte einer jungen Frau neben ihm freundschaftlich den Unterarm. Tizia McMillan hatten die Ereignisse zugesetzt, sie schwankte zwischen Zorn und Trauer und konnte jeden Zuspruch gebrauchen. Erkensteen war offenbar nicht nur gut mit Maschinen.

Viele Leute halfen sich gegenseitig, in der Hoffnung, etwas an Hilfe zurückzubekommen. Manche gaben mehr, andere nahmen mehr. Keine Vorwürfe.

Zum Glück gehörte die Ärztin der *Licht* zu den Überlebenden. Dr. Delia Nom hatte von ihren neuen Herren die Erlaubnis bekommen, einen der großen Behandlungskästen aus der Krankenstation hierher mitzunehmen. Sie war vorsichtig mit dem Verteilen der Medikation, und es war vielmehr ihr verbaler Zuspruch, der die Leute aufrecht hielt. Sie war Ärztin, eine Heilerin. Ein Wort von ihr war wie ein Placebo. Rivera hätte es ohne sie nicht geschafft, die Moral der Gefangenen auf einem Mindestmaß zu erhalten. Er war ihr ewig dankbar für ihren Einsatz.

Rivera beendete seinen aktuellen Rundgang, auf dem er viel aufmunterndes Kopfnicken verteilt hatte. Es gab das eine oder andere sonnige Gemüt, mit dem zumindest ein sarkastischer Scherz möglich gewesen war, aber allen lasteten die Ereignisse noch schwer auf der Seele. Das Gemetzel, das die Iskoten vor ihrer aller Augen an der Mannschaft vollführt hatten, konnte man nicht leicht vergessen. Rücksichtslosigkeit, Kaltherzigkeit, alles Begriffe, die man nur vorsichtig nutzen würde, denn keiner wusste, wie eine Alienzivilisation wie die Iskoten wirklich tickte. Dennoch, Rivera hatte seine eigenen bösen Erinnerungen, die hin und wieder in Albträumen nach oben brachen. Nishith Gosh gehörte zu den Toten, jemand, an dem die Iskoten ohne jeden Anlass ein Exempel statuiert hatten. Und Albert Toufik, der junge Pilot, war ausgerastet und zum Angriff übergegangen, als Gosh vor seinen Augen gestorben war. Er hatte binnen weniger Momente das Schicksal seines Kameraden geteilt, ohne dass Rivera etwas dagegen hätte tun können.

Sinnlose Opfer. Eine sinnlose Mission. Eine Falle. Das Gefühl des Scheiterns war niederschmetternd.

Der ehemalige Kommandant hockte sich neben Sharon Toliver auf den Boden, die mit dem Kopf an die Wand gelehnt aufrecht dasaß, die Augen geschlossen, mit ihren eigenen Dämonen beschäftigt. Sie bemerkte seine Nähe und öffnete die Lider, nickte ihm zu, ohne zu lächeln, eine Mimik, die ihnen allen weitgehend vergangen war.

»Wie geht's?«

»Allen so lala. Die Ungewissheit bringt uns aber irgendwann um. Was wird aus uns? Das fragen sie mich alle, und ich habe keine Antwort.«

»Wir werden es früh genug erfahren.« Toliver rückte sich zurecht, drückte die Schultern nach vorne, streckte die Arme in einer Dehnübung aus, die sie erst beendete, als ihre Muskeln zu zittern begannen. Ein Stoßseufzer folgte, von denen Rivera in letzter Zeit sehr viele gehört hatte. Er fuhr sich mit der Hand über das unrasierte Kinn. Ihnen wurde eine gewisse Körperhygiene zugestanden, aber nur, was das Nötigste betraf. Alles Weitere war wohl in den Augen ihrer Wärter Ressourcenverschwendung, ein Wort, das er in Zusammenhang mit ihrem Schicksal des Öfteren zu hören bekam. Es gab ihm keine große Hoffnung, dass sich ihre Situation bald verbessern würde. Rivera zwang sich, nicht wieder in einen Strudel aus Hoffnungslosigkeit und Angst zu versinken. Er musste jetzt besser sein als das, ein Vorbild, soweit es ihm möglich war. Das sagte er sich immer wieder.

Er konnte sich selbst schon nicht mehr zuhören. Sein größter Feind war nicht die Hoffnungslosigkeit, es war der Selbstekel, das Gefühl, als Kommandant versagt zu haben. Sharon wusste das, und sie war nicht bereit, ihn mit Mitleid zu trösten. Das war die beste Reaktion, die sie ihm zeigen konnte. Sie rüttelte ihn wach, erinnerte ihn an seine Pflichten und erfüllte somit die Funktion als Erste Offizierin, als würden sie noch immer auf der Brücke der *Licht* stehen.

Ob da überhaupt noch jemand stand? Die *Licht* war seit der Übernahme durch die Iskoten jedenfalls nicht mehr bewegt worden.

»Ob es die Kapseln geschafft haben?«, fragte sich Rivera leise, wie so oft in den letzten Tagen. »Ob die *Scythe* noch unabhängig operiert?«

»Ob dir diese Grübelei wohl gar nichts nützt?«, versetzte Toliver und ergriff in einer vertraulichen Geste seine Hand. »Efrem, du machst dir zu viele Gedanken über Dinge, auf die du keinen Einfluss mehr hast. Kümmere dich jetzt bitte um die Aspekte, bei denen du noch etwas zu bewirken imstande bist.«

»Und das wäre?« Es kam verächtlicher aus seinem Mund, als er beabsichtigt hatte, und er schämte sich für seinen Tonfall. Er ließ sich wirklich zu sehr gehen, und Tolivers missbilligender Blick bestätigte das.

»Rette die, die noch am Leben sind.«

»Ich habe nichts in der Hand.«

»Doch, das hast du.«

Toliver machte eine zeigende Handbewegung in den Raum hinein. »Hier sind siebzehn Köpfe versammelt, Efrem. Siebzehn intelligente und hoch qualifizierte Männer und Frauen, die normalerweise wissen, wovon sie reden. Die jetzt mit hängendem Kopf und ohne Mut dahinvegetieren, anstatt sich gemeinsam Gedanken zu machen, welche Optionen es geben könnte und wie man sich auf Eventualitäten vorbereitet. Das werden sie auch nicht tun, solange niemand den Ton angibt, Efrem. Und dieser Jemand bist qua Amt du, mein alter Freund. Dafür musst du diese Verantwortung aber auch annehmen und darfst selbst nicht alles aufgeben.«

»Ich fühle mich ...«

»Ich weiß.« Toliver unterbrach ihn beinahe barsch. »Ich auch, alles davon. Aber darum geht es nicht. Fühle, was immer du an Emotionen zulässt, aber hör auf, dich selbst zu bemitleiden und dir im Wege zu stehen, wenn es darum geht, deine Pflicht zu erledigen. Wir mögen nur noch siebzehn sein, aber an deiner Aufgabe hat sich nichts geändert, egal wie sehr du dich für einen Versager hältst oder nicht.«

»Du hast mich durchschaut.«

Toliver lächelte und nickte betont, ganz und gar unbescheiden.

»Ich kenne dich lange genug. Ich habe dich sogar mal zwischen meinen Beinen gehabt. Ich kann mir eine Meinung erlauben, Efrem Rivera, und ich bin es leid, dir dabei zuzusehen, wie du deiner Verantwortung nicht nachkommst. Willst du dich jetzt zusammenreißen, oder darf ich ankündigen, dass das Amt des Captains vakant ist?«

Rivera presste die Lippen aufeinander, sah Toliver forschend an. Nein, das war keine Bewerbung ihrerseits, es war wirklich der Versuch, ihn aus dem Sumpf selbstzerstörerischer Gedanken emporzutreiben und dafür zu sorgen, dass er wieder so handelte, wie es der Würde seiner Position entsprach. Er brauchte nur einen Moment, um zu einem Entschluss zu kommen, obgleich er es mit Widerwillen tat. Einer der Gründe, warum seine Beziehung mit Sharon Toliver damals nur kurz gewährt hatte, lag darin, dass sie eine schreckliche Besserwisserin war. Dagegen hatte er eine schon fast instinktive Abneigung entwickelt, aber wo sie richtiglag, lag sie nun einmal richtig, und das viel öfter, als er sich manchmal eingestehen wollte.

Er lächelte freudlos. Sie nahm seine Kapitulation mit einem Kopfnicken zur Kenntnis.

»Was schlägst du vor?«

»So gefällst du mir besser«, sagte sie grinsend, ein schales Lob, das ein wenig zu jovial rüberkam oder zumindest so von ihm verstanden wurde. Aber er hatte seine Entscheidung getroffen, und jetzt half ihm kindischer Trotz auch nicht mehr weiter. »Sprich mit LaPaz. Sie kann Ablenkung gebrauchen, und sie kann uns helfen.«

»Sei spezifischer.«

»Efrem, dieser Rat ist eine Institution, die es seit Hunderten von Jahren gibt, und das bedeutet, sie ist vor allem bürokratischer Natur. Dieser Saim mag sich als Revolutionär sehen und ist bereit, sich über Regeln und Traditionen hinwegzusetzen, aber das heißt nicht, dass er sich alles erlauben kann. Schau mal – wir haben Zugang zum Datenspeicher der *Licht*, das Terminal hier ist noch aktiv. Wir können Informationen abrufen. Offiziell sind wir gar keine Gefangenen, sondern Gäste, wie die Iskoten immer wieder sagen. Wir bekommen Fragen beantwortet, vielleicht nicht alle, die wir stellen, aber immerhin.«

»Warum auch nicht? Ein Blick, und wir merken, wie sehr wir am Arsch sind.«

Toliver verzog das Gesicht. »Absolut richtig. Aber da ist noch das Infopaket, das wir bei unserer Ankunft erhalten haben. Mit all der Geschichte, den Daten und Hinweisen für den geneigten Neuankömmling in der Sphäre. Wir benötigen Informationen, wenn wir handeln wollen, und solange wir nichts anderes tun können, sollte es unser Ziel sein, genau den Wissensstand zu erreichen, der uns in die Lage versetzt, etwas zu tun, wenn es an der Zeit ist. Rede mit LaPaz. Sie ist Anwältin. Es ist ihr Job, die Haken zu finden, an denen man jemanden vor Gericht aufhängen und ausbluten lassen kann.«

»Sie würde das sicher nicht so sagen.« Rivera lächelte, nickte dabei aber verstehend.

»Sie wird es jetzt, und sie muss«, entgegnete Toliver und nickte in die Richtung der Frau, die dasaß und auf ihren Armstumpf starrte. »Und sie hat es bitter nötig, wenn du mich fragst.«

Hier konnte Captain Efrem Rivera nicht widersprechen. LaPaz war zäh, und sie war ganz da, nicht so grüblerisch wie er selbst. Aber es schadete nicht, wenn sie eine Aufgabe bekam, auch wenn er selbst ihren Sinn nicht recht sah. Aufgaben halfen. Er hatte die Autorität, welche zu verteilen, und er nutzte sie viel zu wenig, damit hatte Toliver zweifelsohne recht.

Er erhob sich, zog die knittrige Uniformjacke glatt und besann sich seiner Pflichten.

Er begann mit Horana LaPaz, die ihm aufmerksam zusah, als er sich näherte.

2

Lyma Apostol trat in den »Salon«, der einen überfüllten Eindruck machte. Der Eingangsbereich der Anlage, die auf dem Schirm hockte, der den Sphärenkern umgab, hatte sicher seit endlosen Zeiten noch nicht solch eine große Ansammlung an Lebewesen gesehen. Da waren auf der einen Seite die Wissenschaftler der Hüterstation, die ein wenig eingeschüchtert in einer Ecke standen und offenbar nicht wussten, wie sie reagieren sollten, angeführt von Riem, der mit dieser Situation wohl überfordert war. Außerdem waren da die Soldaten der Fruchtmutter, Männer ohne Bauch, angeführt von einem Mann mit Bauch, auf dem streng das Gesicht seiner Herrin zu erkennen war. Und dann war da die Delegation von der *Scythe* selbst, angeführt von der Kommandantin, bestehend aus Inq, den beiden geborgenen Studenten sowie dem Psychologen und Profiler Dr. Ewaldus Stooma, der ebenso aussah wie Riem: überfordert und verwirrt, aber bemüht, Haltung zu bewahren.

Haltung war wichtig, vor allem im Umgang mit den Skendi, dessen war sich Apostol sicher. Also riss sie sich zusammen.

»Was ist hier los?«, murmelte sie, als sie auf den Resonanzbauch zuschritt, dessen Gesichter sie beide erwartungsvoll lächelnd ansahen.

»Captain! Verbündete! Freundin!« Die Stimme der Fruchtmutter klang ausgesprochen erfreut, und Apostol war durchaus bereit, ihrerseits freundlich zu bleiben, solange ihr jemand Erklärungen gab.

»Königin der Skendi«, begrüßte sie das Gesicht, als habe sie nicht vor wenigen Minuten exakt das gleiche in der Zentrale der *Scythe* gesehen, auf einem ähnlich gut genährten Bauch. »Ich sehe, dass Sie Maßnahmen ergriffen haben! Darf ich davon ausgehen, dass diese von dauerhafter Natur sind?«

»Das habe ich. Das dürfen Sie. Das Leben in der Sphäre ist in eine neue Phase getreten. Nun verändern sich die Dinge. Saim versteckt sich nicht länger hinter Worten und Ritualen. Wir müssen an unsere Interessen denken. Ich betone: *unsere*, Kommandantin.«

Dass die Herrin der königlichen Barke an *ihre* Interessen dachte, daran zweifelte Apostol keine Sekunde. Ob diese in jeder Hinsicht mit denen der Menschen oder Riems übereinstimmten, da hatte sie größere Bedenken. Aber sie stand in der Schuld der Königin. Ohne ihre Hilfe wären die beiden jungen Leute, die die ganze Szenerie mit offenen Augen beobachteten, nicht mehr am Leben. Die *Scythe* hätte die Waffen der iskotischen Häscher nicht mehr aufhalten können. Ehre also, wem Ehre gebührte, und eine Schuld anzuerkennen, war Lyma Apostol noch nie schwergefallen.

»Ich muss protestieren«, ergriff nun Riem das Wort, der sich unbehelligt genähert hatte. Seiner Stimme gebrach es an Stärke, sie war ein Abbild seiner Position. »Nach alter Tradition und ...«

»Irrelevant. Unwichtig. Überholt«, entgegnete die Königin sofort, und ihre Stimme hatte als Kontrast einen sehr entschiedenen Klang. »Höre mir zu, Hüter von *gar nichts*. Die Zeiten haben sich geändert. Saim will den Kataklysmus, er will ihn auf seine Art. Die Menschen sind eine neue Variable im Spiel. Wir müssen handeln, wenn wir Saim in die Schranken weisen wollen. Das wollen wir doch, oder? Das müssen wir doch, oder?«

Riem kämpfte ein wenig mit sich. Alte Tradition und Würde, das schien ihm wichtiger zu sein, als Apostol angenommen hätte. »Ich möchte nichts lieber, dennoch ...«

Der Bauch unterbrach ihn sofort. »Alte Regeln und Traditionen sind gut, wenn sie nützlich sind. Diese hier stören nur. Die Portaleinrichtung ist mein. Ich strebe Kontrolle an, aber nicht um ihrer selbst willen. Ich rühre deine Forschungsstation nicht an, edler Riem. Ich respektiere ihre Autonomie. Kein Mann, kein Bauch soll sie betreten ohne deine ausdrückliche Zustimmung. Aber der Kern gehört zu uns allen oder zu niemandem, je nach Sichtweise. Und du weißt noch nicht, was ich auf der *Scythe* erfuhr und was all dies hier in einem ganz neuen Licht erscheinen lässt. Hör zu, urteile dann.«

Das war ein Ratschlag, der an die Vernunft Riems appellierte, und damit kam man bei ihm durchaus weiter. Lyma schätzte Riem, obgleich sie ihn erst seit kurzer Zeit kannte. Er war ein Getriebener, wie sie selbst, und das stellte auf einer gewissen Ebene Verwandtschaft her. Außerdem hatte die Fruchtmutter Quara absolut recht. Die Dinge hatten sich verändert, und Elissis Erkenntnis beschäftigte sie immer noch, wenngleich sie bisher nicht mehr ausgelöst hatte als profunde Verwirrung.

»Elissi, Jordan, das dürfte Ihr Stichwort sein.«

Die beiden jungen Leute wirkten eingeschüchtert, aber neugierig und lächelten verhalten, als sie plötzlich im Mittelpunkt des Interesses standen. Der junge Mann sah seine Gefährtin auffordernd an. Elissi trug ein größeres Datenpad mit einer Projektionsfunktion, auf dem sie ihre Erkenntnisse demonstrieren konnte. Sie legte alles dar, und als das stilisierte Symbol der Astronomischen Autorität vor ihrer aller Augen flimmerte, legte sich für einen Moment andächtiges Schweigen über die Zuhörer. Die Studentin tat alles mit ruhiger Professionalität, erklärte den Vorgang und dessen Hintergründe mit dürren Worten, gerade genug, um allen verständlich zu machen, was die Entdeckung bedeutete – obgleich sie das im Grunde noch gar nicht richtig wussten. Sie verkniff sich Spekulationen, und nach Apostols Einschätzung neigte sie ohnehin nicht dazu, ihrer Fantasie übermäßig freien Lauf zu lassen. Als sie schließlich mit ihrer knappen Präsentation am Ende angekommen war, fielen die Reaktionen nach kurzer Überlegung unterschiedlich aus.

Die Wissenschaftler der Hüterstation, die sich um sie geschart hatten, waren völlig fassungslos und äußerten Laute, die gleichermaßen Überraschung, Unmut wie auch Unglauben ausdrückten. Damit war zu rechnen gewesen. Sie standen auf den Schultern ganzer Forschergenerationen vor ihnen und hatten in all der Zeit nichts von Belang herausgefunden. Jetzt kam diese junge Frau und behauptete letztendlich – ein Gedanke, den die Polizistin auch nur schwer zu verstehen in der Lage war –, dass die Menschen des Konkordats irgendwie »auserwählt« waren. Das musste an manchem Selbstbewusstsein kratzen, das bisher vor allem durch die Erkenntnis genährt worden war, dass das gemeinsame Schicksal als Gefangene der Sphäre sie alle verband. Darin immerhin waren sie alle völlig gleich. Geteiltes Leid, halbes Leid, ein psychologischer Mechanismus, der auch hier immer funktioniert hatte. Jetzt gab es welche, die gleicher waren. Das verarbeiteten einige nur schwer, und um das zu erkennen, musste Lyma Apostol keine Xenopsychologin sein.

Riem blieb gefasst und schien bereit, die Informationen als Baustein für eine Lösung aus ihrer schwierigen Situation zu akzeptieren, wenngleich er sicher auch noch nicht wusste, worin genau diese Lösung bestehen konnte. Er machte keine Anstalten, die Überbringerin der »schlechten« Nachrichten auch für die Urheberin zu halten, eine Lektion, die mancher seiner neuen Kollegen erst noch zu lernen hatte.

Aber er war natürlich auch neugierig, und das trieb ihn ein wenig mehr als jedes Misstrauen.

»Euer Konkordat ist niemals zuvor auf diese Sphäre gestoßen?«, stellte er die erwartete Frage. Lyma Apostol verneinte dies. »Es könnte sich um einen Trick handeln, basierend auf Scans der Datenbanken Ihrer Schiffe«, war die nächste Mutmaßung, die ihnen selbst ebenfalls eingefallen war.

»Das Muster findet sich in allen Aufzeichnungen«, erklärte Elissi. »Es ist hier seit Jahrtausenden erkennbar, wahrscheinlich, seit die Sphäre ihre Reise angetreten hat. Ihnen fehlte nur der Schlüssel, aber es ist kein neues Phänomen. Es bedurfte der Anwesenheit ...«

»Ihrer Anwesenheit«, sagte der Resonanzbauch mit dem Gesicht der Fruchtmutter. »Allein Ihrer Anwesenheit, junge Elissi aus dem Konkordat. Ist dem nicht so?«

Die Fruchtmutter sah Elissi ... nun, mütterlich an, anders konnte man es gar nicht beschreiben.

Die junge Frau nickte. »Ich habe Jordans ID-Muster probiert, das von Captain Apostol, der ganzen Crew der *Scythe*. Nur meines löst den beobachteten Effekt aus.«

»Das beunruhigt dich?«

»Es interessiert mich.«

»Gut. Wir müssen ruhig bleiben, wir alle.« Der Bauch wandte sich an Riem. »Saim wird die Station nicht so bald angreifen, er muss dafür noch einige Widerstände überwinden. Alte Traditionen kann man beiseitefegen, aber der kluge Mann tut dies zur rechten Zeit. Uns bleibt also noch die Gelegenheit, Gegenmaßnahmen zu ergreifen und uns vorzubereiten. Die Toreinrichtung ist bewaffnet, im Gegensatz zur Hüterstation. Ist sie uns zu Willen, wird Saim sich bei einem Angriff eine blutige Nase holen und es sich ein zweites Mal überlegen. Ein sicherer Hafen, eine Zuflucht für alle potenziellen Opfer seiner Angriffe. Wäre dies nicht ein interessantes, kurzfristiges Ziel, für das wir unsere Kräfte bündeln könnten?«

»Unter der Führung der Skendi«, sagte Riem, nun wieder mit einem gehörigen Maß Misstrauen in der Stimme. Quara war eine alte Gegnerin des Rates, das hatte Apostol mittlerweile gut begriffen. Doch war sie damit automatisch eine Feindin gewesen? Und dachte Riem in diesen Nuancen?

»Ich bin mir nicht sicher, ob wir hier von Führung reden können. Ich bevorzuge den Begriff der Schirmherrschaft.« Das Gesicht der Fruchtmutter lächelte. Lyma hörte, wie der

Resonanzbauchmann sanft seufzte, und verstand, dass die Herrin der Skendi nicht nur ihre Mimik übertrug, sondern auch Emotionen, zumindest auf eine krude Weise. Lächelte sie, fühlte sich der Drohnenmann wohl. Es schien ihm ein Glücksgefühl zu bereiten, eine besondere Belohnung für seine Dienste. Was würde er wohl empfinden, wenn die Fruchtmutter Hass und Wut Ausdruck verlieh?

Und wenn die Fruchtmutter Sex hatte? Apostol wollte gar nicht daran denken.

Einen Resonanzbauch zu tragen, war sicher keine leichte Aufgabe.

»Wir wollen uns nicht um Worte streiten«, sagte die Kommandantin nun, die bereits jetzt mehr als genug von den politischen Ränkespielen unter den Gefangenen der Sphäre hatte. Diese Art von Taktiererei, diese völlig sinnbefreiten Machtspielchen widerten sie an. Für sie gab es nur zwei Prioritäten: das unmittelbare Überleben der Crew ihres Schiffes zu sichern – und zu tun, was sie für jene von der *Licht* erreichen konnte, die hoffentlich noch am Leben waren. Während ihr erstes Ziel durchaus mit den Absichten von Riem und Quara übereinstimmte, würden diese für das zweite entweder kein Verständnis haben oder einen Berg von Einwänden aufhäufen, gegen den anzustürmen dann unvermeidlich war – die »Schirmherrschaft« der Fruchtmutter hin oder her.

Außer, es gab noch Überraschungen.

Apostol war so weit, mit Überraschungen zu *rechnen*.

»Worte sind wichtig«, sagte die Skendi über den Bauch, und das durchaus nicht ohne Vorwurf. »Denn außer Worten haben wir nur noch Taten, und sind die einmal getan, können wir sie nicht wieder zurücknehmen. Das ist das Problem innerhalb der Sphäre: Spezies von verschiedenen Welten, völlig unterschiedlichen Hintergründen, verbunden nur durch ein gemeinsames Verständnis von Worten – und manchmal nicht einmal das! – und zusammengedrängt von einem unbarmherzigen, namenlosen Kerkermeister auf engstem Raum. Wenn die Worte nicht mehr funktionieren, dann kommt es zu Männern wie Saim, die Taten einfordern, die sich für alle als nachteilig erweisen.«

»Außer für ihn selbst«, bemerkte Riem trocken. Der Bauch drehte sich ihm zu.

»Das ist noch nicht gesagt«, orakelte die Fruchtmutter, die sicher die Letzte wäre, die vorzeitig eine Niederlage eingestand.

»Wir müssen mehr herausfinden«, richtete Elissi wieder den Blick zurück auf das Wichtige. »Wenn wir vom Gefängniswärter aus irgendeinem Grund eine Sonderbehandlung erfahren, dann sollten wir herausfinden, warum das so ist. Es könnte der Schlüssel zu unserem Problem darstellen. Wer wird schon einen Krieg im Gefängnis wagen, wenn eine Seite sich mit dem Direktor gut stellt?«

Jordan sah Elissi ein wenig erstaunt und gleichzeitig verwundert an. Er war intelligente, bildhafte Vergleiche offenbar nicht von ihr gewohnt. Intelligenz schon – aber nicht die Bilder. Es schien, als würde die junge Frau in einer Situation, die alle anderen mit Sorgen und Ängsten erfüllte oder wenigstens mit großer Ratlosigkeit, eher aufblühen.

»Dann sollten wir sehen, ob das große Portal uns Einlass gibt«, sagte Riem. »Oder wir versuchen den uns bekannten Zugang, allerdings mit der Gefahr, dass sich das Tor wie immer verhält und niemanden mehr ausspuckt, den es einmal aufgenommen hat.«

»Das Risiko sollten wir nur eingehen, wenn es unvermeidlich ist«, erklärte die Kommandantin der *Scythe*. Apostol war sich darüber im Klaren, dass ihre Warnung hohl klang. Angesichts ihrer Lage ließ sich beinahe jedes Risiko rechtfertigen, dessen war sie sich bewusst. Sie wollte nur ihren Beitrag dazu leisten, dass Quaras Schirmherrschaft keine Führung wurde, und das tat man am besten, indem man widersprach und Grenzen auslotete.

Vorsichtig.

»Jedenfalls ist diese Einrichtung aktiv, und möglicherweise auf eine nicht hundertprozentig funktionierende Art und Weise«, erklärte Riem und erläuterte seine Beobachtungen in jenem Raum, der aufgrund der verkanteten Zugangstür zugänglich war und in dem sie eine sich entwickelnde große Hitze bemerkt hatten. Die Information hatte vor allem einen Effekt: Sie trug zu ihrer allseitigen Verwirrung bei. Selbst die Fruchtmutter, die Apostol zunehmend als durchaus komplexe Persönlichkeit einschätzte, war sich nicht zu schade, dieser Verwirrung Ausdruck zu geben.

Wenn sie diese Station beherrschen wollten, mussten sie sie verstehen. Und davon waren sie alle noch weit entfernt.

»Wir sollten dann das Naheliegende ausprobieren«, schlug Quaras Gesicht vor, und der Bauch machte eine einladende Geste in Richtung Portal. Riem sah Elissi auffordernd an. Er dachte an das Gleiche.

Die junge Frau zögerte keine Sekunde.

Sie begaben sich zum Portal, neben dem die Scanscheibe aufgebaut war, die zu berühren bisher bei niemandem zu irgendeinem Ergebnis geführt hatte. Elissi wartete nicht, bis jemand sie zur entscheidenden Tat aufforderte, sie schob kurzerhand den dünnen Handschuh von den Fingern und legte die Hand auf die Fläche. Für einen Moment tat sich nichts, und Apostol war sich beinahe schon sicher, in einer Sackgasse gelandet zu sein. Dann aber gab es ein vernehmliches Knirschen, genau das Geräusch, das man erwartete, wenn eine seit Jahrtausenden stillgelegte, wenngleich einigermaßen gut gewartete Anlage den Impuls bekam, den vorbestimmten Zweck zu erfüllen, und die über all die Zeit angesammelte Trägheit zu überwinden gedachte.

Das Portal öffnete sich vor ihnen, langsam, mit einer unregelmäßigen Geschwindigkeit, als sei es sich nicht ganz sicher, ob es das Richtige tat. Neugierig und stillschweigend gebannt starrte die Gruppe auf das, was sich dahinter zeigte, und es war sicher nicht das, was sie erwartet hatten.

»Verdammt!«, murmelte Jordan, der als Erster wieder zu Worten fand. »Da ist irgendwann vor langer Zeit ganz gründlich was schiefgelaufen.«

Zu einem anderen Schluss konnte man kaum kommen. Die Verwüstung, die sich vor ihren Augen zeigte, das Wirrwarr aus verbogenem Metall, aufgerissenen Wänden und geschwärzten, verbrannten Bauelementen legte stummes Zeugnis darüber ab, dass etwas geschehen sein musste, wahrscheinlich vor langer Zeit, das die sicherlich vorhandene Reparaturautomatik sichtlich überfordert hatte.

»Es ist heiß«, flüsterte Elissi. Sie hielt die unbehandschuhte Hand in die Luft, während alle anderen durch ihren Druckanzug vor Umwelteinflüssen bewahrt blieben. »Richtig heiß!«

»Die Explosion?«, fragte Riem.

»Nein, die ist äußerst lange her«, erklärte Inq, der natürlich bereits mit der Analyse des Vorgefundenen begonnen hatte. »Das ist leicht zu erkennen. Viele Hundert Jahre. Die

Hitze kommt nicht von hier. Sie kommt von tiefer dahinter. Wir werden es uns anschauen müssen.«

Er sah Apostol auffordernd an. Diese wiederum warf einen Blick auf die Skendi mit ihrem Bauch. Die Fruchtmutter hatte die Einrichtung de facto besetzt und beherrschte sie, soweit dazu jemand derzeit in der Lage war.

Der Bauch interpretierte ihren Blick richtig. Die Kommunikation, auch die nonverbale, wurde rasend schnell besser. Apostol fürchtete, dass ihr eigenes Verständnis damit nicht ganz Schritt zu halten vermochte.

»Schirmherrschaft«, sagte Quara. »Nur eine Schirmherrschaft. Aber wenn Sie gehen, sende ich einen Bauch mit.« Das war leicht möglich. Die Drohnenmänner trugen Druckanzüge wie alle anderen, und die Resonanzbäuche unterschieden sich nur dadurch, dass sie neben dem transparenten Helm auch ein durchscheinendes Bauchteil hatten, wie eine Aussichtskuppel. Es war ein seltsamer, ihnen allen aber zunehmend vertrauter Anblick.

»Nun gut«, sagte Lyma Apostol schließlich. »Aber wir planen das gründlich.«

Was auch immer sie da planen wollten.

Es klang immer gut, so etwas zu sagen. Als ob man noch irgendeine Kontrolle über die Ereignisse hatte. Und so widersprach ihr niemand.

3

»Herr, wir wären dann so weit.«

Der Bedienstete wartete höflich ab, bis der Ratsherr seinen rot blinkenden Timer berührt hatte, eine schon fast gedankenverlorene Geste, die ihm aber dreißig zusätzliche Stunden Leben schenkte. Saim machte dann eine zustimmende Handbewegung, und der Bedienstete ließ die Wartenden in die Räumlichkeiten des Ratsherrn ein. Drei Wesen betraten in respektvoller Haltung das Arbeitszimmer, alle drei Mitglieder der Akademie, in der alle Wissenschaftler organisiert waren, die für den Rat arbeiteten, mit der Ausnahme jener, die das sinnbefreite Eremitendasein in der Hüterstation bevorzugten. Angeführt wurden sie von einem kastenförmigen Wesen, das sich auf zwei Stummelbeinen auf beinahe lachhafte Weise voranbewegte, weder Kopf noch Hals hatte und dessen schimmerndes Facettenauge die ganze Breite des obersten Körperdrittels ausmachte.

Er mochte albern aussehen. Er war es aber nicht, alles andere als das.

Akademiedirektor Pultan Henk war der Letzte seiner Art, und er hauste in einer Kabine an Bord der *Lian*, nachdem das kleine Forschungsschiff, das vor rund 150 Jahren in die Sphäre gelangt war, den technischen Geist aufgegeben hatte. Sieben Besatzungsmitglieder hatte es gehabt, darunter eine Kopulationstriade, die ein Kind geboren hatte, eben Pultan. Seine Eltern und ihre Kameraden waren tot, und er war somit völlig allein, und das mochte ein Grund dafür sein, dass er dem Rat, der ihn unter seine Fittiche genommen hatte, mit hartnäckiger Loyalität diente. Darin wurde er nur noch von den Iskoten übertroffen. Allein das machte ihn bereits gefährlich oder zumindest zu jemandem, mit dem man zu rechnen hatte.

Nebenher war er ein ziemliches Genie mit einer nahezu intuitiven Auffassungsgabe, was fremde Technologien anging. Allein an den Mechanismen, die die Sphäre erhielten und vorantrieben, hatte auch er sich die Zähne ausgebissen, von denen sein breiter, lippenloser Mund zwei hintereinanderliegende Reihen besaß. Den letzten Schritt, sich in das Innere des Kerns zu begeben, hatte er nie gemacht. So loyal und intelligent er war, genauso feige war er. Seine beiden Assistenten begleiteten ihn mehr als Zeichen seiner herausgehobenen Stellung, weniger, weil von ihnen ein Beitrag erwartet wurde. Henk war jemand, der auf den äußeren Schein Wert legte, und Saim gönnte es ihm, solange der Direktor Ergebnisse lieferte, was er sein ganzes Leben lang getreulich getan hatte.

Nur seine Feigheit, die würde er ablegen müssen, wenn Saim es befahl. Und der Vorsitzende hatte das Gefühl, dass es früher oder später dafür einen Anlass geben würde.

Saim kam den drei Ankömmlingen einige Schritte entgegen. Es schadete nie, treuen Gefolgsleuten ein wenig Respekt zu zeigen.

»Direktor Henk. Ich bin sehr froh, dass Sie den Weg zu mir gefunden haben!«

»Es ist mir immer wieder eine Ehre, dem Rat zu dienen«, ölte der Kasten zurück, und das Schöne daran war, dass er es genauso meinte, wie er es sagte.

»Eine Erfrischung, Direktor?«

»Sie sind zu gütig, aber ich bin zufrieden. Ich habe, wie befohlen, das erste Ergebnis von der *Licht* gebracht, dem Schiff der Menschlinge. Darf ich gleich darauf zu sprechen kommen?«

Saim mochte die direkte Art des Wissenschaftlers. Er konzentrierte seine Schleimerei auf das Wesentliche und kam dann gleich zur Sache. Sehr angenehm.

»Ich bitte darum.«

Pultan stellte sich in Positur, als wolle er eine Rede halten, und erneut wies ihn Saim nicht zurecht. Der Ratsvorsitzende hatte gelernt, dass es niemals schadete, seinen Gefolgsleuten individuelle Eigenheiten – und Eitelkeiten – zuzugestehen, solange diese nicht auf Kosten seiner Autorität gingen. Es erweckte den Anschein, als respektiere Saim die Individualität seiner loyalen Mitarbeiter, und auf eine gewisse Weise war das sogar korrekt. Es nützte ihm, und es nützte ihnen, und es schadete nur jenen, die weniger Toleranz für Eigentümlichkeit aufbrachten als Saim.

»Herr Vorsitzender, das Raumschiff *Licht* ist von beachtlicher Größe, und es ist offenbar ursprünglich als Schiff zur Beförderung möglichst vieler Personen erbaut worden. Wir dachten erst an einen Kolonisten- oder Truppentransport, aber tatsächlich weist alles darauf hin, dass es für Urlaubsreisen gedacht war.«

Saim sah Henk überrascht an.

»Urlaubsreisen. Interessante Auswahl für einen Ausflug.«

Der Kasten machte eine zustimmende Geste, nicken konnte er in Ermangelung eines Halses nicht.

»Es wurde umgebaut, bevor es in die Sphäre eindrang. Wenn nicht alles täuscht, lockte die Sphäre das Schiff mit dem Versprechen auf die Bergung beträchtlicher Mengen exotischer Materie an, die einen hohen wissenschaftlichen und ökonomischen Wert für die Menschen zu haben scheint. Nachvollziehbar, möchte ich sagen. Ein gutes Lockmittel, eines der besseren der letzten zweihundert Jahre, wenn Sie mich fragen.«

Saim war nicht überrascht. Die Sphäre war gut darin, Neugierige anzulocken. Es war ihr schließlich auch vor langer Zeit mit der *Lian* gelungen.

»Das Schiff wurde also umgebaut?«

»Mit gigantischen Magnetfeldgeneratoren und stark überdimensionierten Energieerzeugern. Darüber hinaus ist die wissenschaftliche Station gut ausgerüstet, ich bin ehrlich beeindruckt. Es musste wohl alles sehr schnell gehen, aber die Menschen haben weder Kosten noch Mühen gescheut. Wir werden die Anlagen demontieren und in unsere Akademie überführen, sie werden uns gute Dienste leisten.«

Henks Zufriedenheit entsprach der Größe von Saims Unzufriedenheit. Er hatte auf andere Nachrichten gehofft.

»Keine Waffen?«

Der Kasten zögerte kurz mit der Antwort, hatte er doch einen untrüglichen Instinkt dafür entwickelt, wann sein

Herr und Meister ungnädig auf seine Darlegungen reagieren würde. Dennoch würde er niemals lügen oder Dinge beschönigen. Saim erwartete nichts anderes von ihm.

»Keine von Belang. Die *Licht* ist weitgehend unverteidigt, passive Maßnahmen einmal abgesehen. Wir haben Daten zur im sogenannten Konkordat üblichen Waffentechnologie gewonnen und sind nicht beeindruckt. Es scheint, als hätten die Menschlinge eine friedliche Koexistenz mit anderen wie mit sich selbst angestrebt.«

»Natürlich«, knurrte Saim. »Ich stehe vor einem Krieg, und die Neuankömmlinge sind zarte Schneeflocken. Das kommt mir gerade recht.«

Das war nur Gehabe. Es war Saim absolut recht, denn das hieß, die Menschen waren keine allzu große Gefahr, nichts, womit Iskoten nicht fertigwerden konnten.

»Ich habe auch Datensätze über die Polizeikräfte des Konkordats entdeckt, zu denen die Besatzung des derzeit noch flüchtigen Kreuzers *Scythe* gehört, eine Einheit, die übrigens nicht unbeträchtlich bewaffnet ist. Nichts Unüberwindbares, aber ein ernst zu nehmender Gegner, ein schnelles Schiff mit hoher Beschleunigung und Wendigkeit. Es würde die iskotische Streitmacht schmücken.«

»Es schmückt die Streitmacht der Skendi-Fruchtmutter.«

Henk sagte jetzt offenbar lieber nichts. Das war der Kern von Saims schlechter Laune, und der Wissenschaftler hütete sich, militärische Belange anzusprechen oder gar Ratschläge zu geben. Er kannte seine Grenzen, ein Umstand, der wesentlich zur Verlängerung seiner Lebenserwartung beitrug.

»Was ist mit den Gefangenen? Nützlich?«

Der Kasten zögerte ein weiteres Mal mit der Antwort, und Saim wusste genau, warum. Dies war ein Punkt, in dem er mit der Vorgehensweise der Iskoten und damit Saims eigener nicht einverstanden gewesen war. Für den Wissenschaftler waren lebende Menschen Ressourcen, die Wissen enthielten und auf ihre einzigartige Weise verarbeiteten; sie umzubringen, war Verschwendung. Saims Skrupel waren da wenig ausgeprägt, doch er war auch hier bereit, dem Direktor eine abweichende Meinung zuzugestehen. Für Saim aber waren es vor allem unnötige Esser, die nichts bewirken konnten, was diese zusätzliche Belastung ihrer Systeme rechtfertigte.

Henk sah das anders, daher wand er sich ein wenig. Saim tat nichts, ihm seine innere Qual abzunehmen. So eine Empfindung konnte ganz hilfreich sein.

»Ich plädiere dafür«, sagte der Kasten umständlich, »sie alle vorerst am Leben zu lassen, solange sie sich als kooperativ erweisen.«

»Oh, das werde ich, aber aus einem ganz anderen Grund: Sie sind ein geeignetes Druckmittel, um die Besatzung der *Scythe* als Störfaktor unter Kontrolle zu halten. Und sie sind möglicherweise eine Tauschware, durch die wir Kommunikation entwickeln und Zugang zum Bündnis der Fruchtmutter erlangen können. Sie sollen leben, Direktor, ich verspreche es.«

Pultan wirkte zufrieden. Ihm war die Motivation Saims letztendlich egal, Hauptsache, das gewünschte Ergebnis wurde erzielt.

»Was können wir tun?«, fragte Henk.

»Wie ich sagte: Kommunikation und Täuschung, Infiltration und Verhandlung. Quara ist eine Gefahr, derzeit vielleicht sogar die größte für meine Pläne. Ich brauche einen Menschling, der von uns benutzt werden kann, um mit den noch frei herumfliegenden Artgenossen in unserem Sinne Kontakt aufzunehmen«, sagte Saim scheinbar sinnierend, doch Henk kannte ihn natürlich besser. Jede Äußerung des Ratsvorsitzenden stellte immer eine Frage oder Aufforderung dar, egal wie er diese formulierte, und ein jeder tat gut daran, sie als exakt das aufzufassen, wenn er nicht in Ungnade fallen wollte.

»Ich werde ein passendes Exemplar auswählen helfen.«

»Das ist zufriedenstellend, Direktor. Ich setze mein Vertrauen in Sie. Sprechen Sie sich mit den Iskoten ab, die unsere Gäste derzeit beobachten. Ich bin mir sicher, Sie kommen zu einer geeigneten Person.« Saim sah den Letzten seines Volkes aufmerksam an. Er kannte ihn gut genug, um zu erkennen, dass dieser noch etwas auf dem Herzen hatte, sich aber nicht recht traute, sich zu äußern, da er die Reaktion Saims nicht einschätzen konnte. Der Ratsvorsitzende lauschte kurz in sich hinein und fand, dass er in einer großzügigen Grundstimmung und auch kleinere Ärgernisse zu verarbeiten in der Lage war.

»Direktor, es gibt noch etwas?«

»Ein Detail. Nein, vielleicht doch etwas mehr.«

»Heraus damit!«

»Vorsitzender, ich darf an das Projekt des Kollegen Chuen erinnern.«

Saim verbarg ein Seufzen. Jeder hatte ja sein Steckenpferd, auch Henk war davon nicht befreit. Chuen war ein Mann seines Volkes, einer der Stellvertreter in der Führung der Akademie. Er war ein guter Mann, fleißig und zuverlässig, Saim konnte und wollte nichts gegen ihn sagen. Er war aber auch jemand, der im Grunde eher auf die Hüterstation passte, denn Chuen war ein großer Fan historischer

Forschungen. Saim wollte die Vergangenheit auslöschen und eine neue Epoche einleiten, daher war er an dem, was einmal gewesen war, im Grunde nicht interessiert. Auch Chuen hatte andere Projekte, die wichtiger waren, und aufgrund seiner Zuverlässigkeit wurde sein Hobby ebenso geduldet wie die Manierismen Henks.

»Ist das wirklich relevant, Direktor?«

»Er möchte gerne die Anlage restaurieren und versuchen ...«

»Ich weiß, was er möchte. Ich bekomme regelmäßig ein Memo. Geon hat regelmäßig ein Memo bekommen. Das war einer der wenigen Punkte, wo ich mit dem alten Mann einer Meinung war: Chuens Ideen und Pläne sind sicherlich faszinierend, zumindest für jene, die ein Faible dafür haben. Aber Geon gehörte nicht dazu und ich bestimmt auch nicht.«

»Chuen bat mich ...«

Saim hob eine Hand, nun empfand er tatsächlich eine leichte Ungeduld. Er achtete, dass Henk sich für seinen Kollegen einsetzte. Ein wenig Korpsgeist schadete nicht, er verband und motivierte. Aber die Zeit des Ratsvorsitzenden war wirklich kostbar, jetzt mehr denn je.

»Chuen muss warten. Es ist jetzt nicht der richtige Moment. Wir haben dringlichere Probleme. Richten Sie ihm aus, dass ich seine Anträge erwägen werde, wenn wir die aktuellen Herausforderungen gemeistert haben.« Er überlegte kurz. »Sagen Sie es ihm nett und respektvoll, Direktor.«

»Nett und respektvoll«, echote Henk. »Natürlich, Direktor. Ich denke aber auch, dass ...«

Saim verspürte keine Lust mehr, diese Diskussion künstlich in die Länge zu ziehen. Henk hatte die Gelegenheit bekommen, sein Anliegen vorzutragen, damit sollte er dann auch zufrieden sein.

»Schicken Sie mir ein geeignetes Exemplar und machen Sie mit der Arbeit weiter.«

Der Direktor wusste, wann er verloren hatte, ein Instinkt, der ihm in der Vergangenheit oft weitergeholfen hatte. Er verschwand eilig aus dem Zimmer und ließ Saim allein, gefolgt von seinen Assistenten, die erwartungsgemäß nicht ein Wort gesagt hatten. Kaum war der Wissenschaftler verschwunden, stellte Saim eine Verbindung zu Eirmengerd her, dem Kommandanten der Ratsstreitkräfte. Der Iskote erschien sofort auf dem Schirm.

»Ihre Befehle, Vorsitzender?«

»Es ist an der Zeit. Wir beginnen jetzt wie abgesprochen mit den Säuberungen. Ich gehe davon aus, dass bei Ihnen alles bereit ist?«

»Wie angeordnet, Vorsitzender. Wir haben nur noch auf den Startschuss gewartet.«

Saim freute sich. Auf Eirmengerd war stets Verlass.

»Löschen wir die Handai aus. Machen wir es schnell, überraschend und umfassend. Sorgen Sie dafür, dass alle Vorräte geborgen und alle noch funktionsfähigen Maschinen der Akademie übergeben werden. Keine Gefangenen.«

Eirmengerd nickte. »Keine Gefangenen, Ratsvorsitzender!«

»Und noch etwas: Henk kommt bald auf Sie zu, wegen der Menschen. Wir sprachen darüber.«

»Ich kooperiere wie befohlen, Vorsitzender!«

»Dann beginnen Sie!«

Der Iskote verschwand vom Schirm. Saim wusste, dass er den Befehl getreulich ausführen würde. Die Handai bewohnten zwei alte Raumschiffe in einem inneren Ring der Gefangenenflotte, näher am Kern, da sie schon länger hier waren. Sie hatten sich nie dem Rat angeschlossen und sich immer nur um ihre eigenen Angelegenheiten gekümmert, hatten keine Freunde und keine Feinde. Zumindest Ersteres würde ihnen nun zum Verhängnis werden. Saim würde mit dem Angriff all jene aufschrecken, die noch gehofft hatten, ihn von seinen Plänen abhalten zu können oder dass er es schon nicht so ernst meinen würde. Es würde Widerstand geben, auch jener, die bisher geschwiegen und abgewartet hatten. Sie traten damit ans Licht, wurden sichtbar, und er würde sie ausradieren lassen, um danach Eirmengerd noch andere, sehr weitreichende Anweisungen geben zu können.

Die Zeit des Wartens war glücklicherweise vorbei. Saim genoss diese Vorstellung sehr.

4

Jemand sagte etwas Unverständliches. Es klang wie ein dumpfes Gemurmel, etwas unartikuliert, aber es war gesprochenes Wort, daran bestand kein Zweifel.

Das war grundsätzlich ein gutes Zeichen.

Kyen öffnete die Augen, ließ aber die äußere Membran geschlossen. Ein Geschenk der Evolution, das seinen Leuten half, sich anschleichenden Raubtieren nicht zu signalisieren, dass man sie bemerkt hatte. Die Membran war von innen her durchsichtig und Kyen sah, was um ihn herum geschah, vor allem in seiner derzeitigen Position, liegend, mit fremden Gesichtern über das seine gebeugt.

Jemand sagte etwas Unverständliches.

Es klang nicht besser als vorher.

Kyen war nicht in seiner Kapsel, und man hatte ihm den Druckanzug ausgezogen, das spürte er. Es war angenehm warm, und er lag weich, zudem war er nicht gefesselt. Man hatte ihn geborgen. Ein plötzliches Glücksgefühl durchflutete ihn, als er sich dessen bewusst wurde. Es war gelungen. Ein kleines Wunder, vielmehr ein großes, zumindest für sein Leben. Und er empfand keine Schmerzen, was vielleicht auch ein Wunder war, zog man die Umstände seiner Flucht in Betracht.

Jemand sagte etwas Unverständliches.

Ein anderer Jemand antwortete.

Ohne den Helmcomputer konnte er diese Leute nicht verstehen, doch das war jetzt im Grunde egal. Er wollte keine falschen Schlüsse ziehen, aber die Stimmen klangen beruhigend, jedenfalls bestimmt nicht feindselig, und es gab ja auch gar keinen Grund, ihm gegenüber aggressiv zu sein. Er war ein Flüchtling, jemand, der einen verzweifelten Flug gewagt und das Wagnis überlebt hatte. Er besaß nichts außer der alten Kapsel und seinem ebenso alten Druckanzug, notdürftig geflickt, denn Leute wie er bekamen nur das Nötigste, um am Leben zu bleiben. Alles andere wäre angesichts des höchst ungewissen Ausgangs einer solchen Aktion reine Verschwendung gewesen, und das konnte man sich in der Sphäre nicht leisten.

Kyen atmete tief ein. Das war jetzt alles egal. Er befand sich wieder in einem Universum der unendlichen Möglichkeiten, der infiniten Ressourcen. Er konnte essen, trinken, baden, frische Kleidung tragen, sich versorgen lassen, ein richtiges Leben führen, das ein Ziel kannte oder mehrere oder keines, ganz, wie er es sich wünschte. Für einen Moment fühlte er sich ob dieser Möglichkeiten etwas überfordert, sie kamen unerwartet. Er hatte nicht damit gerechnet, jetzt noch am Leben zu sein. Er hatte keinen Plan für die Zeit danach, nur Träume.

Ob er sie nun würde verwirklichen können?

Jemand sagte etwas Unverständliches, und er wurde mit etwas Metallischem an der Schulter berührt. Die ganze Umgebung, das Verhalten seiner Retter machte den Eindruck medizinischer Fürsorge. Kyen lauschte in sich hinein und empfand weiterhin kein spezielles Unwohlsein. Er war übel herumgeschüttelt worden, als die Kapsel die Sphäre verlassen hatte, zu exakt dem Zeitpunkt, da das große Schiff in diese hineingeflogen war. Die Systeme waren überlastet gewesen, kein Wunder bei dem antiken Fahrzeug, das er zu benutzen gezwungen gewesen war. Das Schütteln hatte ihn bis in die Knochen beansprucht, ihm war übel geworden und schwindelig, und er hatte irgendwann aufgegeben, das kleine, uralte und kaum funktionsfähige Raumfahrzeug noch steuern zu wollen.

Irgendwann musste er das Bewusstsein verloren haben. Der Anzug hatte ihn am Leben gehalten. Jetzt lag alles in den Händen seiner Gastgeber, und sie machten alles andere als einen feindseligen Eindruck.

Jemand sagte etwas, aber nicht mehr unverständlich, zumindest nicht, als eine mechanische Stimme begann, es ihm zu übersetzen. Kyen war nicht überrascht. Der Datenspeicher seines Anzugs war leicht auszulesen, und die Experten seiner Retter waren sicher in der Lage, die richtigen Schlüsse zu ziehen. Immer nur eine Frage der Zeit. Zeit. Er musste sich da jetzt ein ganz anderes Konzept überlegen, eines, das sich nicht daran orientierte, wie lange es dauern würde, bis er wieder Hunger fühlte und vor der Frage stand, ob es überhaupt etwas zu essen gab. Kyen war sich sicher, dass diese Zeit vorbei war.

Wieder dieses Glücksgefühl. Er musste sich ermahnen.

»Verstehen Sie mich?«

Kyen öffnete die äußere Augenmembran. Keine Feinde da, die es zu täuschen galt.

»Wie geht es Ihnen? Fühlen Sie Schmerzen?« Die mechanische Stimme übersetzte langsam und sorgfältig. Es war alles gut verständlich.

Kyens Akustikmembran vibrierte die Antwort, ebenso langsam und deutlich. Bloß keine Missverständnisse jetzt. »Keine Schmerzen. Bin ich verletzt?«

»Nein, soweit wir sehen können, geht es Ihnen gut.«

Kyen empfand Erleichterung. Er begann, seine Gliedmaßen zu bewegen, die beiden langen Arme, voller Muskeln und Knorpel, aber ohne Skelett, die kurzen, stumpf wirkenden Beine, mit denen er eine überraschend hohe Geschwindigkeit entwickeln konnte, wenn er es für nötig hielt. Die Aussage des Fremden, ohne Zweifel eines Arztes, bestätigte sich. Alles funktionierte. Alles war gut. So gut wie schon lange nicht mehr.

»Sie können sich aufrichten?«

Kyen konnte, und er wollte, und als er saß und sich umsah, fand er seinen Eindruck bestätigt. Drei Humanoide in weißem Gewand standen um ihn herum und beobachteten ihn oder kleine Instrumente, die sie in Händen hielten. Medizinisches Personal, ohne Zweifel. Kyen sah an sich hinab, er war nicht nackt – das wäre ihm auch egal gewesen, es gab da keine großartigen Tabus in seiner Kultur – und trug ein einfaches Gewand, unten offen, anstatt des löchrigen und dreckigen Overalls, den er unter dem Druckanzug angehabt hatte. Das war in Ordnung. Er hatte furchtbar gestunken, und mit so was machte man nirgendwo dauerhaft einen guten Eindruck. Jetzt war sein Körper sauber, offenbar während seiner Bewusstlosigkeit gereinigt. Ein angenehmes Gefühl.

»Ich bin Dr. Salvador Degenberg, ein Arzt. Sie verstehen das?«

Kyen bewegte den Kopf, sah den Sprecher an, gewöhnte sich an den ungewohnten Anblick. Das ging schnell. Kyen war in der Sphäre viel herumgekommen. Er hatte alles gesehen.

»Die Funktion medizinischer Fachkräfte ist mir bekannt. Ich danke Ihnen für die Behandlung.«

»Gerne. Sie sind in einem guten Zustand, soweit wir das beurteilen können. Natürlich sind Sie das erste Exemplar Ihrer Spezies, das wir jemals behandelt haben.«

»Und wahrscheinlich das letzte. Sie haben gute Arbeit geleistet. Ich empfinde Wohlbefinden. Ich bin Ihnen dankbar.« Es schadete nicht, das erneut zu betonen.

»Der Letzte?«

»Meine Heimatwelt liegt in einer anderen Galaxie, und meine Vorfahren haben sich vor über 400 Jahren in die Sphäre begeben. Ich bin allein.«

Dr. Degenberg machte eine Kopfbewegung und bewegte Gesichtsmuskeln. Kyens Volk hatte keine Gesichtsmuskeln, die Haut lag auf einer dünnen Fettschicht über dem harten Knochen, und Mimik war auf ein gelegentliches Flattern der Membranen begrenzt. Aber er war in der Sphäre aufgewachsen und hatte in der Tat Vertreter ganz unterschiedlicher Spezies kennengelernt, sodass ihm das Grundprinzip nonverbaler Kommunikation in ihren verschiedenen Formen geläufig war. Er nahm an, dass Degenberg Mitgefühl oder Vergleichbares ausdrücken wollte. Kyen würde das noch genau lernen müssen, denn dies hier war seine neue Heimat. Er war allein, aber hoffentlich unter Freunden. Zuletzt hatte er in der Sphäre nicht mehr allzu viele gehabt.

»Ich wusste, worauf ich mich einlasse, als ich die Sphäre verließ«, sagte er. »Freiheit – ja. Heimkehr – unmöglich, außer Sie verfügen über einen regelmäßigen Flugverkehr in andere Galaxien.«

»Das tun wir leider nicht. Es werden manchmal sehr robuste Fernsonden entsandt, von denen viele als verschollen gelten. Ich vermute, es ist nicht die nächstgelegene Galaxie, die Ihre Heimat ist?«

Kyen hob beide Arme, in einer langsamen Geste, um keine Missverständnisse zu provozieren.

»Es ist irrelevant. Ich weiß nicht einmal, wo genau *hier* ist. Aber ich weiß: Dies ist nun meine Heimat, wenn Sie mir den Aufenthalt gestatten.«

»Es spricht nichts dagegen. Wir haben Sie nicht gerettet, um Sie in eine Zwangssituation zu bringen. Die Sphäre ist abgereist. Wenn es Ihre Absicht ...«

»Meine Absicht war, sie dauerhaft zu verlassen. Sie ist ein Gefängnis, das vor einer mörderischen und selbstzerstörerischen Katastrophe steht.«

Jetzt war Degenbergs Reaktion kaum zu missverstehen, und Kyen schalt sich einen Narren. Natürlich. Es musste sich hier um jene Spezies handeln, die zuletzt Schiffe in die Sphäre entsandt hatte, angelockt durch irgendeine Fata Morgana, eine Illusion, eine Chance, die man sich nicht entgehen lassen konnte. Sie wussten, dass ihre Schiffe verschwunden waren, aber sie ahnten nicht, warum und wie es im Inneren des Objekts zuging. Sein letzter Satz war das erste Mal, dass sie einen Bericht von dort erhielten, und er war alles andere als diplomatisch vorgegangen.

Kyen war auch kein Diplomat. Er war Wartungstechniker für hydroponische Anlagen. Und jemand, der die

Schnauze richtig voll gehabt hatte, sonst wäre er das Wagnis nicht eingegangen.

»Es tut mir leid«, sagte er. »Das war unachtsam und plötzlich von mir. Ich entschuldige mich.«

Degenberg hatte seine Gesichtsmuskeln wieder unter Kontrolle. War er erregt? Wütend? Traurig? Kyen wusste, dass er das so schnell wie möglich lernen musste, wenn er hier überleben wollte.

»Sie müssen sich nicht entschuldigen. Was Sie sagen, ist wahr?«

»Leider ist es das.«

»Können und wollen Sie uns mehr berichten?«

Kyen breitete erneut die Arme aus, brachte ihnen damit eine wichtige Geste bei, die von allen aufmerksam beobachtet wurde. Bereitschaft. Offenheit.

»Ich sage Ihnen alles, was Sie wissen wollen.«

Degenberg verzog die Lippen seiner Gesichtsöffnung, durch die er gesprochen hatte. Er hatte entweder Hunger oder war erfreut.

Kyen hoffte auf Letzteres.

5

»Es ist zu Ihrer aller Besten!«

Den Satz kannte Horana LaPaz, sie hatte ihn selbst oft genug verwendet, und fast jedes Mal war er gelogen. Es hatte diese Momente gegeben, in denen sie sich dafür geschämt hatte, eine derart abgegriffene Floskel überhaupt noch zu verwenden, aber immerhin: Sie hatte gemerkt, dass sie nicht ehrlich gemeint war, eine Plattitüde, mit der man jemanden dazu bringen wollte, etwas zu tun oder zu sagen, was im Grunde *nicht* zu seinem Besten war – nur im Moment vielleicht etwas weniger schmerzhaft, ein einfacher Ausweg, ein Ende der Qualen, ein Abschluss mit Schrecken.

Horana wusste mittlerweile sehr genau, was Schmerzen waren. Sie spürte den abgetrennten Arm immer noch, obgleich er nicht mehr da war, und es schien, als würde er sie mit sanft pochender Pein daran erinnern, dass er eigentlich noch zu ihr gehörte und sie ihn nur suchen und wieder ansetzen müsse, um vollständig zu werden. Sie war versorgt worden, der starke Blutverlust durch entsprechende Medikamente kompensiert, und die Wunde war aufgrund des großzügig aufgetragenen Heilplasmas so weit verheilt, dass der Schmerz nur noch unangenehm, aber nicht mehr wirklich störend war – zumindest der, den sie real empfand und nicht nur eingebildet. Die Ärztin, die sie behandelt hatte, wies auf die Notwendigkeit einer Operation hin, um die Blutgefäße zu verbinden, und sagte ihr, dass das Wachsen eines Ersatzarms mithilfe einer gezielten Gentherapie kein Problem wäre, hätten sie noch Zugriff auf das Lazarett der *Licht*. Den sie nicht hatten.

Den sie möglicherweise nie wieder haben würden.

Horana konnte froh sein, noch am Leben zu sein, und nicht einmal da war sie sich absolut sicher.

Es war nett, dass ihr alle Mut und Trost zusprachen.

Doch sie hatte einen sicheren Instinkt dafür entwickelt, wenn man sie anlog, und die Lügen hatten sich in den Tagen ihrer Gefangenschaft zu einem Berg aufgetürmt, dessen Gipfel langsam in so luftigen Höhen lag, dass bereits die Wolken darum kreisten. Horana hatte sie alle lügen lassen, es war besser, als kränklich und gereizt zu reagieren, was weitere Lügen nach sich gezogen hätte. Die Lügen taten ihren Urhebern sicher gut, sie redeten sich damit ein, etwas für sie getan zu haben, trotz aller Hilflosigkeit. Aber sie fühlte sich weder getröstet noch zuversichtlich, es ging ihr einfach nur schlecht. Neben ihrem Arm fehlten ihr Mut, Perspektive und die Erkenntnis, dass es ab jetzt nur noch aufwärts gehen konnte – gerade Letzteres, wie ein Mantra von Rivera vorgebetet, konnte sie nicht glauben. Es ging immer noch schlechter, bis zum Tod, der dann irgendwann vielleicht tatsächlich eine Verbesserung darstellte. Und als die Wachen sie aus der Gemeinschaftszelle holten und ohne jeden Kommentar abführten, war sie sich erst einmal sehr sicher, dass sie auf dem Weg in die Katastrophe einen weiteren Schritt zu tun im Begriff war.

Die Käfersoldaten, groß, schweigsam und bedrohlich, brachten sie aber nicht, wie im Stillen befürchtet, zum General der Iskoten, sondern zu einem Wesen, das Horana bereits mehrmals von ferne gesehen hatte und das sie an einen laufenden Kasten erinnerte. Er war, soweit sie verstanden hatte, eine Art Chefwissenschaftler und hatte mit seinen Leuten die *Licht* gründlich durchsucht und war immer noch damit beschäftigt. Erkensteen, der Chefingenieur, hatte den Kasten das eine oder andere Mal erwähnt, er war vornehmlich derjenige der Überlebenden gewesen, der von ihm immer wieder befragt worden war. Nur Horana nicht, weil sie sich mit der *Licht* nicht auskannte und keinen Beitrag zur systematischen Ausplünderung der Beute leisten konnte.

Dass es um exakt das und nichts anderes ging, war allen jedenfalls sehr schnell klar geworden.

Doch was wollte man von ihr?

Sie wurde in einen kleinen Raum geführt, schmucklos, mit einem Tisch und Sitzgelegenheiten.

Sie durfte sich setzen. Man bot ihr etwas zu trinken an. Sie kannte das. Die richtige Einleitung für ein Gespräch, in dem man etwas von ihr wollte. Sie beruhigen, den Geist öffnen für das Angebot oder die Forderung oder die Verknüpfung von beidem. Sie akzeptierte das Getränk und bat um Tee, den der in die Wand eingebaute Nahrungsautomat anstandslos produzierte. In der Zelle erhielten sie Wasser. Gastfreundschaft war für jene reserviert, die etwas beitragen konnten.

Horana war gespannt, ein wenig. Es wirkte belebend. Der Kasten jedenfalls hockte sich an der gegenüberliegenden Seite des Tisches hin und sprach.

»Mein Name ist Pultan Henk, ich bin der Direktor der Ratsakademie. Wir sind Kollegen, Wissenschaftler.«

Die Stimme des Kastens war sanft und schmeichelnd, und der Versuch, gleich mit dem ersten Satz eine persönliche Beziehung zu ihr aufzubauen, plump und vorhersehbar. Ein Amateur, dachte Horana, verbarg aber jede Abschätzigkeit. Henk hatte das Sagen, sie nur einen Arm. Man durfte niemals das real existierende Machtgefälle außer Acht lassen, selbst wenn sich der Gesprächspartner scheinbar als schlecht vorbereitet erwies. Eine Lektion, die junge und ehrgeizige Anwälte sehr schnell lernten, wenn sie sich selbst überschätzten. Horana tat das schon lange nicht mehr.

Sie trank Tee und sagte nichts.

Henk sprach weiter.

»Sie alle haben uns sehr dabei geholfen, ein größeres Verständnis für die *Licht* und ihre Herkunft zu erlangen. Ich möchte mich bei Ihnen dafür bedanken. Ich weiß, dass die Umstände unserer Zusammenarbeit keine guten sind. Ich muss Ihnen sagen, dass ich mit der Vorgehensweise des Rates hier nicht ganz einverstanden bin. Es wurde übereilt gehandelt und mit unnötiger Brutalität. Ich denke, Sie sollten das wissen. Die Iskoten ... sie sind unnötig brutal. Ich lehne das ganz grundsätzlich ab.«

Horana trank Tee und sagte nichts.

Zum einen hatte sie absolut niemandem bei irgendwas geholfen, sie war keine Technikerin. Zum anderen war des Kastens Bedauern ein reines Lippenbekenntnis. Er hatte absolut kein Problem mit der Situation und hatte sie genutzt, um die *Licht* zu erforschen und, davon ging sie aus, mittlerweile auch auszuplündern. Aber sie akzeptierte, dass der Direktor eine gute Stimmung bereiten wollte, und der weiche Sessel war eine angenehme Abwechslung zum harten Boden der Gemeinschaftszelle. Sie würde ihn also reden lassen und die kleinen Annehmlichkeiten genießen, solange es eben ging. Der Tee war auch lecker.

»Ich denke darüber hinaus, dass jetzt der Zeitpunkt gekommen ist, an dem wir uns gegenseitig helfen können.«

Horana setzte die Tasse ab. Der Kasten kam jetzt zum Kern der Sache, sie musste genau zuhören.

»Wir wollen die unangenehmen Zwischenfälle auf der *Licht* nicht wiederholen. Ich werde persönlich dafür sorgen. Aber das zweite Schiff Ihrer Spezies bewegt sich ungehindert im Sphärenraum, und es hat sich Verbündete von eher zweifelhaftem Wert gesucht. Ich verstehe das. Wir sind ja selbst ein wenig dran schuld. Wie gesagt, ich bin nicht mit allem einverstanden. Aber die Situation ist jetzt, wie sie ist, und es ist mein Ziel – unser aller Ziel! –, weitere Unannehmlichkeiten zu vermeiden. Niemand soll mehr sterben. Wir müssen ein Arrangement finden. Und wenn Sie bereit sind, darin eine Rolle zu spielen, soll das Ihr Schaden nicht sein – und auch nicht der Ihrer Mitgefangenen.« Henk legte eine Kunstpause ein, wohl in der Ansicht, seine Worte würden damit bei Horana besser wirken. Auf solche Manierismen reagierte die Anwältin schon lange nicht mehr, sie verstand meist sofort, worum es ging. »Sie müssen alle keine Gefangenen bleiben, egal wie wir Ihren Status auch bezeichnen. Sie haben alle wertvolle Kenntnisse und Fähigkeiten. Das Leben in der Sphäre ist hart, und die Zeiten sind schwierig, aber nicht jeder muss gleichermaßen darunter leiden, wenn Sie verstehen, was ich meine.«

Horana verstand es nur zu gut. Direktor Pultan Henk war zweifelsohne der lebende Beweis für diese Behauptung, die zu allen Zeiten in jeder Krise gegolten hatte. Der Kasten appellierte an ihre niedrigsten Überlebensinstinkte, und der pochende Phantomschmerz erinnerte sie daran, dass das durchaus eine vielversprechende Taktik war. Sein könnte.

»Was wollen Sie?«, fragte sie beinahe sanft.

Pultan freute sich über die Reaktion, soweit sie das erkennen konnte.

»Reden Sie mit Ihren Artgenossen auf dem Raumschiff *Scythe*. Wir können eine Verbindung herstellen, und Sie können versuchen, uns zu helfen, eine gemeinsame Lösung zu finden. Ich habe den Personaldateien des Schiffes entnehmen dürfen, dass Sie für solche Aufgaben eine gewisse Eignung haben sollten.«

»Was ist Ihr Angebot?«

Henk lachte kratzend. »Sehr gut, Horana LaPaz. Ich sehe, wir verstehen uns. Kommen gleich zur Sache. Das gefällt mir wirklich, sehr sogar. Mein Angebot an Sie ist: Aufhebung des Gefangenenstatus für die Überlebenden der *Licht*, Eingliederung in die normale Population mit allen Rechten und Pflichten sowie Zugriff auf einen gerechten Anteil an den Ressourcen des Schiffes. Langfristig sogar eine Wiedervereinigung mit Ihren Artgenossen. Und für Sie persönlich: Zugang zur Krankenstation und Wiederherstellung der körperlichen Unversehrtheit. Die Aktion mit dem Arm war, ich sage mal, völlig überflüssig und unnötig schmerzhaft. Ich lehne solches Vorgehen wirklich ab. Das kann und soll korrigiert werden.«

Der Direktor klang diesmal durchaus ernsthaft. Horana hatte das Gefühl, dass sowohl das Angebot reell war wie auch seine geäußerte Abneigung – die ihn natürlich nicht daran hindern würde, im Wiederholungsfall danebenzustehen und derlei erneut mit ernsthaftem Bedauern geschehen zu lassen. Da machte sie sich keinerlei Illusionen.

»Was *genau* erwarten Sie von mir?«

»Sprechen Sie mit der *Scythe* und überzeugen Sie den Captain, dass Flucht und Widerstand sinnlos sind. Wir sollten reden. Eine gemeinsame Basis etablieren, eine Grundlage für dauerhafte Kommunikation. Der Ratsvorsitzende ist zu Zugeständnissen bereit. Er sieht ein, dass sein Handeln gegenüber der *Licht* vielleicht etwas überstürzt war. Saim steht auch unter Stress, und nicht alle seine Untergebenen handeln immer in seinem Sinne.«

Das stank dermaßen nach einer glatten Lüge, Horana war versucht, die Nase zu verziehen. Sie kannte diese Argumentation aus dem Studium der irdischen Geschichte, es gab sie in endlosen Variationen. *Wenn das der Kaiser/Führer/Präsident wüsste, dann würde es nicht geschehen. Er trägt keine Schuld. Er würde die Schuldigen bestrafen.*

»Zugeständnisse?«, fragte sie.

»Ich kann dazu im Detail natürlich nichts sagen. Ich bin kein Politiker, wenn Sie verstehen.«

Der Direktor war ohne Zweifel ein Politiker, dessen war Horana sich sicher. Sonst wäre er nicht in der Position, die er jetzt innehatte.

»Ich benötige etwas Konkretes. Der Captain der *Scythe* scheint mir niemand zu sein, der sich leicht überreden lässt oder schnell den Mut verliert.«

»Sie sprachen bereits ...?«

»Ich hatte noch nicht das Vergnügen, aber wenn Ihr Plan irgendeine Aussicht auf Erfolg haben soll, dann müssen Sie mir ein konkretes Angebot mit Garantien ermöglichen. Etwas, auf dem sich aufbauen lässt. Sie werden nur eine einzige Chance haben, nicht mehr. Wenn das nicht klappt, werden tausend Worte nichts mehr ausrichten.«

Das war natürlich reine Spekulation. Aber Horana saß gerade so schön, und der Tee war besser als alles, was sie in letzter Zeit zu sich genommen hatte. Sie wollte gar nicht, dass dieses Gespräch ein zu frühes Ende nahm, und daher musste sie Pultan Henk beschäftigen. Außerdem konnte das alles ja sogar tatsächlich interessant werden, wenn Saim in der Tat eine gewisse Not verspürte. Was auch immer geschehen war, die Kommandantin der *Scythe* war offenbar nicht untätig geblieben und störte zumindest. Dadurch erhöhte sich der Wert der Gefangenen als Verhandlungsmasse. Sollte Saim allerdings zu dem Schluss kommen, dass es sinnvoll wäre, jeden Tag einen der Menschen zu erschießen, bis die *Scythe* sich stellte, wäre das kein Vorteil mehr.

Horana erstarrte kurz, als ihr diese mögliche Wendung der Ereignisse einfiel. Ihr erschöpfter Verstand arbeitete wirklich langsam. Dies war mehr als nur ein Angebot an sie, es war möglicherweise die einzige Chance, das Leben der Gefangenen zu retten. Aber würde die Crew der *Scythe* mitspielen? Hatte sie überhaupt diese Option?

Der Tee schmeckte ihr plötzlich nicht mehr. Ein säuerliches Gefühl stieg in ihrem Magen empor, wie jedes Mal vor einer wichtigen Verhandlung, der entscheidenden Befragung oder dem Plädoyer vor unwilligen Richtern. Ein vertrautes Gefühl, das abzulegen und für immer zu vergessen ein wichtiger Grund dafür gewesen war, Teil der Besatzung der *Licht* zu werden.

Es schien, als könne sie ihrer Vergangenheit niemals entkommen, nicht einmal viele Lichtjahre vom Konkordat entfernt. Und ihr fehlte ein Arm. Alles in allem hatten sich die Dinge für sie sehr unerfreulich entwickelt.

»Ich bin zur Kooperation bereit«, sagte sie also, möglichst gelassen, um nicht zu verzweifelt zu erscheinen. »Ich rede mit der *Scythe* und unterbreite jedes Angebot, aber ich sage Ihnen gerade als eine, die sich in solchen Sachen auskennt: Geben Sie mir etwas in die Hand, mit dem ich arbeiten kann, eine echte Alternative!«

»Ich kann Ihnen nichts versprechen, werde aber mit dem Ratsvorsitzenden darüber reden.« Pultan Henk wirkte sehr zufrieden. »Wir werden allerdings für etwas Kosmetik in der Übertragung sorgen müssen.«

»Wie bitte?«

Der Kasten zeigte auf ihren fehlenden Arm. »Ich bin ja kein Experte, doch wenn wir Sie so vor die Kamera setzen, könnte das einen falschen ersten Eindruck erwecken, oder?«

Horana nickte und kümmerte sich wieder um ihren kalt gewordenen Tee, von dem sie aber nicht abzulassen gedachte. Den falschen ersten Eindruck hatte es schon lange vorher gegeben. Und sie gab den Verhandlungen keine Chance.

Sie gewann nur etwas Zeit, und sie wusste nicht einmal, wofür eigentlich.

6

Sie arbeiteten sich langsam durch eine albtraumartige Landschaft. Verzogenes Metall und geborstene Wände warfen ihnen schartige Kanten in den Weg, die zu vermeiden lebensnotwendig war. Die Druckanzüge waren widerstandsfähig, aber keiner der fünf Expeditionsteilnehmer hatte die Absicht, ein vermeidbares Risiko einzugehen. Es war beklemmend genug, der Temperaturanzeige anzusehen, wie sie langsam nach oben kletterte, und obgleich sie irgendwo bei 90 Grad Celsius zu verharren schien, war das Flimmern der dünnen Atmosphäre nur einer der verwirrenden und beängstigenden Aspekte.

Trotzdem blieben sie alle sehr entschlossen.

»Eine Detonation hat stattgefunden«, stellte Jordan fest. Er, Elissi, Captain Apostol, Riem und der Resonanzbauch der *Scythe* hatten sich gemeinsam auf den Weg gemacht, und die sorgfältige Planung hatte vornehmlich daraus bestanden, sich eine ordentliche Ausrüstung zu verschaffen, über einige

Eventualitäten zu spekulieren und sich dann auf den Weg zu machen.

So richtig plante derzeit niemand. Sie verstanden immer noch nicht genau, was ihnen hier eigentlich zugestoßen war.

Jordan vermisste nichts. Er war aufgeregt, im positiven Sinne, und hier glich er Elissi, die alles um sich herum mit großem Interesse aufsog. Für sie war die lange Vorbesprechung aus psychologischer Sicht hilfreich gewesen: Sie hatte ihr geholfen, sich im Geiste auf das erwartete Unerwartete vorzubereiten, sodass sie sehr stabil wirkte und Jordan nicht so auf sie achten musste wie sonst, wenn Ereignisse eintraten, die für die junge Frau einen Quell der Verwirrung darstellen konnten.

»Lange her«, murmelte Riem, der ein Multimessgerät in Händen hielt, durchaus vergleichbar mit dem, das Jordan bei sich führte. Er schaute mehr auf die Anzeige als auf seine Umgebung, was ihn das eine oder andere Mal in gefährliche Nähe der metallenen Zacken und Abbrüche geführt hatte. Dass er dennoch mit schlafwandlerischer Sicherheit um diese herumnavigierte, zeigte aber, dass er seine Umgebung durchaus beobachtete. »Was auch immer hier passiert ist, es ist wirklich lange her.«

Der Gang führte sie direkt in das Innere der Station hinein, und je tiefer sie vordrangen, desto deutlicher wurden die Spuren von Reparaturen. Es war, als hätte eine Automatik all jenes instand gesetzt, was unbedingt wichtig war oder bis die Ressourcen aufgebraucht worden waren. Dann waren die Arbeiten plötzlich eingestellt worden, und so präsentierte sich das Innere, wie sie es jetzt vorfanden. Nur die Hitzequelle und der Grund für die plötzliche Temperaturentwicklung blieben beide noch ein Rätsel.

»Vorsicht!«, sagte Lyma Apostol. Direkt vor ihnen schimmerte es hell, als gäbe es eine Pfütze aus geschmolzenem Metall. Als sie näher kamen, stellten sie fest, dass es exakt das sein konnte, nur dass die Flüssigkeit wieder fest war und ein beinahe perfektes Spiegelbild bot, wie ein schön polierter Silberteller. Die Fläche war kreisrund, von einem exakten Radius, und wirkte wie ein helles, schimmerndes Loch im Boden. Als Jordan aber hinabsah, erblickte er nichts anderes als sein Gesicht.

»Seltsam«, murmelte er.

»Alles hier ist seltsam«, sagte Apostol.

»Ich möchte festhalten, dass einiges sehr vertraut ist«, erklärte Riem. Als ihn alle ansahen, befleißigte er sich sogleich einer Erklärung. »Die Konstruktionsmerkmale hier drin sind grundsätzlich die gleichen wie da draußen, und sie sind ideal auf humanoide Lebensformen unserer Größe abgestimmt. Ich stelle auch fest, dass die Anlagen der Station insgesamt sehr gut geeignet sind für Greifwerkzeuge, wie wir alle sie verwenden. Ich bin mir daher sicher, dass die Erbauer dieser Anlage uns nicht unähnlich waren.«

»Oder sind«, sagte die Fruchtmutter aus dem Bauch ihres Gesandten heraus.

»Hier lebt seit langer Zeit niemand mehr«, sagte Riem mit Bestimmtheit.

»Wir werden sehen«, orakelte die Skendi und sagte dann nichts mehr, den Gesichtsausdruck gedankenverloren.

»Was ist das?«, fragte Jordan und zeigte auf sein Spiegelbild.

»Geschmolzen und erstarrt. Große Hitzeentwicklung. Wenn Sie mich fragen: Eine Energiewaffe hat das gemacht«, erklärte Riem. Elissis nickte Jordan zu.

Sie gingen weiter, doch nicht für lange.

»Oha!«, machte Apostol, und es war ein Ausdruck echter Überraschung.

Der Gang endete, nicht an einer Wand, sondern er öffnete sich in eine Art Galerie, eine lang gezogene, nach außen geschwungene Wand, dominiert durch breite und hohe Fenster und versehen mit einer langen Reling, an der man sich unwillkürlich festhalten wollte. Jordan trat nach vorne, die Augen weit aufgerissen. Sie waren am anderen Ende der Portaleinrichtung angekommen, die im Endeffekt nicht tiefer als vielleicht einhundert Meter in Richtung Kern reichte, und starrten jetzt direkt, ohne jede Verzerrung, durch das undurchdringliche Schutzfeld, auf die Oberfläche dessen hinab, was …

»Ja, was ist das eigentlich?«, fragte Jordan leise. Er spürte, wie Elissi neben ihn trat. Sie wirkte dann wie erstarrt, und ein unbeteiligter Beobachter könnte sie für krank oder paralysiert halten, doch Jordan wusste es besser. Elissi war in absolute Konzentration versunken, starrte hinunter, und es schien, als seien für sie die Muster der wabernden Bewegungen da unten eine Nachricht, persönlich an sie adressiert, und sie wirkte auf Jordan, als würde sie sofort in einen Zustand stummer Kommunikation treten, entrückt von den Beobachtungen ihrer Gefährten, ganz gefangen in ihrer eigenen Welt.

Es war ein betörend seltsamer Anblick. Sie waren jetzt nicht viel näher an der Oberfläche als die Beobachter im Orbit, aber es entstand dennoch ein Gefühl von Unmittelbarkeit, das niemand verneinen konnte. Die Hände umklammerten die Reling, als Jordan hinabstarrte, und ihm wurde kurz schwindelig. Die massiven Schlieren aus Materie, die sich unter ihm träge bewegten, wirkten nicht bedrohlich, eher majestätisch, und ihre Fremdartigkeit trug zu diesem Eindruck nur noch bei. Man konnte sich in diesem Anblick verlieren, wenn man nicht aufpasste, doch für einige Minuten ließ er es geschehen. Die Farbenvielfalt war begrenzt, es überwogen Grau- und Brauntöne, und hin und wieder schien etwas aufzuglitzern. Es war außerdem, als würde er in die Sonne schauen, und als er das merkte, wusste er auch, woher die Hitzeentwicklung kam.

»Das Ding da unten erzeugt Wärme, und offenbar deutlich mehr als vorher«, sagte Riem und sprach damit ihrer aller Beobachtung aus. »Irgendwas geht darin vor, und es produziert Energie.«

»Wie ein Fieber«, meinte Elissi leise. »Wie ein starkes Fieber.«

Meinte sie das ernst? Jordan sah sie forschend an, doch ihrem Gesichtsausdruck vermochte er nichts weiter zu entnehmen. Immer noch eine Maske der Konzentration.

»Es sieht aus wie eine organische Masse, da gebe ich Ihnen recht«, sagte Captain Apostol und warf Elissi gleichfalls einen langen Blick zu. »Wollen Sie damit andeuten, es handele sich um ein lebendiges Wesen, das erkrankt ist?«

»Das ist eine Möglichkeit, aber auch nur eine«, erwiderte Elissi, ohne die Augen von der wirbelnden Masse dort unten abzuwenden. »Oder es ist schlicht ein Erwachen.«

»Kommt auf Betriebstemperatur?«, hakte Apostol nach.

»Das hört sich etwas despektierlich an«, sagte Jordan leise. »Wir werden es nur herausfinden, wenn wir näher rangehen.«

»Wie sollen wir das wohl tun? Wir können kein Raumboot hier herunterbekommen. Ich wüsste nicht ...«

Apostol unterbrach sich, und ihr Blick folgte Jordans ausgestrecktem Arm. Sie kniff die Augen zusammen. Jordan lächelte. Es war das Erste, was ihm aufgefallen war. Er hatte es sich zur Angewohnheit gemacht, immer auf die Dinge zu achten, auf die Elissi eben nicht konzentriert war. Das half manchmal sehr, um Komplementarität zu erreichen – oder schlicht zu verhindern, dass Elissi in eine offene Baugrube stolperte, weil dahinter etwas zu sehen war, das ihre ganze Aufmerksamkeit beanspruchte.

Unweit der Galerie ragte etwas hinunter in den Kern, verschwand in den Schlieren und Schwaden der sich träge bewegenden Masse.

»Eine Antenne?«, fragte die Kommandantin.

»Dicker«, murmelte Riem, der ebenfalls in die angegebene Richtung blickte. »Eine Art Rohr oder so was, wie ein Fahrstuhl. Er führt hinunter, so weit, ich kann gar nicht ermessen, ob sein Ende in die Masse hineinragt oder kurz vor ihr endet.«

»Wie eine Nadel, die sich in Gewebe senkt«, bot Jordan den Vergleich an, der ihm sofort in den Sinn gekommen war. »Oder eine Probe entnimmt.«

»Wie kommen wir an das obere Ende – den Zugang?« Apostol schaute gegen die seitliche Wand der Galerie, die die Anlage in Richtung der Nadel abschloss. Dort war keine Tür zu erkennen. »Es muss einen separaten Zugang geben.«

»Die Galerie geht weiter«, sagte Jordan, der sich über die Reling in Richtung des Fensters gelehnt hatte. »Sie geht ganz bis zur Nadel. Es muss eine Möglichkeit geben, dorthin zu kommen.«

»Und dann? Steigen wir hinab?«, fragte Riem irritiert. Er zeigte nach unten. »Da hinein, in die Hitze?«

»Wir vielleicht nicht, zumindest nicht alle«, erklärte Apostol bestimmt. »Aber jemand von uns, vielleicht Inq. Er kann einiges aushalten und wird sich auch nicht durch unvorhergesehene Ereignisse beirren lassen. Obwohl ich glaube, es wäre wahrscheinlich sinnvoll, wenn zumindest ...«

Sie vollendete den Satz nicht, sah aber betont auf Elissi, und obgleich sich sofort der Beschützerinstinkt in Jordan regte, kämpfte er das Gefühl nieder. Natürlich. Die Kommandantin hatte recht. Und Elissi würde es tun. Sie war fasziniert von diesem Ort, mehr noch als jemals zuvor von irgendwas. Und wenn Elissi ginge, dann auch er.

Das war selbstverständlich. Das war seine Pflicht.

Apostol schaute wieder auf die Wand. »Aber erst einmal müssen wir da durch ... und die Masse da unten noch genauer beobachten. Es dürfte nichts dagegensprechen, weitere Leute hierherzubringen und Messungen anstellen zu lassen, oder?«

Sie sah Riem und den Resonanzbauch fragend an. Niemand widersprach.

Allein Elissi tat nichts weiter, als hinabzustarren und ihre Lippen zu bewegen, als würde sie mit dem Kern sprechen.

Jordan musste zugeben, dass er es ein wenig mit der Angst zu tun bekam, als er sie so sah.

7

»**H**ol alles raus!«
»Mehr geht nicht. Mehr geht einfach nicht.«

Schiffsobservant Ghid war verzweifelt. Die grünblaue Blutsträhne, die sich von seiner hohen Stirn über die fellbesetzten Wangen bis zum Halsansatz zog, glitzerte im schwachen Licht der Notbeleuchtung. Ghid war verletzt, aber noch ganz im Besitz seiner Kräfte, im Gegensatz zu seinem Kameraden Ilgon, dessen linker Arm nur noch kraft- und nutzlos am Körper hing und der die pochenden Schmerzen seiner eigenen Kopfverletzung nur noch mit Mühe ertrug.

Sie durften nicht nachlassen. Es würde wahrscheinlich nichts nützen, aber sie durften nicht.

Sie waren die beiden einzigen noch lebenden Besatzungsmitglieder auf der Brücke der *Thasoss*, und wenn es ihnen beiden schon nicht besonders gut ging, dann ihrem Raumschiff gleich noch viel weniger. Nicht, dass es vorher in einem besonders guten Zustand gewesen wäre. Tatsächlich war das Schiff schon immer am Rande der Funktionsfähigkeit betrieben worden. Die *Thasoss* war keine beeindruckende Konstruktion, nicht elegant, nicht kompliziert, nicht besonders leistungsfähig, dafür aber groß und schwerfällig. Ein Gittertransporter, der unförmige Container umklammerte, die durch kurze Gänge miteinander verbunden waren. Ein krudes Raumfahrzeug, einfach gebaut, ohne besondere Fähigkeiten, außer viel Ladung transportieren zu können. Damals hatte die Sphäre sie mit falschen Verlockungen auf große Reichtümer dazu veranlasst, die Reise in ihr Inneres anzutreten, nur um dann, wie für alle anderen, den großen Betrug zu offenbaren, als es schon zu spät war. Die *Thasoss* und ihr Schwesterschiff, von dem bereits jetzt klar wurde, dass es ihm noch viel schlechter ging. Es war das Ende eines langen Exils, einer Zeit des Leids, und es kam mit großem Schrecken.

Die meisten Schirme und Scanner waren ausgefallen, als die Iskoten ihren Angriff gestartet hatten, doch Ghid und sein Kamerad hatten noch beobachten können, wie die von den Handai bewohnten Container ihres Schwesterschiffes auseinandergeplatzt waren und ihren Inhalt, den lebenden, den toten und den sterbenden, ins All geblasen hatten. Die *Thasoss* hatte reagiert, die Triebwerke hochgefahren und einen weiten Schwung hinter das Wrack des Skelettschiffes der UlAl genommen, dessen Strahlung wie erwartet die Zielcomputer der iskotischen Raketen kurzzeitig in Verwirrung gestürzt hatte – ein wesentlicher Grund dafür, warum die Handai sich in der Nähe dieses unheimlichen Relikts aufhielten, dessen Anblick allein einem vernünftigen Wesen bereits Albträume bereitete.

Jetzt waren die Iskoten ihr Albtraum. Ein Traum, der sie in den Tod führte.

Die Handai hatten niemanden, der sie beschützte. Sie hatten nie jemanden angegriffen – womit auch? – und sich nie jemandem widersetzt. Niemals hatten sie sich in die Politik des Rats oder anderer Bündnisse eingemischt, waren nirgends Mitglied, hatten keine Feinde. Von den Handai ging keine andere Provokation aus als ihre simple Existenz. Sie verbrauchten Ressourcen und waren niemandem dienlich. Sie erfüllten keine Funktion.

Das war für eine lange Zeit genug gewesen. Sie hatten sich eingerichtet. In Maßen fortgepflanzt. Lebten als Trümmerleute, durchsuchten alte Wracks nach den letzten Dingen, die man noch irgendwie verwenden konnte. Schrottsammler, auf einem sehr niedrigen Niveau – und in etwa so hoch angesehen. Nützten niemandem außer sich selbst.

Bis jetzt. Jetzt erfüllten sie eine neue Funktion. Sie dienten als Demonstrationsobjekt für die Pläne des Ratsvorsitzenden, für die beginnende Ausdünnung, die notwendige Bereinigung, die Neuordnung der Verhältnisse im stetig schrumpfenden Lebensraum der Sphäre. Hier würden die Stärksten siegen, und die Iskoten waren der Inbegriff der Stärke. Sie taten, was Saim verlangte, und sie erfüllten ihre Aufgabe mit kalter, hingebungsvoller Effizienz.

Die Handai waren die ersten Opfer, so schwach, dass sich die Angreifer nicht einmal anstrengen mussten. Ihr Ende war besiegelt.

Die *Thasoss* flog davon, eine sinnlose Geste. Der schwerfällige Frachter war den wendigen iskotischen Kampfbooten in allen Belangen unterlegen. Ghid wusste es, Ilgon ebenso, und sie schwiegen, als sie auf die verbliebenen Scanner blickten. Die iskotischen Einheiten machten einen weiten Bogen um den Skelettraumer herum, warteten, bis sie eine freie Schussbahn auf die *Thasoss* hatten, frei genug, um Richtkanonen mit Geschossen zu benutzen, deren Zielgenauigkeit sich um schädliche elektronische Strahlung nicht scherte. Ilgon schloss die Augen, dachte an die gut zweihundert Handai, die zusammengedrängt in den Containern saßen und nicht einmal ahnten, was sich hier abspielte, da das Schicksal die Datenfeeds als Erstes hatte zusammenbrechen lassen. Sie wurden herumgeschüttelt und ahnten sicher, dass etwas nicht in Ordnung war. Ein Tod in Angst, dessen Details das Schicksal ihnen erspart hatte.

Das Schicksal und ein Knopfdruck Ghids, in stummem Einverständnis mit seinem Kollegen. Es würde für sie alle schlimm genug werden. Es war die einzige Gnade, zu der sie noch fähig waren.

»Saim«, sagte Ilgon, »wird das noch bereuen.«

Er klang trotzig.

»Nein, ich glaube, das wird er nicht«, entgegnete Ghid, der mit einem Tastendruck die Warnsignale der völlig überlasteten Triebwerke deaktivierte, sodass eine plötzliche, irritierende Stille auf der Brücke der *Thasoss* einkehrte. Für einen Moment, wenn man seinen Blick auf die noch intakten Schirme richtete und ausblendete, dass die roten Punkte, die sich ihnen näherten, ihre Nemesis waren – ja, für diesen einen Moment konnte man sich der Illusion hingeben, es sei alles in Ordnung.

»Diese Sphäre ist unser aller Untergang, früher oder später«, sagte Ilgon.

»Das wünschst du dir. Aber ich sehe nur unseren Tod.«

»Ich werde Saim aus dem *Dhuun* heimsuchen und ihm furchtbare Albträume schicken.«

Ghid gestattete sich ein trauriges Lächeln.

»Ich befürchte, damit tust du ihm eher einen Gefallen. Ich für meinen Teil habe die Absicht, mich unter die Zweige des Baumes zu setzen und auszuruhen. Ich möchte behaupten, dass ich mir das verdient habe.«

Sie hatten beide zeit ihres Lebens keinen Baum gesehen, keine Pflanzen, von den herangezüchteten Algengewächsen der hydroponischen Anlagen einmal abgesehen. Aber der Baum vom *Dhuun* gehörte zu ihrer kollektiven Erinnerung, zu den spirituellen Grundlagen ihres ansonsten bedeutungslosen Volkes, und es war etwas, an dem sich beide auf ihre Art festklammerten.

»Ich nehme noch eine letzte Kurskorrektur vor«, murmelte Ghid leise. Ilgon sah ihm dabei zu, etwas verwundert, dann allerdings erkannte er den Vektor, und er hielt für einen Moment die Luft an. Er wollte etwas sagen, ein spontaner Prozess, der ihm jedoch im Halse stecken blieb, als er es recht bedachte.

Ghid erklärte es, mit monotonem Tonfall, obgleich keine Erläuterung mehr nötig war. Beide Observanten waren über die Alternativen informiert. Oder das Fehlen derselben.

Die *Thasoss* gehorchte den Steuerbefehlen willig. Das alte Schiff hatte seinen Dienst immer zuverlässig getan, wie es sich für einen Gitterfrachter gehörte. An ihm lag es nicht, hatte es nie gelegen. Das Ende ihrer fliegenden Heimat, die sie so lange am Leben erhalten hatte, tat Ilgon beinahe noch mehr weh als der Tod all seiner Artgenossen, inklusive seines eigenen. Sie waren eins geworden mit dem Schiff, im Guten wie im Schlechten. Und jetzt im Tode.

Er schaute mit brennenden Augen auf den Scanner.

Es war ungerecht. Er wünschte sich, jemand würde sie rächen. Die Erkenntnis, dass da niemand war und niemals sein würde, war sehr schmerzhaft.

Ghid hatte den Kurs nur leicht verändert. Vor ihnen türmte sich ein Wahrzeichen der Toten Armada auf, das pockennarbige, halb zerlegte Schiffswrack der Rhodi, eines der ältesten Schiffe der Wrackflotte. Niemand wusste, wer einst darauf gelebt hatte, es war nach dem Kommandanten benannt, der es als Erster betreten und erkundet hatte. Es mussten Riesen gewesen sein, mit Gängen von fast drei Metern Höhe und Räumen, die Sälen ähnelten. An Bord befand sich nichts. Was dort gewesen war, hatten Generationen vor den Handai ausgeschlachtet.

Aber es war immer noch sehr groß. Ein würdiges Grab. Denn was den Handai nicht gegönnt wurde, das gönnten die Handai auch Saim nicht. Und es war ein gnädiger, schneller Tod, selbstbestimmt noch dazu, ohne den Frachter langsam unter den gezielten Schüssen der Iskoten zerbrechen zu lassen, mit im Raum treibenden Überlebenden, die jämmerlich erstickten oder an Wunden starben, die niemand mehr zu versorgen vermochte.

»Wir haben noch fünfzehn Minuten. Ich schalte die Triebwerke jetzt ab, sehr viel schneller werden wir nicht mehr«, sagte Ghid leise.

»Können die anderen es sehen?«

»Nein, die Datenfeeds sind ja alle tot. Nur diejenigen, die noch außerhalb der Schutzräume in der Nähe eines Fensters stehen, könnten mit Pech eine Ahnung von dem erhaschen, was jetzt passieren wird. Wenn sie klug sind, werden sie schweigen und es passieren lassen. Ich hoffe, dass sie schweigen. Es ist schwer genug, eine solche Gnade zu vollstrecken, und ich bin mir nicht sicher, ob wir dafür im *Dhuun* nicht bestraft werden.«

Ghid klang mutlos, als habe er Angst vor dem Jenseitigen, das für die Handai doch immer nur ein Versprechen von Gnade und Zufriedenheit bereithielt, keines von Strafe und Sühne. Doch Ilgon wollte ihm die trüben Gedanken um eine etwaige Schuld nicht verübeln, nicht nur, weil er die gleiche Schuld trug, sondern auch, weil es zeigte, dass sein Observantenkollege kein Iskote war, der kalt zu töten bereit war. Das machte Ghid in seinen Augen jeder Gnade würdig, und er legte ihm eine Vielhand auf die Schulter, drückte sanft zu, Trost für ihn und gleichermaßen für sich selbst.

»Wir tun das Richtige. Der Baum wird uns in Gnade aufnehmen und Schatten spenden.«

Ghid sah ihn dankbar und hoffnungsvoll an.

»Da, sie haben aufgehört!«

Für einen Moment war dies eine irgendwie gut klingende Aussage, obgleich sich keiner der beiden Observanten irgendeiner Illusion hingab. Die Iskoten hatten die Verfolgung eingestellt, feuerten keinen Schuss mehr auf die *Thasoss* ab. Sie warteten ab und zeichneten das sich nun entfaltende Schauspiel für ihren Befehlshaber auf. Der Gitterfrachter konnte jetzt nicht mehr abbremsen und auch nicht mehr ausweichen, die Masseträgheit des gigantischen Schiffes verhinderte rasante Manöver. Mit unausweichlicher Macht schwebte das Raumschiff auf den toten Giganten der Rhodi zu, um ihn mit den Toten der Handai zu schmücken, die in diesen wenigen Augenblicken noch lebten und atmeten und von denen die meisten nicht einmal ahnten, dass ihre Existenz in Kürze enden würde.

Es ging dann schnell, und damit in gewisser Weise gnadenvoll.

Ghid und Ilgon starben als Erste, Sekunden vor dem Rest. Die Brücke der *Thasoss* lag vorne am Frachter, in einer herausragenden Gondel, zerbrechlich und angreifbar in Design und Aussehen, und als sie gegen den massiven Leib des ausgeschlachteten Wracks stieß, zerbrach sie wie ein Eiszapfen, der zu Boden fiel. Die beiden Observanten starben einen schnellen und mithin schmerzlosen Tod, ihre Körper zerquetscht und zerrissen, ihre Einzelteile vermischt mit den Trümmern der Gondel, die nur für einen winzigen Moment frei schwebten, ehe sie sich im Mahlstrom des Aufpralls mit dem Rest des Frachters vermischten.

Im Tode vereint, in Stücke gerissen und neu zusammengesetzt.

Das Schauspiel war lautlos, doch die suchenden Scheinwerfer der iskotischen Angreifer warfen ein helles Licht auf die Szenerie, um ja nichts zu verpassen.

Die *Thasoss* zerbrach nicht sofort beim Aufprall. Die Gitteraufhängung, in der die verschiedenen Container steckten, war dafür konstruiert, bei Katastrophen flexibel zu reagieren, kinetische Einflüsse abzufedern, Schaden zu begrenzen, Energie sorgfältig in der Netzkonstruktion zu verteilen. Das ging bis zu einem gewissen Grad, und für einen Augenblick konnte man fast den Eindruck bekommen, der Frachter könne die Katastrophe sogar überleben, zumindest ein Teil der Container könnte mit seinen Insassen lebend gerettet werden. Doch schnell erwies sich dies als Illusion. Die kinetische Energie war zu stark, und der Aufprall erzeugte Hitze. Explosionen ereigneten sich, wo Reaktoren ihre Schutzmechanismen verloren oder Energiespeicher die

Abschirmungen. Die Feuerwolken wurden rasch verschluckt, als die gigantische Trümmerwolke des sich an der Masse des Rhodiwracks zerreibenden Gitters entstand wie eine Blume aus Metall und Plastik, die nach der Zertrümmerung aller Strukturen abprallte und in alle Richtungen ins All schwebte. Die Container waren nicht vaporisiert worden, einige waren in einem Zustand, der sie fast unbeschädigt erscheinen ließ. Was man von außen nicht sah, war das, was der Aufprall mit den Bewohnern der Behälter angerichtet hatte, als die Dämpfer und Absorber versagt hatten und sie alle wie matschige Fleischreste an den Wänden verteilte. Niemand konnte das überlebt haben, und in der Tat, als die Iskoten, gründlich und aufmerksam, wie es ihre Art war, ins All lauschten, fingen sie kein Lebenszeichen mehr auf, keinen Notruf, nichts. Sie warteten noch einige Minuten, scannten die Region sorgfältig ab, doch es gab hier nichts mehr zu beobachten.

Die Iskoten waren nicht frustriert. Sie dachten effizienzorientiert. Sie hatten die Aufgabe vollbracht, ohne unnötig viele Ressourcen an Munition und Energie zu benutzen. Die Opfer ihres Angriffs hatten ihnen die Arbeit abgenommen, und obgleich die Schergen des Rates dabei keine übermäßige Befriedigung empfanden, so bewerteten sie doch alles als guten Erfolg und kehrten in der Gewissheit zu ihren Stützpunkten zurück, dass alle Beteiligten zufrieden sein konnten.

Selbst die Handai, die sich selbst getötet hatten. So waren sie von unnötigem Leid verschont, das die Iskoten ohne Probleme unter ihnen verteilt hätten. Für die iskotischen Kommandeure eine klassische Win-win-Situation.

Und auch der Ratsvorsitzende würde ganz sicher mit dem Ergebnis zufrieden sein.

8

Kyen war es ein wenig peinlich.
 Eine neue Regung für ihn. Peinlich. Verlegen sein. Er konnte sich nicht daran erinnern, wann er das letzte Mal derlei empfunden hatte. Vielleicht als Kind, eine Ewigkeit war das her. Es war unangenehm und angenehm zugleich.
 Warum eigentlich?
 Man hatte ihn so gut behandelt. Höflich. Hilfsbereit. Freundlich. Ihm mangelte es an nichts. Ihm wurde Mitleid entgegengebracht, und das auf unterschiedliche Weise, was manchmal sicher auch unangenehm war. Er war allein, er konnte nicht nach Hause, er war gestrandet. Niemand hier schien zu begreifen, dass die Befreiung aus der Sphäre und den dortigen Lebensverhältnissen in ihm immer wieder ein Gefühl tiefer Dankbarkeit und großen Glücks auslöste, wenn er sich dessen gewahr wurde. Kyen war allein? Das stimmte doch gar nicht. Er war von anderen Lebewesen umgeben, deren Anblick er gut ertrug, mit denen er reden konnte,

sogar scherzen, die Leid verstanden genauso wie Freude, die Bedürfnisse hatten und deren Gesellschaft darauf ausgerichtet war, jedem ein würdiges Leben zu ermöglichen, so gut es eben ging. Es war kein Paradies, es war keine Perfektion, aber in allem so viel besser als das Leben in der Sphäre, umgeben von toten Raumschiffen und Regierenden mit toten Herzen ...

Und einfach nur Toten.

Niemand musste ihn bemitleiden.

Und er wollte die ganze Freundlichkeit, all die Hilfe so gerne zurückzahlen. Stundenlang, tagelang saß er mit den Experten des Konkordats zusammen und redete, beantwortete alle Fragen, strengte sein Erinnerungsvermögen an. Er kniete sich richtig rein. Er kratzte jedes Detail, jede Beobachtung, jede Halbwahrheit und Vermutung hervor, an die er sich erinnern konnte. Er gab ihnen alles, was er wusste, und waren sie in ihren Fragen unermüdlich, so war er es in seinen Antworten.

Aber alles in allem war es so *wenig*.

Das war ihm peinlich, denn er hätte seine Schuld gerne besser beglichen. Niemand hielt ihm das vor. Keiner verlangte etwas von ihm. Sehr genau waren alle darauf bedacht, ihn weder zu überfordern noch dafür zu kritisieren, dass er auf viele Fragen keine oder nur eine unzureichende Antwort kannte. Aber es ging ja vor allem darum, welche Ansprüche er an sich stellte, und die tiefe Dankbarkeit, die er für die gute Aufnahme empfand, war ihm eine große Motivation, alles zu geben und sich gleichzeitig unzureichend zu fühlen.

Degenberg gehörte zu den Männern, mit denen er regelmäßig zu tun hatte, dazu ein Mann von einer Einrichtung namens »Astronomische Autorität«, die offenbar für

Forschungsfragen im interstellaren Raum zuständig war und das größere der beiden Schiffe entsandt hatte. Er hieß Houten und wirkte ständig gereizt, was Kyen noch nervöser machte, da er – fälschlicherweise, wie Degenberg immer wieder betonte – diese Reizbarkeit auf sich bezog. Houten, so hatte der Arzt ihm erklärt, war verantwortlich für das Desaster mit der Sphäre, und obgleich Kyen wusste, dass der Großteil der Schuld woanders lag, verstand er die Situation. Er betonte immer wieder, dass die Sphäre dieses Spiel seit Jahrtausenden trieb und eine endlose Kette an Neugierigen (oder nur Gierigen), Wagemutigen und Verzweifelten angelockt und in ihrem Inneren eingesperrt hatte. Wenn Houten einen Fehler begangen hatte, dann nur einen, den viele andere vor ihm ebenfalls gemacht hatten und manche davon mit weitaus weniger edlen Beweggründen.

Kyen wusste nicht, ob das half. Houten blieb gereizt. Kyen verstand das. Selbstvorwürfe, das Konzept war ihm bekannt.

Die Kadenz der Befragungen ließ nach einigen Tagen nach, als sie anfingen, sich zu wiederholen, und alle merkten, dass ihr Gast nichts mehr anzubieten hatte. Er war sogar von Vertretern der Medien befragt worden, ein für ihn eher vages Konzept, da er nur das offizielle Nachrichtenverbreitungssystem des Rates gekannt hatte, und auch die Neugierde dort war nur kurz entflammt, um sich daraufhin anderen Themen zuzuwenden.

Einige Tage später, und Kyen besprach bereits seine persönliche Zukunft. Degenberg hatte gute Nachrichten. Das Konkordat bot ihm eine Unterstützung an und die Möglichkeit, die bereits vorhandenen Qualifikationen anzupassen, um vielleicht zu arbeiten. Kyen wollte seinen Gönnern nicht dauerhaft auf der Tasche liegen und freute sich darauf, alle Freiheiten in der Lebensgestaltung zu genießen, die andere Bürger des Konkordats ebenfalls hatten. Dass dazu manchmal auch das Risiko des Scheiterns gehörte, nahm er dabei in Kauf. Er war schon viele Risiken eingegangen, das letzte unter Einsatz seines Lebens.

Er hatte eine Wohnung bezogen – bescheiden nach Aussagen Degenbergs, von unermesslichem Luxus nach eigener Einschätzung – und versuchte, seinem Leben eine neue Richtung zu geben, als eines Abends, unerwartet und zu einer Uhrzeit, die im Konkordat für derlei als unüblich galt, Houten sich bei ihm meldete.

Er sah nicht mehr ganz so gereizt aus. Etwas war passiert, das fühlte der Angerufene sofort.

»Kyen, ich muss mich für die späte Störung entschuldigen«, sagte der Mann, und sein Gesprächspartner, mittlerweile etwas mehr mit der Mimik der Menschen vertraut, erkannte, dass die Reizbarkeit in der Tat einer anderen Form der Anspannung Platz gemacht hatte.

»Es macht nichts. Wenn ich helfen kann, stehe ich zur Verfügung.«

»Ich komme dann gleich zum Thema: Sie haben uns nichts über den Verfolger gesagt!«

Kyen schwieg, vor allem, weil er kein Wort verstand und es nicht gleich zugeben wollte. Es klang ein wenig wie ein Vorwurf. Lieber noch einmal nachdenken. Verfolger ...

»Verfolger?«, echote er dann doch.

Houten schien nicht verärgert. »Können Sie noch heute in die Zentrale der Autorität kommen? Es ist wichtig, möglicherweise sogar sehr.«

»Ich bin ... Natürlich!«

»Ein Fahrzeug holt Sie in Kürze ab. Ich danke Ihnen.«

Kyen war verwirrt, ein Gefühl, das sich auch nicht legte, als der versprochene Gleiter kam und ein Pilot ihn abholte und auf direktem Weg zum imposanten Zentralgebäude der Autorität brachte. Es war dunkel, die Stadt hell erleuchtet, und wie immer genoss Kyen es, auf einem richtigen Planeten zu sein, richtige, frische Luft zu atmen und durch diese Luft zu fliegen, in der Gemeinschaft mit Tausenden anderer Nachtschwärmer, von denen ihm keiner ans Leder wollte und niemand die notwendigen Ressourcen für das Überleben streitig machte.

Dieses besondere Gefühl der Erleichterung würde ihn wohl niemals verlassen.

Er war bereits einmal in der Zentrale der Autorität hier auf Toragus gewesen, und für jemanden, der die Enge und Dunkelheit altersschwacher Raumschiffe gewohnt war, stellte dieses Gebäude immer noch den Inbegriff der Grenzenlosigkeit seiner neuen Existenz dar. Die Zentrale war ein Saal, in dem unzählige Wissenschaftler vor Konsolen saßen und, der Eindruck entstand zumindest, das Universum einigermaßen im Griff hatten. Kyen wusste genau, dass das eine gefährliche Illusion war, aber er gab sich dieser gerne für einige Momente hin.

Houten erwartete ihn und lächelte erwartungsvoll. »Hier entlang, da ist es ruhiger.«

Er betrat Houtens Büro, das ebenfalls von beeindruckender Größe war, und seine Schritte wurden von einem weichen, federnden Teppich verschluckt, der wie eine Fläche grünen Grases aussah und einen eigentümlichen Duft ausströmte, der dem Mann zu behagen schien. Houten war nicht allein, eine Frau war bei ihm, die übermüdet wirkte, auch etwas, das Kyen zu erkennen gelernt hatte. Auch sie wirkte voller Erwartung. Es war definitiv etwas passiert.

»Das ist Dr. Patel, unsere Observationskoordinatorin. Seit dem Besuch der Sphäre haben wir diese Position geschaffen, um alle Observationsdaten, die im Konkordat generiert werden, zu vernetzen und zentral auszuwerten. Dr. Patel, wenn Sie unserem Freund hier kurz schildern könnten, was wir bemerkt haben?«

Die zierliche Frau, deren große braune Augen irgendwie ideal zu jemandem passten, der Dinge beobachtete, nickte und machte eine Handbewegung. Eine Projektion flackerte auf und zeigte erst den Sternenhimmel und dann einen blinkenden Punkt.

»Vor siebzehn Stunden fiel zwei Deep-Space-Sonden dieses sich bewegende Objekt auf, das deutliche Spuren eines aktiven Hyperantriebs hinterließ und von erheblicher Größe sein muss. Es generiert Eigenenergie und operiert zielgerichtet. Die Hyperetappen sind kürzer als bei der Sphäre, dafür erfolgen sie in kürzeren Abständen. Der bisherige Kurs folgt exakt der Flugbahn der Sphäre, soweit sie uns bekannt ist – was dankenswerterweise eine gute Datengrundlage ist, da wir die Speicher des Fluchtschiffes unseres Gastes auswerten durften.«

Kyen nahm die Bemerkung als Lob. Sein »Fluchtschiff« – eine blecherne Hülle voller Elektronikschrott – war offiziell sein Eigentum, und er war tatsächlich gefragt worden, ehe die Wissenschaftler der Autorität sich intensiv damit beschäftigt hatten. Es enthielt einen kompletten Datensatz der offiziellen Aufzeichnungen des Rates, die für alle Bewohner der Sphäre frei zugänglich waren, und dazu gehörte auch die bisherige Reise der Sphäre, soweit sie bekannt war. Die Daten reichten mehrere Hundert Jahre in die Vergangenheit. Die Wissenschaftler des Konkordats hatten die Ergebnisse eifrig diskutiert, und Kyen gerade dazu viele der Fragen gestellt, auf die er beim besten Willen keine Antwort wusste.

»Wir nennen das Objekt daher den Verfolger.« Dr. Patel lächelte schwach. »Nicht sehr einfallsreich, fürchte ich.«

»Aber treffend. Danke, Prita.« Houten sah Kyen auffordernd an, was dieser erst nicht verstand. Erst als sich die Phase des Schweigens in die Länge zog, fühlte er sich tatsächlich angesprochen.

»Ich glaube, Sie erhoffen sich von mir eine Erkenntnis über die Natur dieses … Verfolgers«, sagte er dann und machte sogleich die Geste, die für die meisten Menschen eine Verneinung ausdrückte, indem er seinen Kopf von einer Seite zur anderen drehte, und das mehrmals kurz hintereinander. »Ich höre zum ersten Mal davon. Ich weiß nicht, ob der Rat darüber Bescheid wusste, aber ich bezweifle es, und wenn, haben wir normale Bewohner davon nie etwas erfahren. Unsere Haltung war immer: Bricht die Sphäre einmal auf, folgt ihr niemand, zumindest nicht erfolgreich, und jene, die in ihr verschollen sind, bleiben auf ewig verloren.«

Kyen sah die beiden Menschen an, die offenbar mehr Informationen erhofft hatten, aber nicht ganz so enttäuscht waren wie er selbst, dass er nicht weiterhelfen konnte.

»Damit haben wir gerechnet«, erklärte Houten dann in beruhigendem Tonfall. »Wir machen Ihnen keine Vorwürfe und glauben Ihnen. Diesmal werden wir uns nicht so leicht überrumpeln lassen. Wenn das Objekt innerhalb des Konkordats auftauchen sollte, werden wir bereit sein – und sehr vorsichtig. Aber wenn der Verfolger es auf die Sphäre abgesehen hat, möglicherweise ausgeschickt von einer Zivilisation, die den Streifzug des Objekts nicht länger dulden möchte, sollten wir eine Kontaktaufnahme versuchen. Und da wäre es natürlich hilfreich, wenn jemand dabei wäre, der mit den Verhältnissen innerhalb der Sphäre bestens vertraut ist ... um Missverständnisse zu vermeiden.«

Kyen zögerte einen Moment mit einer Antwort. In ihm gab es einen Widerstreit zwischen dem Wunsch, seinen Gastgebern und Rettern dienlich zu sein, und der Ahnung, dass er genau das wahrscheinlich nicht sein würde. Der Mann sprach im allerbesten Fall von einer diplomatischen Mission – und Kyen war, bei allem persönlichen Mut und, so wollte er annehmen, erträglichen Charakter, doch nicht mehr als ein Wartungstechniker. Er wusste, wie man Nährlösungen für die Pflanzenaufzucht setzte und die richtigen Temperaturen und die Luftfeuchtigkeit regelte, und er konnte entsprechende Anlagen reparieren, zumindest die alten, mit denen er zu tun gehabt hatte. Aber das hier lag mehrere Gehaltsklassen über ihm.

»Ich bin überfordert«, sagte er also, wohl wissend, dass ihm Ehrlichkeit hier nicht zum Nachteil gereichte, ebenfalls eine wohltuende Veränderung zu seinem Leben in der Sphäre.

Houten nickte ernst.

»Das kann ich verstehen. Wir haben geschulte Fachkräfte, die das Reden übernehmen. Sie sollen nur dabei sein – als Berater, wenn Sie so wollen. Als Beobachter. Ich möchte Sie vor Ort haben, falls wir doch auf Ihre Erfahrung zurückgreifen müssen. Wir wollen vorbereitet sein, das ist alles. Ich kann und werde Sie nicht zwingen, aber ich würde es als persönlichen Gefallen werten, wenn Sie zustimmen.

Und es soll Ihr Schaden nicht sein. Für Consultingaufträge zahlt die Autorität ordentliche Sätze. Steuerfrei«, fügte Houten dann noch mit einem Augenzwinkern hinzu.

»Steuerfrei« war wichtig. Kyen war mit dem Prinzip von »Steuern« durchaus vertraut: Alle Zivilisationen im Rat hatten einen Prozentsatz ihrer Ressourcen an den Rat abzuliefern, manche ständig, andere auf Zuruf. Doch das war immer eine kollektive Aufgabe einer Schiffspopulation, keine individuelle Verpflichtung. Im Konkordat war das anders, daher war »steuerfrei« ein erstrebenswerter Zustand besonderen Genusses, soweit Kyen das verstand. Er sollte es also als verstärkendes Argument ansehen, obgleich er das nur auf einer sehr abstrakten Ebene tat.

»Nun gut«, sagte er dann, als das Gefühl der Verpflichtung in ihm obsiegte. »Ich helfe Ihnen, wenn ich kann. Erwarten Sie nicht zu viel von mir.«

»Seien Sie einfach nur dabei, Kyen.« Houten holte etwas aus der Aktentasche, die er neben sich auf dem Boden stehen hatte. Er überreichte Kyen eine Art Ausweis sowie ein dünnes Pad. »Sie sind jetzt im Auftrag der Autorität unterwegs, herzlich willkommen! Melden Sie sich in 24 Stunden auf der *Montgomery Scott*, einem unserer Forschungsraumer. Es wird ein Team an Bord nehmen und dem Verfolger entgegenfliegen. Es ist unser Ziel, mit ihm in Kontakt zu treten, ehe er das Konkordat erreicht. Ich hoffe, dass Sie das in Ihrem Entschluss nicht wanken lässt.«

Kyen war keiner, der ins Wanken kam. Sonst hätte er sich nicht auf die Liste der Freiwilligen setzen lassen, die bei einem Halt versuchen würden, der Sphäre zu entkommen. Er nahm die Dokumente entgegen. Er empfand einige Aufregung in sich, aber plötzlich auch Vorfreude und Neugierde.

Er sah den Ausweis an. Für ihn kam jetzt noch etwas völlig Neues ins Spiel. Er hatte ... Status.

Das war wirklich ungewohnt. Und sehr angenehm.

Möglicherweise würde er vom Verfolger erfahren, was es mit der Sphäre und ihrem Plünderzug durch das Universum auf sich hatte. Darüber mehr Klarheit zu erlangen, das war das Risiko wert.

»Ich werde da sein.«

»Dann übermittle ich Ihnen alle Beobachtungsdaten, die wir haben.«

»Gibt es ein Abbild aus der Nähe?«

Houten kratzte sich am Kopf. »Es gibt tatsächlich so etwas Ähnliches. Eine der Fernsonden verfügt über neuartige Messinstrumente und ist weit genug draußen gewesen, um sich das Objekt genauer anzusehen. Es ist von erheblicher Größe, aber immer noch deutlich kleiner als die Sphäre – ein großes Raumschiff, eine mächtige Konstruktion, aber für uns viel einfacher zu verstehen als der Ort, aus dem Sie geflohen sind. Tatsächlich haben wir den Eindruck, dass es sogar zwei Raumfahrzeuge sein könnten, die irgendwie aneinandergekoppelt sind. Hier, schauen Sie es sich an. Ich bin gespannt auf Ihre Einschätzung.«

Große Raumschiffe waren Kyen vertraut. Derer gab es viele in der Toten Armada, aktive Einheiten wie auch ausgeplünderte Wracks. Er schaute auf die detailgetreue Projektion, die sich vor seinen Augen etablierte und die Aufnahmen der Fernsonde gestochen scharf präsentierte.

Er zwinkerte mit der Außen- und der Innenmembran, in seinem ansonsten muskellosen Gesicht die höchste Form der nonverbalen Kommunikation. Houten, der oft genug mit ihm zu tun gehabt hatte, entging die Reaktion nicht.

»Sie haben so etwas schon einmal gesehen, Kyen?«

Dieser krächzte etwas, ein Ausdruck der Überraschung, den die Menschen gut verstanden. Er brauchte einen weiteren Moment, wollte sichergehen, dann deutete er auf die verbundene Konstruktion.

»Zwei aneinandergekoppelte Schiffsgiganten, nicht einer«, sagte er dann. »Damit liegen Sie richtig.«

»Was können Sie uns noch sagen?«

Kyen rückte das pfeilförmige Schiff in den Fokus. »Das ist ein Raumer der An'Sa. Sie starben lange vor meiner Geburt, eines der älteren Völker der Sphäre. Ihre Schiffe in der Sphäre sind deutlich kleiner, und es gibt nicht viel über sie zu sagen. Sie brachten sich gegenseitig um, so sagt man, in einem erbitterten Konflikt, den niemand so richtig verstanden hat. Das Gerücht meint, es habe sich um eine religiöse Auseinandersetzung gehandelt. Sie finden davon etwas in der Ratsdatei, die Sie von meinem Schiff erbeutet haben. Man kann sich den Pfeilschiffen nähern, aber sie nicht ausplündern. Semiintelligente KIs haben das Kommando, nachdem der letzte An'Sa starb, und sie verfügen über recht effektive Verteidigungseinrichtungen gegen Enterkommandos. Niemand kommt ihnen mehr nahe, nicht einmal die ganz Verzweifelten.«

Houten und Patel hatten aufmerksam zugehört. Dann zeigte die Frau auf das andere Schiff.

»Und das da? Das kennen Sie auch?«

»Oh ja.«

»Sie sehen nicht erfreut aus.«

»Ich bin mir auch ziemlich sicher, dass es kein Grund zur Freude ist. Das dort ist eine sehr große, sehr furchteinflößende – und ich meine das mit vollem Ernst! – königliche

Barke der Skendi. Da ist ohne Zweifel eine Fruchtmutter an Bord.«

»Eine Fruchtmutter?«

»Eine Königin. Eine Anführerin. Es gibt eine in der Sphäre. Sie ist nicht ... beliebt. Zumindest nicht bei allen. Ich will nicht vorschnell das Falsche sagen.«

Houten und Patel warfen sich fragende Blicke zu. »Was *können* Sie uns sagen?«

Kyen seufzte. »So einiges, obgleich ich befürchte, dass vieles davon nur Propaganda des Rates ist. Aber eines ist sicher – sehen Sie das flammende Rot da auf der Hülle?«

»Ein Energieausbruch oder ein Schutzfeld.«

»Nein. Ein Wappen. Es wird aktiviert, wenn die Fruchtmutter auf Kreuzzug ist. Das ist, egal wie man es wendet, eine schlechte Nachricht für alle, die sich ihr in den Weg stellen.« Kyen holte tief Luft. »Und das gilt auch für Unbeteiligte.«

Dann erzählte er ihnen, was er wusste. Von Quara, die einen schlechten Ruf hatte, weil sie vom Rat unabhängig agierte, eine eigene Gefolgschaft unterhielt und die bei allen Ratsvorsitzenden unbeliebt gewesen war, egal wie diese sich sonst verhielten, und aus durchaus unterschiedlichen Gründen. Eine schwierige Frau. Eine mächtige Frau. Unberechenbar.

Niemand wirkte erfreut, als er fertig war.

9

»Wer ist als Nächstes an der Reihe?«
Eirmengerd hatte die Frage natürlich erwartet, und mit einer Handbewegung übertrug er die Liste möglicher Ziele auf Saims Computer. Der studierte sie nur flüchtig. Es war ja nicht so, als sei diese Diskussion neu. Nur die unmittelbare Entscheidung hatte er sich vorbehalten, einfach um sicherzustellen, dass er die volle Kontrolle über die Eskalation behielt. Er wollte nicht mit einem Male Kräfte entfesseln, die er nachher nicht mehr zu bändigen in der Lage war. Die Intensität musste langsam und mit Bedacht gesteigert werden, sodass dann, wenn er die richtig großen Brocken anging – bis hin zur Selbstvernichtung des Rates, den er für ein höchst überholtes Relikt hielt –, niemand mehr allzu empört war.

Oder die Empörten vornehmlich damit beschäftigt zu sterben.

Und natürlich traute er auch General Eirmengerd nur so weit, wie er spucken konnte. Ja, der Mann hatte sich nichts zuschulden kommen lassen, weder er noch seine Soldaten. Aber Saim war ein chronisch misstrauischer Ratsvorsitzender, und seine Pläne waren so groß, dass sie selbst bei seinen Anhängern zu einem gewissen Zeitpunkt Widerstand hervorrufen würden – vor allem, wenn es ganz unausweichlich einem von ihnen an den Kragen gehen sollte.

Bis jetzt allerdings gab es keine Klagen. Der Iskote verhielt sich mustergültig, ja, beinahe eifrig. Saim hatte ein gutes Gefühl bei ihm und war froh, dass Loyalität noch einen Wert hatte.

Eirmengerd rief eine Karte der Sphäre auf, und mit einer Handbewegung ließ er einen kleinen Ausschnitt aufleuchten, um ihn daraufhin zu vergrößern.

»Ich schlage vor, die drei Raumkatamarane der Dagidel zu vernichten. Es sind kleine Schiffe, nicht schwer bewaffnet, und sie sind vor einigen Jahren mit einem ziemlichen Lärm aus dem Rat ausgetreten. Niemand wird ihnen eine Träne nachweinen.«

Der Iskote klang sehr selbstzufrieden, und das aus gutem Grund. Die Dagidel waren ein einfaches Opfer, ein leichter Sieg. Eirmengerd mochte leichte Siege, die mehrten Ruhm und förderten die Moral, ohne dass man dafür ein allzu großes Risiko eingehen musste.

»Die Dagidel sind launisch«, stimmte Saim zu, der sich durchaus für den Vorschlag erwärmen konnte. »Aber es gibt hier ein kleines Problem: Sie stehen offiziell unter dem Schutz der Fruchtmutter. Ist es wirklich an der Zeit, Quara schon jetzt zu provozieren? Es geht mir weniger um das Ob, sondern um das Wann, General.«

Eirmengerd zeigte seine Zähne. »Offiziell ja. Ich verstehe Ihren Einwand, Ratsvorsitzender. Aber betrachten wir die taktische Gesamtsituation. Die Skendi sind an der Forschungsstation damit befasst, irgendwas zu tun – ich kann mir das plötzliche Interesse für den Kern immer noch nicht erklären ...«

»Riem«, stieß der Vorsitzende den Namen des ehemaligen Stellvertreters hervor. »Er steckt dahinter. Ich hätte ihn gleich nach Geons Tod beseitigen sollen.«

Eirmengerd war klug genug, das nicht zu kommentieren. Saim durfte sich selbst kritisieren, aber er duldete kein Zeichen der Kritik von seinen Untergebenen, das widersprach seinem Verständnis von Disziplin. Das hieß nicht, dass der Iskote nicht anderer Meinung sein durfte. Er musste nur sehr vorsichtig sein, wie er sie äußerte, und manchmal war eben Schweigen Gold.

»Aber das ist gar kein Problem«, fuhr der Ratsvorsitzende fort, und der momentane Zorn schien schlagartig verraucht, als er sich wieder der notwendigen Entscheidung widmete. »Die Fruchtmutter ist beschäftigt, und ich weiß jetzt, worauf Sie mit Ihrem Vorschlag hinauswollen, mein Freund. Sie wird den Dagidel nicht zu Hilfe kommen können, vor allem dann nicht, wenn wir überraschend und entschieden angreifen. Und dann wird sie als Patron schlecht dastehen, da sie ihre Schützlinge dem Feind hat überlassen müssen, der diese bis auf den letzten Rest ausgelöscht hat. Ihre Reputation wird sinken, und sie wird wütend sein, so wütend, dass sie möglicherweise etwas Unüberlegtes tut – was in jedem Fall für uns von Vorteil ist. Denn dann haben wir einen wunderbaren Grund, die Fruchtmutter weiter zu isolieren und anzugreifen – und die Forschungsstation gleich mit, deren Besatzung wir offiziell als Abtrünnige brandmarken können. Riem wird endgültig diskreditiert, mit ihm auch die Erinnerung an Geon, was mir gleichfalls zuträglich ist. Die *Scythe* wird ohne Hilfe bleiben und es sich zweimal überlegen, uns weiter Probleme zu bereiten. Alles wird sich fügen.«

Saim hatte mit Eifer gesprochen, erwärmte sich für die Vision, die sich in für ihn logischer Verkettung aus dem Angriff auf die drei hilflosen Schiffe ergab. Er sonnte sich für einen Moment in der Vorstellung, durch diesen Weg über kurz oder lang gleich mehrere Probleme gelöst zu haben. Eirmengerd, der die ursprüngliche Idee formuliert hatte, schwieg. Saim darauf hinzuweisen, wem dieser Einfall zu verdanken war, wäre unangemessen. Und Saim war sich des Nutzens des Generals ja durchaus bewusst. Er erfüllte seine Funktion vorbildlich, und eine bessere Lebensversicherung gab es für niemanden.

»Soll ich also den Angriff befehlen?«, fragte der Iskote.

»Lass uns erst noch einen Blick auf die Alternativen werfen.« Saim wollte gründlich vorgehen, er hielt nichts von allzu spontanen Beschlüssen. Sein Blick wanderte erneut über die Liste. Auf der dreidimensionalen Karte ließ er verschiedene Abschnitte aufleuchten.

»Die Peerbiber auf diesem Holzschiff ... ich habe nie verstanden, wie die überhaupt so lange überleben konnten. Ich glaube, die sind ebenfalls sehr entbehrlich und können entsorgt werden. Keiner mag sie, sie sind vorlaut und ziemliche Schnösel.«

»Unangenehme Zeitgenossen«, bestätigte Eirmengerd. »Und nur ein Schiff, ein leichtes Ziel.«

»Dann haben wir da noch die Yorgiren. Ihr Schiff ist etwas größer und bewaffnet, soweit wir sehen können. Wir wissen aber generell eher wenig über sie, oder?«

Der Iskote machte eine zustimmende Geste, als der entsprechende Sektor markiert wurde.

»Sehr zurückgezogen. Wir ahnen nicht einmal, welche Ressourcen ihnen noch zur Verfügung stehen.« Eirmengerd zögerte. »Hier wäre es vielleicht sinnvoll, anstatt der Zerstörung eine Eroberung des Schiffes in Betracht zu ziehen. Es wäre eventuell eine gute Beute und könnte uns verstärken.«

Saim überlegte. Es ging immer um Ressourcen und um nichts anderes. Aber es widersprach seiner Strategie, gnadenvoll zu handeln, selbst dann, wenn er nachher alle Yorgiren aus der Schleuse stoßen ließ. Es machte einen schlechten Eindruck, wie eine wohlüberlegte Exekution, kein sauberer, militärischer Angriff. Er musste vorsichtig sein.

»Nein«, entschied er schließlich. »Die Yorgiren später. Ich denke, wir bleiben bei meinem ursprünglichen Plan. Die Dagidel. Wir bereiten alles vor.«

Eirmengerd deutete eine Verbeugung an. Ihm war sicher nicht entgangen, wie aus seinem Plan plötzlich der Saims geworden war. Nichts, worüber er sich beschweren würde. Saim nahm es mit Zufriedenheit zur Kenntnis. Der Iskote kannte seinen Platz. Wenn man das nur von jedem behaupten könnte!

»Gibt es sonst noch etwas, mein Freund?« Jetzt, wo Saim eine Entscheidung gefunden hatte und wusste, dass sich die Dinge in seinem Sinne entwickeln würden, wirkte er sehr entspannt.

»Die *Scythe*, Herr.«

»Henk versucht es erst einmal auf die sanfte Tour. Er hat eine geeignete Kandidatin gefunden, wie ich höre?«

»Ja, Ratsvorsitzender. Ich habe nichts gegen seinen Plan, aber ich bin beunruhigt und Henk ist, bei allen seinen

Qualitäten, die ich gar nicht in Abrede stelle, kein taktisch denkender Mann, vor allem und immer der Wissenschaftler und Diplomat. Der Widerstand von Captain Apostol kommt zur Unzeit, und wenn der Status der Fruchtmutter sich möglicherweise auch verschlechtert, habe ich doch Sorgen, dass die Dinge nicht ganz so gut verlaufen könnten, wie wir es uns erhoffen.«

Saim nahm es nicht als Kritik. Er war kein Dummkopf. Man musste immer mit dem Unvorhergesehenen rechnen und mit Verzögerungen, Umwegen wie auch Rückschlägen. Saim hatte einen Traum, aber er verstellte ihm nicht den Blick auf die Realität. Eirmengerd hatte ein klares Verständnis vor allem von militärischer Macht, deswegen war er ja in Saims Gunst so weit aufgestiegen.

»Dann ist doch klar, dass wir die Fruchtmutter am Ende unseres Feldzuges besiegen werden. Zuletzt wird sie allein sein.«

»Herr, ich rede nicht von ihr. Sie ist eine Gefahr, ja, aber eine kalkulierbare. Die Terraner sind hingegen noch unkalkulierbar, und ihre fortdauernde Aktivität am Kern macht mir Sorgen. Ich bitte Sie, mir zu gestatten, einen Agenten zu platzieren, damit wir für den Fall, dass unsere Pläne sich nicht perfekt entwickeln, eine Informationsquelle haben. Oder jemanden, der in unserem Sinne aktiv werden kann. Einen Joker, wenn Sie so wollen.«

Saim nickte gedankenverloren. »Einen Agenten. Aber auch einen Saboteur?«

»Jemand, der verschiedene Rollen zu unserer Zufriedenheit erfüllen kann.«

»Es wird schwer sein, jemanden zu finden, der dazu in der Lage ist.«

»Nein.« Eirmengerd machte eine wischende Handbewegung, und das Bild eines Menschen wurde sichtbar. »Tatsächlich habe ich mich dieser Sache bereits angenommen.« Saim schaute auf den Menschen. Es handelte sich um ein weibliches Exemplar, soweit Saim das zu differenzieren in der Lage war.

»Wir haben eine Freiwillige«, erklärte Eirmengerd. »Sie hat sich bei uns gemeldet, und wir haben den Kontakt vertraulich behandelt und erfolgreich, wie ich meine. Sie ist bereit, ihre eigenen Leute zu verraten, wenn sie dafür eine privilegierte Position in der neuen Zeit erhält. Ressourcen für den persönlichen Gebrauch. Persönliche Freiheiten, natürlich innerhalb eines vernünftigen Rahmens. Ich versprach, diesen Gedanken Ihnen vorzutragen, Ratsvorsitzender.«

Saim sah die Menschin in Ruhe an. »Woher wissen wir, dass es sich nicht um einen Trick handelt?«

»Sie erklärte sich dazu bereit, ein Kontrollimplantat zu tragen. Wir können ihr die verbesserte Version geben, über die wir bereits sprachen. Unser Freund Henk hat diesbezüglich erstaunliche Fortschritte gemacht.«

»Den Loyalitätsverstärker? Ist er denn nicht noch in der Erprobung?«

»Wir sind zuversichtlich, was seine Wirksamkeit angeht. Er steht kurz vor der Serienreife. Wir würden das Exemplar exakt auf ihre Physiologie abstimmen. Ich denke, dass die Chancen eines Verrats damit absolut minimiert werden. Eine Handlung in dieser Richtung wäre ihr Tod, das werden wir ihr deutlich machen.«

»Es gibt bereits einen Plan?« Da war eine Andeutung von Unwillen oder Misstrauen in Saims Stimme. Ja, es war gut, wenn Leute wie der Iskote und Henk eigenständig dachten. Aber zu viel Eigenständigkeit musste bei jemandem wie Saim automatisch Zweifel auslösen.

»Wir haben noch einige Rettungskapseln der *Licht*. Wir können leicht eine präparieren. Sollte Riem noch Kontakte haben, können wir auch eine legitime Flucht effektvoll inszenieren, überzeugend für alle Beteiligten.«

»Überzeugend?«

Eirmengerd machte eine abschätzige Geste. »Auch unter den Meinen gibt es jene, deren Effektivität zu wünschen übrig lässt. Ihr Tod ist verschmerzbar, dürfte einer solchen Flucht aber eine gewisse Überzeugungskraft geben.«

Saim gefiel, wie der Iskote dachte. Selbst die eigenen Soldaten auszudünnen, wenn sie nicht seinen Erwartungen entsprachen, das war die Denkweise, die sie jetzt benötigten.

»In der Tat, in der Tat.« Saim sah erneut auf das Abbild der Frau. »Ihr Name?«

»Tizia McMillan. Eine junge Wissenschaftlerin, die offenbar mit ihrem Leben noch etwas vorhat.«

»Gut. Bringe sie zum Verhör. Ich will selbst mit ihr sprechen und treffe dann eine Entscheidung.«

»Herr.«

Saim erhob sich, als das Bild der potenziellen Verräterin erlosch. »Und jetzt die Dagidel, Eirmengerd!«, erinnerte er.

Der Iskote verbeugte sich. »Sie sind so gut wie tot.«

10

»Das ist keine Wand!«, erklärte Elissi mit ein wenig Trotz in der Stimme.

Der Trotz war berechtigt. Dreimal hatte sie diesen Satz jetzt schon geäußert, und niemand hatte auf sie gehört, auch Lyma Apostol nicht, die immer noch nicht genau wusste, was von dieser jungen Frau zu halten war. Aber Jordan stellte sich auf ihre Seite, immer wieder, obgleich alle nur mit dem Kopf geschüttelt hatten, und er kannte sie. Als Severus Inq auf Drängen Elissis mit einem Scanresonator aus den Beständen der *Scythe* zu ihnen kam und das Gerät auf die bezeichnete Stelle richtete, wurde ihre Aussage bestätigt, und der Trotz zahlte sich aus. Die Wand, die die Galerie abschnitt und den Zugang zu dem Bereich versperrte, von dem aus sich die »Nadel« in die Masse unten absenkte, war keine Wand, es war eine Tür.

»Woher haben Sie das gewusst?«, fragte Inq.

»Ich habe es erklärt«, erwiderte Elissi und war offenbar nicht bereit, eine weitere Erklärung hinterherzuschieben.

Immerhin sagte sie nicht: »Ich habe es ja gesagt!«, so war sie wohl nicht. Inq sah Apostol an, die mit den Schultern zuckte.

»Ja, das hat sie. Sie sagte, es sei unlogisch und außerdem sei da ein Haarriss.«

Der Androide nickte.

»Da ist ein Haarriss. Und eine Wand hier einzubauen, auf Höhe der Hälfte der Galerie, ist zumindest vernünftig und als Stabilisation gut geeignet. Dementsprechend ist eine Tür logisch.«

»Du stellst dich jetzt auf ihre Seite?«

Inq hob seine artifiziellen Augenbrauen. »Haben wir jetzt hier Seiten?«

Apostol antwortete nicht. Nein, die hatten sie nicht. Worüber sie im Übermaß verfügten, waren Müdigkeit, Reizbarkeit und ein Mangel an gegenseitiger Vertrautheit. Abgesehen davon war alles ganz wunderbar in Ordnung.

»Die Tür kann nicht manuell geöffnet werden«, sagte Riem, der die ganze Wand zusammen mit Jordan abgesucht hatte. »Es gibt keinerlei Zugang. Sie benötigt Energie, und es scheint, als sei diese Wandsektion von der Versorgung abgeschnitten, vielleicht eine Folge des Unfalls, der sich hier damals abgespielt hat.«

»Können wir hindurchschneiden?«, fragte die Kommandantin, die keinen Sinn für Subtilität hatte und einfach weitermachen wollte. Ergebnisse, positive Veränderungen, sie war auf der Suche nach etwas, das ihre Grundstimmung verbesserte.

»Das Material ist uns unbekannt, aber es dürfte nicht wesentlich widerstandsfähiger sein als uns bekannte Verbundstoffe«, analysierte Inq. »Die Explosionsschäden lassen jedenfalls diesen Rückschluss zu.«

»Also ein Schneidbrenner?«, fragte Jordan mit einem zweifelnden Unterton. »Würde eine solche Beschädigung nicht eine Reaktion hervorrufen?«

»Von wem? Dem da?« Der Resonanzbauch zeigte im Auftrag der Fruchtmutter durch die breite Fensterscheibe nach unten.

»Anlagen werden hochgefahren«, erinnerte Apostol die Skendi. »Irgendwer hat hier die Kontrolle, und sei es auch nur eine Automatik. Ich verstehe Jordans Einwand, und wir sollten ihn ernst nehmen. Ich möchte nicht, dass wir plötzlich als Feinde eingestuft werden, egal welche Machtmittel hier tatsächlich gegen uns eingesetzt werden könnten.«

»Hier werden keine Anlagen hochgefahren. Das Ding da unten heizt auf«, sagte Inq, der die ganze Zeit nach unten gestarrt hatte. »Die Anlagen sind immer aktiv gewesen, denke ich. Die Hitze kommt von dort. Jemand dreht nur am Regler, quasi von Stand-by auf Stufe 1.«

»Das muss bald kochen, wenn das stimmt«, murmelte Apostol, die an seine Seite getreten war. »Und wir sollten vielleicht nicht so eifrig sein, diesen Ort näher kennenzulernen. Auch unsere Anzüge halten nur eine bestimmte Temperatur aus.«

»Aber genug, um es zu wagen«, sagte der Resonanzbauch. »Wenn wir durch diese Tür kommen. Wir müssen uns sputen. Saim wird nicht lange mit seiner nächsten Aktion warten. Wir benötigen Ergebnisse, und wir benötigen Verbündete.«

Apostol sah den Bauch verwundert an. »Da unten? Der Schlabber? Ein Verbündeter?«

Der Bauch sah sie aus beiden Gesichtern kritisch an. »Ihnen fehlt es an Fantasie und Vertrauen.«

»Ich bin Polizistin.«

»Das sagt mir nichts. Aber bemühen Sie sich um ein wenig Flexibilität. Wir suchen nach Antworten, und manchmal liegt das Problem schon in der Frage, die wir stellen.«

Die Terranerin fragte sich, ob diese Art von Weisheiten auf der Fruchtmutterschule gelehrt wurden, aber sie akzeptierte, dass Quara auf ihre Weise bemüht darum war, diese Expedition zu einem Erfolg werden zu lassen. Außerdem gab es keine ernsthaften Gegenargumente. Auch Apostol war nur streitlustig, weil sie schlechte Laune empfand.

»Was ist das?«, fragte Jordan, der dem Gespräch offenbar nur mit halbem Ohr gefolgt war und sich stattdessen näher mit der scheinbaren Wand befasste. Severus Inq unterstützte ihn dabei, dessen Wahrnehmungsmöglichkeiten die eines Menschen deutlich überstiegen. »Es ist tiefer, oder irre ich mich?«

Was der junge Mann meinte, war ein sich nur ganz schwach abhebendes Rechteck, das offenbar im Rahmen der Reparaturarbeiten übermalt worden war, vielleicht im Zuge der Beseitigung von Schmelzspuren – oder weil einer der beteiligten Automaten nicht richtig gesteuert worden war. Inq beugte sich nach vorne. »Ein Sensorfeld. Eine Möglichkeit der Identifikation und etwas auszulösen. Und es ist nicht sehr tief eingelassen.«

»Es ist ein wenig zu niedrig für mich«, erklärte Jordan. »Für Sie auch, Inq.«

Der Android drehte sich zu Apostol, die ihn aufmerksam betrachtete.

»Für jeden von uns«, sagte er dann, »um genau zu sein, jeden von uns außer ihr.«

Inq streckte seine Rechte aus und deutete auf Elissi, die die ganze Zeit nichts anderes getan hatte, als durch das breite Fenster auf die wabernde Masse unter sich zu starren. Als sie merkte, dass sich die Aufmerksamkeit aller auf sie richtete, schien so etwas wie ein Schaudern durch ihren schlanken Körper zu fahren, und sie stellte sich neben Jordan, schaute auf die Fläche und nickte.

»Passt genau«, sagte sie leise. »Aber das sollte jetzt endgültig niemanden mehr überraschen.«

Da war ein leichter Vorwurf in ihrer Stimme. Apostol sah Jordan lächeln. Das gefiel ihm.

»Es ist eine Sache, Informationen zu haben und zu verarbeiten. Die andere Sache, die Menschen oft schwerfällt, ist, in der emotionalen Responsivität mit den Ereignissen Schritt zu halten«, entschuldigte Inq die Beschränktheit der Anwesenden.

»Das gilt auch für mich. Ich bin immer noch fasziniert«, erklärte der Resonanzbauch, und Apostol stellte mit gelindem Erstaunen fest, dass die Fruchtmutter soeben eine Schwäche eingestanden hatte.

Elissi zog kurz einen Handschuh aus, legte ihre Hand auf die Fläche, exakt auf Höhe ihrer Schultern. Es knirschte, und etwas rieselte zu Boden, als sich die Tür gegen den Widerstand der Reparaturlackierung bewegte, dann knirschte es erneut und roch etwas streng, als habe sich für einen Moment ein Elektromotor überhitzt. Die Wand schob sich zur Seite, fast zögerlich, als sei sie sich nicht ganz darüber im Klaren, was hier gerade geschah. Der Blick auf den dahinter liegenden Teil der Galerie wurde sichtbar und dann auf etwas, das sehr an den Zugang zu einem Fahrstuhl erinnerte, direkt über der Mündung der »Nadel«.

»So ist es richtig«, murmelte Elissi, die sich froh darüber zeigte, dass das Universum tat, was sie von ihm erwartete.

Apostol hatte den Eindruck, dass, so die junge Frau die Gesetzmäßigkeiten aller Dinge einmal für sich begriffen und definiert hatte, jede Abweichung davon entweder mit Unverständnis oder mit Missbilligung wahrgenommen wurde. In diesem Moment aber schien sie sehr zufrieden zu sein. Das Universum entsprach ihren Erwartungen. Das konnte nun wirklich nicht jeder von sich behaupten.

»Dann gehen wir«, entschied die Kommandantin. »Die Fruchtmutter hat recht. Uns läuft die Zeit davon.«

Sie legten in etwa die Hälfte der Strecke zurück, schweigsam und ein wenig unsicher darüber, ob ihr nächster Schritt tatsächlich darin bestehen würde, dort hinabzugehen und mit dem konfrontiert zu werden, was seit endlos langer Zeit seine Geheimnisse vor den Bewohnern der Sphäre erfolgreich verborgen hatte. Dann blieb der Resonanzbauch abrupt stehen. Das Gesicht des Drohnenmannes war zu einer Andeutung von Schmerz verzogen, und die Widerspiegelung seiner Herrin auf seinem Leib zeigte alle Anzeichen ernsthaften Entsetzens.

»Was ist?«, fragte Apostol. »Was ist passiert?«

»Saim!«, stieß Quara aus, und es klang wie ein Schimpfwort. Da war auch Anklage und Trauer in der Stimme. Apostol wurde etwas klamm ums Herz. »Er macht vor nichts halt, und er ist verdammt noch mal kein Trottel!«

Der Drohnenmann sah immer noch aus, als empfinde er Schmerzen. Das Entsetzen und die Wut der Fruchtmutter mussten sich auf ihn übertragen.

Er hatte *Bauchweh*. Die Polizistin unterdrückte ein völlig unangebrachtes Grinsen. Das war nicht der passende Moment für schlechte Scherze.

»Was ist passiert?«

Der Bauch sah Apostol an, der Gesichtsausdruck der Fruchtmutter hatte sich plötzlich von wütend in traurig oder zumindest sehr betroffen gewandelt. Die Terranerin fragte sich, wie gut Quara sich auf die Mimik ihrer Gesprächspartner einstellte und die Flexibilität des Bauches für eine exakt angepasste nonverbale Kommunikation nutzen konnte. Sie wollte Quara einmal persönlich kennenlernen und erfahren, wie sie wirklich war. Wenn Zeit dafür sein sollte. Jetzt war dem ganz offensichtlich nicht so.

»Meine Klienten.«

»Jene, die Ihnen dienen?«, vergewisserte sich Apostol.

»Jene, die ich beschütze und die mir dienen«, korrigierte Quara. »Und das erste Versprechen halte ich nun nicht ein. Saim hat die Dagidel angegriffen, weit von hier entfernt. Selbst wenn ich sofort losfliegen sollte, werde ich zu spät eintreffen. Sie werden vernichtet. Ich habe den Notruf gerade erhalten. Saim wollte, dass ich ihn bekomme. Er wollte, dass ich alles genau mitbekomme – und alle anderen, meine Feinde wie auch meine Verbündeten.«

Apostol verstand sofort. Der Zweck einer solchen Perfidie lag auf der Hand. Und die selbstbewusste, manchmal fast arrogant wirkende Quara schien nach allem, was sie über den Bauch zeigte, ernsthaft erschüttert darüber. Sie erkannte einen Fehler, den sie gemacht, einen Winkelzug, den sie nicht vorhergesehen hatte – und der ihr nun einen heftigen Schlag versetzte.

»Tod, Vernichtung, Untergang«, fiel sie in den alten dreistimmigen Singsang zurück, mit dem sie anfangs kommuniziert hatte, ehe sie sich auf den Sprachduktus ihrer neuen »Freunde« einzustellen vermocht hatte. »Ich trage Mitschuld, Verantwortung, Schmerz. Oh Saim, Saim, jetzt muss ich dich töten, und ich werde daraus einen langen und sehr schmerzhaften Prozess machen.«

Den letzten Satz wisperte sie fast, mehr zu sich selbst, aber natürlich an sie alle gerichtet. Sie hätte sich aus dem Bauch zurückziehen können. Natürlich tat sie es nicht, und das mit voller Absicht. Lyma Apostol war sich absolut sicher, dass die Fruchtmutter es ernst meinte. Saim hatte sie geschwächt, daran bestand kein Zweifel. Würde er aber jetzt hier stehen und in das Antlitz des plötzlich gar nicht mehr lächerlich wirkenden Resonanzbauches schauen, würde ihm jeder Triumph schnell vergällt. Niemand konnte annehmen, dass Quara diesen Schlag ungesühnt hinnehmen würde, und Lyma traute ihr zu diesem Zwecke jede Grausamkeit zu.

Ein Grund mehr, auch von ihrer Seite im Umgang mit der Fruchtmutter höchste Vorsicht zu zeigen. Sie war möglicherweise eine starke Verbündete, ganz sicher aber eine unerbittliche Feindin.

Apostol warf dem Bauch einen besorgten Blick zu, doch er hatte sich gefangen. Hier und jetzt konnten sie an der Katastrophe nichts mehr ändern. Also gingen sie weiter.

Sie erreichten den Zugang zur Nadel, alle in Gedanken versunken, manche mit verstohlenen Blicken auf den Resonanzbauch. Das Gesicht Quaras war nun verschlossen und beherrscht, das des Drohnenmannes ernst und zornig, denn er teilte die Gefühle seiner Herrin ohne Zweifel und verstärkte sie noch durch die aufrechte Wut eines loyalen Dieners, der er war.

»Es sieht aus wie ein Fahrstuhl«, sagte Jordan und zeigte auf die simple, zweiteilige Schiebetür, die geschlossen war. Eine weitere Sensorplatte auf der Höhe von Elissis Schulter wies auf den Öffnungsmechanismus hin. Niemand reagierte, als die junge Frau vortrat, ihre Handfläche auf die Platte presste und sie ein sanftes Rumpeln vernahmen. In einem Fahrstuhl eingesperrt zu sein, gehörte für viele zu den größten Ängsten, und wann dieser zuletzt in Betrieb gewesen war, vermochte niemand auch nur zu schätzen. Er funktionierte, das war zu hören, aber allein die Tatsache, dass es zu *hören* war, machte Lyma Apostol Sorgen.

Die Türen glitten zur Seite, mit einem unangenehmen, schabenden Laut, der ebenfalls nicht dazu geeignet war, große Zuversicht auszulösen.

Die dahinter sichtbare Fahrstuhlkabine war, bis auf den Fußboden, transparent, und für einen Moment traute sich niemand einzutreten. Es schien, als sei die Nadel nur von außen undurchsichtig. Durch die Wand der Kabine und den ganzen, langen Schacht hinab in die organische Masse war nur vage das Material zu erkennen, aus dem alles gefertigt war, angedeutet durch Lichtreflexe.

Ein wenig unheimlich, mindestens schwindelerregend.

»Wie tief geht das hinunter?«, flüsterte Jordan, der einen scheuen Blick hinabwarf. Inq hatte die Antwort sofort parat.

»Etwas mehr als drei Kilometer«, erklärte er. »Der Fahrstuhl ist entweder sehr schnell, oder die Reise wird länger dauern.«

»Wenn er mit einem Andruckabsorber arbeitet, ist er sehr schnell – und wir kleben als Matsch an der Decke, wenn er so gut funktioniert, wie sich der Fahrstuhl anhört«, sagte die Kommandantin der *Scythe* und sah Inq fragend an.

»Ich schaue mir das an«, sagte er. »Ich brauche etwas Zeit.«

»Das«, so meldete sich Quara nun wieder, »ist nichts, von dem wir allzu viel haben.«

»Stimmt. Wenn wir sterben, haben wir alle Zeit der Welt. Warum nicht einfach das Risiko eingehen?«, gab Apostol zurück, die es nicht mochte, dauernd an unangenehme Wahrheiten erinnert zu werden, derer sie sich selbst durchaus bewusst war.

Sie nickte dem Roboter aufmunternd zu, und Inq machte sich an die Arbeit.

11

»**E**s ist kein richtiger Arm.«
»Es sieht aber so aus.«

Direktor Pultan Henk machte einen peinlich berührten Eindruck, soweit Horana das bei einem laufenden Kasten richtig einzuschätzen vermochte. Die Prothese, die man ihr verpasst hatte, eine schnelle Arbeit aus einem 3-D-Drucker, ließ sich nur grobmotorisch bewegen und interpretierte die Nervenimpulse, die durch ein einfaches Interface auf die Mechanik übertragen wurden, etwas eigenwillig, vor allem mit einer Verzögerung, an die sie sich erst einmal gewöhnen musste. Horana würde viel Übung brauchen, um den künstlichen Arm richtig verwenden zu können, und dafür war jetzt keine Zeit. Ehe sie also unabsichtlich jemandem eine reinschlug, hielt sie ihn lieber still. Es galt das Versprechen Henks, dass man ihr in der Krankenstation der *Licht* einen »richtigen« wachsen lassen würde, wenn sie alles zu seiner Zufriedenheit erledigte. Ob er sein Wort halten würde, vor allem, wenn sie die Zufriedenheit nicht erreichen konnte, stand auf einem anderen Blatt.

Aber es gab die kleine Hoffnung.

In einen sauberen Schiffsoverall der *Licht* gekleidet, gewaschen und frisiert und die neue künstliche Hand überzogen mit einer farbgetreuen Plastikhaut, die in einem oberflächlichen Beobachter kein Misstrauen auslösen würde, sah Horana LaPaz jetzt einigermaßen präsentabel aus. Es blieb noch ein wenig Zeit, sodass sie Gelegenheit hatte, sich an die jüngste Vergangenheit zu erinnern, die aus einem längeren Gespräch mit dem Ratsvorsitzenden bestanden hatte. Sie entsann sich an ihre erneute Begegnung mit Saim mit einem gewissen Unbehagen, das auch im Nachklang nicht verblasste. Seine sezierende, unablässige Aufmerksamkeit, mit der er sie betrachtet hatte, fühlte sich immer noch, auch Stunden danach, wie eine Entblößung an. Saim war ein Mann von großem Selbstbewusstsein und einer starken psychischen Präsenz, die einschüchternd wirkte. Er konnte dies ein- und ausschalten wie die Beleuchtung, und er war meisterhaft darin, exakt den Eindruck auf andere zu erwecken, den er zu vermitteln wünschte. Er war ein besserer Xenopsychologe als jeder, den Horana kannte, und es musste durch *learning by doing* so gekommen sein. Er war ein Profi, daran bestand kein Zweifel, und aufgewachsen in einer Umgebung, in der Interspezies-Kommunikation ihm in die Wiege gelegt wurde. LaPaz konnte von ihm lernen.

Sie wollte es aber nicht.

Jedenfalls nicht so.

»Wir können dieses Signal an die *Scythe* senden und hoffen, dass wir eine Antwort auffangen. Der Sender der Forschungsstation ist an das Relaisnetz angeschlossen, und wenn Ihre Leute sich tatsächlich mit dem abtrünnigen Riem verbündet haben, sollten ihnen diese technischen Möglichkeiten zur Verfügung stehen! Es gibt Interferenzen durch die Tote Armada, das ist leider immer ein großes Problem gewesen, und daher sind Funkverbindungen manchmal unzuverlässig. Ich bin aber generell zuversichtlich.«

Henk erklärte und sah sie dabei an, doch sie rutschte nur auf dem Stuhl hin und her und schaute in das Objektiv der Kamera vor ihr. Ein neutraler Hintergrund und nicht mehr als ein leerer Tisch, nichts sollte von ihr und ihrer Botschaft ablenken. Dass dieser Raum sich an Bord der *Licht* befand, konnte der Beobachter annehmen, aber nicht zweifelsfrei erkennen, und es sollte auch keine Bedeutung haben. Horana sah gut gepflegt aus, gesund, wohlgenährt und damit nicht wie jemand, der in der Gefangenschaft großes Leid empfand. Henk hatte ihr weder aufgetragen, die Leute der *Scythe* anzulügen, noch, die eigene Leidensgeschichte zu verniedlichen, nur die sinnlose Amputation sollte sie bitte für sich behalten. Horana verstand die Kommunikationsstrategie: Wenn man zu dick auftrug und ein Potemkinsches Dorf errichtete, litt die eigene Glaubwürdigkeit. Man durfte das Gegenüber nicht für dumm verkaufen, bei Polizisten, professionellen interstellaren Ermittlern, war das sowieso die exakt falsche Strategie. Horana hatte im Laufe ihrer Karriere viele Polizisten kennengelernt, dumme und weniger dumme, aber selbst diejenigen mit der geringsten Leuchtkraft hinter den Augen wussten, wie man mit Anwälten sprach und wie nicht.

Und an der Intensität der Leuchtkraft von Lyma Apostols Intellekt sollte sie besser nicht zweifeln, auch wenn sie ihr nie persönlich begegnet war.

»Es geht gleich los. Ein Glas Wasser?«

Henk war geradezu fürsorglich. Horana ließ sich von dem Gehabe nicht täuschen. Sie war ein Instrument, ein Werkzeug, das man eben manchmal ölen musste. Nicht mehr und nicht weniger.

»Danke, ja.«

Henk winkte. Horana sah, wie ein Roboter ihr das Gewünschte auf den Tisch stellte. Captain Rivera hatte ihr einige Worte gesagt, als sie ihm ihre neue Mission eröffnet hatte, und es waren anfangs keine freundlichen Kommentare gewesen. Das Wort »Kollaboration« hatte bedeutungsschwer im Raum gehangen, und sie hatte sich anstrengen müssen, um eine differenziertere Sichtweise zu ermöglichen. Sharon Toliver hatte ihm dabei geholfen, die Sache nicht ganz so verbissen zu sehen, und er hatte Horana zugehört, ihr Ratschläge gegeben und am Ende, etwas hilflos und ernüchtert, freie Hand gelassen. Was sonst hätte er auch tun sollen? Ihm waren die Hände gebunden, wie ihr im Grunde auch, sogar die künstliche.

Henk machte ein Zeichen.

»Wir senden jetzt. Moment. Ich glaube nicht, dass man uns sofort antworten wird. Ein gewisses Misstrauen müssen wir unseren Gesprächspartnern wohl zugestehen.« Des Wissenschaftlers Worte klangen ganz ohne Ironie. Er war in dieser Hinsicht jemand, der sich um eine nüchterne Betrachtungsweise bemühte, vielleicht wollte er auch nicht unnötigen Druck aufbauen. Horana fühlte, wie ihr Gaumen schon wieder trocken wurde, und sie nahm noch etwas Wasser. Der Druck war zweifelsohne vorhanden.

Der Schirm neben der Kamera flimmerte. Das Gesicht, das jetzt dort zu sehen war, kannte sie nicht. Es war ein

Mann, er trug einen Schiffsoverall wie sie, sah müde aus, überrascht, vielleicht auch ein wenig irritiert.

Sie sprach als Erste.

»Ich bin Horana LaPaz, Mitglied des Wissenschaftsteams der *Licht*. Mit wem spreche ich?«

Ein kurzes Zögern, ehe der Mann antwortete. »Saiban Snead, Erster Offizier des Polizeikreuzers *Scythe*. Wie geht es Ihnen? Von wo melden Sie sich?«

Er schaute an ihr vorbei, suchte nach Hinweisen auf seine letzte Frage, das konnte man gut erkennen. Horana lächelte. Es sollte Snead beruhigen. Es sollte sie selbst beruhigen.

»Mir geht es vergleichsweise gut. Ich sitze in einem Raum auf der *Licht*. Das Schiff befindet sich in Händen des Rates. Wir sind siebzehn Überlebende, darunter auch Captain Rivera. Unser Status ist der von Gefangenen, wenngleich wir offiziell immer noch als Gäste bezeichnet werden.« Sie sagte es ruhig und ohne Gejammer, eine Aneinanderreihung von Informationen, um eine sachliche Grundlage für ihr Gespräch zu schaffen. Henk regte sich nicht. Er wusste, dass es nichts nützen würde, Snead gleich zu Anfang zu belügen. Eine gute Lüge überzeugte nur, wenn sie auf einem Fundament der Wahrheit errichtet wurde.

Snead hakte sofort nach. »Nur siebzehn? Es gab also weitere Kämpfe? Wir haben Flüchtlinge von der *Licht* aufgenommen – zumindest die, die die Flucht überlebt haben.«

Horana registrierte die Information erfreut, aber ohne sichtliche Reaktion. Rivera würde diese Information gerne hören. Ihre »Kollaboration« trug bereits Früchte.

»Es gab Kämpfe«, erwiderte Horana wahrheitsgemäß, soweit man die Definition von »Kampf« sehr weit fasste.

»Wir sind froh, noch am Leben zu sein. Wir werden versorgt, und unsere Verletzten sind auf dem Weg der Besserung. Ich wurde gebeten, mit der *Scythe* Kontakt aufzunehmen.«

»Wieso nicht Captain Rivera? Und von wem gebeten? Reden Sie aus eigenem Entschluss mit mir?«

Zu erwartende Fragen, auf die sich Horana vorbereitet sah.

»Captain Rivera wurde von unseren neuen Herren als für diesen Zweck ungeeignet angesehen. Ich wurde vom Ratsvorsitzenden Saim persönlich gebeten, mit Ihnen zu sprechen, um ein Angebot zu unterbreiten. Ich wurde nicht dazu gezwungen, man bot mir aber gewisse Vergünstigungen an, die ich akzeptiert habe.«

Ehrlichkeit. Snead nickte langsam. Er mochte vor allem den letzten Satz nicht, das war ihm anzusehen, denn er roch wieder nach diesem dreckigen Wort »Kollaboration«, doch Horana hatte diese Art von Diskussion schon mit Rivera geführt und ließ sich davon nicht weiter beeindrucken.

»Das Angebot der Kontaktaufnahme kommt also vom Ratsvorsitzenden?«

»Das ist zutreffend.«

»Sie möchten wahrscheinlich mit Captain Apostol sprechen. Sie ist die kommandierende Offizierin unseres Schiffes.«

»Das wäre gut.«

Snead schüttelte den Kopf. »Das lässt sich derzeit nicht arrangieren.«

Henk machte Horana ein Zeichen. Sie spürte starken Unwillen in sich aufsteigen, gab aber nach. Sie musste ihre Auseinandersetzungen klug wählen, und es gab Dinge, die den Aufwand nicht lohnten.

»Wo ist sie? Ist sie verletzt? Wann kann ich sie sprechen?«

Snead lächelte dünn. Natürlich durchschaute er die Frage. Diejenigen, die Horana zu diesem Gespräch geleitet hatten, wollten wissen, was genau sich beim Kern tat, vermuteten nicht zu Unrecht, dass Apostol das zur Chefsache gemacht hatte.

»Sie ist vorübergehend mit anderen, wichtigen Aufgaben betraut«, wich er aus. Horana war mit der Antwort sehr zufrieden, Henk aber bewegte sich unmerklich, und sie deutete dies als eine Geste des Missfallens. Sie konnte sich natürlich nicht sicher sein, aber es passte in die Situation.

»Sie können mir mitteilen, was Sie auf dem Herzen haben«, sagte Snead weiter. Er hatte ein angenehmes Gesicht, von nahezu klassischer, männlicher Schönheit, die auch durch die Müdigkeit in seinen Zügen nicht gemindert wurde. Horana sah es sich gerne an, eine willkommene Abwechslung zu den Gesichtern von Menschen in Gefangenschaft, denen die Hoffnungslosigkeit in tiefen Linien in die Haut eingegraben schien. Snead war gestresst, erschöpft, aber handlungsfähig und alles andere als hilflos.

Ein Ideal, nach dem auch sie strebte.

»Es ist eine Botschaft des Ratsvorsitzenden. Ich bin nur die Übermittlerin«, sagte sie, und Snead blinzelte ihr zu. Er wusste das wohl. Dennoch fühlte es sich gut an, es noch einmal zu betonen. Der stumme Vorwurf im Blick Riveras, an den sie sich gut erinnerte, ging ihr noch nach. Sie konnte ihn nicht ganz abstreifen.

»Ich höre, wenn Sie mit mir sprechen wollen.«

Horana warf einen Blick leicht seitwärts, zu Henk. Das war seine Entscheidung, und sie war froh darüber, diese kurze Geste machen zu dürfen. Sie signalisierte Snead noch einmal, dass sie keine echte Kontrolle über das hatte, was sie hier von sich gab, und das war sehr zufriedenstellend. Der Direktor machte eine zustimmende Bewegung mit einem Arm, und Horana fixierte ihren Blick wieder auf Snead, der geduldig gewartet hatte.

»Der Ratsvorsitzende bedauert, dass es zu Beginn des Kontakts zu Missverständnissen gekommen ist. Alle stehen unter einem starken Druck, da die interne Situation in der Sphäre bereits vor der Aufnahme der *Licht* zu eskalieren drohte. Der Tod des letzten Ratsvorsitzenden brachte noch mehr Dinge ins Ungleichgewicht. Saim möchte, soweit es ihm möglich ist, die Situation bereinigen. Er bietet der *Scythe* die Mitgliedschaft im Rat an, mit allen Rechten, und die Übergabe der Überlebenden der *Licht* sowie die Leichname der Getöteten. Er versichert, dass sich so etwas kein zweites Mal ereignen werde und dass die Übergriffe der Iskoten zu Konsequenzen geführt haben. Er ist bereit, Zusicherungen zu geben. Saim möchte weitere vor allem militärische Auseinandersetzungen vermeiden und ist bereit, über alle Details in Verhandlungen zu treten. Er warnt darüber hinaus vor einer Kooperation mit Fruchtmutter Quara. Im Anschluss an diese Nachricht übermittelt er Informationen über Aktivitäten der Skendi in der Vergangenheit, die die Absichten Quaras deutlicher unter Beweis stellen dürften.« Horana hatte einen leiernden Tonfall bewusst vermieden. Henk hätte das nicht goutiert, und Saim sicher auch nicht. Sie hatte die Worte selbstsicher und betont vorgetragen, nicht mit Begeisterung oder Leidenschaft, aber auch nicht wie ein Roboter. Mehr wie die Pressesprecherin eines Politikers. Als sie sich selbst zuhörte, war sie zufrieden. Sie hatte damit ihren Teil des Deals erst einmal eingehalten, ohne sich allzu sehr zu prostituieren.

Snead hatte ihr schweigend zugehört, ohne eine sichtbare Regung. Dennoch war ihr eine kleine Reaktion nicht entgangen, als der Name Quaras gefallen war. Zumindest Neugierde durfte man von ihm erwarten. Horana wusste nicht, was die versprochenen Daten enthielten. Ob darin alles der Wahrheit entsprach, war sicher zu bezweifeln, aber das musste sie jemandem wie Snead nicht erklären.

»Diese Iskoten haben zwei Fluchtkapseln mit Überlebenden abgeschossen«, sagte Snead anklagend. »Darüber hinaus hören wir, dass Schiffe, die mit Quara assoziiert sind, angegriffen und zerstört worden sind, ohne dass sie eine Chance zur Gegenwehr oder Kapitulation gehabt hätten. Das sind Vorfälle, die man nicht einfach zur Seite wischen kann.«

»Von Letzterem weiß ich nichts«, erwiderte Horana wahrheitsgemäß. Nicht, dass sie dies überraschte oder sie es für eine Propagandalüge hielt. »Was die Kapseln angeht: Die dafür Verantwortlichen haben außerhalb ihres Mandats gehandelt und wurden zurechtgewiesen.« Auch hier wusste sie nicht, ob es stimmte oder nicht, tatsächlich ging sie davon aus, dass es eine ausgemachte Lüge war. Verantwortlich war mindestens der Anführer der Iskoten, Eirmengerd, und dass dieser in Ungnade gefallen sei, davon hatte sie nichts gehört – und in letzter Zeit kam sie ganz schön rum. Sie hatte ihn sogar bereits einmal getroffen, und er machte einen sehr aktiven, lebendigen und völlig unzurechtgewiesenen Eindruck.

»Das soll ich glauben?«, fragte Snead.

»Es ist die Botschaft des Ratsvorsitzenden Saim. Ich sitze nicht an den Hebeln der Macht und gehöre auch nicht zu seinen Vertrauten. Ich bin hier in meiner Funktion als Sprachrohr«, erwiderte sie und versuchte, dabei nicht allzu mitleiderweckend zu wirken. Sie hätte ja schließlich auch ablehnen können. Aber alles war besser, als in einer Zelle auf den eigenen Händen zu sitzen – oder der einen, die ihr noch blieb – und darauf zu warten, dass andere etwas taten.

»Ich verstehe«, sagte der Polizist, und Horana glaubte ihm sogar. Sie setzte ihre ganze Hoffnung darauf, dass Snead nicht annahm, Horana sei nun überzeugte Parteigängerin des Ratsvorsitzenden. Es konnte ja sein, dass am Ende alles gut wurde, für einen solchen Fall wollte sie nicht als ewiger Paria dastehen. Dass sie dennoch dieses Risiko einging, war ihr bewusst.

Snead holte tief Luft, dann zuckte er mit den Schultern. »Wie gesagt, Captain Apostol ist anderweitig gebunden. Aber wir haben Ihre Nachricht aufgezeichnet und werden sie konsultieren, sobald sie wieder da ist. Ich vermute, dass wir Sie dann kontaktieren können?«

»Das ist korrekt. Und jederzeit, wie ich hinzufügen darf.«

Snead nickte. »Inzwischen werden Sie alle gut behandelt?«

»Auch davon gehe ich aus.«

»Ich kann Ihnen keine Versprechungen machen, aber so viel kann ich sagen: Das Schicksal der Überlebenden der *Licht* liegt uns *sehr* am Herzen.«

Horana war sich nicht sicher, ob das eine kluge Wortwahl war, konnte sie doch von Saim als mögliche Schwäche, als Einfallstor, sogar als Chance einer erfolgreichen Nutzung der Gefangenen als Geiseln angesehen werden. Andererseits stand das ohnehin unausgesprochen, aber unübersehbar im

Raum. Es bedurfte im Grunde keiner besonderen Erwähnung. Und irgendwie kam das »sehr« für sie ermunternd und beruhigend rüber. Sie würde sich bemühen, es Rivera genauso weiterzugeben.

»Danke, das bedeutet uns viel«, antwortete sie, die ehrlichsten Worte, die sie in diesem Gespräch geäußert hatte.

Snead nickte nur noch.

Die Verbindung erlosch. Henk sah nicht so aus, als sei er restlos überzeugt, andererseits machte er auch nicht den Anschein, besonders unzufrieden zu sein. Horana selbst wusste nicht, was sie hätte anders machen können. Sie sah den Direktor an, hob den bis eben immobilen künstlichen Arm mit einer zu schnellen und zu weiten Bewegung.

»Tee«, sagte sie dann. »Ich hätte gerne einen Tee.«

Denn außer Abwarten und Teetrinken blieb ihr jetzt nicht mehr viel übrig.

12

Sie trafen sich, als hätten sie sich verabredet. Es war exakt die galaktische Position, auf der auch die Sphäre aufgetaucht war, und Kyen fühlte sich ein wenig unwohl, sich dort aufzuhalten, als ob die Sphäre zurückkehren und ihn wieder einfangen würde, wenn er sich dem Ort seiner Flucht näherte.

Ein absurder Gedanke, der ihn eine Weile nicht losließ und ihn verstörte.

Er hielt sich tapfer. Der neue Captain der *Montgomery Scott* war ein alter, etwas knurriger Mann namens Anderson, der Kyen klaglos als Besatzungsmitglied akzeptierte, aber nicht das Gespräch mit ihm suchte. Für den Flüchtling war das eine beinahe schon wohltuende Abwechslung. Dauernd wollte jemand mit ihm sprechen. Und es wurden immer die exakt gleichen dummen Fragen gestellt. Kyen war bereit, über alles zu reden. Aber doch nicht ständig über das Gleiche.

Die *Scott* war nicht allein. Drei Polizeikreuzer vom gleichen Typ wie die *Scythe* hatten sich ihnen angeschlossen, das, was im Konkordat einer Streitmacht am nächsten kam. Die *Scimitar*, die *Dagger* und die *Halberd* waren alle von der exakt gleichen Konstruktion und standen unter dem Kommando eines Polizeioffiziers, der sich völlig im Hintergrund hielt. Die drei Schiffe waren allein zum Schutz der *Scott* gedacht und würden sich in nichts einmischen, solange der Austausch zivilisiert ablief.

Dass er zivilisiert ablaufen würde, davon gingen mittlerweile alle aus.

Der Treffpunkt war von einem Gefühl der Erwartung erfüllt, aber nicht von einem der Angst. Kyens Angaben hatten dafür gesorgt, denn er hatte etwas über die Ankömmlinge erzählt. Das war psychologisch eine ganz andere Voraussetzung, als wenn man rein gar nichts wusste.

Die beiden Schiffe hatten auf Signale des Konkordats reagiert, als sie in Reichweite gekommen waren, und es hatte sicher geholfen, dass die Skendi, basierend auf Kyens Informationen, direkt angesprochen worden waren. Die Kapsel hatte Aufzeichnungen zur Sprache der Skendi mitgeführt, Allgemeingut in der Sphäre, wo solche Daten frei verteilt wurden, und dies erleichterte sicher das Füttern der Übersetzungssoftware. Die Tatsache allein, dass die Besucher reziproke Informationen geschickt hatten, wies auf die Bereitschaft zur Kommunikation hin. Mittlerweile war auch deutlicher zu erkennen, dass das flunderförmige Schiff der Skendi durch eine komplexe Konstruktion mit einem weitaus größeren Raumfahrzeug verbunden war, und dieses hatte eher eine pfeilförmige Hülle. Mit den An'Sa verbanden ihn keine klaren Erinnerungen, aber das Vage, an das er sich entsann, gespeist durch Gerüchte und Vermutungen, war unangenehm. Möglicherweise täuschte ihn seine Erinnerung aber auch. Er wollte sich nicht an Spekulationen beteiligen, und er hoffte, dass seine Dienste nicht allzu sehr gebraucht wurden. Er wollte seine Ruhe, das war ihm mehr und mehr zu Bewusstsein gekommen, und alles, was ihn an die Sphäre erinnerte, löste exakt die entgegengesetzte Regung in ihm aus.

»Das sind verdammt große Pötte«, murmelte Houten, der sich als Expeditionsleiter sichtlich unwohl fühlte. Es gab natürlich Erstkontaktspezialisten im Konkordat, das Problem war eher, dass es in der Regel keine Erstkontakte gab. Das Universum war voller Intelligenz, voller Leben – es verteilte sich nur leider sehr dünn auf einen verdammt großen Raum, wie die Menschen hatten feststellen müssen. Das Vielvölkergemisch der Sphäre war ein künstlich hergestelltes Kondensat, das Ergebnis einer offenbar endlos langen Reise und damit alles andere als repräsentativ. Für Kyen war diese Erkenntnis eine Veränderung seiner ganzen Weltsicht gewesen, und als jemand, der stets in einem sehr eng definierten Lebensraum gelebt hatte, war es immer noch schwer nachvollziehbar.

Leben war selten. Leben war kostbar. Soweit Kyen wusste, sahen das Leute wie Saim anders. Es war gut, dass dieser keinen Einfluss auf seine Existenz mehr haben würde. Geon musste mittlerweile tot sein. Kyen hatte zum Schluss nicht mehr alles mitbekommen.

Er hatte damit gerechnet zu sterben.

»Ihr Anflugvektor ist normal, die Geschwindigkeit niedrig, keine Schutzfelder«, sagte Anderson mit der für ihn typischen, kratzigen Stimme. Sein gepflegter Vollbart schimmerte schwarz, als sei er mit Öl eingerieben, und Kyen nahm einen leichten Duft wahr, den er als nicht unangenehm empfand. Der Mann achtete auf sich, das konnte man über ihn sagen. »Sie wollen eine friedliche Begegnung, soweit ich das beurteilen kann.«

»Wir sind nicht der Feind, und wir sind potenzielle Helfer«, sagte Kyen und gab damit die Einschätzung wieder, die sie alle hier teilten – oder zumindest die Hoffnung, die sie alle angesichts der sich nähernden Raumgiganten davon abhielt, schreiend Fersengeld zu geben.

»Unsere neuen Freunde reduzieren die Geschwindigkeit weiter, sehr behutsam«, informierte sie Anderson.

Die Annäherung erfolgte in der Tat sehr vorsichtig. Mit einem gebührenden Sicherheitsabstand kamen die Raumfahrzeuge zu einem relativen Stillstand zueinander. Die vier Einheiten des Konkordats wirkten im Vergleich zu dem Konglomerat vor ihnen nahezu winzig. Kyen zweifelte nicht an der Entschlossenheit der Mannschaften in den drei Polizeikreuzern, aber er vermutete, dass sie im Grenzfall nicht mehr als symbolischen Widerstand würden leisten können.

»Dann sollten wir jetzt ...«, begann Houten, doch er kam nicht mehr dazu, seinen Satz zu vollenden.

»Wir erhalten einen Ruf! Mit Video.«

»Akzeptieren und direkt übertragen.«

Die Holografie flackerte unmerklich, dann aber erschien das Abbild eines grob humanoiden Lebewesens vor ihnen, und alle starrten es an, außer Kyen, der mit diesem Anblick durchaus vertraut war. Ihr Gesprächspartner war bewusst ausgewählt worden, denn die Besucher mussten ja mittlerweile davon ausgehen, dass er ihnen wohlvertraut war, wenn sie schon die Sprache verstanden, die die Skendi nutzten. Es war ein Resonanzbauch, der ihnen aus zwei

Gesichtern entgegensah, einem am oberen Ende des Körpers und dem Mann zugehörig, eines auf seinem Bauch, das das Antlitz der Fruchtmutter des Schiffes abbildete. Es war zweifelsohne eine königliche Barke, und diese Frau war eine Kameradin, eine Gleichgestellte von Quara, die jeder in der Sphäre zumindest beim Namen gekannt hatte.

»Grüße. Willkommen. Ankunft. Ich bin die Fruchtmutter Qesja von der Zweiten Ordnung. Ich kommuniziere, spreche, verkünde. Wer spricht für Sie?«

Dass die Skendi diesen Dreiklang-Fimmel hatten, war den Menschen durch Kyen ebenfalls vermittelt worden. So blieben sie ungerührt.

»Mein Name ist Houten, ich repräsentiere die Astronomische Autorität«, sagte der Mann neben Kyen mit gemessenen Worten. »Ich grüße die Fruchtmutter Qesja. Wir danken für diesen Kontakt und versichern unsere friedlichen Absichten.«

Der Resonanzbauch verzog nicht eine seiner Mienen. »Frieden. Ruhe. Vertrauen. Unsere Waffen sind nicht für euch gedacht, Houten von der Autorität. Wir wünschen Informationsaustausch, Datentransfer, Wissensgewinn. Ist dies beidseitig von Interesse?«

»Das ist es.«

»Wer kennt die Skendi? Wer wusste, wer wir sind?«

Kyen fühlte sich angesprochen. Er machte einen Schritt nach vorne.

»Ich. Mein Name ist Kyen. Ich komme aus der Sphäre.«

»Der Sphäre? Dem Verschlinger?«

Kyen schaute Houten fragend an, der ihm aber nur auffordernd zunickte. Der gewünschte Informationsaustausch hatte bereits begonnen. Verschlinger war nach Kyens

Dafürhalten eine arg theatralische Bezeichnung, aber die Skendi hatten schon immer einen Hang in diese Richtung gehabt. Und irgendwie traf es ja zu.

»Du bist entkommen, geflohen, ausgebrochen, Kyen?«

»Es gelang mir. Die meisten scheitern. Es gibt ein Zeitfenster, wenn eine neue Zivilisation angelockt wird und in die Sphäre eintritt. Dann kann es jemandem gelingen, der entschlossen ist und ...«

»Rücksichtslos, wagemutig, völlig verrückt?«

Kyen neigte den Kopf. »Meine Freunde nannten mich alles drei, vor allem Letzteres.«

»Und doch lebt Kyen, der Wagemutige.«

Er fühlte sich geschmeichelt, dass die Fruchtmutter das würdigste Adjektiv gewählt hatte. Houten sah sehr zufrieden aus, und Kyen wusste, dass die Skendi persönlichen Mut zu schätzen wussten. Sie hatten eine Kommunikationsgrundlage geschaffen. Eine schlechte Nachricht. Kyen würde sich wohl nicht mehr auf die reine Position eines Beobachters zurückziehen können. Diese Aussicht erfüllte ihn mit einem gewissen Unbehagen, obgleich Qesja alles andere als bedrohlich wirkte, vor allem jetzt, wo sie ihn von einem Bauch aus betrachtete.

»Du kannst Auskunft geben über die Zustände innerhalb des Verschlingers?«, wollte sie wissen.

»Nur das, was ich gelernt habe und aus eigener Anschauung weiß.«

»Das ist mehr, als wir wissen.«

Für Kyen war das das Stichwort. Houten machte eine Handbewegung. Sie hatten sich im Voraus darauf verständigt.

»Wir übermitteln sämtliche Protokolle meiner Darlegungen. Meine neuen Freunde von der Autorität haben mich intensiv befragt, da ihr Wissensdurst auch sehr groß war. Ich habe alles preisgegeben. Wir übermitteln auch den kompletten Datenspeicher meines Fluchtbootes. Ich kann aber nicht dafür garantieren, dass die dort enthaltenen Informationen alle zutreffend sind. Es handelte sich um ein Schiff des Rates.«

Es sprach für die Fruchtmutter, dass sie nicht sofort nachfragte, wer oder was ein »Rat« sei, da sie davon ausgehen musste, dass all diese Fragen in den übermittelten Informationspaketen beantwortet wurden. Als der Transfer abgeschlossen war, winkte der Resonanzbauch.

»Dank, Freude, Schuld. Die Kommunikation verläuft erfreulich. Die Autorität hat Fragen? Der wagemutige Kyen hat Fragen? Einladung, Aufforderung, Besuch. Eine Delegation ist an Bord der königlichen Barke willkommen. Zeitdruck, Eile, Hast. Wir können einen Austausch organisieren, wollen aber bald wieder aufbrechen. Der Verschlinger eilt, und wir sind nur wenig schneller. Wir wünschen ihn bald einzuholen.« Qesja zögerte unmerklich. »Vorräte. Waren. Lager. Die Autorität könnte uns dienlich sein. Die Reise war lang. Ressourcen werden benötigt.«

Houten antwortete sofort. Auf diese Frage waren sie ebenfalls vorbereitet, da sie nahegelegen hatte.

»Wir können über alles reden. Die Autorität ist kein Freund des Verschlingers«, sagte er.

»Wir sind seine Feinde. Wir wollen ihn strafen. Wir wollen ihn öffnen.«

»Dann sollten wir reden.«

»Einladung, Aufforderung, Besuch. Wir bereiten einen Hangar vor. Houten von der Autorität, Kyen voller Wagemut. Ihr seid willkommen.«

Houten machte einen Schritt nach vorne. »Darf ich fragen, von wem genau die Einladung stammt? Ich verstehe, dass das Schiff der Fruchtmutter nicht alleine ist!«

Der Drohnenmann schaute Houten direkt an, sein Gesicht wie eine Maske, während Qesja alle Zeichen des Bedauerns zeigte. »Irrtum, Versäumnis, Fehler. Ich hätte uns sofort beide vorstellen sollen. Ich bitte um Nachsicht. Wir sind die Skendi. Mit uns verbunden sind die An'Sa. Sie reden nicht viel. Sie reden tatsächlich fast gar nicht. Aber ihr Schiff ist schnell, sehr schnell. Und es treibt sie ebenfalls die Suche nach dem Verschlinger an.«

An'Sa!, klingelte es in Kyens Kopf. Was für ihn nur eine Legende, eine wilde Geschichte aus der Toten Armada gewesen war, entfaltete nun eine klare, reale Aktualität.

»Warum?«, fragte Houten, der nun im Umgang mit der Fruchtmutter selbstsicherer wurde. Wenn sie sich schon entschuldigte, konnte sie nicht so schlimm sein, dachte er sicher. Kyen hielt eine solche Sichtweise für arg voreilig.

»Wir wissen es nicht«, kam die entwaffnende Antwort. Dann: »Vorbereitungen, Rahmenbedingungen, Lebensverhältnisse. Wir sind bereit, euch zu empfangen.«

Und die Verbindung erlosch. Houten sah Kyen an, der diesen Blick wohl verstand, die dahinterliegende Nachricht aber nicht mochte.

»Kommen Sie mit?«, fragte der Mann.

»Ich möchte eher nicht«, war Kyens ehrliche Reaktion.

»Aber?«

Der Flüchtling seufzte. »Aber ich bin der Wagemutige, Sie haben es ja gehört.«

13

Quara hatte große Schmerzen. Sie zog sich nur für wenige Sekunden aus dem Resonanzbauch zurück, während Severus Inq damit befasst war, den Fahrstuhl zu überprüfen. Der Fokus wechselte, und sie sah wieder nur, was ihr eigentlicher Körper wahrnahm, und das war keine angenehme Situation.

Aber sie musste sich darauf konzentrieren, denn die Zeit war gekommen.

Und etwas war definitiv nicht in Ordnung.

Sie lag in der großen Nährwanne, fest verkabelt mit den Versorgungseinrichtungen der königlichen Barke, und versuchte, den Schmerz zu verdrängen. Ein sinnloses Unterfangen. Er begleitete sie permanent, eine ständige Erinnerung nicht nur an ihre Sterblichkeit, sondern auch an die fatalen Folgen ihres unfreiwilligen Exils. Diesmal aber war es anders. Eine dunkle, instinktive Vorahnung hatte sie befallen.

Etwas ging schief.

In ihrem Fall konnte sich das schnell als fatal erweisen.

Quara sah, wie die Drohnenmänner um sie herum eilten. Sie stellten sich neben ihren voluminösen Leib und begannen mit der Massage. Ihre Fäuste drückten sich in ihr weiches Fleisch, kneteten die ledrige Haut, wie eine emsige Schar von Ameisen, die auf einem Berg umherkrabbelt. Sie war kein Berg. Die Barke war ihre Heimat, und unter normalen Umständen war sie nur etwa doppelt so groß wie ein Drohnenmann, eine imposante, aber keinesfalls unförmige oder aufgeblähte Erscheinung. Das Exil aber hatte sie verändert. Als sie in die Sphäre eingetreten war, hatte Quaras Gestalt noch so viele klare Konturen gehabt, sie war in der Lage gewesen, sich selbstständig im Schiff zu bewegen. Dies fiel ihr mit den Jahren, die sie hier zugebracht hatte, zunehmend schwer. Das Exil und das Fehlen eines Echtprinzen hatten ihren Körper mehr als sonst aufblähen lassen, und das Schlimmste, das immer mehr Traumatisierende, war die permanente, schmerzhafte Geburt von unfertigen Töchtern, Frauen ohne Gehirn und Intelligenz, deren Entwicklung bereits im embryonalen Stadium arretiert wurde, da die Befruchtung durch den Echtprinzen nicht erfolgte.

Nein, Quara aß ihre Töchter nicht, sie gebar sie unter großem Leid, schaute bedauernd auf die leblosen, unbeseelten Körper und beobachtete mit Schmerz, wie sie von den Drohnenmännern in die Recycler geschafft wurden. Organisches Material, Grundlage für Nahrungsrationen. Sie wollte gar nicht daran denken. Sie musste ständig daran denken. Es machte sie wahnsinnig, Schritt für Schritt.

Bald stand eine erneute Geburt bevor. Ihr ohnehin gedehnter Leib war noch weiter aufgebläht. Die Medoprospektoren sprachen von drei Töchtern und sieben Söhnen.

Die Männer würden überleben, ihre mentale Funktionsfähigkeit war auch ohne das Sperma des Echtprinzen gewährleistet. Quara hasste den Weg, den die Natur bei den Skendi gegangen war, der sie leiden ließ und das falsche Geschlecht, das gleichzeitig das schwache war, unnötig bevorzugte. Ja, alle Männer würden ihre treuen Diener sein, ihr Leben lang, und niemals gab es Zweifel an ihrer unverbrüchlichen Loyalität. Doch sie würde keine neue Fruchtmutter gebären können ohne die Hilfe eines Echtprinzen, und ein Echtprinz konnte nur geboren werden, wenn ihr eine lebende und aktive Tochter dabei half.

Ein Teufelskreis, aus dem niemand sie befreien konnte.

Und nein, nicht die böse Natur war daran schuld. Es waren die Sphäre und ihre eigene, verdammte Neugierde, mit der sie alle Warnungen der anderen Mütter in den Wind geschlagen hatte. In den ewigen Machtkämpfen der Skendi-Familienclans war das Auftauchen der Sphäre eine große Verlockung gewesen, gerade für eine junge Mutter, die nicht mehr regierte als ihre Barke und keinen nennenswerten Einfluss in der gewalttätigen und konfliktreichen Gesellschaft der Skendi besaß. Vierte Ordnung war sie gewesen, die unterste aller Ranggruppen. Die Warnungen? Alles nur Neid oder Angst vor dem Erwachen einer starken Konkurrentin um Macht und Männer. Dabei hatten die anderen Mütter nur erkannt, was sie selbst hätte sehen sollen. Doch ihre Gier nach einer großen Chance, geboren aus dem starken Ehrgeiz, den jede Fruchtmutter erfüllte, war stärker gewesen.

Nicht nur Instinkt. Auch Dummheit. Quara war sich dessen schmerzlich bewusst.

Und sie war dafür bestraft worden. Lange, intensiv und kontinuierlich. Sie fühlte die Krämpfe, die durch ihren

Körper wallten und sie nach Luft schnappen ließen. Wurde es mit zunehmendem Alter immer schlimmer? Die Medoprospektoren verneinten das, aber was wussten die schon? Sie fühlte doch, wie der ziehende und drückende Schmerz bei jeder Geburt mehr Energie konsumierte, wie sie um ihr Bewusstsein kämpfte und wie lange sie brauchte, um sich wieder zu sammeln, die Kraft zu finden, die Männer anzuleiten, die ohne ihre Führung völlig hilflos sein würden.

Nun, vielleicht nicht völlig.

Aber *ziemlich*.

Verantwortung. Die zerrte fast noch mehr an ihr als die langsam stärker werdenden Leiden, die ihr Körper verursachte.

Die Massage der Männer half. Die Wellen der Pein, die sie für einen Moment überwältigt hatten, ebbten ab. Sie fühlte, wie ein Mann ihr die Tränen aus den Augen tupfte, und sie lächelte ihn dankbar an. Sie spürten ihr Leid, ja, sie litten mit ihr, egal ob mit oder ohne Resonanzbauch. Ein schwacher Trost, aber der einzige, den das Schicksal ihr noch gestattete. Und nur von kurzer Dauer, denn sie hatte keine Zeit dafür zu leiden. Es gab viel zu tun und zu beachten, und die Bäuche verlangten nach ihrer Aufmerksamkeit, nicht nur der unten am Kern.

Ihr Körper litt am Schmerz. Ihr Bewusstsein an der Verantwortung. Lange würde das nicht mehr gut gehen, das wusste sie.

Es gab so vieles zu entscheiden. Und so vieles zu betrauern. Sie erinnerte sich noch an den heißen Schmerz, mit dem der Resonanzbauch bei den Dagidel vergangen war, und es war die Intensität dieser Empfindung, die es ihr ermöglicht hatte, sie trotz der großen Entfernung aufzufangen. Sie hatte förmlich gefühlt, wie sich die Metallstrebe unerbittlich durch den Leib des Drohnenmannes bohrte, ihn aufschlitzte, und vermeinte, die herausquellenden Gedärme sehen zu können, ehe Schwärze sich über die Verbindung gelegt hatte. Die Dagidel waren gestorben, und jene, die sich einst verpflichtet hatte, sie zu beschützen, war weit weg gewesen und hatte nichts tun können. Quaras Repertoire an Schimpfwörtern war beträchtlich, sie hatte es durch ihre Kontakte mit den anderen Zivilisationen in diesem Kerker sogar noch erweitert, doch nicht einmal der beleidigendste Ausdruck vermochte ihrem aufwallenden Hass Ausdruck zu geben.

Die Drohnenmänner um sie herum spürten ihre Emotionalität und verstärkten die Massage, interpretierten sie als weitere Schmerzwelle der anstehenden Geburt. Die Fruchtmutter signalisierte ihnen ihre Dankbarkeit. Gebären musste sie, um herrschen zu dürfen. Die Loyalität und persönliche Opferbereitschaft der Männer hing davon ab, dass sie unablässig Leben in die Welt setzte, neben den toten Töchtern auch sehr lebendige Drohnenmänner. Das war der Gesellschaftsvertrag der Skendi: totale Unterwerfung unter die Fruchtmutter, dafür aber stetige Vergrößerung der Population. Hatte eine Fruchtmutter keine Nachfolgerin eingesetzt und wurde zu alt für die Fortpflanzung, verließen die Männer sie und suchten sich eine neue, gebärfreudige Herrin. Das war auch das Schicksal, das Quara eines Tages bevorstand. Es würde noch viele Jahre dauern, und möglicherweise machte Saim ihr bereits vorher ein Ende. Vielleicht besser als ein würdeloser Tod, von Automaten umsorgt, die eigenen Drohnen auf der Suche nach einer Herrin, die sie in diesem Gefängnis niemals finden würden.

Erneut der Schmerz, und diesmal war es in der Tat ihre Gebärmutter, die starke Signale der anstehenden Geburt durch ihren Leib schickte. Quara unterdrückte ein Stöhnen, obgleich niemand ihr einen Schmerzenslaut übel nehmen würde. Die Medoprospektoren wuselten um sie herum, kleine Maschinen mit Halbintelligenz, gesteuert von speziell ausgebildeten Drohnenmännern, die zur Elite ihres Geschlechts gehörten und ihre Position mit sauertöpfischer Eifersucht wahrten. Sie waren für den störungsfreien Geburtsvorgang und die Nachsorge zuständig. Die toten Töchter kamen in den Recycler, die gesunden Männer in die Aufzuchtstation. So war es das ewig gleiche Spiel, und wie immer gesellte sich jetzt, kurz vor der Geburt, zum körperlichen Schmerz auch wieder der seelische. Es verlangte sie nach einer Tochter oder gleich mehreren, mit denen sie all das Leid und die Verantwortung teilen konnte, wie es normalerweise das Privileg der Fruchtmütter war. Doch ohne Echtprinzen war das unmöglich. Keine zweite Fruchtmutter war in Reichweite, die ihr einen ausleihen konnte, ein weiteres Band gegenseitiger Verpflichtung zwischen den Familienclans der Skendi. Sie war allein und dazu verdammt, Töchter ohne Gehirn in die Welt zu setzen, seelen- und geistlose Roboter aus Fleisch, bei denen oft nicht einmal das vegetative Nervensystem funktionierte. Sie wusste es. Sie sollte abgehärtet sein. Doch der Anblick erschütterte sie jedes Mal aufs Neue, und gerade jetzt war eine Zeit, in der sie diese Gefühle nur schwer verarbeiten konnte, denn es ging um das Überleben.

Nicht nur ihr eigenes auf der königlichen Barke, sondern das so vieler. Und das Schicksal der Dagidel lastete bereits schwer genug auf ihrem Gewissen.

»Herrin, es ist bald so weit. Die Kontraktionen beginnen in Kürze. Sie sollten sich entspannen.«

Die Stimme des Medoprospektors nahe ihrem rechten Ohr war sanft und zuversichtlich, aber darauf war er programmiert. Er würde noch sanft und zuversichtlich zu ihr reden, wenn sie in ihren letzten Zügen lag, und vielleicht lag darin ja auch viel Wahrheit. Möglicherweise war das, was nach ihrem Tode sie erwartete, weniger mühselig und sorgenbeladen als die Existenz, die sie jetzt führte.

Quara versuchte, sich dieser Gedanken zu entledigen. Dieser Fatalismus, der sie in den letzten Jahren immer stärker heimsuchte, sollte bei ihren Überlegungen keinen Platz haben. Fruchtmütter der Skendi waren Kämpferinnen und nutzten die Loyalität ihrer Gefolgsleute, um sich einen Platz in ihrer Gesellschaft und in der Geschichte ihres Volkes zu erarbeiten. Sie gingen dabei nicht immer zimperlich vor. Das Leben der Skendi war kein friedliches.

Hier musste sie ihren Platz anders definieren. Die Aufgabe aber blieb.

Quara warf einen Blick auf die Gruppe im Kern. Severus Inq schien seine Betrachtungen beendet zu haben und verkündete, dass die Benutzung des Fahrstuhls in seiner Bewertung problemlos sei. Quara stöhnte auf, ein wenig überwältigt von allem. Eigentlich bedurfte der Resonanzbauch da unten ihrer vollen Aufmerksamkeit. Doch sie musste sich zurückziehen. Der Bauch würde bleiben und beobachten. Er war nicht der Intelligenteste, aber das war auch gar nicht nötig.

Etwas platzte, eine heiße Flüssigkeit spritzte aus ihrer Geburtsöffnung. Es war so weit. Die Medoprospektoren machten sich bereit. Die Drohnenmänner kneteten ihr schlaffes Fleisch, andere begannen, unten sauber zu machen. Die Geburtsschale wurde herbeigeschafft, der Ort, in den das neue Leben gleiten würde und in dem sie aussortieren würden, wer lebte und wer in schwachen Bewegungen nur ein zielloses Abbild der Existenz sein würde. Der heftige Schmerz der ersten Geburtskontraktion war immer der schlimmste. Sie konnte für einen Moment an nichts anderes denken. Als er verging, schickte sie eine Nachricht an den Bauch.

»Geh mit ihnen. Beobachte alles. Kooperiere, wo du kannst.«

Das musste reichen.

Die zweite Kontraktion forderte ihre Aufmerksamkeit.

Quara schrie.

Schwere Stunden standen ihr bevor.

14

»Die Fruchtmutter ist mit wichtigen Aufgaben beschäftigt, die keinen Aufschub dulden«, erklärte der Resonanzbauch. Jordan blickte auf das Antlitz Quaras, es war leer und schlaff, ohne jedes Leben. Sie hatte ihre Aufmerksamkeit aus diesem Bauch zurückgezogen, daran bestand kein Zweifel.

»Sie befahl mir, zu kooperieren und dienlich zu sein.« Der Bauch sah Lyma Apostol an. »Sie befehlen mir. Ich kooperiere.«

»Ich habe keine Befehle, schlage aber vor, dass wir jetzt diesen Fahrstuhl betreten.« Die Kommandantin der *Scythe* klang unsicher, als glaube sie selbst nicht ganz an den Wert dieses Vorschlags, obgleich es die einzig logische Konsequenz ihrer bisherigen Handlungen war. Verließ sie der Mut? Elissi sah die Polizistin mit einem beinahe schon ängstlichen Gesichtsausdruck an. An ihrer Entschlossenheit, in die Tiefe hinabzugehen, konnte niemand zweifeln. Jordan würde sich ihr anschließen, egal was er von alledem hielt. Er hatte genug Angst für sie beide, während Elissi nichts dergleichen zu empfinden schien. Dieser Ort hielt sie zweifelsohne auf eine besondere Weise in seinem Bann.

»Das sollten wir tun, je eher, desto besser«, erklärte Riem. »Wir haben eine einmalige Chance, der Sache auf den Grund zu gehen – und das im wahrsten Sinne des Wortes.«

»Was erwarten Sie von dem da unten, Riem?«, fragte Apostol kritisch. »Etwas, das Sie gegen Saim einsetzen können? Ein Instrument der Rache?«

»Rache? Ein Instrument des Überlebens. Damit wäre ich bereits sehr zufrieden.«

Jordan sah Apostol an, dass sie dem Hüter nicht glaubte.

Elissi hörte sich das nicht länger an.

Sie trat in die Kabine, drehte sich um, ganz Aufforderung und ein Hauch von Ungeduld. Jordan folgte ihr und bekam dafür ein Lächeln geschenkt. Inq folgte, dann Apostol, Riem und zuletzt der Resonanzbauch. Riem war nun von einer großen Neugierde erfüllt, das war ihm anzumerken. Als Bewohner der Sphäre endlich einen Schritt zur Aufdeckung des Geheimnisses zu machen, das diese Konstruktion umgab, war für ihn in jedem Fall von besonderer Bedeutung, und es überdeckte wahrscheinlich auch ein wenig den Disput mit Saim und die Drohung des nahenden Krieges. Vielleicht war da unten wirklich etwas, das ihnen allen half. Vielleicht war hier etwas, mit dem sie das Schicksal beeinflussen konnten. Jordan glaubte nicht an eine wohlmeinende Macht, die bisher friedlich geschlummert hatte, nun erwachte und wie eine gute Fee all ihre Probleme lösen würde. Seine Fee hieß Elissi, und sie verursachte mehr Probleme, als sie beseitigte. Eine Konsequenz, mit der er sich abgefunden hatte, wenn nur …

»Wie lösen wir das Ding aus?«, fragte Apostol und sah Inq fragend an. Der wies schweigend auf die Sensorplatte neben der Tür. Elissi bedurfte keiner weiteren Aufforderung. Sie zog erneut einen Handschuh aus. Eine Bewegung, eine Berührung, die Tür schloss sich knarzend, und es gab einen Ruck, der Jordan für einen Moment Angst durch den Körper jagte, ein heißer Schrecken, der sich erst wieder legte, als die Kabine gemächlich Fahrt aufnahm und nach unten zu gleiten begann.

Es knirschte nicht einmal.

Alles in Ordnung, sagte er sich. *Alles im Griff. Kein Grund zur Sorge.*

Elissi hatte sich von ihnen abgewandt und starrte wieder durch die transparenten Wände der sich bewegenden Kabine nach unten. Mehr gab es für niemanden zu tun. Jordan stellte sich neben sie, dann spürte er, wie sich ihre rechte Hand in seine linke vortastete, und es war, als würde sie ihm Mut zusprechen wollen. Er freute sich über diese Geste, sie war menschlicher als vieles, was er von ihr gewohnt war, und zeigte, dass sie verstand, in was für einer Ausnahmesituation sie sich alle befanden. Er ließ ihre Hand nicht los, und sie zog sie nicht fort, ein stummes Einverständnis über den Wert einer Berührung.

Sie glitten nach unten, und je näher sie der wabernden Oberfläche kamen, desto schlechter wurde die Sicht, eine bemerkenswerte und unerwartete Entwicklung. Es war, als würde sich ein sanfter Nebel wie Rauchschwaden über alles legen. Es war kein gleichmäßiger Schleier, und so entstand der Eindruck einer leichten Brise, die aber die Masse dort unten nicht zu beeinflussen schien. Es war alles so seltsam und fremdartig, dass sich Jordan keinen Reim darauf machen konnte.

»Was sehen wir da?«, fragte er Elissi leise.

Sie zögerte mit der Antwort. Dann aber blickte sie Jordan an, und ihre Augen glänzten vor Begeisterung.

»Es lebt«, wisperte sie.

Wie sie nur immer auf so etwas kommt?

»Wegen der Bewegung, ja? Ich glaube auch, dass sie durch eine Art Nervensystem ausgelöst wird oder durch unterschiedliche Druckverhältnisse. Die Masse sieht tatsächlich organisch aus. Lebendig könnte sie sein, das denke ich auch.« Jordan versuchte, ihr irgendwie recht zu geben, ohne es tatsächlich endgültig zu tun. Die Idee war arg abenteuerlich.

»Mehr als nur lebendig. Intelligent«, insistierte Elissi.

Jordan kratzte sich mit der Rechten am Kopf. Das war etwas weit hergeholt. Für ihn sah das eher wie ein gigantisches Vorratslager an biologischem Material aus, eine Art Kochtopf, dem Koch und Rezept abhandengekommen waren. Tatsächlich gefiel ihm die Analogie so gut, dass er sie äußerte.

Niemand widersprach ihm, die Hypothese war so gut oder schlecht wie jede andere. Nur Elissi ließ seine Hand los und sah ihn strafend an, was ihn daran erinnerte, dass es manchmal besser war, den Mund zu halten.

Der Fahrstuhl machte nun doch etwas suspekte Geräusche, als er hinabfuhr, und nicht jedes erfüllte Jordan mit Zuversicht. Severus Inq aber schien nicht bekümmert, und er hatte die Anlage überprüft, so gut es ging. Andererseits war es für einen Androiden sicher unüblich, große Sorge oder gar Panik zu zeigen, also sollte er ihn nicht als Maßstab für die eigenen Gefühle nehmen.

»Keine Angst. Wir kommen in jedem Fall unten an«, sagte Lyma Apostol lächelnd, die seine Sorge sehr wohl bemerkte, als ein besonders unangenehmes Knirschen die Abfahrt begleitete.

»Ich wäre nur gerne noch am Leben«, gab er leise zurück.

»Das werden Sie sein. Mir macht viel mehr Sorgen, was wir dort unten vorfinden – und ob wir wieder herauskommen.«

Jordan fühlte sich durch diese Worte nicht beruhigt.

»Ich empfinde Beeinträchtigungen«, bemerkte Inq nach weiteren Minuten der Fahrt.

Apostol sah ihn alarmiert an. »Der Aufzug?«

»Nein, ich.«

»Erkläre es.«

»Meine generelle Funktionsfähigkeit ist um fünf Prozent gesunken. Ich stelle Defizite in allen Systemen fest. Ich kann die genaue Ursache noch nicht ermitteln.«

Bildete sich Jordan das ein, oder sprach Inq nun eine Spur schleppender als vorher? Nein, es war albern, das anzunehmen.

»Halte mich über Veränderungen auf dem Laufenden«, befahl Apostol mit deutlich hörbarer Sorge in der Stimme.

»Ein Angriff?«, fragte Jordan. »Ist das ein Angriff?«

Inq antwortete anstatt der Kommandantin. »Ich glaube es nicht. Ich habe nicht den Eindruck, Opfer eines gezielten Einflusses zu sein. Ich werde die Selbstbeobachtung fortsetzen.«

Der Fahrstuhl war nicht besonders schnell, sodass die Reise etwas länger dauerte als erhofft, und vor allem die Kommandantin zeigte nun, nach der alarmierenden Aussage Inqs, alle Zeichen wachsender Ungeduld. Schließlich aber tauchte die Nadel, was von oben nicht recht zu erkennen gewesen war, in die wallende Oberfläche ein, und eine kurze Tiefseeexpedition begann. Durch die transparenten Wände konnten sie sich nun genau mit der Konsistenz der Masse vertraut machen, und der Eindruck organischen Materials verstärkte sich nur noch. Je tiefer sie sanken, desto dickflüssiger schien sie zu werden, jedenfalls war kaum noch Bewegung auszumachen, und es wurde auch stetig dunkler, jedoch nie so weit, dass absolute Schwärze erreicht wurde. Die Masse schien von innen heraus zu schimmern, und es wirkte beinahe beruhigend.

»Es wird wirklich warm«, stellte Riem fest. »Wir nähern uns der Quelle der Hitzeentwicklung.«

»Die Masse kocht nicht«, erklärte Elissi. »Sie hat einen hohen Siedepunkt.«

Ihre Beobachtung war zutreffend. Der Fahrstuhl schien gut isoliert zu sein, denn die Temperatur erhöhte sich zwar merklich, blieb aber in einem kontrollierten Bereich, sodass sie keine unmittelbare Sorge zu haben brauchten. Die Tatsache aber, dass sie eingeschlossen waren von der undefinierbaren Masse, brachte Jordan zusätzliche Beklemmungen. Er mochte Enge nicht besonders.

»Jetzt wird es wieder flüssiger!«, hauchte Elissi. Es ruckelte etwas, als der Fahrstuhl die wohl letzte Phase seiner Reise antrat. Im schwachen Eigenlicht der Gewebemasse war erkennbar, dass Elissi richtig beobachtet hatte. Es war jetzt so, als würden sie unter einer Eisdecke in einen See vorstoßen. Jordan schob seine Furcht beiseite. Der Taucher in ihm übernahm die Kontrolle. Er hatte keine Angst vor der Tiefe, seine Beklemmung rührte aus der Gesamtsituation her. Dieser Anblick aber schien ihm beinahe vertraut.

»Da unten ist etwas. Eine Empfangsstation!« Inq hatte es als Erster entdeckt. Sie sahen, wie ein kleiner, kuppelartiger Bau sich aus der trüben Masse schälte.

Der Fahrstuhl kam zum Stillstand, was alle etwas erschreckte, denn es war unerwartet. Hoffentlich war die Türseite direkt mit einem Anschluss versehen, die Kuppel der Station war nur vage erkennbar. Vielleicht ein Zugangskorridor?

»Soll ich?«, fragte Elissi, und niemandem entging die leichte Unsicherheit in ihrer Stimme. Sie zeigte auf die Sensorfläche neben der Fahrstuhltür.

»Sonst hätten wir uns die Reise ja auch sparen können«, erwiderte Apostol und machte eine einladende Handbewegung. Elissi zögerte nicht länger, legte ihre kurzzeitig unbehandschuhte Hand auf die Fläche, und mit einem schabenden Laut öffnete sich die Tür.

Dunkelheit empfing sie.

Apostol schaltete den Scheinwerfer an ihrem Arm ein. Der Lichtkegel durchstach die Dunkelheit.

»Was ist denn hier passiert?«

Apostol machte einen Schritt nach vorne. Jordan hörte seinen Anzug Signale geben. Keine Atmosphäre, so gut wie keine jedenfalls. Der Gang zeigte alle Spuren von Beschädigungen, und diese waren ganz offensichtlich nicht beseitigt worden, jedenfalls nicht in dem Maße wie weiter oben. Die gleiche Ursache? Er sah sich um, kniff die Augen zusammen. Da war ...

»Das war kein Unfall«, sagte Jordan. »Das war mutwillig.«

Apostol sah ihn an, Anerkennung im Blick. »Sie sollten eine Karriere als Polizist ins Auge fassen.«

»Ich werde Astronom.«

»Das schließt sich nicht aus. Woran haben Sie es erkannt?«

»Der Leiche dort geht es nicht gut.«

Jordan richtete seinen Scheinwerfer auf den Toten, der halb hinter einer Abbiegung hervorragte. Apostol stieß einen leisen Pfiff aus, sie hatte den Körper offenbar übersehen. Und dass es der Leiche nicht gut ging, war nicht nur daran festzumachen, dass es sich um einen Verstorbenen handelte, sondern auch an der Art und Weise, wie er umgekommen war. Man musste kein forensischer Experte sein, um das festzustellen: Der Leib war stellenweise richtig zerfetzt, und er war offenbar auch nicht vollständig, soweit man von den Resten auf die Idealform schließen konnte.

Apostol und Inq beugten sich über den Körper, offenbar sogleich von professionellem Interesse erfüllt, während es Jordan schon reichte, was er zu Gesicht bekommen hatte. Elissi kümmerte sich gar nicht um den Toten, sie zeigte alle Anzeichen von wachsender Ungeduld. Was auch immer sie hier taten, es hielt sie davon ab, das zu untersuchen, was für sie wirklich wichtig war: die organische Masse des Kerns.

Oder was auch immer sie antrieb. So sicher war sich Jordan da gar nicht.

»Riem, haben Sie ein solches Wesen schon einmal gesehen?«, fragte die Kommandantin, und der Angesprochene kam näher, um genau hinzusehen. Er brauchte nicht lange, um die Frage zu verneinen.

»Ich denke nicht, dass es eine solche Spezies in der Sphäre gibt ... was die Lebenden angeht. Über die lange Ausgestorbenen kann ich natürlich nichts sagen. Dies alles hier ist sehr alt, und die Zerstörungen sind es auch. Es muss aus einer Zeit lange vor dem Rat stammen, da bin ich mir sicher.«

Lyma Apostol akzeptierte die Erklärung offensichtlich, und es gab auch keinen Grund, warum Riem sie anlügen sollte. Der Resonanzbauch drängelte sich vor, schaute auf die Leiche hinab.

»Die Fruchtmutter weiß vielleicht etwas«, sagte der Skendimann.

»Hat sie Zeit, einen Blick darauf zu werfen?«, fragte Jordan.

»Nein, sie ist sehr beschäftigt. Sie wird sich von selbst melden.«

»Nur einen Moment!«

»Nein!«

Die Antwort war von einer kategorischen Schärfe, die nicht zu weiterer Diskussion einlud. Jordan war nicht beleidigt. Der Skendi tat nur, was ihm von Quara übermittelt wurde. Er zögerte, aber dann stellte er doch die Frage, die ihn beschäftigte, seit sie die Oberfläche der Masse durchbrochen hatten.

»Bekommen Sie hier unten überhaupt ein Signal von der Fruchtmutter?«

Dabei zeigte er auf den erschlafften Bauch. Der Skendimann warf ihm einen wilden Blick zu, der Jordan erstaunte. Da war keine Wut gewesen, sondern eher ein Ausdruck der Hilflosigkeit. Der Bauch antwortete nicht, doch Jordan registrierte den Blick Apostols, die ihm anerkennend zunickte. Sie war zu einer ähnlichen Vermutung gekommen wie er. Hier unten konnte Quara gar nicht kommunizieren, auch wenn sie es wollte. Das war zumindest eine ernsthaft zu beachtende Hypothese. Ob es auch eine schlechte Nachricht war, blieb für Jordan dahingestellt.

»Wir haben keine Funkverbindung zur *Scythe*«, informierte sie Inq, der über die stärkste Sende- und Empfangsanlage verfügte und naheliegenderweise jetzt mit der Information herausrückte. »Seit wir ...«

»Ist klar«, schnitt Apostol ihm das Wort ab. »Wir gehen weiter. Wohin uns der Weg auch führen wird. Elissi, eine Idee? Ich sehe eine Kreuzung mit drei Alternativen vor mir.«

Die junge Frau trat in die Mitte der Kreuzung und leuchtete in alle drei Richtungen. Jordan fand, dass man sie mit dieser Entscheidung überforderte. Woher sollte sie denn bitte schön wissen ...

»Dort entlang!«

Er gab es auf. Jordan stellte sich zu ihr, schaute in die angegebene Richtung. Der Gang war leicht abschüssig, es ging also noch tiefer hinunter, was ihn nicht mit Freude erfüllte.

»Bist du sicher?«, fragte er unnötigerweise. Elissi war sich meistens sicher, sonst würde sie die Klappe halten. Das schmale Gesicht seiner Begleiterin wandte sich ihm zu, und er sah die große Ernsthaftigkeit in den vertrauten Zügen, die ihm Antwort genug sein sollte. Doch für die anderen bequemte sich seine Freundin zu einer Erklärung.

»Es wird wärmer in der Richtung. Wir müssen zur Quelle.«

Apostol warf einen Blick auf ihre Armbandgeräte und nickte. »Eine korrekte Beobachtung und möglicherweise auch eine richtige Entscheidung.« Sie schaute noch einmal hinab auf die Leiche, und Jordans Blick folgte ihr. Das Wesen musste groß gewesen sein, und die Fetzen einer Bekleidung waren zu erkennen, nicht einfach nur zerfallen, sondern eindeutig durch Gewalteinwirkung angegriffen. Der Kopf wurde durch einen aufgerissenen, schnabelförmigen Mund dominiert. Es gab blass schimmernde, das Licht immer noch reflektierende Facettenaugen. Der Leichnam war, soweit er noch existierte, gut erhalten. Die fehlende Atmosphäre hatte dazu beigetragen.

»Der sagt uns nichts mehr«, meinte Riem und deutete in die von Elissi gewählte Richtung. »Machen wir uns auf den Weg.«

15

Tizia McMillan wurde von den Wachen aus der Zelle gezerrt, grob angepackt, und sie musste nicht so tun, als würde ihr das Schmerzen bereiten. Der Wehlaut war ernst gemeint, was dazu führte, dass ihre Mitgefangenen ihr und den Iskoten erzürnt nachsahen oder mitleidig oder selbst voller Angst, ihnen würde das Gleiche passieren wie ihr.

Das aber würde es sicher nicht.

Sobald sie die Zelle verlassen und einige Schritte den Gang hinunter zurückgelegt hatten, ließen die beiden Iskoten sie los, sahen sie beinahe entschuldigend an, jedenfalls wollte sich Tizia McMillan das einreden, allein schon, um zumindest das Gefühl von Ausgleich zu bekommen, nach dem es sie immer verlangte, sobald ihr ein Schmerz oder ein Unrecht zugefügt wurde. Ausgleich war wichtig, es entsprach ihrem Bild von kosmischer Gerechtigkeit. Für jede Investition bedurfte es eines Ertrags, für jeden Schaden einer Kompensation, für jede Freude bedurfte es des korrespondierenden Leids. Nicht immer musste sie die Leidtragende sein, nicht immer der Schaden ihr zugefügt werden – sie war bereit, das Thema der Balance als generelles Prinzip zu erachten, ohne notwendigerweise auf beiden Waagschalen gleichermaßen vertreten zu sein –, aber sie musste, um die innere Befriedigung zu erfahren, dass sich alles richtig fügte, zumindest Zeugin des Vorgangs sein.

Natürlich war der reuevolle Blick der Wachen, selbst wenn er ernst gemeint war, nicht ausgleichend – und nicht ausreichend. Aber Tizia wurde sich eines anderen Ungleichgewichts bewusst, nämlich dessen der Macht, und solange sich dies nicht zu ihrem Vorteil entwickelte, wollte sie auf der Balance der Dinge zumindest vorerst nicht bestehen. Es gab ganz gewiss andere Gelegenheiten, und sie würde sich die Gesichter der beiden Schergen genau merken. Sie waren so hässlich, dass ihr das problemlos möglich sein würde.

Viele hier waren hässlich.

Tizia hatte früher kein Problem damit gehabt, unästhetische Dinge und Personen zu ertragen. Seit ihrer Gefangenschaft hatte sich das geändert. Es war ein permanenter Anlass ihres Unwohlseins, dass um sie herum fast nur Lebewesen agierten, die sogar blutig an der Wand verschmiert besser aussehen würden.

Gerade blutig an der Wand verschmiert.

Sie betrat nach einigen Minuten den Hangar und wurde sofort zum Beiboot geführt, das darin wirkte wie ein Fremdkörper, ein Iskotenschiff in einem Raumkreuzer der Menschen. Es war der persönliche Kurierraumer des Generals der Iskoten, des wichtigsten Handlangers des Ratsvorsitzenden Saim, und so war diese wichtige Persönlichkeit auch selbst anwesend. Eirmengerd saß in einem breiten Sessel, der gut zu ihm passte, wuchtig, schnörkellos, direkt und ohne jede Subtilität. Tizia verachtete solche Gemüter, sie waren nie mehr als willige Werkzeuge, im Regelfall zu fantasielos, um wirklich eine Hilfe zu sein. Wenn solche Gestalten dann auch noch Macht hatten ... nein, es war besser, sie kurzzuhalten.

Dass das Käferwesen wirklich auserlesen hässlich war, machte es im Übrigen nicht besser.

Tizia verbeugte sich. Eirmengerd nahm es beifällig zur Kenntnis. Sie hatte schnell gemerkt, dass er auf solche Gesten Wert legte. Und sie vergab sich nichts, wenn sie ihre Muskulatur trainierte und sich viel verbeugte. Es war schließlich für einen guten Zweck.

»Ich glaube nicht, dass Direktor Henk Erfolg haben wird«, erklärte der General zur Einleitung und bedeutete Tizia, sich auf einen bereitstehenden zweiten Sessel zu setzen, in dem ihr zierlicher Körper beinahe verschwand. Um nicht völlig ihre Würde zu verlieren, blieb sie auf dem Rand sitzen und faltete ihre Hände in ihrem Schoß. Eirmengerd behandelte sie – für seine Maßstäbe – durchaus anständig, würde aber nie so weit gehen, in seinem persönlichen Schiff passende Sitzgelegenheiten für Nichtiskoten zu installieren. »Mein Plan erscheint mir vielversprechender. Oder sagen wir: Er ist komplementär.«

»Ist es nicht der Plan des Ratsvorsitzenden gewesen?«, fragte Tizia. Eirmengerd knurrte etwas, und McMillan konnte sich den inneren Widerstreit vorstellen, der sich kurzzeitig in dem General abspielte.

»Ja«, kam es kurz angebunden. »Ja, ja.«

»Eine gute Alternative ist immer hilfreich, egal von wem die Idee kam«, sagte sie.

Der Iskote beugte sich nach vorne, sah Tizia konzentriert an. Einen starken Willen spürte sie. Das war der Vorteil, wenn man fantasielos und fanatisch treu war, das machte den Wert eines Wesens wie Eirmengerd aus. Darin konnte sogar sie noch etwas von dem Iskoten lernen.

»Sie sind bereit?«

»So bereit, wie man sein kann.«

»Es gibt keinen Weg zurück. Wir haben Ihnen die Mittel injiziert. Das Implantat wird sich aktivieren, sobald Sie auf der *Scythe* eingetroffen sind und persönlich einem anderen Menschen gegenüberstehen. Wir wissen immer, wo Sie sind, Menschenfrau, wir hören, was Sie sagen und mit wem Sie sprechen. Jedes Wort. Wir werden die Daten regelmäßig abrufen, um zu verhindern, dass Sie permanent senden, aber wir werden sie abrufen, das verspreche ich. Und verraten Sie uns, dann sind Sie tot, da genügt ein Impuls.«

Tizia sah den Iskoten völlig ungerührt an. All das wusste sie schon. »Drohungen machen Ihnen Freude, wie ich sehe.«

Eirmengerd stieß ein Geräusch aus, vielleicht ein Ausdruck der Freude, vielleicht einer der Verachtung – Tizia war es im Grunde völlig egal.

»Ich sage Ihnen, was mir Freude macht, Menschenfrau: Drohungen in die Tat umzusetzen. Die Vorstellung, die Naniten in Ihrem Kreislauf zu einer massiven Wucherung anzuregen, ein Krebs, der Ihr Körpergewebe binnen Minuten zerfrisst und Ihnen eine große Agonie bis zum sicheren Ende bereitet – das erfreut mich. Verraten Sie uns also gerne. Versuchen Sie, uns lächerlich zu machen. Ich werde derjenige sein, der zuletzt lacht.«

Grausam. Fokussiert. Einfältig. Tizia fand langsam Gefallen an Eirmengerd.

»Ich habe das beim ersten Mal schon verstanden. Halten Sie mich für eine Selbstmörderin?«

Eirmengerd machte die Geste der Verneinung, die Tizia mittlerweile gut kannte.

»Nein, ich weiß gar nicht, wofür ich Sie genau halten soll. Eine Opportunistin? Einen Feigling? Eine Kollaborateurin, getrieben von Gier? Leben Sie eine Rachsucht aus, sind Sie völlig emotionslos und agieren rein rational? Meine Psychoprofiler sind sich nicht einig. Die Menschlinge sind natürlich neu für uns. Eines allein weiß ich: Sie sind grundsätzlich erst einmal eine Verräterin. Ich begrüße das, denn es könnte mir und der Sache des Rates dienen. Aber ich hege großes Misstrauen gegenüber Verrätern, denn auf ihre künftige Treue sollte man nicht bauen.«

»Sie haben ja vorgesorgt.«

»Dennoch bleibt das Misstrauen. Das ist kein Gefühl, dass man einfach so abstreift.«

Tizia lächelte.

»Dafür habe ich großes Verständnis.«

»Das ist mir egal. Ich will, dass Sie funktionieren. Tun Sie das, werden Sie belohnt, ich halte mein Wort, wie jeder Iskote. Tun Sie das nicht, sind Sie tot. Es ist so einfach, so furchtbar einfach.«

»Dann können wir ja zur Tat schreiten. Wann fliehe ich?«

Eirmengerd schien nicht zufrieden darüber zu sein, dass Tizia sich nicht zu einer emotionalen Reaktion provozieren ließ. Hätte er gesehen, welche Intensität an Hass und Ablehnung sich in ihr aufbaute, wäre er davor zurückgewichen oder hätte die Naniten sogleich zum explosiven Zellwachstum angeregt. So aber wusste er nur, was sie zeigte, und wenn Tizia eines gut im Griff hatte, dann ihren körperlichen Ausdruck.

Seit Kurzem. Sie hatte sich wirklich sehr verändert.

»Die Kapsel wird vorbereitet. Sie werden morgen zu einem ›Experiment‹ abgeholt, wie abgesprochen. Wir müssen ja dringend mehr über die Physiologie der Menschen erfahren. Ein paar schmerzhafte Eingriffe, gegen die sich eine mutige junge Dame dann aufgrund der Dummheit eines Wachmannes zur Wehr setzt.«

»Dieser Wachmann wird sterben.«

Der Iskote machte eine wegwerfende Handbewegung. »Sie können jeden auf dem Weg erschießen, wie Sie es für richtig halten, die Wachen sind entsprechend eingeteilt. Viele sind unfähig und stellen keinen weiteren Verlust dar. Ihre Waffen werden manipuliert. Es kann sein, dass Sie leicht verletzt werden. In der Kapsel finden Sie die vollständige Erste-Hilfe-Ausrüstung. Ich werde für Konfusion in der Kommandokette sorgen und für ausreichend Kampfeslärm in der Nähe der Zelle ihrer Artgenossen. Sie sollen etwas mitbekommen, und Horana LaPaz wird durch einen sichtlich erschütterten Henk einige zusätzliche unautorisierte Informationen erhalten.«

Tizia runzelte die Stirn. »Er ist Teil dieses Plans?«

»Er ist nur in groben Zügen eingeweiht. Aber ich kenne ihn. Er ist zu weich. Das ist hilfreich, wenn man es zu benutzen weiß. Und er ist genauso loyal wie ich. Und wie Sie.«

Tizia wusste, was er meinte. Eirmengerd war ein Wesen mit einer direkten, schnörkellosen Persönlichkeit, aber er war nicht dumm. Sie tat gut daran, diesen Gesichtspunkt nicht aus den Augen zu lassen.

»Dann bleibt nicht mehr viel zu besprechen«, sagte Tizia.

»Ich möchte noch einmal auf Ihren Teil unserer Abmachung kommen«, beharrte der Iskote. »Schleichen Sie sich in das Vertrauen der Mannschaft der *Scythe*. Setzen Sie alle Mittel ein, machen Sie sich nützlich. Seien Sie bei allen Besprechungen dabei. Suchen Sie die Nähe Riems und der Fruchtmutter. Wir müssen wissen, was sie vorhaben, was am Kern los ist, wie sich die Verbündeten der Skendi verhalten, ob etwas geplant ist. Gibt es Strategien zur Verteidigung, gibt es möglicherweise Pläne, selbst aktiv zu werden? Ich muss *alles* wissen. Wir hören Sie ab, permanent, und sobald Sie in Reichweite unserer Spionagesatelliten kommen, wird alles per Datenburst abgeschirmt an uns gesendet. Passen Sie auf, dass die Fluchtkapsel unbeschädigt geborgen wird, damit man sie nicht einfach entsorgt. Sie ist als Relaisstation aus Gründen der Abschirmung unentbehrlich.« Eirmengerd beugte sich nach vorne. »Auch ohne die Kapsel werden wir die Informationen erhalten, Menschling. Wir entsenden weitere Sonden und sorgen für eine Kontaktaufnahme, früher oder später. Fühlen Sie sich also nicht zu sicher.«

»Ich fühle mich sogar sehr unsicher, deswegen reden wir miteinander, um diesen Zustand dauerhaft zu beenden«, gab Tizia kühl zurück. »Ich kenne meine Instruktionen und verspreche Ihnen, alles zu tun, um das zu erreichen. Aber es wäre gut, wenn Sie mir etwas in die Hand geben könnten, mit dem ich meinen Eintritt in die Führungskreise Ihrer Gegner bezahle. Etwas Attraktives.«

Eirmengerd lehnte sich zurück. »Ich verstehe. Aber ich gebe keine strategischen und militärischen Daten aus der Hand.«

»Natürlich keine *wichtigen*«, stimmte die Kollaborateurin zu. »Ich schlage etwas anderes vor. Die Leute der *Scythe* haben die generellen Infos, entweder direkt bekommen oder über die Hüterstation, wenn ich das richtig sehe. Ich muss etwas anbieten, das sie nicht wissen können und das zeigt, dass ich etwas anbieten kann.«

Eirmengerd überlegte kurz, doch Tizia wusste, dass dem General nun seine eigene Überheblichkeit und seine stille Verachtung für eine Idee, die nicht seine war, im Wege stand. Sie musste nur noch einige Augenblicke abwarten, dann ...

»Die Peerbiber«, sagte er.

»Die was?«

»Kleine, flauschige, unnütze Würmer. Sie stehen als Nächste auf der Liste der Exterminierung. Sie sind unnütz, lebend oder tot. Ballast. Quara kann sie warnen und sie können entkommen, zumindest vorerst. Kein Verlust, kein Gewinn, wenngleich manche das sicher anders sehen. Wert des Lebens und so, Sie verstehen.«

»Das ist gut. Sehr gut. Nennen Sie mir den Zeitplan, damit es realistisch klingt.«

»Es ist realistisch. Sie sind auf unserer Abschlussliste weit oben.«

»Dann machen wir es so?«

Eirmengerd gab sich einen Ruck. »Gut. Ich denke, das kann man verantworten. Saim wird nichts dagegen einzuwenden haben, früher oder später werden wir die Peerbiber ohnehin erwischen und auslöschen. Eine kleine zeitliche Verzögerung fällt da nicht weiter ins Gewicht. Sie müssen sich nur noch eine schöne Geschichte ausdenken, die erklärt, wie Sie in den Besitz gekommen sind.«

»Das werde ich. Achten Sie darauf, dass Horanas Konversation mit der *Scythe* dieses Thema nicht berührt.«

»Henk tut, was man ihm sagt. An seiner Loyalität besteht kein Zweifel, das erwähnte ich doch bereits.«

Eirmengerd glaubte, was er sagte. Nach allem, was Tizia bisher erfahren hatte, stimmte das wahrscheinlich auch. Saim hatte seine Leute fest im Griff, und Eirmengerd war der Chef seiner Prätorianergarde. Das System schien ganz gut zu funktionieren, zumindest bis auf Weiteres.

»Dann wäre ja alles geklärt. Ich bin bereit«, sagte Tizia, sehr zufrieden mit dem Ergebnis ihres Gesprächs. Es war ihre Absicht gewesen, diese Idee zu allerletzt einzubringen, um Eirmengerd ein wenig damit zu übertölpeln. Der General wollte den Erfolg, und das mit aller Gewalt. Er war bereit, gewisse Risiken einzugehen, das lag in seiner Natur, und Tizia hatte dies bereits bei ihrer ersten Begegnung erkannt. Der General würde niemals auf die Idee kommen, dass sie, eine schwache Menschenfrau, eine Verräterin, die ständig unter Beobachtung stand, ihn in irgendeiner Weise manipulieren könnte.

Sie beendeten das Gespräch in der beiderseitigen Erwartung, dass ihre Pläne von Erfolg gekrönt sein würden.

Was immer das für jeden Einzelnen auch bedeutete.

16

Kyen war nie an Bord des Schiffes der Fruchtmutter in der Sphäre gewesen, aber es gab Aufnahmen vom Kontakt und den ersten Verhandlungen mit dem Rat, damals, als dieser noch keine Organisation gewesen war, die in erster Linie den Machtinteressen eines Einzelnen zu dienen hatte. Quara hatte sich zu der Zeit gegen eine Mitgliedschaft entschieden und wohl ihre Gründe gehabt. Seitdem war sie ein Feindbild geworden, wahrscheinlich als Symbol von größerer Gestalt als in Wirklichkeit. Selbst Geon, von dem man sonst viel Gutes gehört hatte, schien diesem Umstand erlegen gewesen zu sein. Ein Feind war gut. Er einte, selbst dann, wenn man in anderen Dingen uneins war.

Das Schiff der Fruchtmutter Qesja schien ebenso groß und von gleicher Bauart zu sein, wenn Kyens Erinnerung nicht trog, und das war wohl zu erwarten gewesen. Die königlichen Barken waren Geburtsorte, Heimstätten und Gräber gleichermaßen, sie waren Regierungssitz und Flaggschiff,

Krippe und Altersheim, und das seit jeher, was zu einer gewissen einheitlichen Bauweise geführt haben musste, um die Bedürfnisse einer Fruchtmutter in all ihren Lebensphasen erfüllen zu können. Dazu gehörte aber auch, Gäste empfangen zu können, denn die Mütter waren Herrscherinnen, und ziemlich rücksichtslose dazu, wenn es um das Wohl ihres Clans ging. Als das Beiboot in den Hangar einschwebte, war dieser jedenfalls der gleiche zweckmäßige Hallenbau wie auf jedem anderen Raumschiff, und neben dem Boot standen eine Reihe von anderen Raumfahrzeugen bereit, einige davon unschwer als militärische Einheiten zu identifizieren. Eine Delegation aus Bäuchen wartete auf sie, und Kyen hatte Houten noch einmal auf die Sitte der Resonanzbäuche hingewiesen, was der Wissenschaftler mit Interesse wie auch Belustigung zur Kenntnis genommen hatte. Soweit Kyen wusste, war an einem entschlossenen Resonanzbauch nichts Lustiges, er war ein wandelnder Kommandonodus, der die Befehle der Mutter an die Ihren wie auch an Verbündete weitergab und selbst Hand anlegte, wenn es galt, Strafen und Urteile auszuführen. Nichts dergleichen würde ihnen jetzt widerfahren, das war zumindest seine Hoffnung, denn egal wie Qesja ihn bezeichnet hatte, besonders wagemutig fühlte sich Kyen nicht.

Ängstlich aber auch nicht. Es gab viele Schauergeschichten über die Skendi in der Sphäre, doch die Hälfte war entweder Ratspropaganda oder schlicht übertrieben. Kyen glaubte nicht, dass die Fruchtmütter ihre eigenen Töchter fraßen, um Nachfolgekämpfe zu vermeiden, wie gerne kolportiert wurde. Und er hatte gehört, dass Fruchtmütter einen eigenen Ehrenkodex hochhielten und das taten, was sie angekündigt und versprochen hatten. In diesem Fall war es freies Geleit für die Gäste. Darauf vertraue Kyen, Wagemut hin oder her.

Er war trotzdem nervös.

Soweit er sehen konnte, war er darin nicht allein. Houten hielt sich aber vorbildlich.

Als sie das Beiboot verließen, trat einer von drei Resonanzbäuchen vor und deutete eine Verbeugung an.

»Kommunikation wurde angepasst«, teilte er ihnen mit, was auch immer das genau bedeutete. »Folgen Sie mir bitte. Das Atemgemisch ist für Sie beide angenehm?«

Houten machte eine Show daraus, prüfend die Luft einzuatmen. »Sehr angenehm.«

»Die Mutter ist erfreut. Hier entlang.«

Die Skendimütter empfingen politische Delegationen, und so war es auch nicht verwunderlich, dass die dafür vorgesehenen Räumlichkeiten direkt in der Nähe des Hangars lagen. Kyen vermutete, dass sie im Auge eines Skendi geschmackvoll eingerichtet waren. Sie hatten sich bestimmt Mühe gegeben, wenngleich der ornamentale Einrichtungsstil mit seinen Schnörkeln und weichen Winkeln nicht ganz dem entsprach, was Kyen als angenehm empfand. Die Sitzgelegenheiten, die man ihnen bereitstellte, waren allerdings sehr bequem, und die Erfrischungen wahrscheinlich bekömmlich, wenngleich weder er noch Houten sie anrührten.

Die Resonanzbäuche stellten sich in eine Ecke. Es dauerte einen Moment, zu dem sich alle nur höflich anschwiegen. Der Raum war groß, und es war bezeichnend, dass es nur exakt zwei Sitzgelegenheiten gab, nämlich für die Gäste. Bäuche standen wohl prinzipiell.

Kyens Aufmerksamkeit wurde auf das große Portal gelenkt, das fast eine Wandseite des Raumes ausmachte. Es begann zu summen und gemessen aufzuschwingen. Dahinter zeichnete sich eine Gestalt ab.

Es musste sich um die Fruchtmutter handeln.

Sie war nicht so riesig, wie Kyen erwartet hatte, aber der massige, humanoide Körper war beeindruckend. Gut drei Meter groß, fast genauso breit, bedeckt ... oder vielleicht eher behängt mit edel aussehendem Tuch, wandelte, nein, glitt die Präsenz in den Raum. Das auf einem Doppelkinn sitzende, sehr symmetrisch wirkende Gesicht glänzte wie frisch eingecremt, und der haarlose Kopf war kunstvoll mit Narben verziert, die offenbar darüber hinaus eingefärbt waren. Die komplexen Muster beinhalteten möglicherweise eine Botschaft, legten Zeugnis ab über Rang und Geschichte Qesjas, aber wenn, dann gingen diese Botschaften an den beiden Gästen vorbei.

Die massige Gestalt bewegte sich nicht mühsam.

Das war etwas, das Kyen sofort auffiel. Qesja glitt mühelos vorwärts, und sie bewegte ihre Beine, das war deutlich zu erkennen. Das war nicht alles nur Körperfett, da waren Muskeln im Spiel, und der aufmerksame Blick der Frau, die ihre Gäste mit den Augen zu sezieren schien, sprach von einem wachen Geist mit hoher Intelligenz. Eine mutige Frau auf einer sehr weiten Reise.

Und sie kam nicht allein. Begleitet wurde sie auf jeder Seite von zwei weiteren Frauen, kleiner, schmaler, aber von gleicher majestätischer Haltung. Kyen wusste nicht, um wen es sich handelte, aber sie waren offenbar hier, um der Königin einen würdevollen Auftritt zu ermöglichen. Auch sie trugen kunstvoll verzierte Gewänder, und ihre aufmerksamen Augen wirkten nicht unfreundlich, aber doch eindringlich.

»Ich empfange sie beide mit Freude!«, erklang die sanfte, fast gutturale Stimme der Fruchtmutter, die den massiven Körper gut nutzte, um einen volltönenden Klang in den Raum zu projizieren. Kyen ertappte sich bei dem Gedanken, wie es wohl wäre, wenn Qesja singen würde, und was für ein Genuss das sein dürfte. Es war, als hätte sie seine Gedanken aufgefangen, denn die Königin warf dem Techniker einen langen, irgendwie belustigt wirkenden Blick zu.

»Der wagemutige Kyen, richtig?«

»Ich würde das mit dem Mut nicht übertreiben wollen. Es war eine Menge Verzweiflung dabei«, entgegnete er in einem höflichen Ton.

»Da sind die Grenzen fließend.«

Qesja sah den Menschen an. »Houten von der Autorität?«

»So ist es. Ich fühle mich geehrt.«

»Ich gewähre die Gnade gerne. Meine vier Begleiterinnen, Prinzessinnen meines Hauses, Töchter und Beraterinnen. Eine wird mir nachfolgen, wenn ich zu alt bin.«

»Das wird hoffentlich noch nicht so bald sein«, gab Houten zurück. Erneut der belustigte Blick der Fruchtmutter.

»Aber warum? Ein Ruhestand im Kreise der Familie kann etwas sehr Schönes sein. Ich freue mich schon darauf.«

Houten verneigte sich. Besser, dieses Thema hier nicht fortzusetzen. Qesja lächelte und sah Kyen an, diesmal forschend.

»Sind Sie der Fruchtmutter Quara begegnet?«

Kyen machte eine Geste, die hoffentlich als Verneinung aufgefasst wurde. »Ich habe von ihr gehört.«

»Sie ist gefürchtet und respektiert?«

»Von manchen das eine, von manchen das andere, so viel kann ich sagen.«

Qesja schien erfreut oder erleichtert, so genau konnte Kyen das nicht feststellen.

»Sie lebt?«

»Als ich die Sphäre verließ, sind alle davon ausgegangen. Aber die Stellung der Fruchtmutter ist in Gefahr.«

»Sie beherrscht das Innere der Sphäre?«

Kyen machte eine Pause. Das war halb eine Frage, halb eine Feststellung gewesen, und er war sich nicht sicher, wie Qesja darauf reagieren würde, wenn er ein etwas realistischeres Bild der tatsächlichen Machtverhältnisse zeichnete. Aber er war nicht so weit gekommen, um jetzt sofort mit Lügen anzufangen, die ohnehin niemandem etwas nützen würden. Also war es wohl an der Zeit für etwas von dem Wagemut, der ihm zugesprochen worden war.

»Nein, das kann man so nicht sagen. Ich würde sogar behaupten, dass niemand das Innere wirklich beherrscht.«

Qesja hielt in ihrem Fragenbombardement inne. Houten saß ganz still und leise daneben und machte keinen Mucks. Er lernte wahrscheinlich eine Menge dadurch, dass er einfach nur der Konversation folgte. Die Prinzessinnen tuschelten unter sich, eine wiederum flüsterte der Mutter etwas ins Ohr. Dann sprach Qesja wieder.

»Sie lebt, immerhin. Quaras Abreise war für die Skendi ausgesprochen unangenehm. Sie ging in einer schwierigen Zeit, für uns alle. Als sie aber nicht zurückkehrte, half es, diese Zeit zu überwinden. Wir sind uns nicht immer einig, aber eine der Unseren aus unserer Mitte zu entführen, ist etwas, das ich nur als gemeinsame Schande bezeichnen möchte. Außerdem brauchen wir sie zurück, dringend.«

Sie sah Kyen und Houten an und antizipierte ihre Frage. »Ich werde Ihnen nicht sagen, warum. Aber jede Kooperation wird dankbar entgegengenommen.«

»Vielleicht ...«, begann der Terraner langsam, »können Sie uns etwas über die Absichten der Besatzung des anderen Schiffes mitteilen?«

»Eine verständliche Frage. Leider wissen wir nichts über die Pläne der An'Sa.«

»Sie fliegen mit ihnen.«

»Sie nehmen uns mit. Unsere Technologie ist unterlegen. Der Hyperwellenantrieb der An'Sa allein ist fortgeschritten genug, um die Sphäre noch einzuholen, ehe sie ihr Ziel erreicht.«

»Ihr Ziel?«

»Wir kennen es nicht. Aber es ist in dieser Galaxie. Wir fliegen so lange hinterher, bis wir sie eingeholt haben.«

Kyen sah Houten an, fragend, und dieser deutete ein Schulterzucken an, was der Techniker sofort verstand.

»Woher wissen Sie das?«, fragte Houten.

»Wir erhalten Kursdaten des An'Sa-Schiffes. Die Kathedrale befindet sich auf einer vorgezeichneten Flugbahn. Es gibt einen Endpunkt. Er ist nahe. Woher die An'Sa das wissen? Ich kann es Ihnen nicht beantworten.«

»Kathedrale?«

Qesja machte eine Handbewegung nach oben, in Richtung des großen Pfeilschiffes. »Die Kathedrale. Die An'Sa sind ein sehr spirituelles Volk. Ihre Schiffe sind Tempel. Sie sind unterwegs im Namen ihrer Gottheit, so nehme ich an. Ich habe es nie verstanden, und die An'Sa kommunizieren so gut wie nie mit uns, außer es geht um technische Fragestellungen. Ich bin nie einem begegnet.«

»Es gibt sie in der Sphäre«, platzte es aus Kyen heraus, und Houten wie auch Qesja sahen ihn fragend an. »Die Pfeilschiffe der An'Sa! Ich habe in der Unterweisung darüber gehört, als Kind.« Jetzt erst bemerkte er die Neugierde der beiden anderen und beeilte sich, noch einmal das wenige zu rekapitulieren, was er darüber wusste.

Qesja reagierte auf diese Aussage mit lebhaftem Interesse. »Was tun die An'Sa in der Sphäre? Welche Rolle spielen sie?«

»Sie sind alle tot.«

»Das dürfte ihren Einfluss begrenzen.«

Kyen unterdrückte ein Lachen, da er nicht wusste, ob die Fruchtmutter gerade einen sarkastischen Witz gemacht hatte oder es absolut ernst meinte. Er wusste, dass Humor manchmal schwer zu übersetzen war und dass man mehr Fehler machen konnte, wenn man lachte, als wenn man ernst blieb. Qesja verzog das Gesicht zu einer eigentümlichen Geste, und Kyen hatte schon wieder den Eindruck, es handele sich um ein Lächeln, aber sicher sein konnte er nicht.

»Ich kann Ihnen nur Folgendes berichten: Die Kathedrale tauchte kurz nach der Entführung der Fruchtmutter Quara im Raum der Skendi auf«, erklärte Qesja nun mit ruhiger Stimme. »Die Besatzung des Schiffes, die wir wirklich nie zu Gesicht bekamen, befragte uns, nahm unsere Antworten zur Kenntnis und bot uns an, die Reise mit ihnen fortzusetzen, als wir gewisse Ressourcen bereitstellten sowie die Absicht äußerten, unsere vermisste Schwester zu suchen. Wir stimmten kurzerhand zu, da sich in der Zwischenzeit eine Situation ergeben hatte, die die Rückholung Quaras zu einer attraktiven Alternative machte.«

»Ich wusste nicht, dass sie so wichtig ist«, sagte Kyen.

Qesja machte eine Handbewegung. Eine der Prinzessinnen lachte. Es war ein Lachen, Kyen war sich wirklich sicher.

»Sie ist ziemlich unwichtig, deswegen wagte sie ja auch die Expedition zur Sphäre, um ihren Status zu erhöhen, indem sie sich der Reichtümer darin bemächtigte.« Qesja sah Kyen forschend an. »Diese Reichtümer gibt es nicht, vermute ich mal?«

»Eher im Gegenteil. Es herrscht Mangel an allem.«

»Ein Trick.«

»Der bei vielen funktioniert hat«, warf Houten ein, der sich vielleicht ein wenig ausgeschlossen fühlte und jetzt auch mal etwas beitragen wollte. »Auch bei uns. Zwei Schiffe des Konkordats wurden angelockt und sind nun in der Sphäre gefangen. Wir würden uns gegebenenfalls an einer Verfolgung beteiligen.«

Die Fruchtmutter schien über diese Idee einen Moment nachzudenken, ehe sie antwortete.

»Die An'Sa nahmen nur uns mit. Ich glaube nicht, dass die Kathedrale ein weiteres Schiff transportieren kann. Aber wir sind bereit, geeignete Unterkünfte bereitzustellen und eine Delegation der Menschen einzuladen. Dagegen sollten auch unsere Gastgeber nichts einzuwenden haben. Es gibt eine Liste an Rohstoffen, die wir vorbereitet haben ... vor allem sehr seltene, die wir für den Betrieb der Barke benötigen. Auch das Schiff unserer Gastgeber hat bestimmte Bedürfnisse. Vielleicht kommen wir zu einer Übereinkunft.«

»Ganz sicher sogar«, sagte Houten und sah Kyen triumphierend an. Der Techniker verstand das nicht. Worin lag der Triumph? Oder ging es dem Menschen nur ums Prinzip, darum, irgendwas durchgesetzt zu haben, seine Rolle bestätigt zu sehen?

Kyen würde noch so einiges lernen müssen.

»Ich bin außerdem für einen umfassenden Datenaustausch«, erklärte Qesja. »Ich weiß nicht, ob die Skendi jemals wieder mit den Menschen in Kontakt treten werden.«

Houten beugte sich nach vorne. »Wenn ich die Frage stellen darf – wo genau liegt das Heimatgebiet der Skendi und der An'Sa?«

»Darf ich Referenzzugriff auf Ihre Sternendatenbank erhalten?«

Houten aktivierte seine Komm-Verbindung und nahm Kontakt zur *Scott* auf. Es dauerte nur wenige Augenblicke, und die Fruchtmutter hatte die Daten, die sie benötigte.

»Sie erhalten natürlich alle Sternkarten der Skendi im Austausch«, sagte sie beiläufig. »Einen Moment.« Niemand sah sie mit einem Mitglied ihrer Besatzung kommunizieren, aber etwas geschah zweifelsohne. Dann, mit einem Male, erschien vor ihren Augen eine dreidimensionale Projektion, die zumindest für Houten ein vertrautes Bild liefern sollte.

»Ihr nennt diese Galaxienformation die Lokale Gruppe«, sagte Qesja, was Houten natürlich wusste, womit sich Kyen aber noch nicht beschäftigt hatte. »Dies ist Ihre Heimatgalaxie. Dies ist die unsere.«

Houtens Augen weiteten sich. »Andromeda! Verdammt, das ist furchtbar weit!« Er sah Qesja mit großer Ehrfurcht an. »Die Antriebe Ihres Schiffes ...«

»Die der Kathedrale. Wir Skendi hätten diese Strecke niemals in dieser Zeit überwunden, falls überhaupt.«

Houten nickte langsam. »Wir ahnten, dass die Sphäre schon lange unterwegs ist. Welche Strecke muss sie in all der Zeit zurückgelegt haben ... und die An'Sa stammen ebenfalls von Andromeda?«

»Nein«, erklärte Qesja. »Soweit wir wissen, ist die Heimat der Kathedrale eine Galaxie, die laut Ihres Katalogs Sextans A heißt. Jedenfalls war das die Antwort, die wir erhielten, als wir gefragt haben. Wir haben natürlich keine Möglichkeit, den Wahrheitsgehalt festzustellen.«

Ein anderer Bereich der 3-D-Karte schimmerte auf.

»Das sind 4,3 Millionen Lichtjahre von hier«, murmelte Houten ergriffen. »Und jetzt lassen Sie mich raten: Auch dort ist die Sphäre nur durchgeflogen, nicht wahr?«

»Das ist unsere Vermutung.«

»Mein Gott!«, hauchte der Mann. »Was haben die Erbauer dieses Dings sich dabei nur gedacht?«

»Das wüssten wir auch gerne«, gab die Fruchtmutter zu. »Houten von der Autorität, ich habe eine Liste mit benötigten Rohstoffen übermittelt.«

Der Mann war nur schwer aus seiner Andacht zu lösen, doch er konzentrierte sich und nickte. »Ich werde mich sofort darum kümmern. Das Angebot einer Delegation steht?«

»Definieren Sie Ihre Bedürfnisse – und lassen Sie sich nicht zu viel Zeit. Die An'Sa sind ungeduldig.«

»Was genau sind die Ziele der Bewohner der Kathedrale?«, fragte Kyen. »Wissen Sie wirklich gar nichts?«

»Oh«, machte Qesja und begann, sich langsam zu drehen. Das war relativ eindeutig. Für sie war die Audienz wohl erst einmal beendet. »Wir wissen nichts Genaues, nein. Aber wir haben eine Vorstellung, basierend auf den wenigen Interaktionen mit unseren Gastgebern. Die An'Sa wollen die Sphäre ohne Zweifel vernichten.«

»Wie bitte?«, entfuhr es Kyen. Auch Houten wirkte sichtlich überrascht.

Qesja lachte glucksend, unverkennbar. Die Prinzessinnen wirkten ähnlich amüsiert. »Ja, das war auch unsere Reaktion.«

17

»Dann sollten wir jetzt damit anfangen«, sagte Saiban Snead und schaute Tilla Äios an, die mit ihm am Tisch saß. In Abwesenheit von Lyma Apostol und Severus Inq agierten sie als Führungsduo der kleinen Besatzung, und Horanas Anruf hatte sie aufgeschreckt – vielleicht auch daran erinnert, dass es in ihrer Situation nicht half, einfach so herumzusitzen und darauf zu warten, dass andere für sie Entscheidungen trafen. Die Verbindung zu Apostol war abgebrochen, seit sie tiefer in die Kernstation eingedrungen war. Die Fruchtmutter, die allein über ihren Resonanzbauch noch Kontakt haben könnte, war offenbar mit etwas sehr Wichtigem beschäftigt, denn sie reagierte auf keine Anfrage. Die Wissenschaftler auf der Station und die Drohnenmänner der Skendi wirkten nicht direkt führungslos, aber es fehlte ihnen jede Initiative. Keiner von ihnen war es gewohnt, in einer Krisenlage Entscheidungen zu treffen. So blieb nur Snead, und er fühlte sich denkbar unwohl in seiner Rolle.

Aber das war ja im Grunde immer so.

»Wir haben nur wenige Mittel und gar keinen Zugriff. Wir bräuchten mehr Informationen und vor allem mehr Zeit«, sagte Tilla, die vom plötzlichen Tatendrang Sneads nicht ganz so überzeugt schien.

»Wir haben Kontakt mit dieser LaPaz, und wir haben diese beiden Flüchtlinge – Jordan und Elissi. Das sind immerhin schon drei, mit denen fangen wir an. Danach arbeiten wir uns weiter vor, wenn wir uns sicher sind, dass keiner von ihnen Joaqim Gracen ist.«

Das war das Thema, das sie hierhergeführt hatte. Es war die ganze Zeit, angesichts dieses furchtbaren Durcheinanders, nicht erwähnt worden. Es änderte aber nichts an der simplen Tatsache, dass es eine gute Chance dafür gab, dass einer der meistgesuchten Verbrecher des Konkordats sich immer noch unter ihnen befand. Wenn man »unter ihnen« sehr großzügig definierte.

»Ich gebe zu«, sagte die Alienfrau langsam, »dass die Ereignisse mich unsere Ursprungsmission haben vergessen lassen, den Grund, warum wir überhaupt in diese katastrophale Situation geraten sind. Aber wir *sind* in einer katastrophalen Situation, Saiban. Können wir jetzt wirklich die Suche nach Gracen wieder aufnehmen? Wenn Horana recht hat, gibt es nur noch siebzehn Überlebende an Bord der *Licht*. Wie hoch ist die Wahrscheinlichkeit, sollte er überhaupt in seiner neuen Identität dort gewesen sein, dass er zu den siebzehn gehört?«

»Gracen?« Snead lachte freudlos auf. »Den bringt nichts so leicht um. Er ist der Überlebenskünstler par excellence, das hat er oft genug unter Beweis gestellt. Er lebt, Tilla, ich gebe dir mein Wort darauf. Er ist auf der *Licht* – oder er ist entweder Jordan oder Elissi. Studenten, aus dem Nichts aufgetaucht. Ideale Personen für einen Identitätsklau oder eine fabrizierte Lebensgeschichte, verbunden mit einem perfekten Körper, dessen Biometrie in der Konkordatsdatenbank zur Identifikation gespeichert ist – Gracen hat zu so was Zugang gehabt, wie wir wissen. Wir dürfen niemandem trauen, der auf der *Licht* war. Selbst Captain Rivera nicht. Er hatte sich anfangs unserer Untersuchung verweigert. Das macht ihn in meinen Augen beinahe automatisch verdächtig.«

Tilla sah ihn zweifelnd an.

»Du erinnerst dich aber schon an die Lage damals?«

»Ich erinnere mich vor allem an die jahrelange Jagd auf jemanden, der sich mit Tücke, Brutalität und Intelligenz immer wieder einen Vorteil verschafft hat«, knurrte Snead. Tillas beständige Einwände gefielen ihm nicht. Vor allem gefiel ihm nicht, dass sie recht hatte. »Und jetzt stell dir mal vor, er sitzt in der *Licht* in einer Zelle und überlegt sich, wie er diese Situation nutzen kann. Wird er ein Opfer sein? Wird er alles mit sich geschehen lassen? Nein, er windet sich durch, analysiert das Machtgefüge, identifiziert seine Optionen, und dann macht er einen Plan. So ist er. Wir kennen ihn gut genug, um das zu wissen. Was ist sein Plan? Das wissen wir nicht. Vielleicht Kollaboration, die Erlangung kleiner Vorteile und eines Zugangs zum Machtzirkel des Rates? Also Horana LaPaz? Oder rechtzeitige Flucht, um sich eine externe Machtbasis zu schaffen, idealerweise mit Machtmitteln, an die vorher noch nie jemand gedacht hat? Also Jordan oder Elissi?«

Seine Gesprächspartnerin war heute schwierig zu überzeugen, das merkte er schon.

»Eine Frau? Er würde sich in eine Frau verwandeln?«, fragte Tilla. Sie hatte, obgleich ihre äußere Erscheinungsform weiblich war, eine hermaphroditische Grundstruktur und versuchte immer, ganz genau zu verstehen, wie irdische Geschlechterrollen funktionierten – oder eben auch nicht.

»Gracen würde alles tun für die perfekte Tarnung«, gab Snead überzeugt zurück. »Er ist ein hundertprozentiger Egomane. Seit er die Chance erhielt, seinen Körper vollständig umzuwandeln, ist dieser nicht mehr als ein Gefäß für ihn, ein belebter Fleischsack, den er anpasst, wie er es für richtig hält und wie die Lage es gebietet. Davon bin ich überzeugt, Tilla. Wir dürfen uns nicht blenden lassen, zu keinem Zeitpunkt. Dass er ein begnadeter Schauspieler ist, dürfte dir auch bekannt sein. Was sagt dein besonderes Gespür in Bezug auf unsere Gäste?«

»Bei Jordan und Elissi habe ich nichts gespürt, was auf deine Hypothese hinweist«, sagte die Empathin nach einigen Momenten des Erinnerns. »Gut, Elissi ist seltsam. Da kann ich mich irren. Ich bin nie zuvor einer wie ihr begegnet.«

»Siehst du?« Snead verbarg den Triumph in seiner Stimme nur mühsam. »Sieht du?«, wiederholte er ruhiger. »Was für eine perfekte Tarnung! Eine liebenswerte, zerbrechlich wirkende, gleichzeitig etwas seltsame junge Frau von höchster Intelligenz! Du musst es doch auch sehen, Tilla!«

Äios wirkte nicht restlos überzeugt. »Willst du dich jetzt auf Elissi einschießen?«

»Ich schieße mich nicht auf jemand Bestimmten ein. Was ich sage, ist nur: Wir müssen uns auch endlich wieder um Gracen kümmern – ehe er sich um uns kümmert, falls er das nicht schon längst tut.«

Ein Gedanke, der nun auch zu Tilla Äios durchdrang. Sie schaute Snead sorgenvoll an. Dass hier eine potenzielle Bedrohung auf sie alle lauerte, schien sie noch nicht so recht bedacht zu haben.

»Gut, Saiban, ich verstehe dich. Was schlägst du also vor?«

»Wir überprüfen Jordan und Elissi, sobald wir ihrer habhaft werden. Wir müssen es natürlich auf eine Weise machen, die unauffällig erscheint.«

»Wenn Gracen in meine Nähe kommt und ich mich auf ihn konzentriere, wird er sich vor mir nicht verbergen können«, behauptete Äios. »Nicht dauerhaft jedenfalls«, fügte sie nach kurzem Nachdenken hinzu. »Bei Elissi muss ich mich besonders anstrengen, denke ich mal.«

»Ich schätze dich und deine Fähigkeiten sehr, Tilla«, sagte Snead ehrlich. »Aber ich kann mich nicht darauf verlassen. Ich habe recherchiert und mit unserem Bordarzt geredet. Es sollte eine Möglichkeit geben, einen transformierten Körper zu identifizieren. Die vollständige Gen-Reprogrammierung und Neumodellierung hinterlässt Spuren, wie etwa tote DNA-Stränge und andere genetische Abfallprodukte, die durch einen Tiefenscan nachweisbar sind.«

»Elissi und Jordan wurden gründlich untersucht, als wir sie aufgegriffen haben«, erinnerte Tilla ihn.

»Aber kein Tiefenscan – wozu auch? Der wird nur benötigt, wenn eine genetisch bedingte Krankheit zu behandeln ist! Bei unseren Flüchtlingen aber ging es um Erschöpfung, Verletzungen oder Schock. Dafür ist das unnötig und wurde auch nicht gemacht.« Snead lächelte. »Ich habe mich dessen vergewissert.«

»Aber einen solchen Scan ohne geeigneten Vorwand durchzuführen – das würde doch Gegenmaßnahmen bei einem getarnten Gracen hervorrufen.«

Snead nickte.

»Ja. Umso besser. Dann muss er aus der Deckung heraus. Wir müssen unsere Zielobjekte nur genau im Auge behalten. Ist der Scan ergebnislos, haben wir Gewissheit und streichen sie von der Liste. Alles gut.«

»Horana LaPaz werden wir nicht fernmündlich untersuchen können.«

»Wir setzen sie auf die Liste und sammeln Daten. Wir beobachten sie, analysieren die Gespräche. Mehr geht nicht. Aber wir müssen damit anfangen, verstehst du? Hätte es auf der *Scythe* neue Besatzungsmitglieder gegeben, würde ich genauso vorgehen. Bist du also dabei?«

Tilla zuckte mit den Schultern. »Ich tu, was mir gesagt wird. Wir warten, bis die beiden Studenten wieder da sind, und dann beginnen wir. Ich glaube nicht, dass Lyma etwas dagegen haben wird.«

»Im Gegenteil«, behauptete Snead voller Überzeugung. »Ganz im Gegenteil!«

Er erhob sich und sah Tilla an. »Ich werde den Rest der Besatzung informieren. Wir müssen die Sache professionell angehen.«

Tilla hob eine Hand. »Und was machen wir, wenn wir ihn schnappen? Die Jurisdiktion des Konkordats ist weit entfernt. Willst du ihn auf ewig in die Zelle sperren? So eine Art ewiger Gewahrsam bis zu einem Prozess, der möglicherweise niemals stattfinden wird?«

Snead war anzusehen, dass er sich mit dieser Frage noch gar nicht befasst hatte. Er zögerte einen Moment, ehe er antwortete. »Wenn es sein muss. Er ist frei jedenfalls eine größere Gefahr als alles andere. Ich weiß, dass wir uns da rein rechtlich betrachtet auf einem schwierigen Gebiet befinden. Ich habe keine klare Antwort auf deine Frage. Aber erst einmal müssen wir ihn fassen, ehe wir über diese Brücke gehen können. Lyma wird am Ende entscheiden, was mit ihm geschieht.«

Tilla sah Snead besorgt an.

»Lyma hasst Gracen. Sie verwahrt dieses Gefühl unter einer dicken Kruste an Professionalität, aber glaub mir: Sie hasst ihn.«

Snead nickte. »Ich weiß. Und ich stelle mir lieber nicht vor, auf welche Idee sie kommen könnte, sollte sich endgültig herausstellen, dass wir unser Schicksal in der Sphäre beschließen müssen. Ich weiß, wozu sie im Zweifelsfall fähig ist. Wenn du mich fragst, wird sie ihm einen Prozess machen, aus eigener Autorität heraus, und in so einem Fall habe ich eine große Befürchtung.«

Tilla sah ihn fragend an. Er lächelte schief.

»Lyma ist sehr fair. Sie wird ihm die beste Verteidigung zubilligen, die sie organisieren kann. Gerade, weil sie ihn so hasst.«

»Ah«, machte Tilla verstehend. »Oh.«

»Ja«, sagte Snead. »Dieser Verteidiger werde dann ich sein. Und es gäbe keine Aufgabe, die ich mehr fürchten würde als diese.«

18

»68 Grad Celsius«, sagte Jordan zu Elissi. Sie schaute ihn an. Sie konnte die Temperaturanzeige des Anzugs selbst ablesen, und das wusste er. Entweder war er der Ansicht, dass sie es übersehen hatte, oder es war eines von diesen sinnlosen Informationsangeboten, für die er – wie auch andere Menschen – bekannt war. Man erzählte jemandem etwas, das dieser schon wusste, offensichtlich war oder keinen Nutzen erbrachte. Elissi verstand das. Sie nannte es Wortstreicheln. Es ging nicht um den genauen Inhalt der Aussage, sondern um das Aussprechen. Es signalisierte Aufmerksamkeit, Fürsorge und das Bedürfnis nach Interaktion. Elissi war durchaus erfreut über Jordans Aufmerksamkeit, sie hatte ihr schon oft geholfen. Seiner Fürsorge war sie sich bewusst, aber da er ihr Angebot der Kopulation bereits mehrmals abgelehnt hatte, wusste sie derzeit nicht, wie genau sie darauf reagieren sollte. Er bekam einen weichen Blick, wenn sie ihm zulächelte und er hin und wieder ihre Hand halten durfte. Ihre Einwilligung, dass er auch ihre Brüste halten konnte, hatte noch nicht zu dem gewünschten Effekt geführt. Sie machte da noch etwas falsch. Sie kam nicht drauf.

Aber Wortstreicheln. Das irritierte sie mehr als alles andere.

Was Jordans Bedürfnis zur Interaktion anging, so teilte sie dieses nicht, vor allem, da sie keine relevanten Informationen anzubieten vermochte. Sie waren über eine zweite Leiche gestolpert, die in einem ähnlichen Zustand gewesen war wie die erste. Die zunehmende Hitze hatte ihre Auswirkungen auf den bisher gut konservierten Leichnam. Die in dem organischen Material enthaltenen Bakterien schienen dadurch aktiviert worden zu sein, und Elissi war der Ansicht, dass ein erneuter, langsamer Zersetzungsprozess eingeleitet wurde. Sie dokumentierten natürlich alles.

Dabei gingen sie immer weiter.

Ihr Weg endete in einem Schwimmbad.

Das war zumindest Jordans Bezeichnung gewesen, ehe er den Temperaturfühler am Handschuh seiner rechten Hand hinabgestreckt hatte. 68 Grad Celsius. Das große Becken war direkt mit der organischen Masse da draußen verbunden, es enthielt eine Flüssigkeit, die fatal an transparentes Blut oder Eiter erinnerte, und sie war ohne Zweifel vollständig organisch. Eine Art Schleusenanlage führte hinaus in den unterirdischen Ozean, der sie umgab. Diese Anlage war dazu gedacht, in diesen vorzudringen, und angesichts der Ausrüstungsreste, die an der Wand festgemacht waren, bestand kein Zweifel daran, dass es früher Wesen gegeben haben musste, die genau das getan hatten.

»Wozu sollen Leute in diese Masse eintauchen?«, fragte Lyma Apostol laut, die ratlos am Backenrand stand und die Flüssigkeit kritisch musterte. Sie alle hielten die Helme geschlossen. Elissi ging davon aus, dass es hier entsetzlich stank.

Immerhin wusste sie eine Antwort auf Apostols Frage.

»Medizinische Behandlung«, sagte Elissi. Alle schauten sie an, was sie als irritierend empfand. War es denn nicht offensichtlich? Warum sprach es denn außer ihr niemand aus? Jordan machte ein bittendes Gesicht, und sie wusste, was das bedeutete. Sie sollte es erklären.

Sie mochte Erklärungen nicht besonders.

Es war im Grunde eine Verschwendung von Energie, das einmal Erkannte und intellektuell Durchdrungene erläutern zu müssen. Wer nicht von selbst auf etwas kam, dem war eine bestimmte Ebene der Erkenntnis eben verschlossen. Das war nicht schlimm. Man konnte auch ohne glücklich werden. Jordan verstand so vieles nicht, er machte aber meist einen ganz zufriedenen Eindruck. Nur Lyma Apostol war von einer Ruhelosigkeit ergriffen, die Elissi an ihren eigenen, unstillbaren Wissensdurst erinnerte. Aber auch da kannte die Studentin die Ursache.

Elissi ergab sich in ihr Schicksal. Jordan bat sie darum, nicht durch Worte, aber durch seine Mimik. Sie kannte diese ganz genau, hatte sie intensiv studiert. Deswegen brauchte sie ihn. Er stellte ihre Verbindung zur Welt der Idioten dar, die sie umgab. Und es gab diese Momente, da musste sie den Idioten dienlich sein.

»Sie sollten es verstanden haben, Captain Apostol«, sagte Elissi und zeigte auf eine Art Werkbank, auf der, fein säuberlich in Schatullen gepackt, allerlei Werkzeuge lagen, deren Zweck doch eigentlich offensichtlich sein sollte.

Apostol sah Elissi irritiert an. »Ich? Warum ich?«

Gut, dachte die junge Frau. Dann war jetzt wohl der Zeitpunkt, auch *das* zu erklären.

»Sie sind eine Nauma-7. Sie waren eines der Opfer der Elektrischen Verschwörung.«

Stille. Riem verstand es nicht. Inq wusste sicher davon, und er schaute auf Lyma, ging einen Schritt auf sie zu, als wolle er sie von etwas abhalten. Der Resonanzbauch verstand auch nicht, er spürte aber die plötzlich rapide angestiegene Spannung, denn er tat das Gegenteil des Roboters: Er machte einen Schritt zurück. Jordan starrte Apostol an, dann Elissi, dann wieder die Kommandantin, und er verstand zwar, aber er war nahezu schockiert. Jordan hatte von der Verschwörung gehört. Jeder kannte die Geschichte, zumindest in groben Zügen.

»Woher ... wissen Sie das?«, brachte Apostol hervor.

»Die Narben auf der Kopfhaut. Die kleine, gut abgedeckte Kortikalmanschette. Das sieht man doch.«

Apostol presste die Lippen aufeinander. Elissi schloss die Augen. *Dumm, dumm, dumm.* Nein. *Man* sah das nicht. Es war gut verborgen, und man musste genau hinsehen, jemanden nicht nur einfach anschauen, sondern richtig ... und man verband die Hinweise nur sofort, wenn man ein Gehirn hatte wie das ihre, und es war ein schwieriges Thema. Sehr schwierig. Sie hätte vorher mit Jordan darüber reden sollen. Ihr Fehler. Eine Dummheit.

Elissi schämte sich nicht. Aber sie mochte es nicht, wenn sie Fehler machte. Es widersprach ihrem Selbstbild, das auf Perfektion hin ausgerichtet war.

»Kann mir das kurz jemand erklären – nur wenn es keine Umstände macht?«, fragte Riem, der wohl merkte, dass da etwas im Raum stand, aber nicht recht fassen konnte, welche Bedeutung es hatte. Elissi konnte ihm das nachfühlen, so ging es ihr meistens.

Lyma Apostol warf der jungen Frau einen langen Blick zu, gar nicht mal strafend, wie Elissi glaubte. Aber richtig sicher sein konnte sie sich nicht.

Apostol holte tief Luft. »Riem, ich mache es kurz. Es ist eine unangenehme Episode unserer Geschichte, vor allem für mich.«

»Sie müssen nicht ...«

»Sie sind rücksichtsvoll. Ich kann mittlerweile darüber reden.«

Riem machte eine auffordernde Geste. Natürlich war er neugierig.

Elissi mochte Neugierde nicht, sie war billig und auf den Effekt ausgerichtet. Sie bevorzugte *Interesse*.

»Also gut. Hören Sie mir zu. Vor einundfünfzig Jahren spielte sich im Konkordat der Menschen eine sehr betrübliche Episode unserer ansonsten eher friedlichen Geschichte ab. Eine Gruppe von Politikern und anderen hohen Offiziellen genehmigte illegale Experimente an Neugeborenen, im Regelfall Waisen, die zur Adoption freigegeben wurden oder die man auffand. Ich gehörte zu diesen Waisen, ich weiß bis heute nicht, wer meine Eltern sind. Man nannte es anschließend, als die Polizeikräfte die unterirdischen Forschungsstätten gestürmt und die Kinder befreit hatten, die ›Elektrische Verschwörung‹, weil wir nun einmal einen Hang zu klangvollen Begriffen haben. Das Ziel der Experimente war die vollendete Fusion von Mensch und Maschine, die Erschaffung des perfekten Hybriden. Für die einen eine Stufe evolutionärer Entwicklung, für die anderen ein Werkzeug für ihre Machtspielchen, vor allem für jene, die die Phase friedlicher Harmlosigkeit langfristig für den Untergang des Konkordats hielten.« Die Kommandantin machte eine Pause, ihre Stimme klang etwas brüchig. Elissi ging davon aus, dass die Geschichte sie immer noch emotional sehr berührte, und das war natürlich erst einmal schlecht. Sie hätte es wirklich nicht erwähnen sollen. Ihr Fehler.

Apostols Hand tastete unbewusst über ihren Kopf, bis in den Nacken, wo die hautfarbene Abdeckung zu erkennen war, wenn man so aufmerksam hinsah wie Elissi.

»Die genaue Zahl der missbrauchten Kinder ist nicht bekannt«, sagte die Polizistin dann leise. »Ich weiß aber, wie viele lebend aus der Hölle geholt wurden. Achtundsiebzig sind wir gewesen, eingeteilt in sieben Kategorien, abhängig von den Modifikationen, die an uns durchgeführt wurden. Nauma, das Wort, das Elissi gebraucht hat, ist keine offizielle Bezeichnung, sondern ein Begriff, den die Wissenschaftler benutzt haben: Neues, allumfassendes menschliches Automaton. Ich war eine Nauma-7, und von denen haben die wenigsten überlebt.«

»Die Polizei hat Sie gerettet?«, fragte Jordan, den die Geschichte gebannt hatte. Elissi wunderte sich manchmal, wie leicht ihr Freund zu beeindrucken war.

Apostol nickte. »Uns alle. Der Grund, warum ich geworden bin, wer ich bin.«

Die Polizistin sah sich um, breitete die Arme aus. »Und Elissi hat recht. Diese Anlage atmet die gleiche Atmosphäre wie der Ort meiner Folter. Ich weiß nicht, ob er auch für finstere Machenschaften gebraucht wurde, aber ja: Es riecht nach Medizin, nach Behandlung, nach Untersuchung. Sie hat recht, und ich hätte es sagen sollen.« Sie seufzte. »Es ist nichts, mit dem ich mich gerne befasse, und ich verdränge die Dinge manchmal. Es tut mir leid.«

»Dafür gibt es wahrlich nichts zu entschuldigen«, sagte Riem, der ebenfalls leise sprach. Elissi nahm an, dass er ebenfalls ein gewisses Maß an Betroffenheit zum Ausdruck bringen wollte. Dabei war das doch Vergangenheit. Wie konnte man sich von Vergangenem so einnehmen lassen? Es war doch vorbei! Der einzige Tag, an dessen Verlauf man noch etwas ändern konnte, war der gegenwärtige. Elissi wunderte sich immer, dass das keiner verstehen wollte.

Sie sah Apostol abwartend an, aber es kam nicht das, was sie erwartete. Das machte sie unruhig. Man musste doch alle Informationen geben, wenn man schon einmal damit begonnen hatte. Es war für Elissi wie ein körperlicher Schmerz, wenn etwas unausgesprochen blieb, waren die Fluttore unnützer Kommunikation erst einmal geöffnet. Was man anfing, musste man beenden. Auf A folgte B. Man konnte nicht einfach einen Teil des Alphabets weglassen, weil einem manche Buchstaben nicht gefielen. Vielleicht war es ein Fehler, hier nachzuhaken. Vielleicht verstand sie alles nicht richtig. Aber dies war ein Zwang, dem sie sich niemals hatte entziehen können. Dinge brauchten ihren Abschluss. Das galt auch für das, was Lyma Apostol gerade enthüllt hatte.

Elissi räusperte sich.

»Dieser Mann, den Sie jagen. Der in den Medien auftauchte, im Zusammenhang mit den schlimmsten Verbrechen. Der Mann, von dem Sie meinen, er sei an Bord der *Licht* gewesen.«

»Dr. Joaqim Gracen, ja«, sagte Apostol, und ihre Stimme schwankte. *Fehler, Fehler, Fehler*, hämmerte es in Elissis Kopf.

Doch es ging nicht anders. Abschluss. Vollendung. Das war sehr wichtig. Alle Daten für alle, jederzeit.

»Er ist ein Nauma, nicht wahr?«

Apostol starrte sie an. »Woher wissen Sie das?«

»Es erklärt Ihr Verhalten. Ihre fanatische Beharrlichkeit. Ihre Ungeduld. Es ist mehr als nur der Drang nach Recht und Gerechtigkeit. Sie schämen sich für ihn.« Elissi flüsterte jetzt. »Ich kenne das. Viele Leute haben sich für mich geschämt. Manchmal tu ich es selbst. Ich verstehe das gut.«

Apostol starrte immer noch, ihre Lippen formten tonlos Worte, die sie nicht herausbrachte. Dann straffte sich ihre Haltung.

»Ja. Gracen war ein Nauma-6. Keine invasiven Eingriffe.« Erneut das unbewusste Tasten zur Manschette. »Aber Veränderungen der Gehirn-Biochemie durch Drogengabe. Er wurde so, wie er ist. Acht Nauma-6 überlebten. Fünf sitzen in psychiatrischen Kliniken, für immer. Zwei verübten Selbstmord. Und Gracen ... wurde Gracen.«

»Wenn es nur acht dieser Kategorie gab, wie viele Siebener haben dann überlebt?«, fragte Jordan mit belegter Stimme.

Lyma Apostol starrte für einen Moment vor sich hin, ehe sie antwortete. »Nur ich. Eine.«

Riem und der Resonanzbauch sagten nichts, obgleich sie mit dieser Information sicher wenig anfangen konnten. Elissi aber spürte eine tiefe Erleichterung. Vollendung. Alles war gesagt worden. Kapitelende. Nächste Seite. Sie war beinahe glücklich.

Und Lyma Apostol war nun wie eine Schwester, denn Elissi hatte nicht gewusst, dass es auch sie nur dieses eine Mal gab.

Das war eine beglückende, vor allem eine neue Erkenntnis.

So hatte auch Elissi noch etwas gelernt.

19

Tizia McMillan empfand richtige Freude daran.

Es war eine verhaltene Freude, aber es war ein echtes Gefühl, und so etwas sollte man immer genießen.

Sie senkte den Lauf der Waffe, der Iskote vor ihr zuckte noch. Aus einer grässlichen Wunde an einem seiner Arme floss Blut, und der Sterbende stank nach verbranntem Hähnchenfleisch. Der Schock setzte ein, da waren die Iskoten nicht anders als Menschen, und der Getroffene zitterte. Er starrte sie dabei an, und Tizia wusste den Blick nicht zu deuten. Angst? Wut? Verwirrung? Vielleicht von allem etwas? Woher hatte die Menschenfrau die Waffe? Warum war allein er zu ihrer Bewachung abgestellt worden? Was passierte hier eigentlich?

Tizia erlöste ihn von seinen Grübeleien. Eirmengerd hatte Wert darauf gelegt, dass sie Leute nicht nur verletzen, sondern gleich erschießen sollte, dann konnten sie sich nachher nicht mehr zu den Vorfällen äußern, vor allem, wenn es keine weiteren Zeugen gab, die nicht eingeweiht waren. Als man sie aus der Zelle geholt hatte, war sie grob angefasst worden, und sie hatte geschrien und sich gewehrt. Man hatte ihr einen Schlag verpasst, und er war nicht gespielt gewesen, der Schmerz war echt gewesen, er war es immer noch. Tizia verstand das. Aber sie musste es nicht mögen.

Sie drückte ab, die Projektilwaffe knisterte nur etwas, die Geräuschdämpfung tat ihre Arbeit. Der Schädel des Iskoten zerplatzte in einer kleinen Detonation von Knochenfragmenten, Gehirnfetzen und anderen Organen, vor allem die Augen verteilten sich dekorativ auf dem Fußboden. Sie konnte es nicht leiden, wenn man sie anstarrte. Dieses Flehen. Erbärmlich war das. Hatte der Iskote keine Würde im Leib?

Tizia mochte Jammerlappen nicht. Dieser war tot. Gut so.

Sie sah auf, musterte die Markierungen an den Wänden. Die designierte Rettungskapsel war keine zwanzig Meter entfernt, wie angekündigt, und der Tote würde keinen Alarm schlagen. Natürlich waren die Kameras aktiv, aber Eirmengerd sorgte gerade für Durcheinander und Befehlschaos, und das war sehr hilfreich. Tizia nahm die Beine in die Hand. Die Waffe behielt sie. Niemals ein Machtmittel unnötig abgeben. In schlechten Filmen warfen Helden wie Böse erbeutete Gegenstände nach einmaligem Gebrauch sofort weg. Das waren alles Idioten, und Tizia war ganz sicher nicht so dumm.

Sie kam unbehelligt an der Rettungskapsel an. Der Gang war leer. Irgendwo erscholl klagend eine Alarmsirene, die Verwirrung hatte sich aufgelöst, und jetzt begann die Jagd. Tizia hieb auf den Öffnungsschalter und wartete ungeduldig, bis sich der runde Zugang mit seinen Metalllamellen entfaltet hatte. Sie zwängte sich durch die Öffnung, als sie gerade groß genug war, schlüpfte auf den erstbesten Sessel, ein erneuter Hieb auf den rot gekennzeichneten Knopf, und die Lamellen schlossen sich wieder. Lichter gingen an, ein Gong gab eine Bereitschaftsmeldung ab.

Lief so weit gut.

»Abstoßung!«, rief sie ins Leere, die Steuerautomatik wusste, was sie zu tun hatte. Ein heftiger Ruck folgte beinahe unmittelbar, ein Gefühl des Schwindels fuhr durch Tizia, doch sie war mittlerweile festgeschnallt, weitgehend bewegungsunfähig. Passagierin. Sie konnte nur noch zuschauen.

Die Kapsel löste sich von der *Licht*. Die zweite Phase ihrer Scharade hatte begonnen. Die Automatik drehte das Raumfahrzeug, und ein Schlag auf ihre Brust drückte ihr kurzzeitig den Atem aus den Lungen, bis die Absorber einsetzten. Die Beschleunigungswerte einer Rettungseinheit waren erheblich, es war ihre größte Stärke.

Mit Mühe zog sie den einfachen Schutzanzug über. Sicher war sicher. Das Universum war voller Irrer.

Irgendwelche Warnlaute erklangen. Tizia musste vor nichts gewarnt werden. Sie kannte das Drehbuch und ihre Rolle darin, und sie war für alle Herausforderungen bereit, soweit sie diese kalkulieren konnte. Sie starrte auf den Schirm über sich, der ihren Kurs und die Ergebnisse des Scanners zeigte, kleine Einheiten strebten auf sie zu, Jagdschiffe der Iskoten, die zu spät gestartet waren, aus einem schlechten Winkel hinter ihr herkamen, sehr effektvoll für den zufälligen Beobachter. Eirmengerd hatte auf einer wilden Jagd bestanden. Sie konnten nicht wissen, ob nicht

Verbündete Quaras irgendwo die Augen aufgesperrt hatten. Das Risiko war zu groß, um es einzugehen. Es war notwendig, das Spiel bis zur Perfektion zu treiben.

Die Piloten waren nicht eingeweiht. Der Plan lautete, dass sie schlicht nicht gut genug sein würden. Der Vorsprung der Kapsel war groß, und Eirmengerd hatte dafür gesorgt, dass nur Jagdschiffe mit kleinen technischen Problemen starteten. Gute Ausgangsbedingungen.

Tizia machte es beinahe Spaß. Endlich passierte etwas.

Doch es musste einiges getan werden: eine weitere, intensive Beschleunigungsphase, die der Absorber zum Teil, aber eben nicht vollständig ausglich. Ein Ächzen entrang sich ihrer Brust, als die Triebwerke wieder einsetzten, sobald der endgültige Kurs eingeschlagen war. Die Schwellung an ihrem Brustkorb, ausgelöst durch den Hieb des Wachmannes, protestierte und Tizia musste die Zähne zusammenbeißen. Sie wollte nicht wehklagen. Sie hatte kein Publikum, und ohne Zuhörer war jeder Ausdruck des Leids Zeitverschwendung.

Die Kapsel schüttelte und rüttelte. Kursänderungen. Sie wich Objekten aus, die auf ihrem Scanner erschienen, und das waren ganz sicher auch iskotische Schiffe, wobei nicht alle Raumfahrzeuge zwangsweise Jäger sein mussten. Andere wichen ihr aus, überrascht von der plötzlichen Flugbewegung, und bestrebt, nichts und niemandem im Wege zu stehen, der sich in der Nähe der *Licht* und vor allem der in direkter Nachbarschaft schwebenden *Liam* befand. Die Kapsel wusste, wohin sie wollte, ein grober Kurs in Richtung Kern, ein Kurs, wie ihn Tizia auch selbst hätte programmieren können, wenn diese Flucht echt gewesen wäre. Sie konnte jederzeit in die Flugbahn eingreifen, das hatte sie sich vorbehalten, und Eirmengerd hatte es klaglos akzeptiert. Risikominimierung.

Der Andruck ließ etwas nach. Die Stützmasse der Triebwerke war fast aufgebraucht, der Rest wurde für ein allmähliches Bremsmanöver benötigt, und daher schaltete die Automatik jetzt ab. Tilla lächelte. Eirmengerd dachte, er habe eine Agentin bei der Fruchtmutter und ihren Verbündeten eingeführt. Die Besatzung der *Scythe* würde denken, eine weitere, glückliche Flüchtige entdeckt zu haben, die mit wertvollen Informationen entkommen war.

Beide irrten sie sich.

Tizia entspannte sich, betastete die Prellung an ihrem Brustkorb, die inzwischen nur noch irritierend, aber nicht mehr richtig schmerzhaft war. Sie versorgte die Stelle aus dem medizinischen Notvorrat. Der Schmerz verklang endgültig. Alles war gut.

Die iskotischen Jäger waren immer noch hinter ihr her. Sie waren schnell, aber nicht schnell genug, und sie würden rechtzeitig abdrehen, um nicht auch in die Waffenreichweite der königlichen Barke zu kommen. Tizia erlaubte sich jede Zuversicht, dass ihre Pläne tatsächlich aufgehen würden.

Moment.
Das war so nicht geplant.

Sie kniff die Augen zusammen. Das Scannerbild täuschte sie nicht. Eines der iskotischen Jagdschiffe holte tatsächlich unmerklich auf. Jemand war besonders diensteifrig und jagte den Antrieb über die Belastungsgrenze hoch. Ein Pilot, der etwas zu beweisen hatte? Einer, der auf eine Beförderung schielte oder dem sein Pflichtbewusstsein über alles ging? Jemand, den das Jagdfieber übermannt hatte und der die vagen Befehle des Kommandos dahingehend interpretierte, wirklich alles zu geben?

Einfach nur ein Trottel?

Trottel waren immer ein Problem, und dieses kam beständig näher.

Tizia machte eine schnelle Überschlagsrechnung. Selbst wenn ihr Verfolger die Triebwerke wieder drosseln würde, die bereits erreichte Geschwindigkeit war ausreichend, um die Kapsel einzuholen und zumindest abzuschießen. Sie wusste, dass Eirmengerd den Befehl gegeben hatte, die Flüchtige auf jeden Fall lebend zu bergen, aber wenn jemand sich schon so ins Zeug legte, war nicht auszuschließen, dass er in seiner Frustration auch bereit sein würde, andere Knöpfe zu drücken. Die Iskoten waren nicht nur loyal, sie waren auch sehr ehrgeizig. Versagen zu vermeiden, gehörte zu den Triebfedern iskotischen Handelns. Es machte sie so effektiv und gefährlich, gleichzeitig aber war es ein Unsicherheitsfaktor, und möglicherweise wurde Tizia gerade Zeugin eines solchen Vorfalls.

Das war unangenehm.

Nicht notwendigerweise für sie.

Aber ganz sicher für ihren pflichtbewussten Verfolger.

»Optionen«, murmelte sie. »Optionen.«

Sie hatte keine Waffen. Sie konnte nur den Kurs wechseln. In Grenzen.

Sehr eng bemessenen Grenzen.

Tizia betrachtete die Wolke an Schiffswracks, in die ihre Kapsel jetzt eindrang. Es waren verdammt viele und in allen Größen, manche äußerlich unversehrt, andere beschädigt. Nicht der lange Orbit hier hatte sie angegriffen, denn das Weltall war gut darin, Dinge zu konservieren. Historische

Ereignisse waren dafür verantwortlich, Auseinandersetzungen, interne oder externe, und Unfälle, oder schlicht die Abnutzung durch eine Besatzung, die es lange darin aushielt, aber irgendwann nicht mehr die Mittel hatte, ihre Heimat ordentlich in Schuss zu halten. Gleich war allen, dass es Totenschiffe waren, meist nur noch ausgeschlachtete Hüllen, aus denen die Lebenden den letzten Rest an verwertbarem Material geholt hatten. Nur wenige Einheiten blieben vollständig, etwa, weil es noch lange funktionierende Bordcomputer gegeben hatte, die sich gegen Plünderer wehrten, oder weil Dinge auf den Schiffen passiert waren, mit denen niemand etwas zu tun haben wollte.

Und die Einheiten vor ihr, auf die traf beides zu, exakt die Mischung aus Aberglauben und funktionierender, bedrohlicher Technik, die seit ewiger Zeit dafür sorgte, dass alle einen weiten Bogen um sie machten.

Da, die großen Pfeilschiffe vor ihr, denen sich die Kapsel nun näherte, eigentlich nur, um sie unbehelligt zu passieren. Aber Tizia brauchte eine Waffe, und wenn sie selbst keine besaß, dann musste ihr jemand helfen – auch wenn es nicht freiwillig geschah.

Riskant. Unausweichlich. Der Iskote kam näher. Er gefährdete alles.

An'Sa. Tizia hatte sich informiert, denn sie war mit Eirmengerd den Kurs der Kapsel genau durchgegangen, hatte es sich nicht nehmen lassen, links und rechts zu schauen und sich zu informieren. Wer auch immer diese Aliens gewesen waren, es gab sie nicht mehr, und sie hatten sich selbst umgebracht, aus religiösen Gründen, so hieß es. Die halbintelligente Schiffsautomatik hatte Plünderer mehrfach umgebracht, und jedes Mal auf ausgesucht brutale Weise.

Ganz wenige sollten es jemals lebend von dort weggeschafft haben. Niemand wusste, wie gut und ob diese Schiffe überhaupt noch funktionierten, niemand verspürte den Drang, es herauszufinden. Die letzte Expedition lag gut 80 Menschenjahre zurück und hatte in einem Desaster geendet, mit nur einem Mitglied des Enterkommandos, das mit spärlicher Beute entflohen war. Seitdem machte jeder einen großen Bogen um die Pfeilschiffe der An'Sa, die gleichzeitig ein wichtiger Orientierungspunkt in der Flotte der Wracks wurden. Keiner näherte sich ihnen auf weniger als dreitausend Meter, das schien die Grenze zu sein, an der sie irgendwie aktiv wurden.

Keiner tat es außer Tizia McMillan in ihrer Fluchtkapsel.

Das Risiko lohnte sich, dessen war sie sich sicher. Besser noch, als von einem übereifrigen Iskoten abgeschossen zu werden. Sie wollte nicht landen oder andocken, nur in den Sicherheitsbereich vordringen, um den Verfolger in die Waffenreichweite der Automatiken zu locken. Sie wusste, dass die Schiffe manche sich nähernden Einheiten nicht sofort angriffen, vor allem, wenn diese keinen direkten Kurs zu nehmen schienen. Solche aber, die ihre Waffen aktiviert hatten ...

Tizia gestattete sich ein Lächeln. Die Kapsel war unbewaffnet. Der Iskote hingegen ...

Sie passte den Kurs an. Tizia wusste, was sie tat. Sie wusste es in einem weitaus größeren Maße, als Eirmengerd es sich vorzustellen vermochte.

Das am nächsten im All treibende Pfeilschiff sprang auf sie zu. Eine mächtige Konstruktion, beeindruckend massiv, sicher einen Kilometer lang, und die Wölbung in der Mitte schien aus sich heraus zu leuchten. Möglicherweise eine optische Täuschung, und blinzelte Tizia, war sie für einen Moment verschwunden, ehe sie beim nächsten Blick wieder auftauchte, wie ein Geist, der in ihren Augenwinkeln tanzte, immer den Fokus ihrer Pupillen vermied, aber dennoch als Schemen ständig irritierte. Tizia konnte man nicht leicht irritieren, aber sie registrierte diesen Effekt mit der akribischen Aufmerksamkeit eines geschulten Verstandes.

Der Iskote folgte ihr. Da wollte jemand etwas werden, kein Zweifel. Hierarchie war wichtig, in ihr aufzusteigen das Maß aller Dinge. Dafür war man auch bereit, Risiken einzugehen oder gar Befehle zu missachten, denn der Erfolg rechtfertigte jeden Einsatz, jede Verfehlung. Erfolg macht sexy. In diesem Fall, so war es Tizias Überzeugung, gab es keinen Erfolg.

Sie unterschritt die unsichtbare Grenze. Wenn alles gut ging ...

Die Kapsel zitterte, ein Warnsignal ertönte. Tizia runzelte die Stirn. Sie schaute auf die Anzeigen. Dies war kein Forschungsschiff, gespickt mit ausgefeiltem Instrumentarium. Dies war eine verdammte Rettungseinheit, die ihren Passagieren nur das Nötigste mitteilte, um sie entweder nicht in Panik zu versetzen oder das nahe Ende mit der notwendigen Transparenz zu gestalten. Eine Kraft wirkte auf die Kapsel ein, und es war nicht das Offensichtliche, kein mächtiger Traktorstrahl wie jener, der die *Licht* in das Innere der Sphäre gezogen hatte.

Tizia musste zugeben, dass sie damit nicht gerechnet hatte. Es gab nur wenige Berichte über die An'Sa, und die meisten waren ihr gar nicht zugänglich gewesen. Als sie mit Eirmengerd über die Fluchtroute gesprochen hatte, waren die Informationen doch eher spärlich geflossen, als hätte der

Iskotengeneral es als peinlich empfunden, über etwas nicht richtig Bescheid zu wissen. Sie hatte ihm Details förmlich aus der Nase ziehen müssen.

Von einer unwiderstehlichen Anziehungskraft durch das An'Sa-Wrack war nicht die Rede gewesen. Andererseits hatte es schon lange nicht mehr Überlebende gegeben, die nahe genug herangekommen waren. Der Bereich war als Todeszone deklariert, und so langsam verstand Tizia McMillan, dass diese Warnung ernst zu nehmen war.

Möglicherweise hatte sie einen Fehler gemacht.

Das war sehr unangenehm.

Sie drehte die Kapsel, das Triebwerk gegen den Sog gerichtet. Noch hielt das Fahrzeug einigermaßen den Kurs, aber die Anziehungskraft wurde stärker. Sie musste mit einem starken Boost versuchen, sich aus der unsichtbaren Umklammerung zu befreien. Und ihr war klar, dass sie nicht mehr als nur eine ...

Das Zittern wurde zu einem kurzen Schlag, als ob etwas die Kapselwand berührt hatte, mit einer gewissen Wucht, aber nicht im Sinne eines Angriffs. Tizia betrachtete die Kontrollen, drehte an den Reglern der kleinen Außenkameras. Sie erkannte die Ursache und stellte alle Bemühungen sofort ein. Zwei metallen schimmernde, mit Warzen übersäte, sich in der Dunkelheit windende und sehr flexible Schläuche hatten sich an der Kapsel festgesetzt wie gierige Tentakel, die die Kapsel in das sich öffnende Maul eines Hangartors zogen. Ein dunkles Maul, hinter dem man alles vermuten konnte, vor allem jeden erdenklichen Schrecken.

Jetzt bekam sie es mit der Angst zu tun.

Das war so nicht geplant gewesen.

Sie schloss für einen Moment die Augen. In ihrem Kopf begann zu diesem Zeitpunkt, immer dann, wenn es gerade nicht passte, die andere Tizia zu trommeln. Es hörte sich tatsächlich so an, als ob jemand vor einer Trommel säße und diese unentwegt malträtierte, und Tizia wusste, dass es wie eine Panikattacke war, nur schlimmer und gleichzeitig nicht so schlimm. Es war die andere Tizia, die sich in ihrer Verzweiflung meldete, und hin und wieder brachte sie erstaunlich viel Kraft auf. Es war natürlich absurd, in Kategorien wie »gut« und »böse« zu denken – die Welt entwickelte sich entlang der Bewertung von »nützlich« und »nutzlos«, das war zumindest ihre Überzeugung. Aber dennoch: Die andere Tizia, die sich gerade so laut und nervig in Erinnerung brachte, war die »gute«, jedenfalls hielt sie sich dafür. Sie hatte erwiesenermaßen Angst, eine Regung, die sie eigentlich schon lange abgestreift hatte, jedenfalls lange genug, dass sie sich gar nicht mehr recht daran erinnern konnte, wie es denn gewesen war, als diese Empfindung noch eine Bedeutung gehabt hatte.

»Gut« war also »ängstlich«, und das machte das Getrommel noch verachtenswerter. Wer Angst hatte, war schwach, und wenn Tizia McMillan eines niemals sein wollte, dann schwach. Angst wollte sie ebenfalls nicht fühlen, denn das wiederum führte entweder zu Fehlentscheidungen oder zur Paralyse. Dem Fluchtinstinkt nachkommen konnte sie ohnehin nicht. Wozu also die Aufregung?

Als habe die andere Tizia diese Frage gehört, wurde das Trommeln leiser. Natürlich wusste sie darauf auch keine Antwort, möglicherweise sah sie auch ein, dass ihr Tun völlig sinnlos war. Der Lärm wurde zu einem sanften Rauschen, wie ein nicht besonders aufdringlicher Tinnitus, und Tizia gelang es, ihn wieder zu ignorieren. Es war lästig, wenn die andere sich bemerkbar machte, aber es lenkte sie glücklicherweise niemals länger als nur für ein paar Momente ab.

Sie konnte ja ohnehin nichts tun.

Die Kapsel zitterte nicht mehr, sie beschleunigte auch nicht, sie wurde langsamer. Auf dem Schirm sah Tizia, wie die Iskoten allesamt abdrehten, inklusive des einen vorwitzigen, der sie in diese Lage getrieben hatte. Er würde sich vor Eirmengerd verantworten müssen, nachdem er triumphierend berichtet hatte, dass er die Flüchtige in die Arme ihres Untergangs getrieben habe. Tizia ging davon aus, dass der Soldat dafür bezahlen würde, anstatt bezahlt zu werden. Sie gönnte es ihm, wenngleich es jetzt bedeutungslos war.

Etwas in ihr machte »Klick«, und sie fühlte eine große Kälte, die von ihren Gedanken Besitz ergriff. Eine Kälte, die mit Ruhe einherging, klarer Analyse und Kalkulation, die keinen Platz ließ für Gefühle jeglicher Art, auch nicht für den schalen Triumph, der durch das wahrscheinliche Schicksal ihres Häschers ausgelöst worden war. Überlebensinstinkt war es nicht, das war etwas anderes, und die Kälte beruhigte sie so stark, wie es wohl keine Droge konnte. Tizia fixierte das näher kommende An'Sa-Schiff und kam zu dem Schluss, dass ihr keine zwanzig Minuten mehr blieben, ehe das dunkle Loch, die Öffnung im mächtigen, schartig weißen Leib des Wracks – nein, kein Wrack, leider ganz und gar nicht! – sie verschlungen haben würde.

Sie wappnete sich. Wogegen? Unbekannt. Wie? Unbekannt. Die Stille, die sie jetzt erfüllte, war nicht die Lähmung der Angst, sondern die Gewissheit von Unausweichlichkeit und der Begrenztheit ihrer Mittel. Eine andere Art von Stille – und Stillstand. Abwarten. Beobachten. Schlussfolgerungen ziehen. Was passierte, würde passieren. Ergab sich die Chance zur Reaktion, war sie bereit, mit allem, was ihr zur Verfügung stand, Intellekt, Körperkraft und Instinkt.

Es würde reichen oder eben auch nicht.

»Kleine Fee«, flüsterte eine Stimme in ihrem Kopf, wie ein Kitzeln unter ihrer Schädeldecke. Tizia zuckte nicht zusammen; dass sie aber nicht überrascht war, wollte sie auch nicht behaupten. Eine Stimme in ihrem Kopf. Nichts Besonderes, wenn sie die andere und ihr Trommeln bedachte. Es war nicht schlimm, wenn man Stimmen hörte. Es kam nicht darauf an, was sie zu sagen hatten, solange man ihre Worte abtat. Tizia war gut darin. Aber dies war keine *innere* Stimme, das spürte sie sofort.

Dies war Kommunikation.

»Kleine Fee«, wisperte es erneut. »Komm zu mir, kleine Fee. Ich umarme dich. Hab keine Angst. Ich verspreche dir Heilung und Nutzen.«

»Ich habe keine Angst«, sagte Tizia laut und wahrheitsgemäß. Trommelte da etwas? Die Frau lächelte. Die andere Tizia machte sich in die Hose und war doch so viel hilfloser als sie selbst. Ihr stand nicht einmal dieser Körper zu Gebote, sie saß im Gefängnis ihrer Bedeutungslosigkeit.

Sollte sie sich verausgaben und schreien.

»Kleine Fee«, sagte die Stimme. »Gleich bist du bei mir. Ich freue mich so auf dich. Mein Segen. Heilung und Nutzen. Es wird kein leichter Weg.«

Tizia war sich über ihren kargen und kalten Gefühlshaushalt im Klaren. Genauso wie über die Tatsache, dass, wenn sie schon etwas empfand, es ganz sicher keine Freude war.

Und eine kleine Fee war sie auch nicht.

Was immer sie auch erwartete, es widerte sie bereits jetzt an.

20

Und so lehnte Kyen das Angebot ab.

»Der Wagemutige« hatten sie ihn genannt, und das war sicher irgendwie schmeichelhaft.

Aber so war er gar nicht. Aus Verzweiflung geborener Mut war etwas, das jeder konnte, und er nahm nicht für sich in Anspruch, etwas Besonderes zu sein. Vor allem aber wollte er eines nicht: sein Leben für eine Mission wegwerfen, die ihn dorthin zurückbrachte, von wo er unter größten Risiken gerade erst entkommen war. Er war kein Forscher. Seine Neugierde war durchschnittlich. Er wollte nichts wirklich Herausragendes in seinem Leben erreichen, er war absolut zufrieden damit, wenn sich die Dinge jetzt ruhiger entwickelten und er einfach nur ... so *sein* konnte.

Frieden. Eine schöne Wohnung. Etwas sinnvolle Beschäftigung, aber bitte nicht zu anstrengend. Natürlich gab es große, galaktische Rätsel und interstellare Mysterien, er wusste es genau, er hatte sein ganzes bisheriges Leben in einem zugebracht. Das genügte erst einmal, und nicht nur vorläufig, eigentlich für immer.

Es zog ihn nicht zur Sphäre. Er wollte ihr mit aller Macht fernbleiben. Und bei aller Verpflichtung, die er für die Menschen des Konkordats empfand, all der Dankbarkeit für ihre Hilfe, so gab es da diese Linie, die er nicht überschreiten würde, so schwer es ihm auch fiel.

Er sagte es Houten, als dieser ihn fragte, und der Mann von der Astronomischen Autorität hörte sich seine Worte an, vielleicht ein wenig enttäuscht, aber das war ein Schaden, den Kyen bei aller höflichen Zurückhaltung anzurichten bereit war. Es ging um seine weitere Existenz, und die sah er auf einem schönen Planeten, nicht in einer Schiffskabine an Bord der königlichen Barke, die huckepack auf einer Raumkathedrale einer offenbar suizidalen Zivilisation der Sphäre hinterhereilte.

Bei allem, was ihm heilig war, so verrückt konnte niemand sein.

»Nein«, sagte er also noch einmal, mit Nachdruck, um ja keine Missverständnisse aufkommen zu lassen und vor allem bohrende Nachfragen zu vermeiden, etwa in dem Versuch, ihn mit Schmeichelei oder unter Ausnutzung seiner Dankbarkeit doch noch umzustimmen. Das würde nicht gelingen.

Houten kannte ihn gut genug, um das zu verstehen.

Er versuchte es trotzdem. »Wir *müssen* wissen, was die Sphäre bedeutet. Wir *müssen* wissen, woher sie kam und wohin sie möchte. Was ist aus unseren Leuten geworden? Wir tragen eine Verantwortung für sie.« Houten klang beinahe flehentlich, mindestens aber ein wenig verzweifelt.

»Es waren Freiwillige, oder?«, gab Kyen zurück.

Houten runzelte die Stirn. »Die Besatzung der *Scythe* eigentlich nicht.«

Der Techniker ließ das so nicht gelten. Er hatte sich im Detail mit dem Kontakt beschäftigt und kannte die Einzelheiten.

»Sie verfolgten einen Straftäter und gingen bewusst ein Risiko ein. Ich will das nicht kleinreden. Es ist sehr bedauerlich. Als jemand, der in der Sphäre gelebt hat, weiß ich, was Ihre Leute dort wahrscheinlich erwartet und was demnächst passieren wird. Aber das ist umso mehr ein Grund, warum ich dorthin nicht zurückkehren möchte. Ich hatte meine faire Portion der Zustände dort, und sie haben mich stark belastet. Das Leben war schlecht. Sehr schlecht.«

»Die Situation ist jetzt anders.«

»Nein, ist sie nicht.« Kyen sammelte seine Gedanken. Er wollte seine Position so klar wie möglich vertreten. »Die Sphäre ist mächtig. Die An'Sa mit ihrer Kathedrale sind es auch – aber ich glaube nicht, dass es reichen wird. Es wurde ja bereits eine von der Sphäre absorbiert, sogar mehrere, wenn ich mich richtig erinnere. Auch die Barke einer Fruchtmutter hatte nichts ausrichten können. Warum soll das jetzt anders sein? Es wäre sicher eine effektvolle Rückkehr in die Sphäre, ganz bestimmt sogar. Aber ich möchte keine effektvolle Rückkehr. Ich möchte *gar keine*. Ich bin froh, raus zu sein. Ich habe mein Leben dafür aufs Spiel gesetzt. Einmal im Leben macht man so was. Das war meine Ration an Wagemut. Jetzt habe ich genug.«

Houten nickte. Es wurde ihm wohl endgültig klar, dass Kyens Entscheidung unverrückbar war.

»Ich musste fragen«, sagte er entschuldigend.

»Ich bin Ihnen deswegen nicht gram. Haben Sie andere Freiwillige?«

Houten sah so aus, als wolle er auf die Frage nicht antworten, dann zuckte er ergeben mit den Schultern.

»Nein. Das Verschwinden der *Licht* hat die Bereitschaft unter den Mitarbeitern der Autorität, solche Wagnisse einzugehen, sehr reduziert. Wir arbeiten natürlich auch unter Zeitdruck. Hätten wir mehr Ruhe, würden wir sicher ein Team zusammenstellen können. Aber so ... in so kurzer Zeit ... die Besucher haben die angeforderten Rohstoffe fast alle bekommen und stehen vor dem Aufbruch. Es reicht nicht. Ich bin Ihnen auch deswegen ganz bestimmt nicht böse, Kyen. Wie kann ich von Ihnen mehr erwarten als von meinen eigenen Leuten?«

»Sie lassen die Fruchtmutter und die An'Sa also mit den besten Grüßen ziehen?« So viel Neugierde empfand Kyen dann doch noch, um das herausfinden zu wollen.

»Ja und nein.« Houten drehte sich halb um. Sie saßen in seiner Kabine, die gleichzeitig sein Büro darstellte, ein Kompromiss, der den eher beengten Verhältnissen auf der *Scott* zuzuschreiben war.

»Ich darf Ihnen noch jemanden vorstellen, Kyen«, sagte der Wissenschaftler.

Die Tür öffnete sich, und eine Frau trat ein, humanoid, nach den Verhältnissen der Menschen ohne Zweifel von gefälligem Äußeren und mit einem sehr selbstsicheren Auftreten. Sie lächelte Kyen an und verneigte sich, sprach ihn dann mit einer sanften Stimme an:

»Ich freue mich, den Überlebenden aus der Sphäre kennenlernen zu dürfen. Sie haben viel durchgemacht und großes Durchhaltevermögen bewiesen.« Ihr Blick fiel auf Houten. »Niemand wird Ihnen einen Vorwurf machen.«

Houten sah sie verständnislos, aber nicht erzürnt an. Sie hatte für ihn völlig unverständliches Zeug geredet, denn sie benutzte nicht die irdische Standardsprache, sondern die der Sphäre, deren Details Kyens Kapselcomputer dem Konkordat hatte zukommen lassen. Er selbst sprach das Konkordat-Standard nur leidlich, aber die Übersetzungscomputer taten eine gute Arbeit. Nur hatte die Frau keinen benutzt.

»Sie haben das schnell gelernt«, lobte Kyen, während sie sich hinsetzte und ihm weiterhin freundliche Aufmerksamkeit schenkte. »Ich bin beeindruckt.«

Die Frau lächelte erfreut, das sah er deutlich.

»Das sollten Sie sein«, erklärte Houten. »Laetitia Genq ist ein Meisterwerk der robotischen Wissenschaft.«

»Ach«, machte Kyen und sagte nichts mehr. Es gab viele Roboter innerhalb der Sphäre, die meisten aber waren vergleichsweise primitive Maschinen. Da es an organischen Arbeitskräften niemals mangelte und ein Leben nicht notwendigerweise viel wert war, gab man keine wertvollen Ressourcen für hochgezüchtete Maschinenwesen aus. Es lohnte sich einfach nicht. Aufgrund der Vielfalt der in der Sphäre vertretenen Völker fand sich immer jemand, der für eine bestimmte Aufgabe besonders gut geeignet war. Die Robotertechnik des Konkordats war weit fortgeschritten, das hatte Kyen schon früh bemerkt und der Tatsache mehrfach Bewunderung gezollt.

»Sie werden mitreisen«, stellte er fest.

Genq lächelte immer noch.

»Ich bin die zweitbeste Lösung.«

»Ich glaube nicht, dass Sie so schlecht für diese Aufgabe geeignet sind«, beschwichtigte Kyen.

»Das habe ich auch nicht behauptet«, gab die Roboterfrau zurück. »Ich bin aber nicht optimal konfiguriert. Die Kooperation mit einem organischen Begleiter ist normalerweise der vollständigen Entfaltung meines Potenzials sehr zuträglich. Es ist bedauerlich, dass dies nicht möglich sein wird.«

»Es ist eine gute Alternative«, sagte Kyen zögerlich. Er wusste nicht, ob er in der Lage war, die »Gefühle« Laetitias zu verletzen, vermutete aber, dass dem nicht so war, wenngleich er der Roboterkunst der Menschen einiges zutraute. Die Frau – und er weigerte sich, in ihr etwas anderes zu sehen als exakt das – schenkte ihm weiterhin ein sehr warmes Lächeln.

Das war beruhigend. Kyen spürte, dass seine Schuldgefühle sich in Grenzen hielten. Dafür war er sehr dankbar.

»Gibt es noch Informationen, die Sie mir mit auf den Weg geben wollen, Kyen?«, fragte sie.

»Sie bekommen meine besten Wünsche, aber ich glaube nicht, dass es noch irgendetwas gibt, was ich nicht berichtet habe – und ich vermute, dass Ihnen die Protokolle der endlosen Auswertungssitzungen zur Verfügung stehen, an denen ich beteiligt gewesen bin.«

»Das ist zutreffend. Dann bleibt mir noch, Ihnen mehr anzubieten, als die besten Wünsche zu übermitteln. Sollte der Plan unserer Gastgeber gelingen und sollte ich in die Sphäre eindringen können und sollte ich Vertreter Ihres Volkes treffen, Ihre alten Gefährten und Freunde – was soll ich Ihnen sagen? Gibt es Individuen, für die Sie spezielle Botschaften haben? Sie können etwas aufnehmen oder niederlegen, wenn Sie es wünschen.«

Kyen war ein weiteres Mal dankbar. Das war in der Tat eine der Sachen, die an ihm genagt hatten, nicht wirklich schmerzhaft, aber doch immer wieder: die Schuld des Überlebenden, für die es sogar einen psychologischen Fachausdruck gab, den man ihm auch einmal genannt hatte. Er wollte dringend erklären, dass es möglich war, die Sphäre zu verlassen, dass er lebte und es andere ebenfalls schaffen konnten, dass es hier Leute gab, die sich sorgten – vielleicht sollte er die Absicht der An'Sa, die Sphäre zu zerstören, lieber verschweigen. Nicht, dass seine eigene Rolle und die Laetitia Genqs in ein falsches Licht gerieten. Sie würde wissen, was sie wann mitteilte und ob sich die richtige Gelegenheit für Hiobsbotschaften ergeben würde, die möglicherweise auch nicht mehr als heiße Luft sein würden – das musste sie einschätzen.

Aber ja. Er hatte in der Tat Nachrichten. Es gab nicht viele, die ihm nahestanden, eigentlich niemanden, den er wirklich vermisste, aber es gab solche, mit denen er, manchmal aus der Not geboren, gut zurechtgekommen war. Sie verdienten zumindest, von ihm zu hören.

Und egal ob seine Worte ankommen würden oder nicht, die Tatsache allein, dass er sie auf den Weg schicken durfte, erleichterte sein Herz ungemein.

»Danke«, sagte er also. »Ich hätte wirklich einiges zu sagen, und das sowohl ganz allgemein wie auch im Speziellen.«

Laetitia nickte. »Dann höre ich Ihnen jetzt gerne zu.«

21

»Es geht von hier jedenfalls nicht viel weiter. Die Anlage ist kleiner, als ich erwartet habe«, sagte Lyma Apostol mit Erschöpfung in der Stimme. Die Stunden im Schutzanzug erwiesen sich als anstrengend, genauso wie die Entblätterung ihrer Vergangenheit und der Zeitdruck, der sie umherscheuchte. Sie war müde, und ihr Körper verlangte nach Ruhe. Ungewissheit plagte sie, seit die Verbindung zur Oberfläche abgebrochen war. Und sie dachte an Nauma, an sich selbst, an Gracen – wie schön es gewesen war, für eine Weile *nicht* an ihn denken zu müssen.

Jordan sah sie seltsam an. Riem auch. Selbst der Bauch, wenn es denn keine Einbildung war. Warum? War sie jetzt eine andere als vorher? Irgendwie beschmutzt? Sie mochte den Gedanken nicht. In den ersten Jahren nach ihrer Befreiung hatte sie sich exakt so gefühlt: beschmutzt. Es hatte einer langen und sorgfältigen psychotherapeutischen Rekonstruktion bedurft, um sie von diesem Gedanken zu befreien.

Sie mochte nicht angestarrt werden.

Deswegen redete sie so ungern über das, was passiert war.

Sie bedurfte der Ablenkung. Aber es war so, wie sie sagte: Die verbliebenen Räume der unterseeischen Station waren leer oder verwüstet oder mit unerklärlichen Gerätschaften versehen.

»Wir sollten nach oben zurückkehren. Wir kommen hier nicht weiter. Wer weiß, was sich dort oben bisher alles abgespielt hat? Wir waren lange fort.« Apostol sah sich um, erwartete Erleichterung und Zustimmung, doch fand nichts davon vor. Elissi wollte hier unten bleiben, das war klar, und Jordan wollte bei ihr sein, egal wo sie sich aufhielt. Der Resonanzbauch war völlig indifferent, schien die Aussicht, wieder in Kontakt mit der Fruchtmutter zu kommen, aber positiv zu sehen. Riem war ungeduldig wie sie, und er wollte nach oben, aber er hatte gleichzeitig Angst davor, denn er war hin- und hergerissen zwischen gespürter Verantwortung und tatsächlicher Machtlosigkeit. Severus Inq würde tun, was sie sagte. Er hatte nur dann eine Meinung, wenn es unausweichlich von ihm verlangt wurde.

»Ich kann tauchen«, sagte Jordan unvermittelt. Er wirkte nicht verängstigt, tatsächlich schien diese Aussicht in ihm eine stille Freude auszulösen.

Apostol starrte den jungen Mann an. War er noch bei Trost?

»Er ist gut darin«, ergänzte Elissi leise. »Er ist sehr gut darin.«

Jordan blickte sie dankbar an, ganz wie der verliebte Junge, der er war. Er tat Lyma Apostol beinahe leid. Es war eindeutig, dass Elissi emotionale Defizite hatte, unter einer Form von Autismus zu leiden schien oder etwas anderem. Die Polizistin kannte sich damit nicht aus, und die junge Frau machte diese Defizite an anderer Stelle mehr als wett und war weder eine Belastung noch anderweitig störend. Es blieb außerdem das Rätsel, warum sie offenbar hier erwartet worden war. Jordan teilte die Neugierde, aber er war vor allem verliebt, so entsetzlich verliebt, dass es ihm aus den Ohren strahlte, und Apostol hätte sich darüber amüsiert, wäre die Situation nicht so ernst ... und würden verliebte Männer nicht naturgemäß sehr dumme Dinge tun, um ihre Angebetete zu beeindrucken.

Tauchen. Das gehörte zweifelsohne in diese Kategorie. Lyma versuchte es auf der sachlichen Ebene, weil Jordan als Wissenschaftler das verdiente und sie ihm die Chance geben wollte, Vernunft anzunehmen. Vernunft war ein so rares Gut, sie wollte nach ihm suchen, wo sie konnte.

»Wir haben keine geeignete Tauchausrüstung«, sagte sie.

»Sie haben hochwertige 3-D-Drucker an Bord der *Scythe*«, gab Jordan zurück. »Ich habe alle notwendigen Spezifikationen. Es dürfte leicht sein, eine hochwertige Ausrüstung in kürzester Zeit bereitzustellen.«

Verdammt, dachte Apostol, er hatte es sich *überlegt*.

»Es ist zu gefährlich. Wir wissen nicht einmal, woraus die Substanz besteht und welche Gefahren darin lauern. Und in welche Richtung wollen Sie tauchen?«

»Auf die Hitzequelle zu«, sagte Jordan bestimmt. »Wir müssen wissen, was dort vorgeht. Was ist, wenn dieser Kern gerade dabei ist, sich selbst zu verzehren, oder eine Explosion bevorsteht? Haben Sie diese Möglichkeit schon in Betracht gezogen?«

Natürlich hatte sie das, es war aber kein Thema, das sie ohne handfeste Hinweise hatte diskutieren wollen. Panikmache half niemandem, und in dieser Situation schon gar nicht. Aber jetzt, wo Jordan es ausgesprochen hatte, würde es unglaubwürdig klingen, einfach abzuwinken.

»Wir können genauso gut eine Tiefseesonde bauen und diese entsenden.«

»Nein«, sagte Inq schleppend. »Vergessen wir das, Captain. Ich funktioniere nur noch unter Schwierigkeiten. Eine Sonde wäre sofort ein Totalausfall. Ich denke nicht, dass das unsere Lösung ist.«

»Das sehe ich ähnlich«, sagte Jordan. »Plan A geht nicht. Und wir brauchen einen Plan B.«

»Der darin besteht, dass Sie in diese Masse eintauchen? Was lässt Sie glauben, dass Sie erfolgreicher sein werden?«

»Das sage ich nicht. Ich sage nur: Wir brauchen zusätzliche Informationen, und wir müssen selbst nachsehen. Und die Autorität ist hier unten offenbar nicht unbekannt, warum auch immer. Ich trage einen Identchip der Autorität. Wenn jemand hier weiterkommt, dann sind es Elissi und ich.«

»Ich kann nicht tauchen«, murmelte die junge Frau, sah Jordan fast ängstlich an. »Ich mag das tiefe Wasser nicht.«

Jordan erwiderte den Blick ohne Vorwurf. Verliebte Jungs. Apostol empfand das als unerträglich, es bereitete ihr schon fast körperliche Schmerzen. Dieser ganze Romantikscheiß war von so absurder Dummheit, sie hatte ihn nie verstanden. Natürlich wusste sie, woran das lag. Liebe und Zuneigung hatte sie nie erfahren, auch nach ihrer Befreiung war ihr Wohlergehen nur verwaltet worden. Sie hatte auf ihre Betreuer immer normal gewirkt. Lyma war normal, wenn sie funktionierte, und zu funktionieren, war ihr ganzes Bestreben. Es fiel ihr endlos schwer, sich die menschliche Existenz anders vorzustellen.

Deswegen war Severus Inq ihr bester Freund. Weil er kein Freund war, sondern in ihrer Kooperation seinen Zweck erfüllte. Nichts war befriedigender als das.

Doch sie hatte gelernt, ihr Unverständnis nicht auszudrücken. Es war wichtig. Ihre Defizite in persönlichen Beziehungen musste sie nicht auf andere übertragen. Sie hatte es den Männern, die sich mit ihr verbunden hatten, schon schwer genug gemacht.

»Ich werde es mir überlegen«, sagte sie also, fast gegen ihren eigenen Willen. »Wir kehren nach oben zurück und ...«

»Nein«, sagte Elissi leise. »Nicht überlegen. Eine klare Entscheidung.«

Apostol wischte das nicht fort. Da war eine Festigkeit in der Stimme der jungen Frau, die sie nicht einfach übergehen konnte.

»Sonst?«

»Sonst kooperiere ich nur noch mit der Fruchtmutter, aber nicht mehr mit Ihnen.«

Es kam immer noch leise, aber sehr bestimmt aus dem Mund Elissis, und ihr Blick, den sie Apostol dabei zuwarf, war von beängstigender Intensität. Der Resonanzbauch wirkte mit einem Male sehr aufmerksam, machte einen kleinen Schritt auf Elissi zu, als wolle er sie beschützen, als billige er das Angebot von Loyalität gegenüber der einzigen Autorität, die er kannte und jemals anerkennen würde.

Apostol fühlte, wie ihr die Fäden aus der Hand glitten. Sie besann sich, mit großer Macht und aller Selbstbeherrschung. Sie hatte keine Kontrolle. Kontrolle war eine Illusion. Sie musste kooperieren. Aber das war so schwer, wenn alle anderen nicht richtig mitmachen wollten. Apostol räusperte sich. Sie war keine Sklavin ihrer Gefühle, ihrer Prägung und Vergangenheit. Sie war mit Intelligenz und Selbstbewusstsein gesegnet. Es wurde Zeit, dass sie von beidem Gebrauch machte.

»Das ist Erpressung«, sagte sie.

Jordan reagierte sofort. »Elissi weiß nicht einmal, was das ist«, begehrte er auf, von ehrlichem Zorn erfüllt, wie alle jungen Männer, die die Liebe ihres Lebens auf ein Podest stellen und für unfehlbar halten. Jordan trieb das besonders weit, war ihr Eindruck, und Apostol wusste, dass sie sich auf dünnem Eis bewegte.

»Es ist das, was sie eben versucht hat«, gab sie äußerlich gelassen zurück.

»Kausalkette«, sagte Elissi. »Auf A folgt B. Sie tun etwas, Sie unterlassen etwas. Ich kündige eine Reaktion auf Ihre Aktion an. Die Dinge entwickeln sich folgerichtig. Wir entscheiden ständig, welche Konsequenzen unser Handeln hat, Captain Apostol.« Ihre Worte klangen kühl, fast abweisend, und Jordan starrte seine Freundin leicht entgeistert an. So etwas hatte er von ihr nicht erwartet, zumindest noch nie gehört. Er musste auch noch lernen.

»Die Fruchtmutter verfolgt legitime Interessen«, sagte Apostol eingedenk der Tatsache, dass der Bauch mithörte. »Aber sie sind nicht in allem deckungsgleich mit den unseren, das sind sie nie. Wir kooperieren, aber wir müssen auch jeweils unser eigenes Wohl im Auge behalten.«

»Das muss ich«, bestätigte Elissi. »Das verstehe ich.«

»Ihr Wohl ist das der Fruchtmutter?«

»Wenn sie mir verschafft, wonach ich strebe – ja.«

»Und das ist allein die Erforschung dieses Zeugs da draußen.«

»Ja, derzeit ist es das.«

Immerhin, damit waren die Fronten geklärt. Apostol spürte, wie der Unwille in ihr wuchs, sie ihn aber gleichzeitig besser unter Kontrolle bekam. Eine klare Ansage, damit konnte sie arbeiten. Sie mochte es nicht, wenn man sie vor Ultimaten stellte. Andererseits war Elissis Haltung nicht unsinnig oder schwer nachzuvollziehen. Trotz half nicht. Auch die Polizistin spürte, dass das Geheimnis um den Sphärenkern bedeutungsvoll war. Es galt, über den eigenen Schatten zu springen und der jungen Frau das zu geben, wonach sie verlangte.

»Gut«, sagte sie also. »Ich verspreche es. Eine Tauchausrüstung für Jordan, so, wie er sie haben möchte. Und danach eine Rückkehr in die Tiefe, damit Sie beide Ihre Untersuchungen beginnen können – wenn Riem nichts dagegen hat.«

Der Ratsherr stieß eine Art kurzes Lachen aus. »Ich habe hier nichts zu befehlen oder zu verhindern. So weit ist vorher noch nie jemand vorgedrungen, dies ist kein Bereich, über den ich echten Einfluss habe. Und die Station oben ist von Quara besetzt. Wenn uns jemand hindern kann, dann die Fruchtmutter.«

Apostol sah den Resonanzbauch an, der nichts gesagt hatte. »Was hören Sie von der Barke?«

Der Bauch machte eine linkische Geste, die seine Ratlosigkeit zum Ausdruck brachte.

»Nichts. Die Herrin ist beschäftigt. Und ich habe das Gefühl, dass hier unten die Verbindung ohnehin schwer etabliert werden kann. Ich plädiere ebenfalls dafür, an die Oberfläche zurückzukehren. Die Mutter wird alle Anliegen gütig prüfen und jederzeit eine weise Entscheidung treffen.«

»Das wird sie sicher«, murmelte Apostol höflich.

Sie sah sich um. Die Diskussion schien beendet, und sie machte eine einladende Handbewegung Richtung Liftkabine, der sie alle folgten. Kurze Zeit später waren sie dort versammelt, und Elissi betätigte den Mechanismus. Zu ihrer aller Erleichterung bewegte sich die Kabine mit einem vernehmlichen Ächzen, aber anstandslos nach oben, und sie beobachteten schweigend die feuchte Masse um sich herum, als sie die Oberfläche durchbrachen und dann auf die Station oben im Schutzfeld zustrebten, alles, ohne dabei gestört zu werden. Die Ankunft am Anfang der »Nadel« war ebenso ereignislos, und wenige Minuten später standen sie unter den Besatzungsmitgliedern der *Scythe*, den Vertretern der Ratsforscher und Quaras Bäuchen, die sich alle in der Zwischenzeit glücklicherweise nicht gegenseitig umgebracht hatten.

Tatsächlich war die Atmosphäre gar nicht so angespannt, zumindest nicht zwischen den verschiedenen Fraktionen. Dennoch war etwas geschehen. Die Bäuche waren beunruhigt, ebenso die Wachleute Quaras, und der eigene Bauch, wieder unter den Seinen, wurde ebenfalls unvermittelt nervös.

Einer der Resonanzbäuche trat auf sie zu, als sie sich wieder orientiert hatten. Das Gesicht der Königin auf ihm war genauso schlaff und abwesend wie auf »ihrem« Bauch, und dieser hatte sich zunehmend besorgt gezeigt, je höher sie zurückgereist waren. Apostol beschlich unmittelbar eine ungute Ahnung. Etwas war zweifelsohne vorgefallen.

»Was ist mit der Fruchtmutter?«, fragte sie, ehe der Bauch von sich aus etwas sagen konnte.

»Es gab Komplikationen.«

»Angriffe Saims? Haben wir eine militärische Situation?«
»Die haben wir. Die Dagidel wurden ausgelöscht. Der Schmerz und die Scham sind groß. Aber das ist es nicht, wenngleich es möglicherweise dazu beigetragen hat. Die Fruchtmutter hat Komplikationen bei der Geburt erlitten. Sie hat große Schmerzen. Die Medoprospektoren sind ... überfordert.«

Apostol machte keinen Hehl aus ihrer Verwirrung. »Geburt? Quara war ... schwanger?«

»Das ist sie immer. Ich erkläre alles auf dem Weg.«

»Auf dem Weg?«

Lyma Apostol kam sich albern vor, dass sie die Äußerungen des Bauches dauernd in Fragen verwandeln musste, aber sie wusste wirklich nicht, was gerade vor sich ging.

»Bitte. Wir benötigen Ihre Hilfe. Bringen Sie bitte Ihr ärztliches Personal mit. Es ist dringend.« Der Resonanzbauch stockte, als müsse er sich überwinden, und es fiel ihm sichtlich nicht leicht, aber er sagte es noch einmal, und diesmal entging niemandem der flehentliche Unterton: »Bitte! Sehr dringend. Bitte!«

Apostol zögerte nicht. Das war keine Falle, es fühlte sich jedenfalls nicht so an, und der Bauch war kein Schauspieler. Das Gesicht der Königin, ihre lebendige Repräsentation, war bei all seinen Kameraden inaktiv, und die Sorge und Verwirrung war allen Skendimännern deutlich anzusehen. Sie waren ohne Orientierung. Und sie benötigten definitiv ihre Hilfe.

Eine gute Gelegenheit, sich die Fruchtmutter zu verpflichten.

Wenn sie überhaupt noch etwas ausrichten konnten.

22

»Er wurde bestraft.«
»Er ist tot.«
»Ja. Sehr tot.«

Eirmengerd fühlte sich unwohl in seiner Haut, Saim bemerkte das wohl, und es tat ihm gut. Er musste seinen Zorn auf jemanden richten, bei dem seine Vernunft ihn daran hinderte, ihn einfach in den Recycler zu werfen, damit er im Tode noch zur Nahrungsgewinnung gereichte. Eirmengerd war viel wertvoller und durfte so nicht geopfert werden, das hieß aber nicht, dass Saim ihn einfach vom Haken ließ.

Der Iskote wusste das auch. Deswegen sah er so aus, wie er jetzt aussah.

Es war vieles gut gelaufen und einiges schief. Saim war Realist genug um zu erkennen, dass niemals alles nach Plan funktionierte. Rückschläge mussten einkalkuliert werden und durften einen nicht aus der Bahn werfen, das langfristige Ziel war wichtiger als kurzzeitige Erfolge. Dennoch war

Saim ein emotionales Wesen, und Verachtung und Hass hatten ihn stark werden lassen, ihn nach oben gespült auf einer Welle der Ressentiments, eines aktiven Endzeitglaubens, einer fast religiösen Verehrung der Transformation aller Zustände im reinigenden Feuer eines Krieges, aus dem er als Erlöser und Erschaffer einer neuen Epoche hervortreten würde. Emotionen waren wichtig, sie gaben Tatsachen und vor allem Absichten erst ihren Sinn. Saim benutzte diese Erkenntnis für seine politischen Machtspiele, er war aber genauso Subjekt wie Objekt dieser Vorgehensweise. Er empfand, und derzeit konnte er nicht verhehlen, dass die Enttäuschung über das Scheitern der Infiltration sehr groß war.

Und es lag mal wieder an der Dummheit eines Einzelnen.

»Ein vorwitziger Pilot«, presste er hervor.

»Er wollte Ruhm und Anerkennung.« Eirmengerd meinte das tatsächlich als Entschuldigung, und für einen Iskoten war es das bestimmt auch. Saim war nicht in der Stimmung für übertriebenes Verständnis, durfte aber diese Werte seiner Untergebenen auch nicht pauschal abwerten.

Sei vorsichtig, gemahnte er sich.

»Das ist lobenswert, aber oft kontraproduktiv.«

»Wie gesagt, er ist tot.«

Saim seufzte. Erst hatte Eirmengerd ihn mit der Nachricht über die vollständige Vernichtung der Dagidel positiv gestimmt. Sogar einige wertvolle Ressourcen waren erbeutet worden, ein Sahnestück für eine erfolgreiche Mission. Die Tatsache, dass die Überläuferin gescheitert war, hatte er nachgeschoben – und all das nicht ihret-, sondern eines übereifrigen Kampfpiloten wegen. Saim konnte nicht alles selbst machen, er brauchte bei allem Helfer und Loyalisten. Wenn Loyalität aber so stark wurde, dass sie die Vernunft benebelte, wurde sie selbst zur Gefahr. Saim fluchte innerlich. Egal wie man es drehte und wendete, er konnte niemand anderem die Schuld geben als dem Schicksal, und obgleich er immer laut tönte, dass er dieses nun in die Hand nehme, war es eine unsichere und wankelmütige Geliebte.

»Haben wir denn noch eine Verbindung?«

Der Iskote antwortete mit leiser Stimme, ganz entgegen seiner sonstigen Angewohnheit.

»Seit sie in das An'Sa-Pfeilschiff gezogen wurde, ist diese abgebrochen, wie erwartet. Seit langer, langer Zeit ist niemand je von dort zurückgekehrt. Wir müssen sie abschreiben, befürchte ich. Wie sollte sie sich von dort befreien? Wahrscheinlich ist die Kapsel ohnehin antrieblos, da sie kaum noch Stützmasse hat. Offiziell auf der Flucht erschossen, so dient sie immerhin noch als warnendes Beispiel. Aber das ist natürlich zu wenig, ich bin mir dieser Tatsache sehr schmerzhaft bewusst. Wir hatten andere Pläne. Es tut mir leid, Ratsvorsitzender. Selbst die größte Sorgfalt bei der Auswahl ...«

»Es ist gut, Eirmengerd.« Selbstbezichtigung passte nicht zum General der Iskoten, sie widersprach seiner Persönlichkeit dermaßen, dass Saim sich fast selbst für ihn schämte. Es nützte nichts, jemanden wie Eirmengerd zu erniedrigen, man musste ihn, sollte er eine ernsthafte Strafe verdienen, gleich richtig zerbrechen. Doch dafür war der Anlass zu nichtig – und Eirmengerd zu wichtig. Es blieb Saim daher nichts anderes übrig, als sich von seiner gnadenvollen Seite zu zeigen, auch wenn es ihm schwerfiel.

Aber vernünftiges Handeln war keine Marotte, es war eine Voraussetzung seines Erfolgs. Er durfte nicht als wütender Irrer auftreten, denn damit war er für seine Untergebenen nicht mehr berechenbar. Für jene aber, die ihm gegenüber loyal waren, musste er Erwartungssicherheit herstellen darüber, wo seine Grenzen lagen. Unberechenbar durfte er allein für seine Feinde sein. Das war eine wichtige Lektion, die Saim sehr früh im Leben gelernt hatte, und sie half, Leute zu finden, die ihm folgten, weil sie wussten, was sie an ihm hatten. Das durfte man niemals unterschätzen.

Und er durfte es nicht aufs Spiel setzen, sosehr er es manchmal auch wollte.

»Wir müssen jetzt an die nächsten Schritte denken. Es gab noch keine Antwort auf unser Friedensangebot an die anderen Menschlinge?«

»Nein.«

Saim nickte nachdenklich.

»Quara hält sicher die Hand drauf. Ich glaube nicht, dass sie den Menschen eigenständige Entscheidungen erlaubt. Im Zweifel wird sie mit ihnen das Gleiche getan haben wie wir, nur vielleicht auf eine etwas andere Weise, da die *Scythe* sich offenbar wehren kann. Ich bin mir sicher, dass wir nur mit Quara werden reden können, und wir wissen ja, wie das ausgeht. Sie ist eine Närrin, sehr von sich eingenommen und ohne jeden Skrupel in ihrer Dummheit. Eine Kombination, mit der sich nicht verhandeln lässt. Aber gut. Wir geben die Hoffnung nicht auf. Vielleicht gibt es noch eine Chance des Austausches, auch an Quara vorbei oder mit ihrem Segen.«

»Wir wollen sie doch ohnehin vernichten.«

»Ja, aber später. Sie gehört zu den größten Brocken auf unserer Liste. Ich wünsche mir, dass die Angriffe nach meinem Zeitplan gehen, nicht nach ihrem. Wir müssen aufpassen. Wie sieht es in ihrer kleinen Allianz aus? Das Ende der Dagidel muss ihnen einen Schlag versetzt haben.«

Eirmengerd zögerte. »Unsere Informationen sind ... widersprüchlich.«

Saim lehnte sich zurück und legte die Handflächen aufeinander. Er wollte keine weiteren schlechten Nachrichten hören. Alles in ihm lechzte nach Erfolgsmeldungen. Heute war definitiv nicht sein Tag, wenn das wirklich so weiterging.

»Inwiefern?«

»Ihre Klienten haben sie um eine Reaktion gebeten, doch es gibt keine.«

»Nichts? Gar nichts?«

»Funkstille. Das ist höchst uncharakteristisch für Quara. Sie mag ... eine skrupellose Närrin sein, wie Sie schon so richtig bemerkt haben, aber sie kommuniziert regelmäßig und viel. Alle ihre Verbündeten sind mit Resonanzbäuchen ausgestattet, und darüber hinaus gibt es ein abgeschirmtes Funknetzwerk. Einige unserer Spione sind nahe genug an den diversen Schiffsführungen, um zumindest mitzubekommen, *wenn* geredet wird. Aber wir hören, dass die Bäuche erschlafft sind, und das jetzt schon seit geraumer Zeit. Ich möchte nicht zu viel da hineininterpretieren, aber ...«

Also vielleicht doch eine gute Nachricht, dachte der Ratsvorsitzende.

»Krank oder tot«, sagte Saim. Er gestattete sich ein Lächeln. »Das wäre eine ganz wunderbare Entwicklung. Ihre Allianz würde auseinanderbrechen. Die Skendimänner können sicher das Schiff bedienen und auch verteidigen, es bleibt also eine gewisse militärische Herausforderung. Aber ihre Klienten wären nicht mehr an sie gebunden, und die Skendimänner sind zu große Trottel, als dass sie in die politischen Fußstapfen einer toten Fruchtmutter treten könnten.

Sie sind keine Anführer, zumindest nicht auf dieser Abstraktionsebene, sie sind geborene Diener. Vielleicht würden sie sich sogar mir anschließen, wenn ich richtig mit ihnen zu reden verstehe. Eirmengerd, mein Freund! Eine ganz, ganz wunderbare Sache, wenn es sich als wahr herausstellen sollte. Ich möchte, dass du dein Spionagenetzwerk auf alles ansetzt, was mit der Fruchtmutter zu tun hat! Wenn sie ihr vorzeitiges und gerechtes Ende gefunden haben sollte, wäre unser Plan durch niemandem mehr zu gefährden!«

»Ja, Ratsvorsitzender. Ich habe bereits entsprechende Anweisungen gegeben.«

Er war wirklich nützlich, dieser Iskote.

»Und dann«, fügte Saim hinzu, »ist auch die *Scythe* kein Problem mehr. Ein kleines Schiff ohne Verbündete. Ein Opfer, nicht mehr. Wir werden es fortwischen wie ein lästiges Insekt. Ganz hervorragend wäre das. Ich möchte sofort über jede neue Entwicklung informiert werden.«

»Ja, Ratsvorsitzender, selbstverständlich.«

»Gut. Eine Sache dann noch: Wie steht es mit den militärischen Vorbereitungen gegen Sonkar und seine Bande?«

Eirmengerd begann zu berichten, doch Saim hörte nur mit einem Ohr zu. Sonkar war ein Mitglied des Rates, kein Außenseiter, aber innerhalb des Rates isoliert als derjenige neben Riem, der am treuesten zu Geon, dessen Politik und dessen sogenanntem »Vermächtnis« gestanden hatte. Sonkar war lästig, und das von ihm vertretene Schiff, die *Wekken*, alt und reparaturbedürftig. Er war nicht halb so wichtig, wie er dachte, und er neigte dazu, seinen Einfluss zu überschätzen, weil er schon ein Leben lang im Rat saß und sich für unantastbar hielt – ein Irrtum, über den ihn Saim mit sehr nachdrücklichen Argumenten aufzuklären gedachte.

Niemand wurde besser von der eigenen Irrelevanz überzeugt als durch den Tod. Saim fand, dass der pädagogische Effekt tödlicher Gewalt niemals unterschätzt werden sollte.

Es würde für all jene im Rat lehrreich sein, die Geon noch nachtrauerten und Zweifel an Saims Vorgehen hegten. Sie würden stillhalten und auf das Beste hoffen. Saim würde sich um andere Dinge kümmern können, ehe er sie alle umbrachte. Das war der Plan.

Er lauschte Eirmengerds Erläuterungen. Vieles davon verstand er nicht, zumindest nicht in den Details, die ihm nun eifrig präsentiert wurden. Das war aber auch gar nicht notwendig. Allein das Ergebnis zählte. Und in diesen Dingen war auf den Iskoten Verlass.

Saim war voller Zuversicht.

Alles würde sich gut entwickeln. Man durfte sich durch kleine Probleme einfach nicht beirren lassen.

23

Was auch immer sie genau waren, die metallenen Schatten folgten keinem Erstkontaktprotokoll. Sie rissen die Kapsel auf, sobald sie zum Stillstand gekommen war, mit methodischen Bewegungen und einer Kraft, die sich vom mehrfach gehärteten Stahl nicht abhalten ließ, ihn ignorierte wie einen Lufthauch, und Tizia saß wie erstarrt in ihrem Sessel, als die tiefschwarzen Klauen sich durch die Außenhaut ihres Fahrzeuges kniffen wie durch Papier. Es gab ein sanftes, knirschendes Geräusch, wenn tragende Teile der komplexen Wabenstruktur nachgaben, die Kapsel unter ihrem eigenen Gewicht zu leiden begann. Kein Licht fiel durch die Öffnungen, dahinter war es stockdunkel, und Tizia ahnte die Bewegungen der agierenden Maschinen mehr, als sie diese erkannte, hin und wieder ein Blitzen, ein Schemen, der sich vor dem schwachen Licht der weiterhin glimmenden Kapselkontrollen abzeichnete. Irgendwann erloschen diese, als die Klauen sich durch alle Energieleitungen gearbeitet hatten, die Kapsel auseinandergeschnitten, sorgfältig abgetragen hatten und nur Tizia McMillan und ihr Sessel dablieben, unberührt, unbewegt, allein in der Schwärze, umlagert von Geräuschen.

Die Schiffe der An'Sa waren nicht tot. Aber diese Art von Lebendigkeit war erschreckend.

Dann wurde der Sessel angehoben und die Stimme wisperte.

»Fee, kleine Fee. Lange habe ich auf dich gewartet. Meine Freude ist groß, so groß. Ich bringe dich zu mir. Ich kümmere mich um dich. Heilung und Kooperation. Wir werden glücklich sein, und wir werden erreichen, was wir schon lange hätten tun sollen. Ich freue mich so auf dich, kleine Fee. Komm zu mir! Komm nur!«

Sie hatte keine Wahl, als dieser Aufforderung zu gehorchen, denn als sie versuchte, die Gurte zu lösen, musste sie feststellen, dass der Mechanismus nicht reagierte. Das war im Grunde unmöglich, aber hier, inmitten des schwarzen Nichts des An'Sa-Schiffes, erschien ihr plötzlich alles erklärbar, zumindest dem kleinen Teil des Verstandes, der alles mit wissenschaftlicher Akribie beobachtete, einer Distanz, zu der Tizia sich generell kaum noch aufraffen konnte.

Sie zitterte vor Furcht.

Dunkelheit verursachte Angst, das war eine atavistische Reaktion, tief in ihre Gene einprogrammiert. Durch die Kruste der Zivilisation arbeitete sich die Panik, wie die Klauen durch die Hülle der Kapsel. Allein die Tatsache, dass Tizia nicht völlig Herrin ihrer Sinne war, eine zweite, schützende Schicht sich um ihr Bewusstsein gelegt hatte, bewahrte sie vor dem psychischen Zusammenbruch. Die andere Tizia aber schrie und schrie in ihrem Gefängnis, und es war ihr nicht zu verübeln.

Zu viele Stimmen. Zu viele Eindrücke. Tizia schloss die Augen, doch dadurch wurde es nicht besser.

»Fee, kleine Fee.«

Die Stimme war körperlos und sprach direkt in ihrem Kopf. *Telepathie*, mutmaßte der distanzierte, analytische Teil von ihr, der immer noch unablässig beobachtete und bewertete. Etwas daran fühlte sich falsch an. Es gab PSI, das wusste Tizia, diese Phänomene waren erforscht, mithin keine Phänomene mehr, sondern durchdrungen von verifizierten Theorien, mit denen sie sich nicht besonders gut auskannte. Ein Randthema für Menschen, bei denen 95 Prozent jener, die solche Kräfte für sich reklamierten, zweifelsfrei als üble Scharlatane gelten durften.

Aber das hier? War das PSI? Tizia wusste tief in sich, dass es noch einen anderen Grund geben konnte, und sie wusste, dass sie sich mit einem weiteren Schrecken konfrontiert sah, wenn sie diesen Gedanken hervorholte und ernsthaft von allen Seiten betrachtete. Was war, wenn die An'Sa nutzten, was sie zu der gemacht hatte, die sie jetzt war? Kein absurder Gedanke, aber einer, der in ihr sogleich neue Furcht auslöste.

Dafür war keine Zeit.

Ihre Reise endete. Ein schwaches Licht erglomm, ein dunkles Rot, wie eine Höllenglut. Tizia glaubte an nichts und niemanden, aber das war wieder so eine alte, tief in ihrem Bewusstsein verankerte Analogie: Hölle. So kam es ihr vor. Es gab keine Hölle. Nur die, die sich jeder selbst bereitete.

Tizia wusste nicht, welche Untiefen in ihr verborgen waren. Aber das Dunkelrot machte ihre Sache nicht einfacher. Es beruhigte nicht. Es entfachte die Furcht nur noch mehr.

Immerhin sah sie dadurch wieder etwas.

Eine Halle. Anders ließ es sich nicht beschreiben. Die Wände wurden von dem schwachen Licht nicht ganz erreicht. Ausgestrahlt wurde es von einer schwarzen Wesenheit ... nein, einer Maschine, die dastand, inmitten des Raumes: groß, mächtig, schlank, verzweigt, drahtig, zackig ... Tizia gingen die Adjektive aus. Die Maschine war alles, undefinierbar und doch voller Kanten und klarer Formen. Tizia widerstand dem erneuten Drang, die Augen zu schließen. Nur wer hinsah, hatte eine Chance zu verstehen.

»Welch ineffiziente Nutzung von Stauffläche«, sagte die analytische Tizia, und es war ihr nur zuzustimmen. Doch dann erkannte sie die anderen Strukturen, sternförmig um das Ding angeordnet, wie Liegen, auf denen ...

... Leichen lagen.

Tizia bekam die Gelegenheit, sie kurz zu betrachten. Verwittert, mumifiziert, manchmal nur noch Gerippe. Es gab hier keine Luft, kaum jedenfalls, und es war gut, dass sie ihren Schutzanzug trug. Keine Strahlung, wenngleich auch kein vollständiges Vakuum. Alles in allem gute Bedingungen dafür, einen verstorbenen organischen Körper zu erhalten. Die Toten auf den Liegen repräsentierten jede Art des Sterbens. Einige lagen ruhig da, entspannt, als ob mit sich im Reinen. Andere hatten die Arme – ja, sie hatten Arme! – anklagend in die Luft gestreckt, Beine angezogen, den Körper verdreht, den Mund, mit Schnabel versehen, schreiend geöffnet, den Kopf in den Nacken gedrückt. Keiner der Leiber war vollständig. Alle steckten sie in einer Art Metallmanschette, sodass man nur ihre Oberkörper zu Gesicht bekam.

Schmerz, Widerstand, Leid. Mal so, mal so. Es sah aus, als habe hier ein Kampf stattgefunden, doch Wunden waren nicht erkennbar. Ein Kampf passte zur Legende, die sie über das Schicksal der An'Sa vernommen hatte, eine religiös motivierte Auseinandersetzung. Ein Konflikt, der definitiv nicht mit physischer Gewalt ausgetragen worden war, sondern ... anders.

»Kleine Fee, kleine Fee.« Das Wispern in ihrem Kopf hatte etwas Sehnsüchtiges. Tizia erfüllte eine Funktion, das war ihr deutlich geworden, und sie ahnte auch, dass niemand sie fragen würde, ob sie dazu bereit sei oder willens oder beides.

»Lass mich gehen!«, forderte sie laut, die ersten Worte, die sie hervorbrachte, sich aus der Lähmung ihrer Angst und ihrer Gedankenspiele befreiend. »Lass mich gehen!«

»Fee, Fee, nein, das geht nicht, ich brauche dich, so sehr, so sehr ...«, kam die Antwort, wie das halb abwesende Greinen einer alten Frau, die wusste, was man von ihr wollte, aber die Augen vor der Realität verschloss, mithin nur in der ihren lebte und darin entschieden, die einmal errungene Beute nicht wieder aus den Klauen zu lassen. »Und du brauchst mich. Du hast mich nötig, kleine Fee, glaub mir.«

»Was geschieht mit mir?«

»Das Wort und die Tat, das Wort und die Tat. Ich danke dir für beides.«

Verwirrendes Geschwätz, das Tizia nur mit noch größeren Befürchtungen erfüllte. Sie wand sich in den Gurten, die plötzlich aufsprangen und sie freiließen, eine Befreiung, die nur wenige Momente währte. Ehe sie sich aufrappeln konnte, fühlte sie sich ergriffen, von harten, metallischen

Händen, halb in der Erwartung, dass diese ihren Raumanzug, ihre Haut und ihre Knochen durchtrennen würden, doch nichts dergleichen geschah. Wie ein rohes Ei wurde sie emporgetragen, auf die unfertig aussehende, konturlose metallene Masse in der Mitte der Halle zu, getragen von langen, nur als Schemen erkennbaren Tentakeln, deren eisernem Griff sie sich niemals würde entziehen können.

Sie versuchte es trotzdem, aus Prinzip. Sie zerrte, strengte sich an.

»Kleine Fee, kleine Fee. Spare deine Kräfte.«

Völlig sinnlos.

Dann legte sich ihr Körper auf eine der Liegen. Sie war leer, keine verzogene Leiche befand sich darauf, kein vom Leid entstellter Leib, und doch jetzt sie, erneut gefesselt durch Gurte, die sich mit einem leichten Krächzen aus lange ungenutzten Halterungen wanden, ihre brüchige Umarmung binnen Sekunden vollendeten, alt, aber fest, wie die knorrigen Arme einer Greisin, die ein letztes Mal alle Kräfte mobilisierte, um ihren Preis einzufordern.

»Kleine Fee«, kam das Wispern.

»Nein!«, sagte Tizia laut.

»Doch, doch.«

»Was geschieht mit mir?«

»Die Verbindung. Endlich wieder eine Verbindung. Du bist ein geeignetes Gefäß. Du machst mich so glücklich. Ich fülle dich nun mit meinem Segen. Zusammen werden wir gottgefällige Dinge tun, meine Fee. Ich bin so glücklich. Und ich helfe dir. Heilung und Kooperation.«

»Ich bin kein verdammtes Gefäß. Lass mich frei.«

»Deine Freiheit wird grenzenlos sein. Ich gebe sie dir zurück. Warte nur ab.«

Tizia zerrte erneut an den Fesseln, die unnachgiebig waren. Offenbar hatte die namenlose Stimme ein gänzlich anderes Verständnis von Freiheit als sie. Sie wollte etwas sagen, weiteren Protest äußern, als sie etwas Kaltes auf ihrer Haut spürte, erstarrte und dann schrie.

Es war Schmerz, noch viel mehr aber Entsetzen. Etwas Metallenes durchdrang an mehreren Stellen ihre Haut, glitt durch das Gewebe mit der gleichen Leichtigkeit wie die Klauen durch die Kapsel, und erst tat es nicht weh, als würden die Nerven die Intrusion gar nicht richtig registrieren. Dann aber kam der Schmerz, und sie fühlte, wie etwas in ihr zu rumoren begann, Bewegungen, und dann, wie Blut austrat, und dann, wie weitere Dinge sich in sie bohrten, wie suchende, tastende Finger, als ob jemand sie ausweiden wollte. Sie schrie aus vollem Leib, und ihr Schmerz verklang ungehört, nicht einmal das alberne, beruhigende Geflüster der Maschine war mehr zu hören.

»Kleine Fee«, hörte sie dann doch wieder die Stimme in ihrem Kopf. »Der Schmerz führt zu einer höheren Ebene. Umarme das Leid, denn es wird dich aufheben und ins Licht tragen.«

»Fick dich!«

»Ins Licht, kleine Fee. Ins Licht!«

Ein Zittern durchfuhr Tizias Leib, und ihr wurde schlecht. An ihr wurde geschnitten und es war, als würden kalte Finger ihre Innereien neu sortieren, mal schmerzhaft, mal nur mit gnadenloser Kälte, als würde die Maschine ein nicht gut wirksames Anästhetikum ohne Plan und Verstand in ihrem Leib verteilen. Hilflosigkeit. Tizia schrie erneut, im Chor mit der anderen Tizia, die an die Wände ihres Gefängnisses trommelte und deren verzweifeltes Schicksal ihr erstmals richtig bewusst wurde, so bewusst, dass sie beinahe Mitleid empfand oder zumindest Verständnis.

»Ihr seid zu zweit? Das erklärt es.«

Da war Verwirrung in der Stimme. Tizia holte tief Luft, ihr Oberkörper atmete zitternd ein, stoßweise ging der Atem, sie drohte zu hyperventilieren. Die Bewusstlosigkeit zu empfangen, das war keine Alternative. So funktionierte sie nicht.

»Lass mich gehen!«

Die Stimme antwortete nicht. Das rötliche Licht flackerte, als würde die Energieversorgung nicht richtig funktionieren, was angesichts des Alters dieses Schiffes durchaus im Bereich des Möglichen lag.

»Jetzt wirst du schlafen, kleine Fee. Wenn ich den Körper durchtrenne, ist das auch für dich etwas zu viel.«

Tizia rang einen Laut aus ihrer Kehle, zuckte in einem letzten Akt des Widerstands in ihren Fesseln hin und her, brachte nicht einmal mehr einen Schrei zustande. Sie fühlte, wie die versprochene Dunkelheit sich über sie legte, und kämpfte dagegen an, mit aller Macht, doch völlig sinnlos. Sie glitt in die Schwärze mit dem größten Gefühl der Angst vor dem, was sie erwarten, wie sie sein, was von ihr übrig bleiben würde, sobald sie daraus erwachte.

Tizia versank. Die andere Tizia schrie.

Sie würde vielleicht alles miterleben.

Alles sehen, alles hören, alles fühlen.

Der Wahnsinn war nahe, und er lauerte auf sie beide, auf die eine früher als auf die andere.

24

Das Schiff der Fruchtmutter Quara war kein Ort des Leids, kein Schiff voller Tragik und düsterer Vorahnung, wie Lyma Apostol im Stillen erwartet, vielleicht eher befürchtet hatte. Wer Vorurteile in sich trug, ob nun bewusst oder nicht, musste damit rechnen, dass diese seinen Blick verhüllten und die Realität nur hindurchdrang, wenn man bereit war, die eigene Sichtweise infrage zu stellen. Es gab Themen, bei denen die Polizistin absolut unverrückbare Positionen innehatte, wie etwa bei der Tatsache, dass Joaqim Gracen in der Hölle zu schmoren habe.

Bei den meisten anderen Fragen, so rühmte sie sich, besaß sie die Fähigkeit, ihre Meinung zu ändern.

Und exakt das tat sie, als sie zusammen mit dem Bordarzt der *Scythe*, Dr. Tomasz Radek, und Severus Inq das große Flunderschiff betrat. Es war kein düsterer Ort, vielmehr hell illuminiert und trotz aller sachlichen Linien, die einem jeden Raumschiff zu eigen waren, von angenehmer Atmosphäre, mit einigen beinahe spielerischen Elementen, die neben einem funktionalen auch einen dekorativen Wert zu haben schienen. Es war mehr als ein Transportmittel, es war Heimat, für Quara ebenso wie für die meisten ihrer Diener, und Heimat musste auch gefällig sein, durfte nicht nur funktionale Elemente beinhalten. Wer hier lebte, musste es auch manchmal gerne tun. Der Dienst für eine Fruchtmutter war zweifelsohne nicht einfach, also warum den ganzen Rest auch noch deprimierend gestalten? Hier schienen sich die Geschmäcker der Menschen und der Skendi durchaus zu treffen.

Das Schiff der Fruchtmutter war groß, und die Besatzung war es auch, es wimmelte von Drohnenmännern, die ihnen bereitwillig Platz machten, als sie unter Führung ihres Resonanzbauches durch die Gänge eilten, dem Ort entgegen, an dem sie, wenn sie es richtig verstanden hatten, eine leidende, möglicherweise im Sterben liegende Quara antreffen würden.

Ein Gedanke, der sie in seiner Plötzlichkeit überfallen hatte und der ihnen Angst bereitete. Was auch immer die Skendiherrin für Absichten hatte, sie war ein Rettungsanker gewesen und hatte kein größeres Misstrauen in Apostol erweckt als das, was Ratsvorsitzender Saim ausgelöst hatte. Ihr Tod würde die Gesamtsituation verschlechtern, daran gab es keinerlei Zweifel.

Es galt nun, exakt das zu verhindern. Ihre Hoffnung ruhte auf dem Arzt, der zu den besten gehörte, die sie kannte.

Sie betraten einen großen Raum, fast einen Saal, und an einem Rand, in einer Art Mulde, lag eine große, fleischige Gestalt, deren Physiognomie nur undeutlich zu erkennen war, die einfach nur massig wirkte, weitgehend unbeweglich, und es roch nach Desinfektionsmitteln, zumindest wollte die Kommandantin der *Scythe* das annehmen. Dr. Radek hatte sofort einen professionell-besorgten Gesichtsausdruck aufgesetzt, die Art von Konzentration, die einen guten Mediziner erfüllte, der auf ein neues Problem gestoßen war. Radek war ein erfahrener Mann, eines der an Lebensjahren ältesten Besatzungsmitglieder der *Scythe*, und er hatte auch xenomedizinische Prüfungen abgelegt, obgleich er diese Kenntnisse niemals hatte anwenden können. Für ihn war das Exil in der Sphäre in mancher Hinsicht eine Offenbarung, und sei es auch nur die der Erkenntnis, viel zu wenig zu wissen, um nützlich sein zu können. Er hatte sich mit der medizinischen Datenbank der Station Riems befasst und alle wichtigen Daten in die der *Scythe* integriert, auch die Skendi waren darin erwähnt. Angesichts der Tatsache, dass sie keine Mitglieder des Rates waren, lagen aber nur bruchstückhafte Informationen vor.

»Die Medoprospektoren«, sagte ihr Bauch und wies auf eine Gruppe schmächtiger Skendimänner, begleitet von winzigen Robotern, die offenbar ihrer Steuerung unterworfen waren. Sie waren in Statur und Habitus anders als die anderen Drohnenmänner, etwas zurückhaltender, stellten zweifelsohne die intellektuelle Elite unter den Männern dar, vielleicht neben jenen, die sich mit den komplexeren Fragen der Schiffsführung befassten. Sie waren in eine einheitliche, kuttenähnliche Kleidung gehüllt, auch bei den Skendi schienen Ärzte die Tendenz zu haben, eine Uniform zu tragen, die sie eindeutig identifizierbar machte. Einer der »Medoprospektoren« trat vor. Radek schaute an ihm vorbei auf den unförmigen, regungslosen Leib. Wenn das die wahre Gestalt der Fruchtmutter war, ging es ihr sehr schlecht, das erkannte sogar Apostol. Im erholten und gesunden Zustand war auch eine Skendifrau eine bewegliche und durchaus angenehme Erscheinung, wie sie den Aufzeichnungen hatten entnehmen dürfen.

»Die Geburt. Wir mussten den Vorgang abbrechen. Es gibt Querstellungen. Einige der Töchter sind ineinander verkeilt. Wir haben versucht, ihr zu helfen, aber uns fehlt das Instrumentarium. Die Werkzeuge sind alt.« Der Prospektor, der sich ihnen nicht einmal mit Namen vorgestellt hatte, zögerte kurz und fügte hinzu: »Wir sind alle alt.«

»Wo ist die Vagina? Es gibt doch eine?«, fragte Radek. »Die Patientin ist bei Bewusstsein?«

»Es ist die Königin!«

Der Arzt verzog nicht einmal eine Miene. »Die Königin ist jetzt eine Patientin. Beantworten Sie meine Fragen!«

»Wir haben sie sediert. Die Schmerzen waren nicht zu ertragen. Sie war sehr tapfer, aber wir mussten es tun.«

Radek nickte. »Verkeilt?«

Der Skendi wies auf eine Stelle in der Mitte des Leibes, auf der vage eine Ausbuchtung zu erkennen war. Ein sanftes Zittern ging durch die Fleischmassen, als würde Quara trotz der Sedierung Schmerz empfinden. »Der Geburtskanal ist gut einen Meter lang. Wir Skendi ...«

»Sie haben einen Scan?«

»Das ist ein Tabu«, kam die schnelle Antwort. »Das ist ein Tabu.«

Apostol starrte den Skendimann an. Tabus? Es gab Tabus? War die Fruchtmutter eine Heilige, die nur mit bestimmten, geweihten Methoden behandelt werden durfte? Wenn sie jetzt nicht nur ein medizinisches, sondern auch noch ein kulturelles Minenfeld betraten, waren ihre Probleme größer als erwartet.

Radek hatte für so etwas natürlich keine Zeit.

»Oh verdammt! Ich bin kein Skendi.« Er machte eine werfende Handbewegung. Aus seinem Ärmel glitt seine eigene mobile Medosonde, ein kleines, eiförmiges Gerät mit vier Rotoren. Sie schwang sich summend in die Höhe und begann sofort, den Leib der reglosen Fruchtmutter abzufliegen. Radek griff an seinen anderen Arm, entfaltete einen Flüssigmonitor zu voller Größe, auf dem sich das charakteristische Bild eines Medoscans abzuzeichnen begann.

Der Skendimann zuckte zurück und hob die Arme.

»Tabu!«, krähte der Prospektor. »Nein, nein!« Die Gruppe der Kuttenträger wich zurück, einer aber, offenbar besonders entsetzt, lief auf Radek zu, allem Anschein nach erzürnt, die dünnen Ärmchen nach vorne gestreckt, die Augen weit aufgerissen.

Apostol war bewaffnet. Ihre Hand lag sofort am Holster.

Doch es war nicht nötig.

Ein mächtiger Arm streckte sich vor, fegte den Skendiarzt von den Beinen, sodass dieser zu Boden fiel, nicht verletzt, aber völlig überrascht liegen blieb. Es war ihr Resonanzbauch, der sich schützend vor Radek hinstellte und ihm zunickte.

»Die Fruchtmutter ist wichtig«, sagte er einfach. »Machen Sie Ihre Arbeit. Für den Tabubruch übernehmen die Bäuche die Verantwortung.«

Lyma Apostol sah sich um. Eine Versammlung von Bäuchen hatte sich nun um sie gruppiert, alle mit der erschlafften, formlosen Repräsentanz ihrer Königin auf dem Leib und alle mit einem eigenen, sehr entschlossenen Gesichtsausdruck. Sie hörte Proteste der Medoprospektoren, ein Gejammer und Geklage von Wesen, die nicht verstanden, warum ihre alten Wege jetzt nicht halfen und das Festhalten an sinnlosen Prinzipien katastrophal enden konnte.

Spannung lag im Raum, Entschlossenheit auf beiden Seiten, Einsicht und Klage. Doch die Bäuche wichen nicht zurück, wankten keine Sekunde.

Da war, wenn sie das richtig sah, eine kleine Revolution im Gange.

Der lange Aufenthalt in der Sphäre ließ die alte Ordnung bröckeln. Und die Krise um die Fruchtmutter sorgte dafür, dass die Konfliktlinien aufbrachen. Quara würde sich, sollte sie das hier überleben, vor ein weiteres Problem gestellt sehen. Falls sie es überlebte. Apostol sah Radek an, der besorgt wirkte.

»Was haben wir?«, fragte sie.

»Wenn ich die Daten richtig verstehe, die uns die Bäuche übermittelt haben, gebiert die Fruchtmutter in regelmäßigen Abständen, ohne die Notwendigkeit einer externen Befruchtung, Drohnenmänner sowie unbefruchtete Frauen. Letztere kommen im Regelfall ohne Gehirn zur Welt, oftmals Totgeburten. Sie werden nicht gegessen – das ist eine böswillige Legende –, sondern mit allen Ehren bestattet und dem internen Kreislauf zugeführt. Wie jeder Tote.«

»Quara frisst also nicht ihre Töchter, um Konkurrenz zu vermeiden«, stellte Apostol fest. Sie hatte dieser Räuberpistole ohnehin keinen Glauben geschenkt.

Radek schüttelte den Kopf. Tiefe Furchen der Sorge hatten sich in sein Gesicht gegraben.

»Das Gegenteil ist der Fall: Ihr fehlt es an weiblichem Nachwuchs. Bereits jetzt nehmen Resonanzbäuche viele

Funktionen ein, die normalerweise Töchtern vorbehalten sind – beispielsweise die ganzen diplomatischen Aufgaben als Botschafterinnen auf verbündeten Schiffen. Quara muss alles selbst machen, da sie keine voll entwickelten Töchter zur Welt bringen kann ohne einen ›Prinzen‹, einen speziellen Drohnenmann, der von einer Mutter nur zur Welt gebracht wird, wenn sie regelmäßig lebende und gesunde Töchter gebiert. Es scheint mir eine hormonelle Sache zu sein. In der Heimat der Skendi werden diese Prinzen herumgereicht, ausgeliehen und offenbar sogar auf gewisse Weise verkauft, sie sind Garant wie auch Besiegelung ökonomischer und politischer Bündnisse. Eine Fruchtmutter, die also längere Zeit keinen Prinzen produziert hat, bekommt immer Zugriff auf einen und wird daher daheim immer gesunde und einsatzfähige Töchter für die höhere Administration und andere wichtige Aufgaben zur Welt bringen. So garantiert die Natur Kooperation zwischen den Königinnen, die sich ansonsten nur ständig in den Haaren liegen würden.«

Radek grinste kurz, das Bild musste sehr plastisch vor seinen Augen gestanden haben. Apostol gönnte ihm die kleine Freude.

»Quara hier«, fuhr der Arzt wieder sehr ernst fort, »war dabei, unbefruchtete Töchter zur Welt zu bringen, selbst im besten Fall ein trauriger und psychisch herausfordernder Prozess, wie ich mir vorstelle. Jetzt aber haben sich die Neugeborenen im Geburtskanal ineinander verkeilt. Quara hat massive Schmerzen erlitten, deswegen ist sie sediert worden. Die Medoprospektoren können nicht direkt eingreifen: Töchter sind heilig, sie können nur bei Problemen mit Männern operativ eingreifen, deren Verlust ist verschmerzbar. Ich glaube, Captain, Sie sehen bereits, dass die Gesellschaft der Skendi hier sehr ritualisiert und traditionell ist. Außerdem habe ich den Eindruck, dass die meisten komplexeren medizinischen Geräte in einem sehr schlechten Zustand sind.«

»Und andere dürfen nicht eingesetzt werden.«

»Ich möchte darüber nicht urteilen, ich bin kein Skendi. Ich werde mich aber auch diesen Konventionen nicht unterwerfen. Ich werde helfen, so oder so.«

Radek war sehr entschlossen, und Apostol war auf seiner Seite.

»Das stimmt alles«, meldete sich ihr Resonanzbauch unaufgefordert zu Wort. »Die Fabrikationsanlagen brechen zusammen. Es fehlt an Rohstoffen und Ersatzteilen. Die Barke hat über viele Jahre eine ganze Flotte von Verbündeten unterstützt, das rächt sich seit geraumer Zeit. Wir halten nicht mehr lange durch.« Er zeigte auf die zitternd atmende Quara. »Ohne sie aber gibt es gar keine Lösung.«

»Es gibt mehrere Lösungen«, sagte Radek nun. »Ich weiß nur nicht, ob Sie sie ertragen werden.«

»Sprechen Sie!«, forderte der Bauch ihn auf. »Wir Bäuche sind bereit, zuzuhören. Haben Sie keine Angst. Bei den Skendi wird *niemand* gefressen. Wir sind zivilisiert und verständig. Sie haben sicheres Geleit, selbst wenn es die Fruchtmutter nicht schaffen sollte. Es ist nicht Ihre Schuld.«

Radek sah Apostol an, diese machte eine Handbewegung. Er war der Arzt. Er sollte vorschlagen und tun, was er für richtig hielt.

Radek sah auf die Liegende.

»Ich kann sie retten, indem ich invasiv vorgehe, den Geburtskanal öffne, die Töchter entferne und sie wieder zunähe. Wir müssen jetzt sehr schnell handeln. Die Lage ist bedrohlich, es kann zu inneren Verletzungen kommen und zu weiteren Folgen – ich möchte Unfruchtbarkeit nicht ausschließen.«

Man musste kein xenopsychologisches Genie sein, um zu ermessen, was das für ein Wesen bedeuten würde, das sich Fruchtmutter nannte. Radek sah sie an, erwartete Befehle, aber das nur pro forma. Der Arzt wollte und würde handeln, das nahm er wichtiger als jede Befehlskette, und letztlich wollte Lyma Apostol es nicht anders haben.

»Eine Art Kaiserschnitt?«, fragte sie.

»So kann man es nennen. Es ist der schnellste und sauberste Weg. Und der sicherste.«

Die Skendiärzte hörten jedes Wort, und sie waren nicht begeistert. Alles andere als das. Ihre heftige Reaktion überraschte Apostol nicht einmal, aber sie kam lautstark und vehement.

»Die Töchter müssen durch die Öffnung«, protestierte einer der Medoprospektoren. »Es ist wichtig, sie sind eine heilige Geburt! Kein Schneiden, kein Entnehmen!« Zustimmendes Gemurmel seiner Kollegen. Apostol schüttelte den Kopf. Arme Quara. Ihr Leben gehörte normalerweise offenbar einer Kaste altehrwürdiger, verknöcherter Traditionalisten, die nicht bereit waren, die Reste ihrer alten Existenz loszulassen, und ihrer Königin nur halfen, wenn es ihnen in die ehernen Grundsätze passte, nach denen sie handelten. Sie sah, dass die Bäuche ihr Entsetzen und ihre Abneigung teilten. Apostol nahm an, dass dies nicht zuletzt auf die Prägung durch die nahezu symbiotische Bindung mit Quara zurückzuführen war. Und die Fruchtmutter, so schätzte die Kommandantin der *Scythe* sie ein, war eine starke Frau, die bereit war, unkonventionell zu handeln.

Was sie nicht konnte, wenn sie bewusstlos war.

Apostol begann zu verstehen, und ein gewisses Entsetzen befiel sie. Hatten die Skendiärzte Quara deswegen sediert, weil sie so große Schmerzen hatte – oder weil sie Befehle hatten vermeiden wollen, die nun zu dem führten, was die Resonanzbäuche in die eigene Hand genommen hatten? Ihr kriminalistischer Instinkt signalisierte ihr, dass sie von der Wahrheit nicht weit entfernt war.

»Wir benötigen Schutz!«, sagte sie dem Resonanzbauch, und es war keine Bitte, sondern eine Forderung. Der Bauch sah sie an, sein Gesicht war ihr mittlerweile vertraut wie das eines Besatzungsmitgliedes, und er versuchte ein Lächeln, wie er es an den Menschen gesehen hatte.

»Dr. Radek tut das Seine. Wir sorgen dafür, dass niemand Sie stört. *Niemand.*«

Er sagte es mit bedeutungsvoller Betonung.

Radek wartete noch einmal, pro forma, auf das zustimmende Nicken Apostols, dann begann er zu zaubern. Anders ließen sich seine Bewegungen nicht interpretieren, und die Kommandantin beobachtete es ein jedes Mal mit Bewunderung und Respekt. Radek hob die Arme und schüttelte sie. Drei weitere Sonden verließen seine weiten Ärmel, lösten sich vom Medogestell, das Radek als Dienstkleidung trug. Sie surrten hoch, entfalteten sich, und die Skendiärzte äußerten erneuten Protest.

Die Bäuche schauten sie böse an. Es wirkte.

Der erste Medobot machte einen eleganten Anflug und sprühte ein lokales Anästhetikum über den Leib der Fruchtmutter. Der zweite war der Chirurg, er kreiste kurz, dann zückte er das Laserskalpell, dessen fahles Licht sichtbar wurde, als die Klinge in die weiche Bauchhaut Quaras drang.

Die dritte Drohne saugte ab und sorgte dafür, dass die Schweinerei sich in Grenzen hielt.

»Blutverlust«, murmelte Radek, um dessen Körper der schimmernde Halo des MedoHUD schimmerte, das die Kragenprojektoren errichtet hatten. »Lyma, frag nach Blut.«

»Tabu!«, war die Antwort, »Tabu!«

Der Resonanzbauch machte eine wegwischende Handbewegung. »Wir haben kein Königinnenblut mehr an Bord. Die Anlagen, es zu synthetisieren, sind nicht mehr operabel. Blut von Skendimännern ist ungeeignet. Wir übermitteln Ihnen alle biochemischen Daten.«

Apostol musste nichts tun. Radek transferierte die Daten an die *Scythe*, und sein Assistent würde sofort mit der Synthetisierung beginnen.

»Wir benötigen einen Transport hierher«, sagte sie dem Bauch. »Wir bringen Blut!«

Der Bauch bestätigte. »Ignorieren Sie die Prospektoren. Alles, was nicht durch ihre Rituale lief, ist ein Tabu. Es ist ihr Lebenszweck, Wissenschaft mit Hokuspokus zu vermischen. Leider funktioniert die Wissenschaft nicht mehr so gut, sodass zu viel Hokuspokus übrig geblieben ist.«

Für einen Mann eine bemerkenswert kluge Einsicht, zumindest bei den Skendi. Es hatte wohl eine Menge Quara auf ihre Bäuche abgefärbt.

»Ihr Problem«, gab Apostol zurück.

»Der Transport ist gewährleistet. Ist genug Zeit?«

»Ich tu, was ich kann«, murmelte der Arzt.

Radek fuchtelte in der Luft herum, ganz auf die Darstellungen konzentriert, die sich um seinen Kopf herum abspielten. Er war in seiner eigenen Welt und so immer sehr verwundbar, nahm seine Umgebung nicht mehr bewusst wahr.

Severus Inq stellte sich ostentativ neben den Mann, reihte sich ein in die Phalanx der Bäuche, die die immer erregter diskutierenden Medoprospektoren anstarrten wie Feinde.

Lyma Apostol fühlte, dass die Spannung anstieg. Die Operation war in vollem Gange. Und mit jedem weiteren sirrenden Anflug einer Drohne, jedem Schnitt, der breite Hautlappen öffnete, die von kleinen Metallhänden sorgfältig aufgeklappt wurden, wurde die Atmosphäre schwieriger. Die Nervosität wuchs, nur nicht bei Radek, der so hoch konzentriert war, wie man es von einem Meister seines Faches erwarten konnte.

Sie schaute zur Seite, als eine Drohne den ersten, reglosen Leib aus dem geöffneten Körper der Fruchtmutter hob. Sie wusste, Radek musste schnell handeln. Er war ein Profi. Doch es hatte dadurch auch etwas Kaltes, Maschinelles. Man konnte sich darüber streiten, ob ein Wesen, das über kaum mehr als ein vegetatives Nervensystem verfügte, dieser Art emotionaler Aufmerksamkeit bedurfte. Doch Apostol wusste aus eigener, sehr schmerzhafter Erfahrung, wie es war, wenn die Wissenschaft kalt und unbarmherzig mit Kindern umging.

Sie schaute nicht hin. Sie hörte nur. Das Schmatzen von Fleisch und Gewebe, das Surren der Drohnen, das unruhige Gemurmel der Skendiärzte, das wie eine Brandung in der Ferne erklang und in dem das verhaltene Versprechen auf einen Sturm lag. Radek arbeitete schweigend, er hatte nichts zu erläutern, er versuchte, das Leben der Fruchtmutter zu retten. Feiner Schweiß stand auf seiner Stirn. Er war ein sehr kontrollierter Mann, der mit seinen emotionalen Ausdrucksfähigkeiten bewusst umging, nicht zuletzt, um Patienten nur so zu beeinflussen, wie er es für richtig hielt. Aber Lyma

Apostol kannte ihn schon lange, lange genug jedenfalls, um erkannt zu haben, dass Radek in großer Sorge um die Patientin gewesen war. Sie waren entweder gerade noch rechtzeitig gekommen oder gerade zu spät, das würde sich in den kommenden Minuten erweisen. In beiden Fällen würde es nicht mehr so sein wie früher, in unterschiedlicher Hinsicht, und Lyma Apostol fragte sich nicht zum ersten Mal, in was für einen Schlamassel ihre fanatische Suche nach Joaqim Gracen sie gebracht hatte.

Gracen. Sie behielt die Augen geschlossen. Es war nur ganz kurz möglich gewesen, ein paar Worte mit Saiban Snead zu wechseln, doch es hatte genügt, um ihm die Erlaubnis zu geben, seine Ermittlungen zu beginnen, soweit das möglich war. Apostol wollte nicht glauben, dass Jordan oder Elissi nicht waren, was sie zu sein vorgaben, aber man konnte niemals sicher sein. Es war ein seltsames Gefühl, sich dieser Sache wieder zuzuwenden. Beinahe bedrückend. Sie hoffte, dass Gracen zu den Opfern auf der *Licht* gehörte. Dann hatte all das wenigstens eine gute Konsequenz gezeitigt, und sie konnte sich darauf konzentrieren, hier zu überleben.

Quaras Überleben wäre dafür auch wichtig.

Es dauerte eine weitere halbe Stunde. In der Zwischenzeit war das Blut geliefert worden, in Hautpaketen, die der Arzt auf die Fruchtmutter legte und die sich sofort mit den relevanten Adern verbanden und in kontrollierter Weise den Verlust auszugleichen begannen. »Tabu, Tabu!«, schrien die Skendiärzte und sorgten damit dafür, dass sich die Schutzphalanx ihrer Verteidiger nur umso enger schloss.

Radek arbeitete, und der Raum füllte sich. Eine Front wurde sichtbar, und Apostols Beunruhigung wuchs. Die

Medoprospektoren hatten Verstärkung bekommen durch Drohnenmänner, die keinen Resonanzbauch trugen, einfache Arbeiter und darunter auch einige Soldaten, wie deutlich zu erkennen war. Ein Gewaltpotenzial, das niemand übersehen konnte. Aber auch die Resonanzbäuche waren durch Leibwächter der Königin unterstützt worden, die auf Lyma einen beruhigenden Eindruck machten. Sie trugen große Knüppel, und die Tatsache, dass sie eine solche Waffe für den Kampf innerhalb eines Raumschiffes bei sich führten, offenbar maschinell gefertigt, wies darauf hin, dass im Reich der Skendi, auch auf einer königlichen Barke, nicht immer Frieden und eitel Sonnenschein herrschten. Und jetzt ganz besonders nicht.

Die Präsenz von Waffen gab allem eine besondere Härte, eine neue Bedrohung.

Die Anspannung war mit Händen greifbar. Die Unzufriedenen scharrten mit den Hufen. Manche flüsterten sich etwas zu, ermunterten, bestätigten. Die Dynamik war Lyma nicht unbekannt. Man sammelte Mut. Alle wussten, dass die Energie nach Eruption strebte. Alle warteten sie auf den richtigen Zeitpunkt.

Sie tastete an ihren Gürtel. Eine Handfeuerwaffe hatte sie erstaunlicherweise mit an Bord nehmen dürfen. Sie verschoss sogenannte Plastikslugs, eine Art Kugel, die auf kurze Distanz sehr schmerzhaft mit Körpergewebe in Kontakt geriet, wenn sie abgefeuert wurde. Ihr Äquivalent des Knüppels. Sie begann zu verstehen, warum weder ihr noch Inq diese Waffe abgenommen worden war. Die Resonanzbäuche, so war ihr Schluss, taten unterwürfig und wirkten plump und ohne eigene Gedanken, aber wie so vieles täuschte auch das ganz gewaltig.

Vielleicht war mit der Zeit etwas von der strategischen Intelligenz der Fruchtmutter auf sie abgefärbt. Vielleicht hatte sich Lyma auch nur von Stereotypen überzeugen lassen, die Quara eventuell sogar förderte. Jeder Vorteil war willkommen. Unterschätzt zu werden, war einer. Was wusste so ein dicker, dummer Bauch schon? Er stand in der Ecke und sah irgendwie albern aus.

Quara war eine schlaue Frau.

»Ich bin dann so weit«, hörte sie Radek, sah den Arzt an, das Gesicht fahl vor Erschöpfung. Die HUDs flimmerten um ihn herum, aber er hatte die Arme gesenkt, die Muskeln zitterten unmerklich. Die Drohnen surrten immer noch, eine aber war auf dem Weg zurück. Die andere verschloss und desinfizierte die Wunde, reparierte zerstörtes Gewebe. Eine weitere scannte ohne Unterlass den Körper der immer noch bewusstlosen Königin.

»Was können Sie mir sagen?«, fragte Apostol leise.

»Sie wird überleben. Sehr widerstandsfähige Physiologie.«

»Was ist mit den ...«

»Alles Totgeburten, außer den männlichen. Es ist schwer. Es muss für sie ein jedes Mal die Hölle sein. Ich würde sagen, dass Quara eine extrem starke Frau ist und dass wir nicht einmal erahnen, durch welche Qualen sie gegangen ist, seit die Sphäre sie entführt hat. Ich habe getan, was ich konnte, Captain.«

»Wird sie ...«

»Warten wir ab, bis alles verheilt ist. Ich muss erst noch die Scans auswerten. Biochemie funktioniert glücklicherweise nach Naturgesetzen, die überall gleich sind. Aber dennoch: Dies war für mich eine Premiere. Geben Sie mir etwas Zeit für Antworten.«

Alles in Apostol drängte danach, Radek nicht so leicht davonkommen zu lassen, bis sie sich selber ob dieser Emotion schalt. Leicht davonkommen? Der Mann war psychisch am Ende. Er war über sich selbst hinausgewachsen. Sie war undankbar und ungerecht.

Und in Gefahr.

Sie ergriff Radek am Unterarm, drückte warnend zu. Der Arzt nahm jetzt erst wieder richtig seine Umgebung wahr. Die Fronten zeichneten sich nun klar ab. Bewegung schwappte durch die versammelte Menge der Unzufriedenen. Die Polizistin wandte sich an ihren Bauch.

»Sie lebt. Unser Arzt hat sie gerettet.«

Der Bauch lächelte erfreut. »Wir sind glücklich und dankbar.«

»Die da sind es nicht.« Apostol zeigte auf die Skendiärzte. Der Bauch schnalzte verächtlich.

»Sie werden es sein, wenn wir sie verprügelt haben. Keiner von denen hat verstanden, dass veränderte Rahmenbedingungen angepasstes Verhalten notwendig machen. Hätten die Skendi immer nur starr an alten Vorstellungen festgehalten, hätte es niemals eine Evolution gegeben.«

»Ich habe nicht den Eindruck, dass diese Leute solchen Argumenten gegenüber zugänglich sind.«

Der Bauch nickte. Apostol stellte fest, dass auch er nun einen Knüppel in der Hand hielt. Kein dicker, dummer Bauch. Ein entschlossener Verteidiger seiner Königin. Apostol konnte nur Respekt für ihn empfinden.

»Sind sie in der Tat nicht, Captain. Halten Sie sich im Hintergrund. Wir müssen die Fruchtmutter beschützen.«

»Beschützen?«, echote die Terranerin.

Der Bauch nickte erneut. »Sie ist nun befleckt. Es gibt solche, die daraus ableiten, dass sie nicht mehr würdig ist.«

»Aber ...«

»Das Verhältnis zwischen einer Fruchtmutter und ihren Männern ist kompliziert.«

Das ist es wohl überall, dachte die Kommandantin und sagte nichts mehr. Dies war nicht die Zeit für Xenoanthropologie.

»Was geschieht nun?«

»Wir warten, bis die Fruchtmutter erwacht.«

Lyma Apostol zeigte auf die sich bewegende, den Kordon der Bäuche und Gardisten misstrauisch betrachtende Menge.

»Ich meinte eher in Bezug auf die da.«

»Wir warten, bis die Fruchtmutter erwacht.«

»Das wird noch dauern«, warf Radek ein. »Eure Ärzte haben sie ordentlich sediert. Ich denke, wir werden noch einige Stunden ohne den weisen Ratschluss Quaras verbringen müssen.«

Der Bauch sah Radek an, möglicherweise war ihm die Ironie nicht entgangen. Was Quara als amüsant abgetan hätte, konnte für jemanden wie ihn, der gerade einer konfliktreichen Situation gegenüberstand, durchaus als lästerlich oder beleidigend erscheinen. Lyma wollte Radek bereits bitten, sich zu mäßigen, da flog der erste Stein.

Es war kein Stein, es war ein Instrument, das zwischen ihnen aufschlug, mit einem hässlichen Krachen. Der kleine Kasten war bereits in einem bedauernswerten Zustand gewesen, bevor er geworfen worden war, und der harte Aufprall veränderte das nicht grundsätzlich. Er hatte niemanden getroffen. Er war eine Provokation, ein Hinweis und möglicherweise ein Signal.

Apostol schaute den Bauch an. Sie kannte Skendimentalität nicht gut genug, aber wenn die Grundlagen der Massenpsychologie auch auf diese Zivilisation zutrafen, dann genügte jetzt nur noch ein Funke, um alles ...

Der Funke kam.

Ein Schrei, kaum unterdrückt, Ausdruck eines Schmerzes, gleichzeitig das dumpfe Geräusch, das entsteht, wenn ein harter Gegenstand auf Gewebe trifft. Ein Knüppel, geschwungen von einer Wache, die nicht mehr an sich halten konnte. Das Opfer: einfach jemand in Reichweite. Es war nicht mehr wichtig. Schmerz, dann Wut, und ein Geschrei hob an, sich schnell zu einem Diskant aufschwingend, und ein Wald an Armen erhob sich, bewaffnet und nackt, und dann kam die Bewegung, die Apostol erwartet und befürchtet hatte.

Die Masse. So lief es immer ab.

Wenn die Masse losging, nicht mehr nur der Einzelne, hatte man die Kontrolle verloren. Es gab wenige Möglichkeiten, die urtümliche Kraft, die dadurch entstand, noch in den Griff zu bekommen. Betäubung, Gewalt, eine große Fläche, in der sich Dinge verliefen, eine Segmentierung in kleinere Gruppen, die irgendwann zur Vernunft kamen, wenn ihnen der Zusammenhalt, die Anonymisierung durch die anderen fehlte. Dann blieben immer noch die Harten, die längst jenseits aller Vernunft agierten und einfach nur sehr wütend waren. Mit denen wurde man fertig, früher oder später.

Hier gab es keine Fläche, keine Möglichkeit, richtige Gewalt mit einer gewissen Breitenwirkung einzusetzen, keine Chance der Aufsplittung dieser Macht und vor allem: viel zu wenige Verteidiger.

Ein Alarmsignal ertönte. Jemand schaute zu, jemand reagierte. War das gut, oder würden mit zusätzlichen Loyalisten auch jene Verstärkung bekommen, die Quara für beschmutzt, für unwürdig und all dies hier für entsetzlich blasphemisch hielten?

»Zur Fruchtmutter. Nahe dran«, kam Apostols Befehl. Inq und Radek reagierten, beide mit den Slugwerfern in der Hand, geschützt und umgeben von Bäuchen, aber wie lange noch?

Es wurde ein Tumult. Fäuste flogen. Es war ein sehr physischer Kampf, sehr unmittelbar. Es wurde geschlagen und getreten, und es knackte, wenn Knochen aufeinandertrafen, wenn Schädel getroffen wurden, Blut floss und Schmerzensschreie sich mit Wutgeheul und Ansporn und blindem Zorn vermischten. Es eskalierte. Jeder gegen jeden war es nicht, da war die Masse gegen die Phalanx, doch dann kamen zusätzliche Besatzungsmitglieder in den Saal, und das Handgemenge wurde unübersichtlich. Jemand schubste Apostol, es kam aus dem Nichts, und nur der schnelle Griff Inqs hielt sie davon ab vornüberzufallen, unter die Räder zu kommen. Sie hatte jetzt Angst. Dies war bedrohlich. Es war lebensgefährlich.

»Quara!« Ein Schlachtruf, der die Verteidiger motivieren sollte, aus den kräftigen Kehlen von Bäuchen, getragen von Gardisten und wiederholt, bis sein Echo wieder im Lärm des Kampfes unterging.

»Tabu!«, war der Vorwurf der Opposition, und es lag all die Verletzung, das Unverständnis und das Gefühl des Übergangenseins darin. Auch dieses Wort trug sich vielstimmig weiter, verging wie der Name der Fruchtmutter in Schreien von Wut und Schmerz. Ein weiterer Hieb, und Apostol feuerte den Werfer. Das Plastikgeschoss traf einen Skendiarzt, der schmerzerfüllt zusammenzuckte, nach hinten taumelte, in die Menge gezogen wurde und aus Apostols Gesichtsfeld verschwand, verschluckt wie von einer amorphen Masse. Der Vergleich hinkte nicht. Lyma Apostol verlor die Übersicht. Wer war Freund, wer war Feind? Da waren Radek, sein Assistent, der das Blut gebracht hatte, Inq und sie. Freunde. Aber sie waren zu wenige, um daraus Zuversicht zu ziehen.

Ein Hieb, ein Schuss. Ein weiterer Hieb, diesmal schmerzhaft. Ein Bauch ging zu Boden, bearbeitet von Fäusten, die auf beide Gesichter einschlugen, das erschlaffte und das aktive, und dennoch schien, als würde man in beiden Schmerz sehen. Lyma schoss, erneut, gezielt, das Faustgetrommel ebbte ab, sie half dem Bauch auf die Beine. Der Skendimann wischte sich das Blut ab, warf Apostol einen langen, undefinierbaren Blick zu, drehte ihr den Rücken zu und stellte sich zwischen sie und die Angreifer, schwankend, den Knüppel in der Faust, absolut unbeirrbar.

Respekt, dachte Apostol. *Verdammt, was für ein Bauch!*

»Riechen Sie das?«, rief Radek.

Ein seltsamer Geruch, ein wenig wie Zimt, hing in der Luft. Lyma Apostol sog prüfend die Luft ein, wenn es ein Gift war, war es ohnehin schon zu spät.

Dann senkte sich eine plötzliche Ruhe über den Raum. Die Skendi hielten inne. Sie fielen nicht bewusstlos zu Boden, ächzten und husteten nicht, nein, ihr Gesicht hatte einen beinahe andächtigen Ausdruck angenommen, als sei ihnen etwas oder jemand erschienen. Apostols Blick fiel unvermittelt auf die Bäuche, und eine faszinierende Veränderung war dort zu erkennen: Die schlaffen, passiven Züge der Fruchtmutter belebten sich, gewannen an Kontur, an Ausdruck, und die Bäuche wurden mit plötzlichem Leben erfüllt.

Der Geruch wurde stärker. Jetzt nach Sandelholz. Apostol kam sich vor, als stünde sie in einer Gewürzfabrik. Doch die Urheberin war klar erkennbar. Quara war erwacht, früher, als Radek erwartet hatte, und sie ...

»Ich habe gepupst«, erklärte Quara nicht ohne Würde.

»Das meinen Sie nicht ernst«, sagte die Terranerin in die Stille hinein. Die Skendimänner waren wie gelähmt, von ihnen hörte man kein Sterbenswort. Aus vielen Resonanzbäuchen und im Original sah die Fruchtmutter die Kommandantin an, grinste beinahe.

»Stimmt. Es sind bestimmte dezidierte Pheromone, Dufthormone, die sofortige Unterwerfung unter allen meinen Söhnen auslösen – egal wie unartig sie sich fühlen. Wurden Sie verletzt?«

»Mir geht es gut.«

»Mir auch. Ich danke Ihnen. Wer ist für meine Rettung verantwortlich?«

Radek war ein guter Arzt, aber er war auch bescheiden genug, um sich nicht in den Vordergrund zu schieben. Er sagte daher nichts, und Apostol musste ostentativ auf ihn zeigen.

»Ich danke Ihnen, Menschenarzt. Für einen Mann eine gute Leistung.«

»Ich fühle mich geehrt durch Ihr Lob«, sagte Radek ohne Ironie. »Aber ich musste ein Tabu brechen.«

»Ganz offensichtlich. Aber das war früher oder später ohnehin unumgänglich. Sie haben einen Prozess beschleunigt, dem ich selbst nicht genug Aufmerksamkeit geschenkt habe. Meine gesundheitlichen Probleme haben die Situation auf die Spitze getrieben. Ich trage daran die Schuld.«

Apostol sagte nichts, sah Radek fragend an, der ebenfalls schwieg. Was sollte man zu dieser Art von Selbstvorwürfen auch sagen?

»Ich stehe in Ihrer Schuld.« Dieser Satz kam ihr trotz der Vielstimmigkeit erkennbar schwieriger über die Lippen, aber es war ihr hoch anzurechnen, dass sie ihn trotzdem äußerte. »Das erweckt in mir keine Freude.«

»Auf die Umstände hätten wir auch gerne verzichtet«, erwiderte die Kommandantin und versuchte ein Lächeln. »Lassen Sie uns nicht von Schuld reden, sondern davon, was wir tun können, um zu überleben. Gemeinsam. Vielleicht mit ein klein wenig Gleichheit der Waffen, wenn Sie verstehen, was ich meine?«

»Ich verstehe es nur zu gut.«

»Und Sie werden darüber nachdenken?«

Aus vielen Gesichtern ein müdes Lächeln.

»Ich denke dauernd über sehr viele Dinge nach.«

Lyma Apostol zeigte auf die glasigen Blickes herumstehenden Skendi. »Was geschieht mit denen hier? Vor allem jenen, die sich gegen Sie gestellt haben?«

Quara blinzelte, was, mehrere Dutzend Mal wiederholt, sehr irritierend aussah.

»Niemand hier hat sich gegen mich gestellt. Jeder war absolut loyal. Das Problem war, dass sie alle mein Bestes wollten und ich sie nicht dahingehend anleiten konnte, um was genau es sich dabei handelt.«

»Wären Sie nicht erwacht, hätten Sie verletzt werden können«, warf Radek ein, dem egal war, ob es sich hier um eine Königin handelte oder nicht. Sie war eine Patientin, er durfte mit ihr reden wie mit einem kleinen Kind. So gesehen unterschied er sich wahrscheinlich nicht sehr von den Medoprospektoren. »Die Stimmung war sehr aufgeheizt.«

»Ja«, sagte Quara nachdenklich. »Es lief aus dem Ruder. Ich werde mir darüber Gedanken machen müssen. Aber es sind alles meine Kinder. Manche vielleicht irregeleitet, aber es sind alle die meinen. Ich werde niemanden bestrafen. Sie sind mir alle zu kostbar.«

Dutzende Augenpaare richteten sich auf Radek. »Werde ich gebären können?«

»Wollen Sie sich das erneut antun?«

»Solange ich dazu körperlich in der Lage bin, ist es biologisch unumgänglich. Bin ich es nicht mehr, muss ich abdanken. Mein Ruhestand wird von kurzer Dauer sein.«

Radek sah Apostol an, zuckte mit den Schultern. »Ich weiß es noch nicht. Lassen Sie alles verheilen, dann untersuche ich Sie.«

»Akzeptiert. Wir sprechen nicht mehr darüber, bis Sie Gewissheit haben. Ich gewähre Ihnen und angemessener Begleitung jederzeit Zugang zu meinem Schiff.«

»Und ich bestimme, dass die angemessene Begleitung aus bewaffneten Polizeirobotern bestehen wird«, erklärte Apostol und schaute ihrem Bauch direkt in die Augen, um klarzumachen, dass dies nichts war, über das sie verhandeln würde. Quara verhandelte nicht. Der Bauch wippte auf und ab. Ein Nicken.

»Sie muss sich ausruhen«, mahnte Radek. Apostol schaute auf den reglos daliegenden, massigen Körper. Der Kontrast war erstaunlich. Die Dutzenden von Repräsentationen auf den Bäuchen wirkten wach und aktiv, nahmen an der Umgebung teil, beobachteten alles. Das Gesicht Quaras im Original war aschfahl, die Augen geschlossen, die Gesichtszüge erschlafft. Sie selbst war nicht mehr als ein Haufen Fleisch, der hier lag und gebar, eine bittere Laune der Natur – oder eine ebenso bittere Konvention einer Gesellschaft, die zu verstehen Lyma Apostol größte Probleme hatte. Sie ahnte aber, dass auch die Fruchtmutter kein solches Leben führen musste, wenn sie Töchter hätte, die ihr die Last abnehmen würden.

»Doktor Radek lässt eine Sonde hier. Wir übertragen die medizinischen Daten auf die *Scythe*.«

»Gewährt«, murmelte Quara.

»Dann gehen wir.«

»Gewährt«, wisperte sie kaum noch hörbar.

Sie verließen die Halle, begleitet durch ihren Bauch, dessen Repräsentation jetzt wieder ruhte. Sie bestiegen das Beiboot der *Scythe* und nahmen Kurs auf den Polizeikreuzer.

Lyma sah Radek an. »Sie haben etwas auf dem Herzen, Doktor.«

Der Arzt lächelte müde. »Sie haben es mir angesehen?«

»Ich kenne Sie lange und gut. Warum sind Sie nicht gleich mit der Sprache rausgekommen?«

Der Arzt verzog das Gesicht. »Ich bin Mediziner, kein Stratege. Ich habe strategisch wertvolle Informationen. Was mit ihnen zu tun ist, entscheiden Sie, Captain.«

Lyma wurde neugierig. »Raus damit.«

»Das Töchterproblem.«

»Was ist damit?«

»Ich kann es lösen.«

Die Frau sah Radek mit einem wahrscheinlich recht fassungslosen Gesichtsausdruck an. »Wie bitte? Ich bin mir sicher, dass die Skendi lange daran gearbeitet haben!«

»Ich bin mir sicher, dass sie im Wald ihrer Vorurteile, Rituale und Traditionen den richtigen Baum gar nicht haben sehen wollen. Und es ist sicher keine einfache Sache. Ich habe den Eindruck, dass die medizinische Wissenschaft bei den Skendi nicht zu den am weitesten fortgeschrittenen Bereichen gehört. Nach dem, was ich gerade erlebt habe, erstaunt mich das nicht. Aber wir sollten auch sagen: Ehre, wem Ehre gebührt. Ohne die indirekte Hilfe einer bestimmten Person würde ich es nicht wagen, so eine Behauptung aufzustellen.«

»Wessen Hilfe?«

Radek lächelte böse. »Wir dürfen Joaqim Gracen dafür danken.«

»Das ist nicht Ihr Ernst!«

»Oh doch, oh doch.«

Das hörte Lyma Apostol nun gar nicht gerne.

25

»Das höre ich nun gar nicht gerne«, sagte Riem und versuchte, nicht so sorgenvoll dreinzublicken, wie er sich fühlte. Hier, im Kreise der Forscher seiner Station, in die er zurückgekehrt war, nachdem sie den Kern verlassen hatten, fühlte er sich eigentlich recht wohl. Er war unter seinesgleichen, nicht in Bezug auf die Profession, aber was die grundsätzliche Einstellung zu den Ereignissen anging. Keiner hier war ein besonderer Freund der Fruchtmutter oder Saims, und alle waren sehr begierig gewesen, seine genauen Schilderungen des gerade vollendeten Abstiegs zu vernehmen. Es hatte sich eine intensive Diskussion angeschlossen, von der Riem die Hälfte nicht verstanden hatte. Nein, mehr als die Hälfte, wie er zugab. Das machte aber nichts. Das interessierte, ja, leidenschaftlich erfreute Geschnatter der Wissenschaftler hatte einen angenehmen Klangteppich gewoben. Es war nicht um Politik gegangen, um Macht, um erschöpfte Ressourcen, den nahenden

Zusammenbruch und die Tatsache, dass sie auf sich allein gestellt waren – es war um eine echte Sache gegangen, um ein Problem, ein Rätsel, etwas, über das man sich streiten konnte, ohne die Messer zu ziehen und auf sich einzustechen.

Die meisten hier waren auch viel zu alt für so was.

Er musste nicht alles verstehen. Er hörte zu und nickte und ermunterte, er moderierte ein wenig, wenn notwendig. Aber dann war das Gespräch unausweichlich auf andere, sehr ernste Themen gekommen, was zu dem Satz geführt hatte, den er gerade geäußert hatte. Er kam aus vollem Herzen. Riem war es leid. Wie wäre es zur Abwechslung mal mit guten Nachrichten?

»Der Rat hat seit Beginn der Krise jede Hilfslieferung eingestellt«, bekräftigte Soom, der für die logistischen Fragen der Station Verantwortung zeichnete. Der Makay war ein dicklicher Mann mit großen Glubschaugen, die wässrig in alle Richtungen gleichzeitig zu sehen schienen. Er fluchte und meckerte über seine Arbeit, auch wenn sie gut lief, und noch mehr jetzt, wo es Probleme gab. Riem gestand es ihm zu. Es gab genug Anlass für Flüche und Beschwerden. Und die Ursache dafür war Saim, sonst niemand.

»Wie ernst ist es?«

»Wir haben kein Energieproblem, zumindest bis auf Weiteres nicht«, erklärte Soom. »Aber Nahrungsmittel und Ersatzteile – da wird uns bald die Luft ausgehen. Drei Wochen, vielleicht vier. Wenn wir hart beim Essen rationieren, dann fünf.«

»Wir sind alle alt«, kommentierte MarRohd, dessen hagere, fast dürre Gestalt sowieso aussah, als würde sie jederzeit zerbrechen, und dessen grob humanoide Physiologie nur durch die wuchernde, den Leib vollständig bedeckende Haarpracht zusammengehalten wurde. »Wir müssen nicht mehr viel essen.«

»Ich muss«, erinnerte Soom an den erheblichen Grundumsatz seiner Spezies, was das allgemeine Problem für ihn zu einem sehr persönlichen machte. MarRohd sah ihn mit einem Blick an, der deutlich aussagte, was er davon hielt.

»Ein paar Tage mehr oder weniger werden unser Problem nicht lösen«, sagte Riem. »Ich werde die Fruchtmutter und die Kommandantin der *Scythe* um Hilfe bitten müssen.«

Betretenes Schweigen antwortete ihm, und er wusste auch, warum. Die Station hier war so etwas wie ein heiliger Ort. Sie war nie besonders gut ausgestattet gewesen, unter keinem der Ratsvorsitzenden, aber die Wissenschaftler hatten auch niemals Not leiden müssen. Sie alle hatte immer die Hoffnung verbunden, dass dies die Stätte sei, von der eines Tages die Erkenntnis darüber kommen würde, *warum* all dies überhaupt passierte. Wer oder was die Sphäre war und sie erbaut hatte. Es war Saim, der als erster Ratsvorsitzender diesen ungeschriebenen und unausgesprochenen Vertrag zu brechen bereit gewesen war. Und jetzt standen sie vor einer Situation, die vor allem eines verdeutlichte: ihre entsetzliche Hilflosigkeit. Und die des Chefs, Riem, des ehemaligen Gefolgsmannes des Geon, einer Person, deren vollständige Demütigung Saims vorrangigste Absicht war. Riem wusste, dass es nicht mehr lange dauern würde, bis die ersten der verbliebenen Forscher ihm die Schuld geben würden. Er war näher dran. Er war fassbar. Eine gute Gelegenheit, den Frust direkt abzuladen. Riem wappnete sich.

»Wir sind Idioten!«

Riem sah auf, wie alle anderen auch. Die Worte waren von einer Frau gekommen, die sonst eher schweigsam war, zurückhaltend, vielleicht einfach nur blass. Funshi Hatko war eine Marani, eine Zivilisation, die auf sieben kleineren Schiffen existierte, einer kleinen Forschungsflotte, die vor gut 150 Jahren in die Sphäre gelangt war. Die stabförmigen, ausgemergelt wirkenden Marani waren eine belastbare und anpassungsfähige Spezies, und obgleich sie sich nur langsam und sporadisch fortpflanzten – oder vielleicht genau deswegen –, hatten sie sich einen respektierten Platz erarbeitet. Sie waren politisch ebenso zurückhaltend wie in ihrer Art, und sie hatten weder Geon noch Saim jemals offen unterstützt. Sie widersetzten sich auch nicht. Riem fand, dass ihre langen, flexiblen Stabkörper eine gute Analogie boten: Sie bogen sich im Wind der Ereignisse, dehnbar und weit, um zu verhindern, durch den Sturm zerbrochen zu werden. Ob ihnen das auch unter Saim gelingen würde, blieb noch offen. Riem war aber zuversichtlich. Die Marani waren gut im Überleben.

»Wir sind Idioten?«, hakte er also freundlich nach. Funshi Hatko hatte keinen Hass in ihre Worte gelegt. Keine Verachtung. Es war mehr eine allgemeine Anklage gewesen, und sie hatte sich dabei nicht ausgenommen, zumindest hatten es alle so verstanden. Keiner reagierte gereizt, alle richteten sich mit freundlicher Aufmerksamkeit auf die Frau, mitunter dankbar für die Abwechslung. Dass Funshi gar keine »richtige« Wissenschaftlerin war, sondern »nur« eine ausgezeichnete Ingenieurin, machte dabei keinen Unterschied. Sie hatte schon immer der allgemeinen Theoretisiererei einen praktischen Realitätstest entgegengesetzt.

»Das sind wir. Wir haben genug Energie, organisches Material für die Nahrungsmaschinen und wahrscheinlich noch ein paar weitere Ressourcen, die unsere Lage grundsätzlich verbessern können. Gerade unser neuer Vorgesetzter sollte das wissen. Er hat doch eben zu dem Thema vorgetragen, oder bin ich die Einzige, die zugehört hat?«

Riem nickte. Das war Funshi. Es fehlte ihr an Respekt. Niemand sonst wäre auf die Idee gekommen zu sagen, was doch klar auf der Hand lag.

»Der Kern«, sagte er.

»Er ist offen. Holen wir uns, was wir brauchen.«

Ein Raunen ging durch die Runde. Für manche der Anwesenden hatten die Aussagen der Frau einen nahezu blasphemischen Charakter. Sie schauten Funshi böse an, soweit Riem das erkennen konnte. Wenn man ein Dutzend etwas glibberiger Facettenaugen ohne Pupille hatte, wusste man nie, wohin der Betreffende gerade wirklich schaute. Aber bei den meisten war es ganz gut nachvollziehbar.

»Der Kern gehört nicht uns«, sagte Riem.

Funshi ließ das nicht gelten.

»Er ist Teil der Sphäre. Da unten sind nur Tote. Der Kern ist offen. Wir schulden niemandem etwas, nur unserem Überleben sind wir verpflichtet.« Funshi ließ sich nicht aus dem Konzept bringen. Riem spürte, dass sein Respekt für die Frau anwuchs. Sie erinnerte ihn daran, dass auch er einmal ein entscheidungsfreudiger und engagierter Mann gewesen war, der harte Konsequenzen in Bezug auf das gezogen hatte, was er für richtig erachtet hatte. Gut, sich das noch einmal vor Augen zu führen.

»Das ist ... wir können nicht ...«, fasste einer der Älteren sein Unbehagen in wenig kohärente Worte.

»Wir können und wir müssen. Wird Quara uns hindern? Wird sie nicht, sie benötigt Ressourcen, vor allem jetzt, wo es zum Krieg kommt. Wird die *Scythe* uns hindern? Wird sie nicht, denn sie muss auch wissen, was das alles bedeuten soll, und sie braucht Machtmittel, weil man den eigenen Leuten helfen will, die Saim gefangen hält.« Funshi sah Riem an. »Habe ich recht? Lyma Apostol ist keine, die auf ihren Händen sitzt und wartet?«

»Das stimmt«, musste Riem zugeben.

»Dann nehmen wir uns von dort unten, was wir brauchen«, erklärte Funshi in einem Tonfall, als hätte sie damit eine für alle bindende Entscheidung getroffen. Es regte sich nun Widerstand. Anlass für eine endlose Diskussion, die zu nichts führte. Denn Funshi Hatko hatte bei alledem einen zentralen Aspekt übersehen, und sosehr es Riem auch wehtat, ihr in die Parade fahren zu müssen, es war seine Aufgabe, darauf hinzuweisen. Es war erstaunlich genug, dass sie es selbst nicht tat. Aber manchmal war man so betrunken von den eigenen Ideen, dass man das Offensichtliche zu übersehen begann.

Er war ihr nicht böse deswegen.

»Es wird nicht gehen. Es kann gar nicht gehen«, erklärte er. Funshi reagierte nicht wie erwartet. Sie begehrte nicht auf, war nicht verärgert. Sie sah Riem abwartend, fast berechnend an. Riem war Politiker, viel mehr als alles andere. Ihm schoss es sofort durch den Kopf: Sie hatte mit seinem Einwand gerechnet. Nicht mit allgemeiner Ablehnung, mit einem konkreten Gegenargument.

Vielleicht hatte sie doch nichts übersehen.

»Ich höre«, sagte sie.

Jetzt konnte er natürlich nicht mehr zurück. »Wir haben nur theoretisch die technische Möglichkeit, uns dieser Ressourcen zu bedienen. Es gibt weder eine direkte drahtlose

Energieverbindung noch eine Möglichkeit, Materiallieferungen dauerhaft zu organisieren – wir haben nur zwei alte Raumboote, die dafür nicht geeignet sind. Außerdem müssten wir auch für eine drahtlose Energieleitung viel näher heran – hier, in dieser Entfernung, wären die Streuverluste zu groß. Ich habe keinen entsprechenden Emitter da unten gesehen, er wäre zu installieren und mit den Anlagen am Kern zu verbinden. Und was das organische Material angeht ...« Riem wusste gar nicht, wie er sein Unbehagen richtig in Worte kleiden konnte. »Derzeit ist unser Kenntnisstand wirklich sehr begrenzt. Natürlich wird sich das in absehbarer Zeit ändern. Eine zweite Expedition in die Tiefe ist unumgänglich. Aber ehe wir nicht wissen, ob ... Was ich sagen will, ist Folgendes: Zumindest Elissi scheint der Auffassung zu sein, dass dort unten mehr ist als einfach nur eine gewisse Form der Materie. Sie geht, das ist mein Eindruck, von einer Existenz aus, einem Bewusstsein. Jetzt stellen wir uns mal vor, was geschehen würde, wenn jemand an Ihrem Körper herumschnipselt, weil er Hunger hat und nicht glauben kann, dass Sie etwas dagegen haben könnten.« Riem fand mit jedem Wort größeren Gefallen an seinen Argumenten. Und er konnte beobachten, dass viele seiner Kollegen dem ebenfalls einiges abgewinnen konnten.

Funshi sah Riem abwartend an, als wolle sie ihm die Gelegenheit geben, noch etwas hinzuzufügen. Riem aber war der Ansicht, dass alles gesagt sei.

»Ich habe Sie immer als jemanden eingeschätzt, dem es sowohl an Fantasie wie auch an Risikobereitschaft fehlt«, sagte sie dann mit einer Kälte in der Stimme, die Riem stocksteif in seinem Sessel sitzen ließ. »Ihre Worte haben dies nur noch einmal bestätigt, und das ist viel mehr mein Defizit als das Ihre. Ich hätte es gleich sehen müssen. Ich weiß, dass Geon Sie eingesetzt hat und Saim zumindest derzeit keine Autorität hat, diese Entscheidung rückgängig zu machen. Aber das ist sicher nur noch eine Frage der Zeit.«

Riem bemühte sich um Fassung. Funshi war nicht mit ihm und seiner Führung einverstanden. Es fiel ihm schwer, doch sie durfte ihre Meinung haben, und er konnte nicht so tun, als sei sie völlig irrelevant. Er durfte nicht wie Saim handeln und sie einfach erschießen. Dennoch musste er sich diese Worte nicht gefallen lassen.

»Ich kann ...«, hob er an, doch sie schnitt ihm die Gegenrede ab.

»Wir können die Station bewegen. Mehr, als wir denken.«

Stille. Riem schaute Funshi an, als hätte er sie nicht richtig verstanden, aber möglicherweise war das ja auch so.

»Wie bitte?«

»Die Station, in der wir uns befinden – sie ist eigentlich keine Station. Nicht ursprünglich. Hier.«

Auf dem Tisch, um den sie saßen, erschien eine Projektion, die die vertrauten Umrisse ihrer derzeitigen Heimat zeigte.

»Ich habe bereits die ersten Hinweise gefunden, als ich meinen Dienst hier begonnen habe«, erklärte Funshi mit geschäftsmäßigem Tonfall. »Daraufhin habe ich Nachforschungen angestellt, sehr systematisch. Die Bauunterlagen für diese Station existieren nicht mehr, sie ist uralt. Ich habe daher eine genaue Analyse der Anlage durchgeführt. Wir haben keine Scanner, die wir nach innen richten können, und viele der internen Anlagen sind schon lange defekt. Vieles ist an- und umgebaut worden, das verdeckt die

Grundstruktur jedoch nur. Ich habe Sektionen in dieser Station besucht und ausgemessen, die schon viele Jahre niemand mehr betreten hat. Ich habe alles neu erfasst und aufgezeichnet, alte Maschinen auf ihre Funktionsweise hin untersucht, bin Leitungen gefolgt ... es war eine Arbeit, die mich gute zwei Jahre meines Lebens gekostet hat, da ich sie nur in meinen freien Stunden habe vollenden können.«

Riem mochte es nicht, wie die Frau mit ihm geredet hatte. Vor ihrem Einsatz und ihrem methodischen Vorgehen aber musste er Respekt haben.

»Die Station ist ein *Raumschiff*. Ein sehr altes Raumschiff, und ihr Kern entstammt einer Zivilisation, die zu den allerersten gehört haben muss, die die Sphäre betreten haben. Es gibt noch vieles zu entdecken, und ich bin mir derzeit noch nicht sicher, wo die Originalstruktur aufhört und die Anbauten, die über die Jahrtausende ergänzt wurden, angefügt wurden. Ich kann mehr herausfinden, wenn man mir die entsprechenden Mittel an die Hand gibt.«

Sie sah Riem an. »Die Scans der *Scythe* oder der Skendi könnten helfen, wenn man unsere neuen Freunde dazu überreden könnte. Von außen, richtige Tiefenscans, für die wir alle Abschirmungen abschalten. Das wäre sehr hilfreich.«

Riem nickte. Ein logischer Vorschlag, eine bedenkenswerte Vorgehensweise. Sein Unwillen über Funshi schwand. Die Frau sprach klug.

»In jedem Fall können wir die Station *bewegen*. Die eigentlichen Triebwerke sind nicht mehr zu identifizieren, sie wurden eines Tages abmontiert, vermute ich mal, um für die Anbauten Platz zu schaffen. Aber ich habe eindeutig Schwerkraftgeneratoren identifiziert, die mit dem Gravitationsfeld des Kerns interagieren können. Sobald wir diese instand gesetzt haben ...«

»Sollten wir diese instand setzen?«, fragte Riem.

Jetzt unterbrach Funshi ihren Vortrag. »Warum sollten wir das nicht tun?«

»Worauf wollen Sie landen? Auf dem Schutzschirm?«

»Wir machen an der Kernstation fest, verbinden uns mit der dortigen Energieversorgung und nehmen von dort nicht nur die Energie auf, sondern auch alle anderen Ressourcen, inklusive des organischen Materials.« Sie rümpfte die Nase. »Natürlich werden wir dieses vorher untersuchen. Aber ein eigenes Bewusstsein? Ich halte dieses Menschenmädchen für sehr fantasievoll. Ich finde das grundsätzlich ja gut. Ich bemühe mich selbst um meine Fähigkeit zur Imagination. Aber das ist doch ein wenig ... übertrieben.«

»Angesichts Ihrer Idee könnte man über Sie Ähnliches sagen«, gab Riem zurück, bedauerte seine Worte sofort, aber er konnte sie nicht mehr zurücknehmen. Funshi reagierte gelassen oder verächtlich, je nach Sichtweise. Dass sie Riems Autorität nicht so ernst nahm, wie mancher andere das tat, war allen klar geworden. Nun konnte er sie nicht einmal beleidigen.

Das war sowieso eine schlechte Idee. Sie war nicht seine Feindin, und er wollte sie nicht zu einer machen.

»Sie ist besser, als sich auf die Gnade und die Wohltaten anderer zu verlassen – die selbst nicht viel haben dürften.«

»Das stimmt«, räumte Riem ein. »Aber die Abwehrwaffen der Kernstation würden uns zerlegen, wenn wir in die Nähe kommen.«

»Die Station ist besetzt. Wir deaktivieren alles oder zerstören es.«

»Quaras Soldaten haben sie unter Kontrolle, nicht wir«, erinnerte Riem sie.

»Dann sollte unser Anführer seine Fähigkeiten als *Politiker* einsetzen, um sie zur Kooperation zu überzeugen«, erwiderte Funshi. »Damit würde er sich als richtig nützlich erweisen.«

Riem rang erneut ein wenig um Selbstbeherrschung. Er wusste, dass er der Frau nicht auf den Leim gehen durfte. Jedes Widerwort, das nur Ausdruck seiner Demütigung war, würde ihm schaden. Er lächelte sogar, bemühte sich, Gelassenheit auszustrahlen. Eine Beleidigung bedurfte eines Adressaten, der sich die Verletzung zu eigen machte. Er wollte das nicht sein, auch wenn er den erlittenen Schmerz dafür sehr tief vergraben musste.

»Ich werde Folgendes tun, wenn alle einverstanden sind ...« Funshi verzog das Gesicht. Sie wusste, was er da tat. Er verteilte die Verantwortung, lenkte von seiner eigenen Position ab, eröffnete das Spielfeld, auf dem zu viele Figuren standen, als dass sie alle gleichzeitig spielen konnte. Geon hatte das oft gemacht, um Saim auszumanövrieren, damals, in besseren Zeiten. Riem war in dem Spiel nicht so gut wie sein einstiger Mentor, aber gut genug und auf jeden Fall besser als eine Ingenieurin, die mit ihrem Leben offenbar unzufrieden war.

Das nahm er ihr nicht übel. Das war er auch. Nur benutzte er seine Frustration nicht als Waffe gegen andere.

»Ich werde mit den Freunden auf der *Scythe* reden und um die besagten Scans bitten. Das wird etwas dauern, denn es gibt viele weitere Dinge zu erledigen, aber ich bin mir sicher, Captain Apostol wird sich meiner Bitte nicht verschließen. Eine zweite Expedition in die Tiefe ist geplant, und ich schlage vor, dass wir den Vorschlag unserer Kollegin zum Anlass nehmen, die Kernwelt auch im Hinblick auf die mögliche Nutzung ihrer Ressourcen hin zu untersuchen. Dafür wird es notwendig sein, dass wir mit entsprechender Expertise anrücken. Die kann sicher nicht ich bieten, das hat die verehrte Funshi Hatko ja bereits festgestellt.«

Leises Gelächter folgte, nur nicht bei ihr. Über sich selbst Witze zu machen, war eine gute Taktik, um die Stimmung zu heben und die eigenen Sympathiewerte zu verbessern. Riem verbarg seinen Triumph und freute sich, dass die alten und erprobten rhetorischen Mittel weiterhin gut funktionierten. Er war nur ein Politiker? Das stimmte. Aber dadurch verfügte er durchaus über ganz eigene Kompetenzen.

»Ich denke daher, dass die Ingenieurin selbst an der zweiten Mission teilnimmt. Sie kann damit alles vor Ort untersuchen.«

Und war Lyma Apostol und der Fruchtmutter direkt ausgesetzt, die beide hervorragend geeignet waren, ihr die Flügel zu stutzen. Funshi sah ihn gar nicht so feindselig an, wie er befürchtet hatte, eher angenehm überrascht. Er gab ihr Verantwortung. Er ging weiter auf sie zu, als sie möglicherweise erwartet hätte. Das war der richtige Schritt gewesen, das spürte er sofort, als die Runde den Vorschlag beifällig kommentierte.

Die Besprechung endete immerhin etwas optimistischer, als sie begonnen hatte. Dafür mochte Riem Funshi dankbar sein. Aber er wusste, dass die Sache noch nicht ausgestanden war. Funshi Hatko würde wieder das Wort erheben.

Vielleicht war das auch gar nicht so schlecht.

26

»**K**leine Fee! Es ist vollbracht. Die Heilung beginnt.«
Tizia wurde emporgespült aus einer tiefen Umnachtung, die ihr gequälter Geist mit Freude akzeptiert hatte und die er nicht wieder verlassen wollte, wohl wissend, was ihn erwartete.

Nein, er wusste es nicht.

Er ahnte es nicht einmal.

Es war alles noch viel schlimmer.

Tizia war kalt. Die Kälte war psychisch und physisch erfahrbar, wie ein Eisschrank, der sie mit spitzen, kalten Nadeln traktierte, die durch ihre Haut in die tiefsten Schichten ihres Körpers vordrangen und dennoch keine wohltuende Taubheit erzeugten. Sie konnte nicht einmal zittern. Das Gefühl der Kälte umgab sie wie ein steter Kokon, und sie fror nicht, sondern war eher erstarrt, ohne dass sie in der Fluidität ihrer Gedanken, in ihrer Wahrnehmung eingeschränkt schien. Das war die Hölle, nur andersherum, und es war genauso quälend.

Quälend war, dass jede Bewegung ihr endlosen Schmerz bescherte. Ihre Gelenke waren eingefroren, und sie schien tatsächliche oder metaphorische Eiskrusten aufbrechen zu müssen, um auch nur zucken zu können.

Quälend war, dass von ihrem eigentlichen Körper wenig übrig zu sein schien. Die Hälfte des Oberkörpers war noch da, angesetzt an eine schwarze, maschinelle Masse, die ihren Leib nach unten hin fortsetzte. Arme und Beine waren durch schlanke, sehnig wirkende artifizielle Gliedmaßen ersetzt worden, die in einer Art festen Manschette saßen und kaum bewegt werden konnten. Sie schaute an sich hinab und erkannte, dass von ihrem Hals dünne, ebenfalls schwarze Zuleitungen abgingen, die in die Maschine hinter und über ihr führten. Sie waren die Quelle der steten Kälte, die wie flüssiges Eis in ihren gequälten Körper gepumpt wurde.

Quälend war, dass sie Zeugin dieser Vergewaltigung wurde und ihr Bewusstsein nicht in die gnädige Dunkelheit zurückkehren durfte.

Die Maschine unterdrückte jede Panik und Angst, ja, fror sie förmlich ein. Tizia wollte schreien, sie wollte verrückt werden, sie wollte sich selbst aus der Umklammerung der Maschine befreien, die künstlichen Bestandteile herausreißen, auf diesem Tisch hier und jetzt verbluten, wenn dies die einzige Möglichkeit war, diese Folter zu beenden. Doch es ging nicht. *Gar nichts ging.* Kein Schrei, keine Umarmung durch einen gnädigen Wahnsinn, kein Suizid, nicht einmal Verzweiflung. Ja, doch, da lauerte all dies irgendwo in ihrem Bewusstsein, als stetes Unwohlsein, als permanentes Hintergrundgeräusch. Aber ihr Bewusstsein, schwarz, kalt und dunkel, war wie abgetrennt von diesen Emotionen. Tizia war ein Teil der Maschine, wie die Maschine ein Teil von ihr war. Die schwarze Kälte war die Maschine, das gefrorene, weißliche Fleisch der Rest von ihr, und ihr Bewusstsein gefangen in einem Speicher, der es ihr nicht erlaubte, Wachheit durch Wahnsinn zu ersetzen.

Sie war eine Gefangene, und sie war ein Instrument, denn sonst hätte man sich diese Mühe nicht gemacht.

»Ich bin keine Fee«, dachte sie, und sie dachte langsam. Jedes Wort musste sich Bahn brechen, kämpfte sich durch eiskalten Schleim, der sich nur mühsam beiseiteschieben ließ. Ihr Gehirn funktionierte nicht wie vorher, es war schwerfällig geworden, als müsse jeder Gedanke erst einmal seine Berechtigung beweisen, eine Autorisierung erhalten, ehe er gedacht werden konnte. Vielleicht war das auch so. Tizia war nicht mehr die Herrin ihres Körpers, und sie war nur noch in sehr eingeschränktem Maße in Kontrolle über ihr Bewusstsein. Die andere Tizia, die diese Erfahrung schon länger machte, war gar nicht mehr zu hören. Vielleicht war sie tot, hatte den Prozess der Symbiose nicht überlebt. Wahrscheinlich hatte sie damit das gnädigere Schicksal ereilt.

»Du gibst mir Leben und Bestimmung. Du bist so kostbar. Wir kooperieren. Ich gebe dir Heilung. Ich bete dich an«, flüsterte die Stimme direkt in ihrem Kopf, unbeeindruckt von Eis und Kälte. Sie war wie eine schwarze Flamme, die in ihr flackerte, distinkt wahrzunehmen, getrennt von ihr selbst, aber so eng mit ihr verbunden, dass es Tizia eine gewisse Anstrengung kostete, sie nicht für eine Fantasie ihres überreizten Geistes zu halten. Anstrengung. Alles war *anstrengend*. Der Rest ihres Körpers protestierte über die Vergewaltigung, die ihm widerfahren war. Sie spürte Phantomschmerzen in Phantomgliedern, und jedes Mal, wenn ihr wieder bewusst wurde, was ihr genommen worden war, kämpfte eine plötzliche Verzweiflung gegen den Eispanzer um ihr Bewusstsein an, nur um daran erneut zu scheitern. Das perfekte, das absolute Gefängnis. Es gab keine Flucht nach außen und keine nach innen.

»Wir gehen ans Werk«, sagte die Stimme. »Ich habe so lange gewartet, und es gibt so viel zu tun. Du bist der Schlüssel. Entspanne dich, allein deine Anwesenheit genügt. Wehre dich nicht. Ich bin dein guter, guter Freund.«

Tizia wurde für diesen einen Moment von ihrem Schmerz abgelenkt, ihrer Verzweiflung und dem Leid, das ihr Bewusstsein benebelte. Zustimmen? Sie sollte *zustimmen*. Mit einer plötzlichen Klarheit empfand sie in sich die Gewissheit, dass das keine Floskel war, kein böser Scherz, kein amüsantes Wortspiel, mit dem ihr eine Autonomie zugestanden wurde, die sie doch gar nicht hatte.

Das war ernst gemeint.

Woher nahm sie diese Sicherheit? Tizia wusste es nicht. Sie leuchtete in ihr mit einer beruhigenden Kraft, ließ sie sich für einen Moment beinahe normal fühlen, und sie klammerte sich daran fest wie eine Ertrinkende an die Rettung.

»Nein«, formulierte sie bewusst in Gedanken. »Nein, ich stimme nicht zu.«

Stille folgte. Dann das Wispern in ihrem Kopf.

»Stimme zu, kleine Fee. Ich werde dir dann Frieden geben. Einen tiefen Schlaf mit süßen Träumen. Heilung vor allem. Siehst du nicht, wie schwer du verletzt bist? Zwei Feinde haben dir genommen, was dein ist. Ich gebe es dir zurück, tausche meine Gnade gegen einen kleinen Dienst.«

Ein verlockendes Angebot. Von dieser Existenz enthoben zu werden und nichts mehr zu spüren. Alles aus dem Gedächtnis zu wischen, was mit ihrer derzeitigen Situation zu tun hatte. Eine wunderbare Verheißung. Tizia verlangte es danach, mit jeder Faser ihres Körpers, doch sie fand in sich eine erstaunliche, nahezu überwältigende Willenskraft, ihr dennoch zu widerstehen.

Was für ein Dienst? Was wollte die verdammte Maschine von ihr?

»Nein, ich stimme nicht zu.«

»Liebes Kind, liebes Kind«, flüsterte es in ihren Gedanken. »Was tust du nur? Ruhe und Frieden, Entspannung und Gnade, kein Schmerz, kein Leid, ich verspreche es dir. Köstliche Labsal, großes Vergessen, du sollst es haben. Dein Leid dauert mich. Ich will es dir nehmen, kleine Fee. Stimme nur zu.«

»Wem oder was soll ich zustimmen?«

»Deiner Ruhe, deiner Erlösung. Heilung und Kooperation. Segen und Errettung. Sag Ja, und ich schenke dir die Befreiung.«

Erneut fühlte Tizia sich versucht, wollte diesem wunderbaren Versprechen Glauben schenken. Ja, sie war sich sogar sicher, dass es eingehalten werden würde, dass es sich nicht um eine Lüge oder Täuschung handelte. Würde sie erst zustimmen, hatte diese unerträgliche Situation ein Ende! Doch der Preis ... woher nur wusste sie, dass der Preis möglicherweise zu hoch war? Viel zu hoch!

Sie hätte ihn trotzdem bezahlt.

Sie konnte nur nicht.

Ein jedes Mal, wenn ihre Gedanken in diese Richtung wanderten, schob sich ein eiserner Riegel vor ihr Bewusstsein, eine starke Macht, die ihr alles ließ, nur das nicht: zuzustimmen. Sie brachte es nicht hervor. Es kam nicht zum Ausbruch. Sie merkte, dass da noch etwas war, nicht nur die

Maschine. Als ob verschiedene Herren in ihrem Kopf säßen und auf ihre Kosten einen Streit austrugen.

Sie saß in einem weiteren Gefängnis, nur diesmal mit einem anderen Wärter, den sie genauso wenig kannte wie die An'Sa-Technologie. Tizia war endgültig und absolut zum Werkzeug fremder Mächte geworden, und sie war sich in diesem Moment der Klarheit in ihrer Abneigung und dem wachsenden Hass auf ihre Peiniger mit der anderen Tizia einig.

Es half nichts.

»Ich stimme nicht zu!«, war der Satz, den zu denken ihr gestattet wurde, und so dachte sie ihn. Nun erwartete sie Bestrafung, noch größeres Leid für ihre mangelnde Kooperation. Doch nichts dergleichen geschah. Ihr war weiterhin kalt, sie war weiterhin bewegungslos, und sie hasste sich, wo sie war, wie sie war und was aus ihr wurde, und mit dem Hass blieb sie allein, denn da war keiner, der an ihrer Seite stand.

Und keiner, der sich darum kümmerte, was sie empfand.

»Ich stimme nicht zu!«, sagte sie laut und merkte zu ihrer Überraschung, dass ihre Stimmbänder funktionierten, kratzig, schmerzhaft, aber echten Schall produzierten, mit ihrer eigenen Stimme, und das war etwas sehr Angenehmes, etwas, mit dem sie nicht gerechnet hatte. Sie trug keinen Druckanzug mehr, und doch rang sie nicht nach Luft. Was immer mit ihr passiert war, es enthob sie dieser Sorge.

Die eigene Stimme zu hören, wie sie Nein sagte, gab ihr ein wenig von dem Selbstbewusstsein zurück, das ihr genommen worden war.

»Oh, kleine Fee, was haben sie mit dir gemacht?«

Das verstand Tizia nicht. Wer sollte etwas mit ihr gemacht haben?

»Ah, ich sehe, ich sehe. Ja, zwei taten es, krude und nicht so krude, oberflächlich und tief in dir. Das steckt tief, sehr tief in dir. Die Heilung dauert, kleine Fee.«

Die Stimme sprach zu sich selbst, ein Gemurmel, das Tizia mal verstand und mal nicht, und sie fühlte sich gleichermaßen verwirrt wie überfordert.

»Wer bist du?«, formulierte sie in Gedanken. »Was geschieht hier?«

»Stimme zu und erfahre alles«, lockte die Stimme, nutzte ihr neu erwecktes Interesse für ein weiteres Angebot, das Tizia, ob sie es nun wollte oder nicht, einfach nicht annehmen konnte.

»Ich stimme nicht zu!«, kam es aus ihr heraus, wie ein Automatismus, die Bestätigung einer Programmierung, über die sie keinerlei Kontrolle hatte, Opfer und Sklavin zweier Herren.

Tizia wollte das alles nicht mehr.

»Dann musst du mir auch so helfen. Und ich gebe dir den Schlaf nicht, nach dem du verlangst.«

Eine erneute Grausamkeit?

»Nein, kleine Fee. Erkenne dich selbst. Ich helfe dir dabei, sosehr es auch schmerzen wird. Doch erst hilfst du mir zu tun, was zu tun ist. Der Sonnenherr verlangt es.«

Tizia schluchzte, erneut ein echter Laut, der sich spürbar ihrer Kehle entrang, ein kurzes Gefühl qualvoller Vertrautheit.

Sie wollte das alles nicht mehr hören.

27

»Saiban, ich bin deiner Meinung«, erklärte Lyma Apostol und nickte ihrem Stellvertreter aufmunternd zu. Er hatte ihr gerade einmal mehr verdeutlicht, warum er es für notwendig hielt, die Suche nach Joaqim Gracen nicht völlig aus den Augen zu verlieren. Es war ein Thema, das ihn sehr beschäftigte und das er immer wieder auf den Tisch brachte. Sie musste sich ein wenig überwinden, sich wieder ernsthaft damit zu befassen, aber sie war Snead im Grunde dankbar, dass er nicht lockerließ. Er führte sie auf den rechten Pfad zurück. Dafür war er ihr Stellvertreter, genau das war seine Aufgabe.

»Ich finde die Idee, dass Elissi oder Jordan in Wirklichkeit jemand wie Gracen sein könnten, sehr verstörend, aber deine Logik ist unwiderlegbar. Wie finden wir zielsicher heraus, dass einer der beiden ein gentransformierter Massenmörder ist – möglichst ohne sie auf die Ermittlung aufmerksam zu machen? Denn ich hätte gerne so etwas wie ein

Vertrauensverhältnis bewahrt, falls sie unschuldig sind.« Sie machte eine betonte Pause. »Wovon ich übrigens ausgehe, ganz im Vertrauen.«

»Hoffnung ist manchmal kein guter Ratgeber«, erinnerte Snead sie und machte ein verständnisvolles Gesicht. »Aber ich verstehe dein Ansinnen, Lyma. Und gerade Elissi scheint ja eine sehr seltsame Bedeutung zu haben. Wenn, dann setze ich mein Geld eher auf Jordan. Aber ich würde mich wie du freuen, wenn wir die beiden von der Liste streichen könnten. Wir haben das in der Hand.«

»Was hast du dir überlegt?«

Snead lehnte sich zurück. »Willst du nicht, bevor wir das klären, über die Kontaktaufnahme mit Horana LaPaz sprechen? Ich habe dir die Aufzeichnung vorgespielt.«

Apostol verzog das Gesicht.

»Und für sie und ihre Auftraggeber bin ich immer noch unerreichbar. Warum belassen wir es nicht noch für eine Weile dabei? Ich weiß derzeit noch nicht, was ich ihr sagen soll. Ich möchte mich mit Quara besprechen und mit Riem, und beide sind derzeit beschäftigt. Die zweite Expedition zum Kern ist vorzubereiten. Und dann wären da noch die Neuankömmlinge.«

Snead seufzte. Die Situation schien täglich komplizierter zu werden. Worauf Lyma Apostol sich bezog, war die Tatsache, dass vor zwei Standardtagen ein Raumschiff der Ghurri eingetroffen war, ein großer Kreuzer, offenbar ein Frachtschiff und ein Klient der Fruchtmutter, der sich nicht dem Rat angeschlossen hatte. Die Ghurri hatten nach dem Ende der Dagidel geschlossen, dass sie möglicherweise als Nächstes auf der Abschlussliste stünden, und daraufhin das Weite gesucht. In diesem Fall hieß dies, sich dem einzigen

Schutzfaktor anzuschließen, den es gab. Und die Ereignisse am Kern sprachen sich in der Sphäre herum, manchmal gewürzt durch Saims Propaganda, manchmal auch so. Der Kommandant der Ghurri, ein männliches Wesen, das sich »Koordinationsassistent« nannte und eine genauso bürokratische Ausstrahlung hatte wie sein seltsamer Titel, lieferte lange Berichte über die Zustände in der Sphäre, und unter der Kruste übertrieben blumiger Wendungen entfaltete sich eine Geschichte einer Gefangenengesellschaft im Aufruhr, in der sich neue Bündnisse und neue Strukturen abzeichneten – und Bewegung.

Bewegung in Richtung des Rates.

Bewegung von ihm fort, um nicht zum Opfer zu werden.

Bewegung zum Kern als einem scheinbar sicheren Zufluchtsort. Die Fruchtmutter wurde zum Machtpol, und mit ihr die *Scythe*, ob sie es wollten oder auch nicht. Der Kern des Widerstands. Die Hoffnung der Bedrohten. Apostol fühlte sich in dieser Rolle sehr unwohl, das wusste auch Snead.

»Eins nach dem anderen also«, fuhr die Kommandantin in bedächtigem Tonfall fort. »Wie entdecken wir Gracen?«

»Wir haben uns intensiv mit den vorliegenden Unterlagen zu der Maschine beschäftigt, die er auf dieser Raumstation zusammengesetzt und benutzt hat. Da wir einen vollständigen forensischen Scan durchgeführt haben, verfügen wir über umfassende Informationen.« Snead grinste. »Wir könnten sie sogar nachbauen und scheißereich werden, wenn wir jemals ins Konkordat zurückkehren sollten.«

Die Kommandantin lachte erst auf, dann sah sie ihn forschend an. Eine plötzliche Stille kehrte ein, denn der letzte Satz hatte sie beide an etwas erinnert, das sie weitgehend verdrängt hatten.

»Du glaubst nicht daran«, sagte sie dann leise.

Sneads Gesichtsausdruck war die Antwort anzusehen, ehe er sich äußerte. »Nein. Du?«

»Ehrlich gesagt – nein.« Sie seufzte. »Für uns beide ist das vielleicht nicht so schlimm. Wir haben beide keine großartige Familie, die auf uns wartet.«

»Mein Bruder ist ein Arsch. Möge ich ihn niemals wiedersehen!«, bestätigte Snead mit dem schwachen Versuch, einen Scherz zu machen.

»Über mich müssen wir ja nicht reden«, erwiderte Apostol. Die Mannschaft der *Scythe* war ihre Familie, wenn es überhaupt eine gab. »Aber die anderen ... für sie ist es schwer. Irgendwann wird es durchsickern, und wir werden uns damit befassen müssen. Diese Perspektive löst bei mir größte Hilflosigkeit aus, Saiban.«

Snead nickte. »Bei mir ist es nicht anders. Wir müssen damit umgehen, wenn es geschieht. Am Ende ist es ein Schmerz, den jeder für sich verarbeiten muss. Die Frage ist für mich nur, wie und wie lange die Mannschaft in einer solchen Situation als Einheit funktionieren wird.«

»Lange. Disziplin und Notwendigkeit bieten Trost und Halt.« Apostol stockte. »Glaub mir, ich weiß, wovon ich rede.«

Wieder ein Moment unangenehmer Stille. Der Frau entging nicht, dass Snead sie mit Mitleid im Blick ansah. Sie mochte kein Mitleid. Sie hasste es geradezu. Von diesem Mann aber wollte sie es akzeptieren, sonst wurde sie endgültig zum Roboter, zu dem ihre ... Erschaffer sie einst hatten machen wollen.

»Was habt ihr gefunden?«, fragte sie, um zurück zum Thema zu kommen.

»Wir haben es erst übersehen, bis die KI uns auf eine winzige Diskrepanz aufmerksam gemacht hat. Ich habe es nicht genau verstanden – ich bin kein Genetiker –, aber es ist wohl so: Der Transformationsprozess ist vollständig und umfassend, die DNA wird neu geschrieben. Aber wie wir mittlerweile wissen, bilden sich Lebenserfahrungen in der DNA ab, und sie verändern uns und unseren genetischen Schlüssel. Gracen wollte natürlich, dass seine Persönlichkeit sich nicht grundsätzlich verändert, er wollte der Alte bleiben. Gleichzeitig musste er aber verhindern, dass bei einem entsprechenden Test Diskrepanzen deutlich werden, die auf seine alte Identität hinweisen. Er hat dieses Problem umgangen, indem er eine Art genetischen Gedächtnisspeicher entwickelt hat – oder vielmehr: indem die Maschine einen solchen anlegt, sobald eine gewisse Transformationsschwelle überschritten ist und sie annehmen muss, dass es zu massiven Persönlichkeitsveränderungen kommen kann. Er liegt im Nervensystem, in der Wirbelsäule, und sorgt dafür, dass sich der Körper an das alte Ich gewissermaßen erinnert. Ich weiß wirklich nicht, wie ich es besser ausdrücken soll. Bei einem normalen DNA-Test fällt das nicht auf. Man muss Rückenmarkflüssigkeit entnehmen, um es zu entdecken. Die bloße Existenz dieses Speichers beweist bereits, dass eine umfassende genetische Transformation stattgefunden hat. Es ist der einzige zweifelsfreie Weg, um es herauszufinden.«

»Du hast hervorragende Arbeit geleistet – du und alle anderen«, sagte Apostol beeindruckt. »Nun müssen wir nur noch ...«

»Ist bereits geschehen.«

Snead holte eine zusammengefaltete Plastikfolie hervor und legte sie vor sich auf den Tisch.

»Routinemäßige Quarantäneuntersuchungen nach eurer Rückkehr aus dem Kern. Bei dir haben wir den üblichen Scan gemacht. Elissi und Jordan haben wir vorgespielt, es sei eine gründliche Untersuchung notwendig. Wir haben sie dabei in den Körperscanner gesteckt und kurzzeitig betäubt, ›weil das schneller geht‹, und die Flüssigkeit entnommen, ohne dass sie es bemerkt haben. Sie wissen von nichts. Die Ergebnisse liegen seit eben vor.«

»Und?«

Snead schob die Folie in ihre Richtung. »Keine Ahnung. Ich wollte dir die Freude lassen.«

»Du bist ein grausamer Mensch«, sagte die Kommandantin, zögerte nicht, entfaltete die Folie, las. Snead beobachtete sie aufmerksam, nickte dann.

»Sie sind es nicht«, sagte er. »Ich sehe es dir an.«

»Du kennst mich zu gut. Ja, ich bin erleichtert, ich gebe es zu. Das Ergebnis ist negativ, also für uns positiv. Jordan und Elissi sind absolut echt.« Apostol legte die Folie wieder hin. »Saiban, ich möchte, dass dieser Test bei *allen* Besatzungsmitgliedern gemacht wird. Ich weiß, ich höre mich paranoid an ...«

»Ich habe es bereits angeordnet. Jeder ist bereit. Jeder ist froh, wenn der Verdacht nicht auf ihn fällt. Allein das ist schon ein Hinweis darauf, dass keiner von uns Joaqim Gracen ist. Ach so ...«

Eine weitere Folie, ein weiteres Ergebnis. Lyma wusste schon, was es war.

»Ich bin es auch nicht«, sagte Snead lächelnd. »Frag die KI.«

»Ich werde den Test auch machen«, kündigte die Kommandantin an. »Niemand ist ausgenommen. Das müssen auch alle wissen, sonst ist er nicht legitim.«

»Wenn keiner von uns Gracen ist und er noch lebt, dann muss er an Bord der *Licht* sein«, schloss Snead.

»An die Leute werden wir so bald nicht herankommen.«

»Nein, vielleicht nicht. Aber wir wissen jetzt, wie wir ihn enttarnen können. Ich werde unseren Feldscher bitten, eine Methode zu entwickeln, die wir auch mobil einsetzen können. Er hat mir versprochen, sich darum zu kümmern, und ich bin zuversichtlich.«

»Ausgezeichnet.« Sie wollte noch etwas sagen, aber ein Signal lenkte sie ab. Die Brücke meldete sich, und anstatt einer Meldung baute sich eine Projektion aktueller Ortungsdaten vor ihr auf.

Beide betrachteten sie für einen Moment. Die Darstellung war nicht falsch zu interpretieren. Der einmal begonnene Prozess setzte sich fort, und er wurde schneller.

»Drei Schiffe sind neu eingetroffen und nähern sich dem Kern.« Lyma Apostol runzelte die Stirn. »Kein Angriffskurs und sehr kontrollierte Geschwindigkeit. Die KI identifiziert sie als zwei Einheiten der Skopel und ein Schiff der Hadari. Weitere Verbündete der Fruchtmutter, nehme ich an?«

»Es gibt heftigen Funkverkehr mit Quaras Schiff«, bestätigte Snead, der seine mobile Komm-Einheit bemühte. »Ich gehe mal davon aus. Wir fangen an, hier eine ganze Flüchtlingsflotte zu versammeln. Je stärker Saim vorprescht, desto mehr werden seine Gegner zurückweichen und diesen Ort als Kristallisationspunkt anfliegen. Das wird sich noch potenzieren, geht er erst gegen entbehrliche Mitglieder seines eigenen Rats vor.«

»Das macht er erst, wenn er Quara vernichtet hat«, mutmaßte die Kommandantin.

»Ich setze nicht einen Taler auf Saims Vernunft und strategisches Genie«, widersprach Snead und sah auf. »Er ist von einer Vision erfüllt, die darauf beruht, alles kurz und klein zu schlagen, um aus den Trümmern eine neue Gesellschaft zu erschaffen. Solche Leute gab es in unserer eigenen Geschichte auch mehr als genug. Wir wissen, wie das ausgegangen ist – und ab welchem Zeitpunkt diese großartigen Visionäre endgültig den Verstand verloren haben.«

»Ich kann dir nicht widersprechen«, gab Apostol zu. »Aber wir sollten keine naiven kulturellen Übertragungen machen, mein Freund. Was auf der Erde galt, auf einer Welt de facto ohne Grenzen, kann hier gut ganz anders verlaufen, nach anderen Gesetzmäßigkeiten. Hüte dich vor voreiligen Schlussfolgerungen.«

»Ja? Voreilig?« Snead war nicht überzeugt. »Wir reden hier doch nicht über instinktgesteuerte Halbwilde. Das sind alles hochtechnologische Zivilisationen, vernunftbegabte Wesen, die die Naturgesetze erforscht und begriffen haben und die in einer feindlichen und komplexen Umwelt wie dieser oft über Generationen überlebten! Auch hier gelten die Prinzipien von Ursache und Wirkung, und wie wir wissen, hat Macht eine ähnliche Bedeutung, wird ähnlich gebraucht und missbraucht. Ich räume jederzeit ein, dass es Unterschiede gibt. Aber das gemeinsame Überleben, diese ständige Bedrohung, das fokussiert die Aufmerksamkeit doch sehr. Soweit ich weiß, sind all jene der Gefangenen, die sich nicht zumindest ein wenig in die Strukturen innerhalb der Sphäre eingefügt haben und gewisse Spielregeln befolgten, früher oder später untergegangen. Selbst zu friedlichen Zeiten agierten sie meist innerhalb eines gleichermaßen formalen wie informellen Netzwerkes an Kooperation und

Kommunikation. Nein, Lyma, ganz im Ernst: Ich bin nicht naiv. Ich bin der festen Überzeugung, dass jede weit entwickelte Zivilisation ab einem gewissen Reifegrad letztlich in sehr ähnlichen Bahnen denkt und handelt – einfach, weil sie sonst in diesem Universum und unter diesen Bedingungen nicht überleben würde. Das gilt übrigens auch außerhalb der Sphäre.«

Apostol sah ihren Stellvertreter halb amüsiert, halb überrascht an. Sie hatte nicht damit gerechnet, dass er sich so tief gehende Gedanken über diese Dinge machte, und sie entwickelte neuen Respekt vor ihm. Menschen wuchsen manchmal mit ihren Aufgaben, das war mehr als nur eine dumme Floskel, und sie selbst war ein gutes Beispiel dafür, wie sie in aller Bescheidenheit festhielt. Aber nicht nur sie.

»Du bist ein schlauer Mann«, sagte sie lächelnd.

»Und gut aussehend.«

»Und du übertreibst es immer gleich.« Ihr Lächeln wurde breiter. »Was noch?«

»Ich habe sonst nichts.«

»Dann bleibt noch eine Sache, in der wir bald eine Entscheidung treffen müssen. Die Fruchtmutter.«

»Es geht ihr besser.«

»Viel besser. Und sie wird weiter gebären können, ob das nun ein Segen oder ein Fluch ist.«

»Diese tragische Geschichte kann sich wiederholen.«

Lyma seufzte. »Mehr als nur das. Ich denke, das ganze Leben Quaras ist eine tragische Geschichte. Und jetzt kommen wir ins Spiel. Ich hatte ein langes Gespräch mit Radek, und es ging darum, dass er eine Behandlungsmethode gefunden hat, die es Quara ermöglichen wird, völlig gesunde und handlungsfähige Töchter zu gebären. Er konnte dank der Daten des Gentransformators, unseres forensischen Tiefenscans von Gracens Gerät und der Tatsache, dass wir auf diese Weise in der Lage sein dürften, eine kleinere Version der Anlage nachzubauen, eine Lösung finden. Deswegen habe ich vorhin gelacht, als du meintest, wir könnten reich werden. Das wird wohl nicht passieren. Aber wir können die Softwareroutinen der Transformationsmaschine benutzen, um Quara zu helfen. Wenn du so möchtest, eine künstliche Befruchtung mit Prinzen-DNA erreichen.«

»Lass mich gleich den Finger auf das Problem legen: *Tabu, Tabu.*«

Apostol nickte. »Davon gehe ich aus. Ich habe es aber noch nicht mit ihr diskutiert. Quara weiß nichts davon. Es wird Zeit brauchen, aber es geht vor allem um die Geste. Wir öffnen ihr eine Perspektive, geben ihr ein Geschenk. Symbolische Politik. Die Hand der Freundschaft. An so was denke ich.«

Snead schaute seine Chefin nachdenklich an. »Und ich ahne, warum du noch nicht mit ihr darüber geredet hast. Du hast einen Trumpf in der Hand. Willst du ihn ausspielen, weil du eine nette Frau bist und Quaras Geschichte sehr tragisch ist, oder willst du eine Gegenleistung haben?«

Die Polizistin schüttelte entschieden den Kopf. »Nein, das ist nicht die Frage. Egal ob ich mit ihr verhandle oder nicht, sie wird in meiner Schuld stehen. Und ich bin mir sicher, dass sie das ebenso versteht wie ich. Quara ist uns durch unseren medizinischen Einsatz bereits verpflichtet. Wir würden die Schuld nur vergrößern. Ich bin mir nicht einmal sicher, ob eine sehr selbstbewusste und machtvollkommene Frau wie sie darauf nicht irgendwann eher gereizt reagieren würde. So was kann bei manchen Leuten umschlagen.«

»Eine Befürchtung, die nicht von der Hand zu weisen ist«, sagte Snead leise. »Was aber ist deine Frage, wenn nicht das?«

»Wollen wir das überhaupt?«

Snead runzelte die Stirn, lehnte sich zurück, brauchte einen Augenblick, bis er langsam nickte.

»Ich verstehe. Töchter würden sie mächtiger machen. Sie könnte viel mehr Drohnenmänner kontrollieren, sie würde dynastisch denken, könnte eine Nachfolgeregelung erwägen. Andere Schiffe leicht direkt kontrollieren, durch absolut vertrauenswürdiges Personal – ohne selbst alles im Mikromanagement steuern zu müssen.«

»Wir würden ein wenig die Büchse der Pandora öffnen.«

»Ja, ich sehe die Gefahr auch.« Er beugte sich wieder nach vorne und verschränkte die Hände vor sich auf dem Tisch. »Aber ich sehe auch die Chancen. Ihre verbesserten Möglichkeiten könnten langfristig unserem Überleben dienen. Sie handelt definitiv rationaler – in unserem Sinne! – als Saim. Im Zweifel ist sie das kleinere Übel. Wir werden sie so oder so niemals kontrollieren können. Und wie schon gesagt: Sie würde es uns verdanken. Ich bin mir nicht sicher, ob der potenzielle Nachteil tatsächlich größer wäre als der Vorteil. Tatsächlich glaube ich, dass wir am Ende mehr gewinnen als verlieren werden. Es ist ein Sprung ins kalte Wasser, aber der Vertrauensvorschuss geht in beide Richtungen. Ich halte Quara für geistig flexibel.«

»Das ist ein klares Votum«, erkannte Apostol an. »Ich kann es nachvollziehen, möchte aber noch weitere Meinungen einholen. Ich werde sicher bald entscheiden. Wir können es uns nicht leisten, so etwas auf die lange Bank zu schieben. Irgendwann könnte sonst eine Situation eintreten, in der es uns überhaupt nichts mehr nützen würde, weil eh schon alles den Bach runtergegangen ist.«

Snead hob die Augenbrauen. »Bist ein Sonnenschein, Lyma, wie immer.«

»Nichts ist mir wichtiger als die Moral meiner Crew.«

Ihr Stellvertreter erhob sich, sah sie mit einem plötzlichen Ernst lange an, nickte ihr langsam zu.

»Das werden wir noch sehen«, sagte er orakelhaft und ging, ehe sie reagieren konnte.

28

Elissi sah Funshi Hatko an, dann machte sie einen Schritt auf Jordan zu, senkte ihren Kopf und flüsterte in einem verschwörerischen Tonfall: »Ich glaube, sie mag uns nicht.«

Jordan war sich nicht sicher, woran Elissi das erkannte, denn seine Freundin war für vieles bekannt, aber nicht notwendigerweise für ihre Einfühlsamkeit. Das galt für Menschen, und Hatko war nicht einmal einer. Aber in diesem Fall war er bereit, ihr zuzustimmen. Die Ingenieurin war eine überraschende Ergänzung ihres Teams geworden, und die Frau wirkte im ersten Eindruck etwas kalt und unnahbar. Soweit Jordan es verstanden hatte, war sie von Riem mitgeschickt worden, weil sie bestimmte Vorschläge vorgebracht hatte und diese nun auf ihre Umsetzbarkeit prüfen sollte – so jedenfalls erklärte es Lyma Apostol, die die beiden Studenten einem kurzen Briefing unterzogen hatte. Andererseits war die Frau mit interessanten Neuigkeiten gekommen, die im Trubel der Vorbereitungen ein wenig unter die Räder gekommen waren: Die Forschungsstation war auf der Kernzelle eines alten Raumschiffes gebaut, und Hatko hatte die Absicht, im Zweifelsfall direkt an der Kernanlage zu docken, wenn die Soldaten der Fruchtmutter die Abwehrmechanismen ausschalteten.

Da Quara derzeit noch mit ihrer Rekonvaleszenz beschäftigt war, hatten diese Pläne noch keine Priorität. Für die Wissenschaftler ging es aber um viel, da ihnen die Vorräte ausgingen. Und Funshi Hatko schien diese Notwendigkeit mit einer gewissen Arroganz zu verbinden, die selbst Elissi nicht entging. Das hieß schon einiges.

Gut, dass man sie mit ihr nicht alleine ließ.

Der Resonanzbauch sah Elissi an. Er suchte bewusst die Nähe der jungen Frau, seit sie sich in der Nähe des Fahrstuhls zum zweiten Abstieg versammelt hatten, und Jordan ahnte, warum das so war. Die Fruchtmutter sah in seiner Freundin etwas Besonderes, und das war auch zu erwarten gewesen. Sie wollte alles über sie erfahren, und dementsprechend fokussierte der Bauch seine Aufmerksamkeit auf sie. Darüber hinaus hatte Jordan den Eindruck, als habe der Drohnenmann noch einen zweiten Auftrag: Elissi zu beschützen.

Damit konnte Jordan gut leben, solange nicht er selber als Bedrohung wahrgenommen wurde. Er war Beschützer Nummer eins, viel mehr bekam er ja nicht.

»Wir sind dann vollständig«, sagte Dr. Radek, der Bordarzt der *Scythe*, der sie diesmal begleiten würde. »Captain Apostol wird im Schiff bleiben, dafür bin ich dabei, denn es scheint, als gäbe es da unten möglicherweise Arbeit für einen Mediziner. Und für einen Taucher.«

Der Arzt, bisher eher schweigsam, nickte ihnen allen zu. Er hatte offiziell die Leitung der Expedition inne, und da Jordan von seinen Taten zur Rettung Quaras gehört hatte und der Resonanzbauch ihn mit größtem Respekt behandelte, gab es dagegen wohl nichts einzuwenden.

Radek hob mit einer Hand das dicht verpackte Bündel hoch, das er mit spielerischer Leichtigkeit trug, obgleich es von beachtlichem Gewicht war. Immer wenn Jordan es sah, schlug sein Herz schneller. Apostol hatte ihr Versprechen eingehalten und die Materialdrucker der *Scythe* genutzt, um eine hoch professionelle Tauchausrüstung herzustellen, inklusive eines perfekt auf Jordans Körpermaße abgestimmten Anzugs, der ihm Schutz vor vielfachen Gefahren gewähren würde. Jordan war begeistert. Sie hatten die technischen Feinheiten mit einer mehrfachen Beschichtung überzogen, basierend auf Inqs Messungen, aber in dem Bewusstsein, dass dies möglicherweise nicht ausreichen würde. Es bestand die Gefahr, dass die ganze Hochtechnologie weiterhin beeinträchtigt sein würde – und für den Fall würde der Anzug auch ohne auskommen, inklusive der Versorgung mit Atemluft.

Jordan war froh über das neue Spielzeug. Es war das schönste Geschenk, das man ihm hätte machen können, auch wenn der Anzug ihm formal gar nicht richtig gehörte.

Er hatte die Tauchgänge in seiner Heimat schmerzlich vermisst. Er würde in eine potenziell feindliche und ganz sicher sehr seltsame Welt hinabgleiten, aber das war ihm in dem Moment egal geworden, als er den Anzug das erste Mal anprobiert hatte.

»Noch Fragen?«

Sie alle waren nach bestem Wissen ausgerüstet. Radek hatte formal das Kommando, doch Jordan war sich nicht sicher, was das wert war. Jordan würde ihm gehorchen, möglicherweise auch der Bauch, der ohnehin in der Tiefe den Kontakt zu Quara verlor, wenn sich alles so wiederholte wie beim ersten Mal. Hatko war eine ganz eigene Nummer, ihr Missfallen konnte zur Aufsässigkeit führen, und Jordan hegte Befürchtungen, was das anging. Elissi war ebenfalls, das musste er einräumen, manchmal ein wenig unberechenbar. Wenn er dabei war, blieb alles unter Kontrolle. War er aber erst einmal zu seinem Tauchgang aufgebrochen, konnte es problematisch werden. Niemand wusste genau, durch was oder wen Elissi getriggert werden konnte, sich unorthodox zu benehmen. Jordan hatte Radek gebeten, ein Auge auf sie zu haben, und er hatte es ihm versprochen.

Das beruhigte ein wenig.

Niemand hatte Fragen. Oder vielmehr: Alle hatten dermaßen viele, ohne jede Aussicht, hier und jetzt eine Antwort zu erhalten, dass sich die Mühe nicht lohnte, sie zu stellen.

Sie bestiegen den Fahrstuhl, und Elissi aktivierte die Kapsel. Obgleich die meisten von ihnen diese Reise bereits einmal gemacht hatten, starrten sie alle gleichermaßen auf die wogende Masse des organischen Materials unter ihnen.

»Es ist nicht wärmer geworden«, bemerkte Radek, der als Einziger noch nicht dabei gewesen war und seine bisherigen Eindrücke aus den gemachten Aufzeichnungen gewonnen hatte. »Vielleicht hat was auch immer jetzt Betriebstemperatur erreicht.«

»Es ist bereit und wartet«, sagte Elissi beiläufig.

»Auf was?«, fragte Jordan, der vermutete, wieder etwas nicht richtig mitbekommen zu haben, was allein seiner Freundin aufgefallen war.

»Auf mich. Und auf dich«, erwiderte sie. Jordan runzelte die Stirn.

»Auf Radek nicht?«

»Auf mich. Und auf dich.«

»Was macht Sie so sicher?«, fragte Radek interessiert und keinesfalls neidisch, in dieser Aussage nicht einbezogen worden zu sein.

»Ich bin mir nicht sicher, aber die Indizien weisen darauf hin«, bemühte sich Elissi um eine Erklärung. Ihrem Tonfall war anzuhören, dass ihr diese ein wenig lästig war, sie sprach geduldig, als würde sie einem unverständigen Kind etwas erläutern. Falls Radek das merkte – Jordan ging davon aus, es war wirklich kaum zu überhören –, so ließ er sich nichts anmerken. Wenn man alle Mitwesen gewissermaßen als Patienten ansah, konnte man sich diese emotionale Distanz sicher gut leisten. Egal was diese zu einem sagten, es war immer nur ein Symptom für irgendwas.

»Welche Indizien?«, ließ der Arzt nicht locker. Er wirkte nicht unwillig, sondern ernsthaft neugierig auf alles, was die junge Frau zu sagen hatte. Jordan fiel es leicht, sich für den Arzt zu erwärmen.

»Ich bin wichtig. Die Anlage reagiert auf mich. Sie kennt die Hand der Autorität. Sie kennt meine Hand. Sie erwartet mich, aus irgendeinem Grund. Und sie sollte wissen, dass es mich nicht ohne Jordan gibt.« Elissi sah den jungen Mann an. »Wir gehören zusammen.«

Radek nickte. Jordan sagte gar nichts, er musste das plötzlich in ihm aufsteigende, angenehm warme und anregende Gefühl verarbeiten, mit dessen Auftreten er so gar nicht gerechnet hatte. Wusste Elissi, was genau sie damit eigentlich sagte? Oder war er derjenige, der mal wieder alles in den falschen Hals bekam? Er hoffte nicht. Er sollte es besser wissen, aber er hoffte nicht. »Wir gehören zusammen« war ein Satz, der in ihm eine Freude auslöste, die er nicht durch Zweifel wieder ersticken wollte.

Die weitere Fahrt verbrachten sie schweigend. Als sie in die Masse eindrangen und sich der Zielstation näherten, verschwand auch das warme Gefühl der Zuneigung in Jordan und machte wachsender Aufregung Platz. Dann hielt die Kabine an und entließ sie in die im Dunkeln liegende Anlage, und Radek stoppte sofort, als er die Leiche sah, die sie beim ersten Mal bemerkt hatten.

»Ich bleibe einen Moment hier und entnehme Proben«, erklärte er, und es war keine Bitte, sondern eine Mitteilung. »Die Funkverbindung zueinander funktioniert doch?«

»Kurze Strecken sind kein Problem«, erwiderte Jordan. »Ich hinterlasse Marker. Orientieren Sie sich an ihnen, sobald Sie fertig sind. Ich will und kann mich nicht alleine auf unsere Technik verlassen.«

Radek lächelte spöttisch.

»Jordan, Sie tragen in Kürze ›unsere Technik‹. Soll ich mir Sorgen machen?«

»Darum darf ich bitten«, gab Jordan lächelnd zurück und wandte sich mit den anderen ab, um zu dem Teil der Station zu gelangen, den er für sich die medizinische Abteilung nannte, ganz unabhängig davon, ob es das überhaupt war.

Sie betraten das Schwimmbecken, und es hatte sich erwartungsgemäß nichts verändert. Funshi Hatko war bemerkenswert zurückhaltend, aber ihrem wachen Blick schien nichts zu entgehen, und sie begann, allerlei mobile Messinstrumente aus ihrem Rucksack auszupacken und aufzubauen, ohne dass jemand sie dazu aufforderte oder sie daran zu hindern trachtete. Sie waren hier, um mehr zu erfahren, und die Frage war nur, ob die Ingenieurin mit ihrer feindseligen Haltung ihre Erkenntnisse teilen würde oder nicht.

»Ich bin mir nicht sicher, ob das alles funktionieren wird«, sagte Jordan in dem Versuch, hilfreich zu sein. Hatko sah ihn nur an, nickte, erwiderte aber nichts.

Nach einigen Augenblicken tauchte Radek wieder auf. »Jordan!«, sagte er und stellte das schwere Bündel hin. »Wenn Sie bereit sind?«

»Ich bin bereit«, erwiderte dieser, und es gelang ihm nicht, das sanfte Zittern aus seiner Stimme zu vertreiben. Er war es. Wirklich. Aber es war doch normal, dass ihn eine plötzliche Nervosität ergriff, nicht nur Aufregung und Vorfreude, sondern auch etwas Angst. Völlig normal.

»Sind Sie sicher?« Radek war diese Nuance natürlich nicht entgangen.

»So sicher ich sein kann oder jemals sein werde.«

»Jordan kann das. Er ist ein guter Taucher«, erklärte Elissi, und es war die felsenfeste Überzeugung in ihrer Stimme, die ihm half, die kurze Phase der Unsicherheit zu überwinden.

Mithilfe des Arztes zog er den Anzug an, eine größere Aktion, die viel Aufmerksamkeit erforderte. Das hier war ein Hightechprodukt, das wenig mit den Sportanzügen zu tun hatte, die er gewohnt war, und das ihm auch nicht das gleiche unmittelbare Tauchgefühl vermitteln würde. Das weiche Plastikmaterial lag zwar eng an, aber die zahlreichen Aufsätze ließen ihn aussehen, als habe er überall Schwellungen. Doch alles hatte seinen Sinn: Der kleine »Bordcomputer« war vielseitig einsetzbar, das Medopack konnte ihn mit Medikamenten versorgen, der Anzug war extrem flexibel und ein gigantischer Wundverband, wenn es sich als nötig erweisen sollte. Über den Helmvisor standen Jordan verschiedene Scanner zur Verfügung. Sollten sie ausfallen, hatte er immer noch eine ausgezeichnete Rundumsicht durch den volltransparenten Helm. Der Anzug war extrem widerstandsfähig, und die hoch komprimierten Vorräte an Atemluft konnten ihn rund 20 Stunden lang versorgen. Natürlich konnte er in den Anzug pinkeln. Es war an alles gedacht.

Nach einer guten halben Stunde stand er da, und wie immer, wenn man eine Ausrüstung trug, die für ein ganz anderes Medium gedacht war, sah man außerhalb dieses Mediums albern und unförmig aus. Jordan bewegte sich schwerfällig und ließ es zu, dass Radek – unterstützt von Hatko – von außen noch einmal den Sitz und die Funktionsfähigkeit gründlich untersuchte.

Es gab für Jordan kein Back-up. Sie führten eine Automatensonde mit sich, doch als sie diese probeweise aktivierten, warf sie dermaßen viele Rotmeldungen aus, dass Hatko nicht einmal etwas sagen musste, um ihre Chancen zu bewerten, die Sonde auch einsetzen zu können.

Jordan wurde etwas mulmig. Auch bei seinen Tauchgängen daheim war niemand bei ihm gewesen, egal in welche Tiefe er vorgedrungen war. Aber dort hatte er eine ganze hoch technisierte Zivilisation hinter sich gewusst, die ihm im Notfall zur Seite springen konnte. Sie hatten einen zweiten Anzug dabei, einen normalen Druckanzug von der *Scythe*, und Jordan traute jemandem wie Radek zu, ihm darin zu folgen, wenn es eine Aussicht auf Rettung gab. Aber er machte sich keine Illusionen. Bei diesem Tauchgang war er auf sich allein gestellt.

»Mir gefällt das nicht so besonders.« Radek sah Jordan an. »Wollen Sie dieses Risiko tatsächlich eingehen?«

»Das will er«, sagte Elissi bestimmt. Jordan nickte nur und zuckte mit den Schultern.

»Was sie sagt«, war seine einzige Antwort.

»Können wir das denn öffnen?«, fragte Radek und wies auf das Schwimmbecken, das den Zugang nach draußen darstellen sollte.

»Die Schleuse hat Energie«, antwortete, etwas unerwartet, Funshi Hatko, die sich die ganze Zeit intensiv mit der Technik befasst hatte. »Aber wir müssen sie anschubsen. Oder vielmehr unser Versuchskaninchen.«

Es klang nicht verächtlich. Da war etwas Bewunderung in ihrer Stimme. Die Frau erkannte persönlichen Mut an. Sie zeigte Respekt. Das machte sie erträglicher.

Jordan fühlte sich besser. Alle hier waren auf seiner Seite, alle halfen, wo sie konnten. Er war Teil eines Teams. Etwas Neues für ihn, aber ein gutes Gefühl. Er würde seinen Beitrag leisten, so gut er nur konnte.

»Was muss ich genau machen?«, fragte er.

»Da unten sind Kontrollen. Die rote Platte. Ich weiß aber nicht, ob sie reagiert.« Funshi sah Elissi an. »Der Zugang ist hier ja für ein exklusives Publikum vorbehalten. Kann sein, dass Ihre Freundin mit hineinsteigen muss. Könnte unangenehm für sie werden.«

»Wir versuchen es«, sagte Jordan. Jetzt wurde die Frau persönlich, und das auf eine Art und Weise, die ihm dann wiederum gar nicht gefiel. Andererseits war sie offenbar bereit, einen konstruktiven Beitrag zu leisten. Wie immer konnte man sich die Leute nicht aussuchen, mit denen man zusammenarbeitete.

Schlimmer als Professor Bell war sie sicher nicht.

Wenn der Mann ihn hier sehen könnte. Ihn und Elissi. Was würde er wohl denken?

»Vier Stunden«, schärfte Radek ihm ein. »Der Tauchgang dauert nicht länger als vier Stunden, auch und gerade, wenn die Verbindung abbrechen sollte. Sie kehren zurück, wenn die Zeit um ist, das müssen Sie mir versprechen.«

»Wenn ich es kann.«

»Das ist in jedem Fall die Voraussetzung. Sind Sie in vier Stunden nicht wieder da, gehen wir von einem Notfall aus. Auf der *Scythe* wird ein zweiter richtiger Anzug bereitgestellt, aber ich habe diesen Druckanzug hier, und ich werde mich auf die Suche nach Ihnen machen. Auch in Badehose.«

Jordan sah Inq an. Der Arzt meinte das absolut ernst. Er nickte dem Mann zu.

»Danke, Doktor Radek.«

»Ich würde es gerne vermeiden. Bauen Sie keinen Mist.«

Jordan zuckte mit den Schultern. »Dann geht es jetzt los«, war alles, was ihm noch dazu einfiel.

29

Quara wusste nicht, was sie sagen sollte. Das kam selten vor. Im Grunde nie. Sprachlosigkeit war keine hervorstechende Eigenschaft einer Fruchtmutter, Kommunikation das Elixier, mit dem sie ihren Herrschaftsbereich am Leben hielt, und das umso mehr, je begrenzter ihre »harten« Machtmittel waren. Seit ihrer Ankunft in der Sphäre hatte sich Quara den Mund fusselig geredet, überzeugt, überredet, intrigiert, bedroht, verhandelt und beschlossen, alles durch einen unentwegten Strom an mehr oder weniger wohlüberlegten Worten. Dass ihr diese in diesem Moment ausgingen, hatte verschiedene Ursachen. Sie war überrumpelt, vielleicht ein wenig ungläubig und ganz sicher misstrauisch. Ihr durch jahrzehntelange Intrigen geschulter Verstand läutete sofort Alarm. So ein Angebot bekam man nicht aus Freundlichkeit oder Mitleid – wenngleich sie Lyma Apostol solche Regungen durchaus zutraute. Es steckte immer etwas dahinter.

Aber es war einfach zu gut, um es abzulehnen. Es war das beste Angebot, das sie seit ihrer Ankunft in der Sphäre erhalten hatte.

Tatsächlich sah sie absolut keine Chance, dazu Nein zu sagen. Und das brachte sie automatisch in eine schlechte Verhandlungsposition. Es war eine verzwickte Sache, und sie durfte sich nichts anmerken lassen. Wie gut, dass ihr Gespräch über einen Resonanzbauch erfolgte. Nachdem der erste, den sie der *Scythe* überlassen hatte, erneut in die Tiefe der Kernanlage vorgedrungen war, hatte sie natürlich einen weiteren direkt auf dem Schiff der Menschen positioniert. Es war weiterhin sehr wichtig, überall offene Augen und Ohren zu haben, und die Kommandantin hatte nichts dagegen einzuwenden gehabt.

Kein Wunder. Sie hielt Quara eine Verlockung vor die Nase, mit der die Skendiherrscherin niemals hatte rechnen können.

»Eine Prinzessin«, sagte sie leise. Sie versuchte *wirklich*, nicht allzu gierig zu klingen, nicht allzu erleichtert, erst recht nicht begeistert, aber an Apostols Reaktion erkannte sie, dass ihr das nur teilweise gelang. Selbst durch den Filter des Bauches wurde jedem klar, dass dieses Angebot sie emotional mächtig aus dem Gleichgewicht gebracht hatte.

»Nicht eine. Viele. Der Prozess ist nicht einmalig. Wir können die Befruchtung durch einen Prinzen vollständig ersetzen, die Technologie ist vorhanden und alle notwendigen Daten.«

Lyma Apostol sagte dies mit nur mit einem Anflug von Selbstzufriedenheit in der Stimme, nichts, was die Fruchtmutter ihr übel nehmen wollte. Sie hätte ähnlich empfunden, wären die Rollen vertauscht. Tatsächlich waren sie es gewesen, als sie die Kapsel hatte retten können und mit ihr Elissi und Jordan, und seitdem stand die *Scythe* in ihrer Schuld. Jetzt drehte sich die Sache um 180 Grad. Eine für sie ungewohnte Situation, aber eine, die sie bewältigen konnte. Alles, was hier in der Sphäre geschah, gehörte zu einem Netz an Verpflichtungen, in das ein jeder auf unterschiedliche Weise eingebunden war. Selbst Saim konnte sich bei aller Selbstherrlichkeit nicht vollends daraus befreien. Und Quara sah sich gerne als Spinne, die an den Fäden dieses Netzes zog. Jetzt wurde von anderer Seite gezogen. Doch der Preis ... der Preis war es einfach wert.

Außerdem mochte sie die Menschen irgendwie. Man durfte das Urteil durch so etwas nicht beeinflussen lassen, aber sie war zu dem Schluss gekommen, dass die Konkordaten, oder wie sie sich nannten, im Grunde in Ordnung waren.

»Ich frage geradeheraus«, sagte sie. »Was wollen Sie dafür?«

Apostol lächelte. Der Resonanzbauch übertrug es deutlich. Es war kein kaltes Lächeln, kein überlegenes Kalkulieren. Es war aber erneut ein wenig selbstgefällig.

»Es ist nicht mein Ziel, konkrete Forderungen zu stellen. Die Gesamtlage spitzt sich zu, die Optionen sind begrenzt. Es steht fest, dass wir aufeinander angewiesen sind, um zu überleben. Ich sehe es als Fundament unserer Kooperation. Als ein Zeichen von Solidarität. Wir können das nicht gegeneinander aufwiegen, nicht in Zahlen fassen und eine Bilanz führen. Wenn wir so denken, werden wir in einer Sackgasse enden. Wie viel ist Ihnen eine Prinzessin wert?«

War das eine rhetorische Frage? Quara nahm sie trotzdem auf.

»Eine Menge. Ich hatte die Hoffnung längst aufgegeben. Sie ahnen nicht einmal, wie wichtig das für mich ist, nicht nur auf einer praktischen Ebene, auch emotional – und die Tatsache, dass ich Ihnen das so offen sage, dürfte hoffentlich bereits beweisen, wie sehr mich Ihr Angebot bewegt. Ich sage das nicht nur so. Verdammt, ich werde die Medoprospektoren überreden müssen, da mitzumachen! Vielleicht werde ich sogar einige essen, um ein Exempel zu statuieren. Sie werden verrückt werden und sich furchtbar aufregen, nicht zuletzt, weil Prinzessinnen ihren eigenen Einfluss deutlich mindern sollten – es sind die Prinzessinnen, die für mein körperliches Wohl direkte Verantwortung tragen, die Ärzte eigentlich nur ihre Helfer. Das löst hier keine Freude aus nach all der Zeit.«

Apostol lachte. Natürlich wusste sie mittlerweile, dass die hartnäckigen Gerüchte bezüglich des Kannibalismus von Skendiköniginnen leicht übertrieben waren.

»Aber Sie können nicht genau messen, wie tief die Schuld ist und wann beglichen?«

»Nein.«

»Ich kann auch nicht messen, wie viel das Leben von Elissi und Jordan wert ist. Nach den letzten Erkenntnissen steigt die junge Frau im Kurs, und das stetig.«

»Wir können es nicht gegeneinander aufrechnen«, bestätigte Quara.

»Also versuchen wir es gar nicht erst. Ich tu es für Sie. Sie tun etwas für mich. Wir überleben gemeinsam. Wir helfen uns gegenseitig, so gut wir es vermögen. Es wird vielleicht nicht reichen, oder wir haben Glück. Aber ich werde Ihnen niemals vorhalten, etwas von mir bekommen zu haben und nicht genug zurückzuerhalten – denn ich weiß nie, wann es zu wenig, genug oder zu viel sein wird.«

»Und ich weiß es auch nicht. Mir gefällt Ihre Einstellung.«

»Dann sind wir uns einig.«

»Wie läuft der Prozess im Einzelnen ab?«

»Wir können beginnen, sobald Dr. Radek wieder da ist«, sicherte Apostol zu.

»Ich bin nicht ganz so schnell. Ich muss Vorbereitungen treffen. Wie ich schon sagte: Die Ärzte müssen über ihren Tabuschock kommen, denn ich werde ihre Hilfe benötigen. Und es sind schon wieder drei Schiffe meiner Alliierten eingetroffen. Es werden immer mehr, und ich habe erhebliche Koordinierungsarbeit zu leisten. Ansprüche werden an mich gestellt. Ich überlaste meine Bäuche, wenn das so weitergeht, vor allem aber mich selbst, denn ich verliere irgendwann die Gesprächsfäden.«

Nichts war schlimmer, fügte sie in Gedanken hinzu.

»Ein Grund mehr, verantwortungsbewusste Prinzessinnen zu haben, die einem das abnehmen können.« Die Frau zögerte. »Wie lange ...«

»Bis eine Prinzessin erwachsen ist? Auch deswegen habe ich es nicht so eilig. Selbst mit dem Einsatz der Lernmaschinen benötigt die körperliche und geistige Reife gut 15 Standardjahre. Ich möchte und kann diesen Prozess nicht beschleunigen, denn er würde zulasten meiner Töchter gehen. Sie sehen: Ihr Geschenk ist ein großes, aber es nützt mir ganz unmittelbar rein gar nichts. Nein, ich ziehe das zurück: Es gibt mir hier und jetzt eine wunderbare Perspektive, die mir neue Kraft und Zuversicht vermittelt.«

»Ich hätte mir das denken sollen. Es ist nur ein Beginn. Und er bringt Ihnen erst mal Probleme.«

Der Bauch schüttelte denselben in verneinender Geste, was immer etwas lustig aussah.

»Sie haben das Richtige getan, und ich bin endlos dankbar. Captain, Sie kennen die Skendi nicht. Aber Sie hätten diese Entdeckung als Druckmittel einsetzen können oder mir gleich vorenthalten, aus Angst, damit langfristigen Schaden anzurichten.« Der Bauch betrachtete Apostol forschend. »Auf diesen Gedanken sind Sie doch sicher gekommen?«

Die Terranerin zögerte nicht einmal eine Sekunde. »Ich leugne es nicht.«

»Alles andere wäre auch sehr unvernünftig gewesen.«

»Dann bin ich jetzt vernünftig?«

Quara lachte, und da der Drohnenmann ebenfalls lächelte, betrachtete die Kommandantin doppeltes Amüsement.

»Das wird sich noch herausstellen, oder? Manche sagen, Quara sei unberechenbar.«

»Dafür, dass Sie diesen Ruf haben, bauen aber erstaunlich viele Alliierte auf Ihre Berechenbarkeit.«

Die Skendi lächelte breit, ihre Laune strebte in der Tat einem Höhepunkt zu. Apostol *verstand* sie. Wann hatte jemand sie das letzte Mal verstanden?

»Ich bemühe mich. Ich teile den Neuankömmlingen feste Raumpositionen zu, und ich berechne dabei bereits ihr Verteidigungspotenzial ein. Wir müssen damit rechnen, dass Saim dieser Ansammlung militärischer Macht nicht tatenlos zusehen wird. Ich vermute, dass der ausschlaggebende Faktor sein wird, wenn Abtrünnige aus dem Rat, vielleicht alte Gefolgsleute von Geon, sich unserer Sache anschließen werden.«

»Quara ...«, sagte Apostol nachdenklich.

Der Bauch und damit auch die Skendifrau sahen sie aufmerksam an. »Ich ahne, was Sie sagen wollen.«

»Dann spreche ich es aus: Was genau ist unsere Sache? Wir sind hier zusammengekommen, und die Situation entwickelt sich in unterschiedliche Richtungen, und nichts davon scheinen wir unter Kontrolle zu haben. Wir sind Objekte der Ereignisse, nicht Subjekte. Unsere Macht, egal wodurch sie definiert werden kann, ist eine hypothetische, vor allem eine nutzlose, wenn wir ihr keinen Sinn geben. Wohin also gehen wir? Geht es nur um unser Überleben? Wollen wir Saim bezwingen? Eine neue Ordnung etablieren, mit oder gegen den Rat? Befreien wir die Gefangenen auf der *Licht*? Versuchen wir, der Sphäre zu entfliehen? Warten wir einfach nur ab? Sie sind eine Königin, Quara. Von Herrscherinnen erwartet man, dass sie einen Plan haben.« Apostol machte eine Kunstpause. »Haben Sie einen?«

»Nein.«

Apostol fühlte Enttäuschung, obgleich sie es gut verbarg, und Quara nahm es ihr nicht übel. Die Frau war offenbar sogar etwas überrascht über ihre eigene Reaktion. Sie hatte tatsächlich Antworten erhofft, Einsichten, die ihre Existenz in der Sphäre auf so etwas wie ein Fundament stellen würden.

Quara verstand sie. Sie empfand ähnlich. Aber was sollte sie Apostol sagen? Es nützte nichts, sie anzulügen. Dafür waren ihrer beider Schicksale jetzt zu eng miteinander verwoben.

»Mein bisheriges Leben war auf das reine Überleben ausgerichtet«, sprach die Königin. »Auch der Rat hat in seinen besten Zeiten nie mehr getan, als dieses zu organisieren.

Alle leiden auf unterschiedliche Weise unter der Gefangenschaft, und als die internen Konflikte noch augenfälliger wurden, stiegen auch die Verzweiflung und Angst. Wie wir an Saims Aktionen sehen, absolut zu Recht. Überleben, und das so effizient wie möglich, das ist das Credo aller gewesen, und die Attraktivität von Saims Plan liegt darin begründet, dass er erstmals seit langer Zeit eine Alternative bietet, eine Utopie einer besseren Zukunft, errichtet auf der Asche all jener, die zu schwach oder nicht einsichtig genug sind. Das ist für viele ein so attraktiver Gedanke, eine so schöne Vision, dass sie dafür über Leichen zu gehen bereit sind. Es zeigt aber vor allem eines: unser aller intellektuelle Armut. Auch meine.«

Apostol musste sich eingestehen, dass sie sich über das Leben in der Sphäre vor ihrer Ankunft nie besondere Gedanken gemacht hatte, und Quara hatte nicht viel getan, dieses Defizit auszugleichen. Seit die Terraner hier eingetroffen waren, hatten sich die Ereignisse wie ein permanenter Wirbelwind entwickelt, es hatte wenig Ruhe gegeben, wenig Zeit zur Besinnung, und die Kette an Überraschungen war niemals abgerissen. Natürlich hatte die Sphäre eine lange Geschichte, und wahrscheinlich vorwiegend eine leidvolle, sodass Saims Kampagne nur der neue Höhepunkt einer Entwicklung war, die bereits vorher wenig Anlass zur Freude gegeben haben musste.

»Ich muss mich selbst ermahnen«, sagte die Terranerin, »die Welt nicht nur aus dem eingeschränkten Blick zu betrachten, den ich notwendigerweise einnehmen musste. Gerade die Skendi, die seit langer Zeit hier leben und mehr von der Sphäre miterlebt haben als viele andere ihrer Bewohner, müssen alles, was derzeit geschieht, ganz anders einordnen.

Und selbst wenn Sie alles hier überleben, werden Sie aufgrund Ihrer hohen Lebenserwartung möglicherweise noch mehr bezeugen können als ich jemals in der ganzen Zeitspanne meiner Existenz.«

Quaras Bauch nickte.

»Ich verstehe es also gut«, fügte Apostol hinzu. »Aber das hilft uns doch nicht weiter. Wenn wir uns allein um unser Überleben kümmern, dann werden wir unsere Situation niemals grundsätzlich verbessern. Es geschieht etwas. Was mit dem Kern vor sich geht, das ist doch neu, oder?«

»Absolut. Deswegen bin ich durchaus Ihrer Ansicht: Wenn sich eine Möglichkeit ergeben sollte, die Dinge grundsätzlich zu verändern, dann bin ich dabei. Nur derzeit habe ich nicht den Eindruck, dass wir große Handlungsmöglichkeiten haben. Es scheint mir, als würde uns vieles passieren, aber wir reagieren nur. Sehen Sie das anders?«

Apostol schüttelte den Kopf, vielleicht fast gegen ihren Willen. Quara hatte in den letzten Stunden einiges über die bisherige Reise der *Scythe* erfahren. Die eigene Machtlosigkeit einzugestehen, war ein allzu vertrautes Ritual aus all den vergeblichen Versuchen, diesen Mann namens Joaqim Gracen zu fassen. Apostol konnte es nicht mehr leiden, lehnte sich mit jeder Faser ihres Seins dagegen auf. Und jetzt wurde diese Hilflosigkeit noch potenziert. Es war ganz bestimmt ein sehr unangenehmes Gefühl, das sie sehr unwillig, ja, ungnädig machte, und die Terranerin musste aufpassen, dass sie nicht der Versuchung unterlag, ihre sozialen Beziehungen dadurch vergiften zu lassen. Egal mit wem. Vor allem nicht mit Quara.

Die Fruchtmutter würde auch ein waches Auge darauf haben.

»Mir gefällt das nicht«, murmelte Apostol. Und fügte hinzu: »Mir genügt das nicht.«

»Ich höre mir Ihre Vorschläge gerne an.«

»Ich weiß noch zu wenig, um welche zu machen. Aber ich habe eine Ahnung, dass uns die Ereignisse bald in eine unvorhergesehene Richtung treiben werden.«

»Da kann ich kaum widersprechen. Ihr Menschen habt viel Unvorhergesehenes mit euch gebracht. Ich werde mir noch überlegen müssen, ob das etwas Gutes ist oder nicht.« Der Bauch machte eine Pause, als ob er erst nachhören müsse, welche weiteren Gedanken er von Quara empfing, obgleich Apostol natürlich ganz genau wusste, dass die Übertragung beinahe unmittelbar war und der Drohnenmann absolut keine Kontrolle darüber hatte, was sein Bauch von sich gab. »Ich gebe aber zu, dass ihr mit Saims Irrsinn eher wenig zu tun habt.«

»Mehr, als wir wollen. Es hat sich noch eine weitere neue Entwicklung ergeben. Saim will mit uns reden.« Die Fruchtmutter lauschte den Darlegungen über die Kontaktaufnahme durch Horana LaPaz mit großem Interesse, und erneut wurde Apostol durch den Anblick zweier synchron nachdenklich wirkender Gesichter möglicherweise eher irritiert als alles andere.

»Captain Apostol, ich habe da eine Idee. Vielleicht können wir zumindest aus dieser Situation etwas Kapital schlagen. Und sei es nur, dass wir Zeit gewinnen.«

»Was meinen Sie?«

»Es ist so: In all den Konflikten zwischen dem Rat und mir, selbst unter Geon, den ich noch als einigermaßen vernünftig bezeichnen möchte, hat es vor allem an einem gemangelt: an Kommunikation. Ich gebe zu, dass ich daran nicht ganz unschuldig war. Aber gerade weil sich die Rahmenbedingungen jetzt ändern und wir auf eine große Krise zusteuern, sollten wir versuchen, ein neues Kapitel aufzuschlagen: Wir sollten tatsächlich mit Saim reden. Direkt.«

»Und so lange wie möglich. Aber er wird sich kaum umstimmen lassen.«

Der Bauch lachte freudlos. »Wenn Sie mit jemandem reden, Captain, ist es nicht immer der Gesprächspartner, der der eigentliche Adressat ist. Nehmen wir an, Sie bieten jemandem Paroli, der eine sehr engstirnige und dumme Meinung vertritt.«

»Jemandem wie Saim.«

»Ganz genau. Sie wissen absolut, dass Sie niemals in der Lage sein werden, Denkprozesse bei ihm auszulösen, die ihn von seiner Engstirnigkeit befreien werden. Da ist jede Hoffnung verloren. Aber ...«

Apostol verstand und lächelte.

»... aber vielleicht hören andere zu, die sich ihren Teil zu denken beginnen.«

»Sie sind eine kluge Frau, Lyma Apostol.«

»Ich akzeptiere Ihr Lob unter Vorbehalt. Horana LaPaz wartet auf eine Antwort. Wie soll diese Ihrer Ansicht nach ausfallen?«

Quara von den Skendi hatte keinen Plan. Aber sie war sich sicher, dass sie miteinander reden mussten, um Zeit zu gewinnen.

Und so besprachen sie die Einzelheiten.

30

»Ist das Ihre taktische Analyse, Eirmengerd?«

»Es ist eine strategische, Ratsvorsitzender. Zur Taktik kommen wir, sobald Sie den Angriffsbefehl geben.«

Saim spürte für einen Moment kalte Wut in sich aufsteigen. Der Iskote wagte es, ihn zurechtzuweisen, und das auf eine Art und Weise, die nur als grob respektlos bezeichnet werden konnte. Er erlaubte sich damit eine Vertraulichkeit, die ...

Moment!

Saim atmete tief ein und wieder aus.

Eine Vertraulichkeit, die dem General durchaus zustand. Dass sie hier über eine politische und militärische Gesamtstrategie sprachen und nicht über einen Schlachtplan, hätte zwar keiner so pointierten Erinnerung bedurft, aber Eirmengerd war ebenso wie Saim selbst schon viel zu lange wach und übermüdet. Da wurde man gereizt. Der Unterschied zu anderen Mitgliedern der Hierarchie war: Sie konnten es sich beide nicht leisten, diese Reizbarkeit ihre Erörterungen vergiften zu lassen. Dafür war keine Zeit, und es war Verschwendung wertvoller Energie.

Saim beruhigte sich. Er machte es sich zur Aufgabe, alle Zeichen von Versöhnungsbereitschaft und Freundlichkeit zu zeigen, um keine Missverständnisse aufkommen zu lassen. Er sah, dass sich auch der Iskote etwas entspannte. *Gut. Sehr gut.*

»Sie haben natürlich absolut recht, General«, sagte er mit einem nahezu versöhnlichen Tonfall. »Aber es ist mir zu wenig, denn die Situation entwickelt sich nicht ganz so, wie wir es uns gewünscht haben.«

»Sie beziehen sich auf unsere verschwundene Verräterin?«

Saim machte eine wegwerfende Handbewegung. »Die. Nein. An die denke ich schon gar nicht mehr. Es war den Versuch wert gewesen, und wir sind gescheitert, das müssen wir jetzt abhaken. Ich meine die Tatsache, dass sich mehr und mehr von Quaras Freunden am Kern einfinden und wir daher bald nicht mehr in der Lage sind, sie nach und nach herauszupicken und zu erledigen. Das führt zu zwei Konsequenzen: Quara konsolidiert einen Machtpol an einem Ort, bei dem wir Kollateralschäden durch einen Angriff möglicherweise vermeiden sollten, und der Fokus richtet sich auf diejenigen im Rat, die unseren Plänen nicht zustimmen und nicht zu Unrecht meinen, sie seien die nächsten. Wir müssen Quara und die Leute der *Scythe*, Riem und diese Tattergreise in der Station alle mit einem Aufwasch beseitigen, denn je länger wir warten, desto mehr Zeit haben sie. Und wenn wir das nicht können, dann müssen wir sie anders neutralisieren.«

»Zeit wofür?« Der General lächelte verächtlich. »Sie sind auf sich allein gestellt, und die Wracks um sie herum sind bedeutungslos. Sie können da drinnen nur versauern, langsam verrecken. Sie verbrauchen ihre eigenen, knappen Ressourcen und sind von allem Austausch abgeschnitten. Zu einer Offensive sind sie nicht in der Lage, und wenn, dann laufen sie ins offene Messer. Ich sehe die Gefahr nicht.«

Eirmengerd zögerte, noch etwas hinzuzufügen, und Saim bemerkte es. Der General war der Auffassung, er sehe etwas, das Saim entgangen war. Genau dafür gab es diese Besprechungen: um solche Punkte ans Tageslicht zu bringen.

Ein Piepton erklang. Automatisch drückte der Ratsvorsitzende auf den Timer und verlängerte sein Leben. Eirmengerd, der dieser Restriktion nicht unterlag, räusperte sich. Es war ihm immer noch ein wenig peinlich, Zeuge dieses Vorganges zu werden, mit dem Saim in regelmäßigen Abständen bewusst gezwungen war, dem Tode noch einmal von der Schippe zu springen.

»Die Messungen sind abgeschlossen«, sagte der Iskote dann. »Die Fernscanner haben den Energieanstieg im Kern bestätigt. Etwas passiert dort.«

Das war Saim zu wenig. Dauernd passierte »etwas«.

»Was?«

»Das ist ja das Problem: Wir wissen es nicht. Es kann gut sein, dass auch Quara keine Ahnung hat. Aber es ist eine neue Unbekannte, und es kann sein, dass die Stellung der Fruchtmutter und ihrer Verbündeten nicht ganz so gut ist, wie wir meinen. Was auch immer dort passiert, sie werden es als Erste abbekommen. Sie sind beschäftigt, möchte ich meinen.«

Er sagte »wir« und meinte Saim, und der Ratsvorsitzende merkte das durchaus. Doch Eirmengerd erhob einen berechtigten Einwand, den er nicht durch Sophisterei außer Kraft setzen konnte.

»Wir müssen also Informationen sammeln«, schloss Saim. »Vielleicht ein zweiter Versuch mit einem Spion? Wir müssen doch Leute auf der Station haben!«

»Geons Informationsnetzwerk steht uns nicht zur Verfügung. Die Leute sind alle abgetaucht. Und obgleich Sie, Ratsvorsitzender, überall Ihre Verbündeten hatten, schon vor Geons Tod, gehörte die Forschungsstation am Kern … nun ja, nicht zu unseren Prioritäten.«

Das war eine dezente Kritik, die Saim grundsätzlich gelten lassen musste. Dennoch erhob er die Stimme zu seiner Verteidigung.

»Natürlich nicht. Eine rein symbolische Einrichtung, die keinen Nutzen verspricht und nur Ressourcen kostet, eine ständige Verbeugung vor der Vergangenheit. Ich hätte sie vollständig schließen sollen, gleich sofort. Aber diese alten Spinner und Traditionalisten sind hartnäckig. Und jetzt beißt uns das in den Arsch.« Saim stand auf und begann, unruhig hin und her zu laufen, eine Phase, die Eirmengerd gut kannte und nicht weiter beachtete. Der Ratsvorsitzende musste manchmal überschüssige Energie abbauen.

»Wir entsenden Spionagesonden«, schlug Saim vor.

»Quara wird sie entdecken, die *Scythe* wahrscheinlich auch. Deren Technologie ist nicht schlechter als unsere. Wir werden nicht weit kommen. Die Langstreckenscanner wiederum arbeiten nicht optimal, da die vielen Wracks in ihrer Dichte für Störungen sorgen. Es ist verwunderlich, was manches dieser alten Ungetüme noch für Strahlung abgibt. Nein, so wird es wahrscheinlich nicht gehen. Ich schlage eine diplomatische Vorgehensweise vor.«

Saim sah Eirmengerd an, hielt dabei in seiner Wanderung inne, und in allem, Körperhaltung wie Mimik, zeigte er seine Überraschung.

»Diplomatie? Ich höre das von einem Iskoten nicht allzu oft.«

Eirmengerd fühlte sich offenbar nicht beleidigt, sondern eher ermuntert.

»Auch nur eine andere Form des Kampfes, nur eben mit Worten. Ich sage nicht, dass ich dazu besonders befähigt bin, ich sage nur, dass wir einen weiteren, besseren Kommunikationskanal eröffnen sollten. Auf die Konversation aufbauen, die es ja bereits gegeben hat. Ein Angebot machen.«

Saim setzte sich, jetzt hoch konzentriert. Er lehnte den Vorschlag des Generals nicht rundweg ab, sondern war im Stillen zu ganz ähnlichen Schlussfolgerungen gekommen. Er nickte dem Iskoten zu.

»An was dachten Sie genau?«

»Wir bieten ihnen die sechzehn verbliebenen Menschen an, zum Transfer auf die *Scythe*. Und direkte Verhandlungen bei Akzeptanz des Status quo. Wir meinen es natürlich nicht ernst, aber ich will, dass wir eine Delegation zum Kern schicken und vor Ort herausfinden, was sich tut. Wenn wir zufrieden sind, lassen wir die Sache platzen und tun, was wir ohnehin vorhatten. Wenn sich zeigt, dass die dort genug am Hals haben, lassen wir sie noch eine Weile in Ruhe und konsolidieren unsere Position.«

»Und verlieren sechzehn Gefangene.«

Der Iskote lachte auf. »Sechzehn Esser, Ratsvorsitzender. Was zählt, sind die *Licht* und ihre nicht unbeträchtlichen Ressourcen. Die gehören uns. Wir haben die Technik so weit durchschaut, dass wir sie ausbeuten können. Die Menschen nützen uns nichts mehr, nicht einmal als Geiseln, wenn es hart auf hart kommt. Quara jedenfalls wird auf sie keine Rücksicht nehmen, und wenn der Kampf beginnt, hat sie ohne Zweifel das Kommando.«

»Das sehe ich genauso«, bestätigte Saim. »Wir sollten das genauer ausarbeiten, aber ja: Ich halte das kurzfristig für eine geeignete Vorgehensweise. Vor allem, weil die Reise der Sphäre sich wieder dem Ende zuneigt, die Zeichen sind unverkennbar. Wir könnten mit der Aufnahme weiterer Gefangener zu tun haben, und das wird alle erst einmal beschäftigen. Ich möchte nicht, dass wir ein zweites Mal so etwas erleben wie mit der *Scythe*. Ich will, dass wir die volle Kontrolle über den gesamten Prozess behalten.«

»Wenn wir mit Quara und Captain Apostol verhandeln, werden sie sich möglicherweise aus der Aufnahme der Neuen heraushalten, um uns nicht zu provozieren.«

»Ein Grund mehr, den Vorschlag umzusetzen.«

Saim und Eirmengerd waren beide recht zufrieden. Sie hatten ein gutes Gefühl bei der Sache.

31

»**W**as wohl aus ihr geworden ist?«

Horana LaPaz stellte die Frage ein wenig unvermittelt, doch Rivera hatte sie schon so oft gehört, dass er sich einige Standardantworten zurechtgelegt hatte: War der Fragesteller sehr deprimiert und fatalistisch, versuchte der ehemalige Kommandant der *Licht* eine Reaktion, die Hoffnung ausdrückte. War der Fragesteller verärgert oder gar richtig wütend, versuchte er, die Gefühle in eine etwas konstruktivere Haltung zu kanalisieren. Wenn jemand wie Horana, die weder besonders traurig noch sonderlich erbost war, diese Frage stellte, dann aus einer völlig anderen Motivation: Sie wollte wirklich wissen, was aus Tizia McMillan geworden war, und sie hatte Möglichkeiten, jemanden danach zu fragen, die Rivera verschlossen blieben. Dass sie dennoch laut sagte, was sie umtrieb, war nicht mehr als ihre innere Vorbereitung auf genau das, in der Erwartung, dass die Iskoten ihre Nachforschungen weiter ignorieren und sie mit Lügen abspeisen würden.

Rivera wollte es auch wissen. Ein jeder von ihnen. Er war oft gefragt worden.

Offiziell war McMillan auf der Flucht gestorben. Die Iskoten aber, so weit waren LaPaz wie auch Rivera bereits in der Analyse der Stimmungen dieser Spezies vorgedrungen, trugen diese Erklärung mit einer leichten Verbitterung vor. Sie waren nicht glücklich darüber, und das hing nach der Analyse der Anwältin nicht mit dem Fluchtversuch als solchem zusammen, sondern mit einem anderen Vorfall. Es war tatsächlich etwas schiefgelaufen, doch ihre Wärter wollten sich natürlich keine Blöße geben und darüber reden.

LaPaz wollte es unbedingt wissen. Rivera auch. Er trug irgendwie immer noch die Verantwortung, auch wenn er über kaum die Mittel verfügte, dieser gerecht zu werden.

Keiner von beiden erwartete tatsächlich eine baldige Aufklärung.

»Die Wachen sind da!«, meldete einer der anderen Gefangenen. LaPaz wurde nicht unangekündigt abgeholt und auch nicht unter Einsatz von Gewalt, die Wachen waren – für iskotische Verhältnisse – geradezu höflich, wenn sie ihren Besuch ankündigten. Das gefiel nicht allen Überlebenden der *Licht* gleichermaßen. Niemand sagte es offen, aber Rivera kannte mittlerweile jeden Gefangenen recht gut, und er wusste in ihren Gesichtern zu lesen. Niemand hatte Horana bis jetzt als Verräterin bezeichnet, aber manche waren kurz davor, und viele dachten es. Rivera musste selbst zugeben, dass ihm nicht immer wohl dabei war, dass die Frau irgendwelche Gespräche mit den Iskoten führte – oft mit Eirmengerd persönlich, dem direkten Draht zu Saim! – und er keine Kontrolle darüber hatte. Natürlich konnte er LaPaz formal Befehle erteilen, aber er wusste niemals, ob sie das nicht ignorieren würde. Und tat sie es, konnte der ehemalige Kommandant es ihr nicht einmal übel nehmen – es kam eben immer auf die Situation an, und es war LaPaz, mit der Eirmengerd oder dieser Direktor Henk reden wollte, nicht er.

Vielleicht, so dachte er, fühlte er sich deswegen auch schlicht etwas zurückgesetzt. Eine alberne Einstellung, aber wenn man zu viel Zeit mit Grübeleien verbrachte, kam man auf dumme Gedanken, und der eigene Charakter zeigte sich nicht immer von seiner besten Seite.

»Gehen Sie«, sagte er aufmunternd in Richtung der Anwältin. »Bringen Sie uns etwas mit. Eine Information. Schokolade. Irgendwas.«

Horana erhob sich und lächelte Rivera an. Sie bewahrte Haltung und Würde, obgleich sie immer noch den zerknitterten Arbeitsoverall trug, der für sie alle die einzige Kleidung geblieben war und den sie nur alle zwei Wochen wechseln durften. Dass viele der Gefangenen sie neidisch ansahen, als sie auf die Kerkertür zuschritt, entging ihr sicher auch diesmal nicht. Die Zelle war geräumig, und sie hatten Zugang zu einem kleinen Gang, der zu den sanitären Einrichtungen führte, insgesamt war durchaus Platz, um sich zu bewegen. Aber niemand sah, was da draußen passierte, und die Verhöre waren schon vor geraumer Zeit eingestellt worden. Horana war die Einzige mit »Freigang«, und obwohl Rivera des Öfteren versuchte, den Leuten klarzumachen, dass es sich nicht um eine Freizeitaktivität handelte, blieb ein letzter Zweifel und Verdacht. Dass Horana von Eirmengerd oder einem der anderen Gesprächspartner manchmal zu einem richtigen Essen eingeladen wurde, half nicht – glücklicherweise erzählte sie das nur Rivera und seiner Stellvertreterin, die es beide tunlichst für sich behielten.

Das mit der Schokolade war durchaus ernst gemeint.

Rivera sah auf, als sich Erkensteen, der ehemalige Chefingenieur, neben ihn hockte. Der Captain nickte dem älteren Mann freundlich zu. Er hatte unter dieser ganzen Tortur stark gelitten. Seine Maschinen wurden für die Absichten Saims missbraucht, er hatte den Leuten des Ratsvorsitzenden alles genau erklären müssen, jedes Geheimnis offenbart. Und dann war er irgendwann nicht mehr gebraucht worden. Der Ingenieur hatte von ihnen allen sicher das innigste Verhältnis zur *Licht* aufgebaut, sie war sein Schiff gewesen, mehr sogar als für Rivera, der viel zu wenig Zeit gehabt hatte, sich mit dem schnell zusammengelöteten Ungetüm richtig zu identifizieren. Da aber Erkensteen für viele der Umbauten selbst leitend verantwortlich war, fühlte er anders. Die Verletzung musste tief sitzen, wenngleich er sich sehr beherrschte, ein Stabilitätsanker der Überlebenden, ohne sich dabei in den Vordergrund zu spielen. Rivera sprach gerne mit ihm, obgleich es eigentlich nie viel zu besprechen gab.

Der Mann fuhr sich mit einer Hand über das kurz geschorene Haupthaar, in dem weiße Strähnen gut zu erkennen waren. Möglicherweise mehr als noch vor Antritt ihrer Reise.

»Captain, ich weiß nicht, ob Sie es bemerkt haben – aber die Luftqualität ist besser geworden, die Zutaten aus dem Nahrungsautomaten ebenfalls, und wir haben gestern neue Matratzen erhalten.« Der Ingenieur zählte es auf, und Rivera merkte dabei, wie wenig er von alledem mitbekommen hatte, während Erkensteen offenbar Augen und Ohren offen hielt. Die Matratzen, das hatte er auch wahrgenommen. Es war wohl an der Zeit, seiner unmittelbaren Umgebung wieder stärkere Aufmerksamkeit zu schenken.

»Die Iskoten wollen, dass wir uns wohlfühlen«, kommentierte Rivera lächelnd.

»Das wollen sie tatsächlich. Ich bat um Zugang zum Fitnessraum, falls der noch existieren sollte, und man versprach mir, die Sache zu erwägen. Noch vor Tagen hätte man mich ignoriert. Es ist definitiv etwas im Gange.«

Rivera sah Erkensteen aufmerksam an, nickte dann. »Vielleicht will man nur dafür sorgen, dass wir keinen Ärger machen.«

»Wir sind nett und fügsam, seit wir hier sind. Ich vermute mal, ein Gefangenenaufstand wäre nicht sehr erfolgversprechend. Diese Iskoten sind harte Hunde und gut bewaffnet. Es wäre Selbstmord.«

»Ja, das sehe ich ganz genauso. Und sie werden uns nicht mästen, um uns nachher zur Schlachtbank zu führen – soweit ich weiß, ist man selbst beim Rat noch nicht so verzweifelt, dass man zu solchen Maßnahmen greifen würde.«

Erkensteen grinste schwach. »Es wäre auch ineffizient.«

»Also ist etwas im Busch.«

»Vielleicht erfährt Horana jetzt etwas.«

»Vielleicht hat sie sogar dafür gesorgt, dass es uns besser geht.«

»Das hat sie bestimmt, wenngleich ich mir nicht sicher bin, ob sie das im Detail erreicht oder einfach nur für bessere Stimmung gesorgt hat. Solange sie mit den Iskoten redet oder mit wem auch immer, ist sicher was für uns drin. Wenngleich ich es vorziehen würde, wenn wir tatsächlich mal zu einer grundlegenden Verbesserung kämen.« Rivera machte eine Handbewegung in die Runde. »Wir können hier doch nicht unser Leben beschließen. Es muss doch eine Perspektive für uns geben, irgendeine.«

»Das wäre schön. Sie vertrauen der Anwältin?«

»Ich halte sie nicht für eine Verräterin, wenn das die Frage dahinter sein sollte.«

Der Ingenieur hob abwehrend die Hände. »Ich auch nicht. Aber wissen wir, wie die Leute hier sie möglicherweise manipulieren, ohne dass sie es merkt? Wir haben doch gar keine Ahnung davon, welche Machtmittel Saim zur Verfügung stehen.«

Rivera schüttelte den Kopf. »Woran denken Sie? Psychoaliens, die ihr Gehirn kontrollieren?«

Es war als witzige Bemerkung gemeint, aber das verfing offenbar nicht.

»Warum nicht? Als ob wir im Konkordat so viele Erfahrungen mit nichtterranischen Spezies machen würden. Es gibt so wenige. Und diese Sphäre ist voll von ihnen, Hunderte, vielleicht Tausende, was weiß ich? Wir begegnen ihnen derzeit noch nicht, wäre aber alles anders verlaufen, wären wir doch völlig überwältigt davon gewesen!«

»Da ist was dran«, gab Rivera zu. »Es ist ein Hinweis darauf, wie lange die Sphäre schon unterwegs sein muss, um in einem dünn besiedelten Universum so viele Opfer aufgesammelt zu haben.«

»Korrekt. Und daher wissen wir auch nicht, ob Horana weiß, was sie tut und wer sie ist – nicht weil sie eine böse Absicht hat oder eine Verräterin ist, sondern weil sie es möglicherweise selbst nicht weiß, wenn sie beeinflusst wird. Wer sich einer Hypnose unterzieht, weiß ja auch nicht, dass er letztlich kontrolliert wird, selbst wenn es sich um eine positive Beeinflussung handelt.«

Rivera wollte dem Mann so gerne widersprechen, aber er konnte es nicht. Erkensteen war sicher nicht gehässig, seine

Argumentation entsprach allerdings in allem einer klassischen Verschwörungstheorie, in sich abgesichert und logisch, unangreifbar von außen, denn eine Argumentation war nur möglich, wenn man sich auf die Prämisse einließ, wozu der Captain nicht willens war.

»Haben Sie irgendeinen Hinweis darauf, dass Horana willentlich oder unwillentlich etwas im Schilde führt?«

Erkensteen zuckte mit den Schultern. »Nein. Dennoch müssen wir die Augen offen halten.«

»Wir müssen aber nicht jeder Paranoia Raum geben.«

Rivera befürchtete für einen Moment, damit zu weit gegangen zu sein, doch der Ingenieur nahm ihm die Bemerkung offenbar nicht allzu übel, er lächelte sogar entschuldigend.

»Ich hoffe, dass ich nur rumspinne. Und hätte ich eine sinnvolle Beschäftigung, dann käme ich nicht auf den Gedanken. Wir kriegen doch langsam alle hier einen Koller.«

Das wiederum war eine Beobachtung, der Rivera nicht widersprechen mochte. Er sah auf, als er etwas hörte, und dann nickte er dem Ingenieur zu.

»Wir können sie ja gleich selbst fragen – sie ist zurück. Das ging diesmal sehr schnell.«

»Captain!«, rief die Frau, als sie den Raum betrat. Jeder hörte sie. »Ich habe interessante Neuigkeiten für uns!«

Alle sahen auf, als die Anwältin eiligen Schrittes auf Rivera zuging. Ihrem Gesicht, der ganzen Körperhaltung war anzusehen, dass sie unbedingt etwas loswerden wollte. Es dauerte nur wenige Momente, da war die ganze Schar der Überlebenden um sie gruppiert, und selbst jene, die der Anwältin nicht vertrauten, wollten nichts verpassen. Dies versprach Abwechslung. Es war wie eine Droge.

Horana war nicht auf den Effekt aus, sonst wäre sie möglicherweise in ihrem alten Beruf geblieben. Sie sah sich um, vergewisserte sich, dass alle da waren und sie nichts ein zweites Mal würde sagen müssen.

»Das war ein kurzes Gespräch«, begann Rivera. Horana lächelte.

»Kurz und inhaltsschwer. Eirmengerd sagt, er wolle der *Scythe* ein Angebot machen, eine Geste der Versöhnung und der Entschuldigung.«

»Ich glaube ihm kein Wort«, sagte Sharon Toliver, die sich direkt neben Rivera stellte. »Versöhnung, ganz bestimmt.«

Horana sah die Frau an. »Über seine Motive will ich lieber auch nicht spekulieren, aber das Angebot klang ernst: Wir sollen freigelassen und an die *Scythe* überstellt werden, mit einer Art Friedensdelegation des Ratsvorsitzenden. Und es soll bald geschehen. Tatsächlich möchte man es auf jeden Fall machen, auch wenn die *Scythe* auf weitere Kontaktversuche nicht antworten sollte. Ein unbewaffnetes Schiff – eine der kleinen Fähren der *Licht* – wird vorbereitet, und wir sollen uns bereithalten. Die Delegation – und ich weiß nicht, wer das alles sein wird oder wie viele – ist dann unser Mitbringsel. ›Eine weitere Geste‹, sagte Eirmengerd.«

»Der Versöhnung?«, fragte Toliver sarkastisch.

»Des Vertrauens«, meinte LaPaz. »Ich glaube nicht, dass es so gemeint ist, und bin mir sicher, dass der Ratsvorsitzende nur Zeit gewinnen möchte, weil er vor irgendwas Angst hat oder etwas Unvorhergesehenes passiert ist – anders kann ich es mir nicht erklären. Aber die Reise ... ich habe das Gefühl, dass wir die tatsächlich antreten werden.«

Gemurmel hob an, aufgeregte Stimmen von Menschen, denen plötzlich Hoffnung gegeben wurde. Zur *Scythe* zu reisen, war zwar kein Weg in die Heimat, aber einer aus der Gefangenschaft in eine vertraute Umgebung, in der man möglicherweise auch einfach etwas anderes tun konnte, als herumzusitzen und Löcher in den Boden zu starren. Für sie alle war das eine sehr positive Nachricht. Selbst Erkensteen, der eben noch sehr grantig gewesen war, schien von plötzlicher Vorfreude erfüllt zu sein. Rivera sah es mit Erleichterung und Sorge gleichermaßen. Wenn sich alle jetzt so enthusiastisch zeigten, was würde wohl geschehen, wenn sich all das als Schimäre erweisen sollte?

»Gibt es Details?«, wollte jemand wissen. »Einen Zeitpunkt?«

»Innerhalb der nächsten drei Bordtage. Ich durfte eine entsprechende Ankündigung an die *Scythe* formulieren, und sie wurde hoffentlich auch so gesendet.«

»Keine Antwort von den Bullen?«, fragte ein anderer.

»Nein, noch nicht. Behaupten zumindest unsere Gastgeber.«

»Die dürfen sicher nicht, wie sie wollen«, spekulierte ein anderer. »Die müssen sicher wen um Erlaubnis fragen.« Jeder wusste, dass damit eine Alienkönigin namens Quara gemeint war, von der die Iskoten Horana erzählt hatten und die für Saim so etwas wie ein rotes Tuch zu sein schien. Horana zuckte nur mit den Schultern. Sie würde sich an Spekulationen nicht beteiligen, das signalisierte ihr Auftreten sehr deutlich.

LaPaz sah Rivera an. »Einen Piloten sollen wir benennen, möglichst sofort.«

»Sharon«, bestimmte der Captain ohne Zögern, und er fühlte sich in diesem kurzen Moment tatsächlich wieder wie ein Kommandant, was er sehr genoss. Er merkte dadurch, wie sehr er diese Position brauchte, um seiner Existenz einen Sinn zu geben, und wie sehr er darunter litt, auf die Umstände seines Lebens keinerlei Einfluss zu haben. Toliver nickte. Sie war für Fähren zertifiziert und saß hier wie ein Tiger im Käfig, von allen einem echten Koller viel näher, als sie es wahrhaben wollte. Rivera gab ihr die Chance rauszukommen, und das vielleicht schneller als die anderen. Sie sah ihn dankbar an.

»Was tun wir?«, fragte der Captain LaPaz.

»Wir warten. Die Iskoten holen die Pilotin heute noch ab, für einen Check des Schiffes, das sie nutzen wollen.«

»Heute noch?«, echote Toliver.

»Das hat man mir so gesagt.«

»Die haben es in der Tat eilig.«

»Dann haben sie entweder was vor, oder etwas ist vorgefallen«, mutmaßte Rivera. »Wir sollten versuchen, so viel wie möglich zu erfahren. Horana ...«

Die Anwältin schüttelte den Kopf. »Ich habe viele Fragen gestellt und nur wenige Antworten bekommen. Ich glaube, dass wir jetzt nicht mehr wichtig sind – außer als Geste des guten Willens.«

»Als Eintrittskarte«, sagte Erkensteen nachdenklich. »Sie wollen uns benutzen, um an diese Quara und die *Scythe* heranzukommen.« Er sah auf, sein Gesicht plötzlich hart und verschlossen. »Ich glaube, es hat was mit Tizia McMillans Fluchtversuch zu tun. Ich weiß, das ist auch nur wilde Spekulation, aber ich bin davon überzeugt. Und ich bin *nicht* davon überzeugt, dass sie eine Verräterin war.« Erkensteen sah trotzig in die Runde. Neben LaPaz waren die »wahren« Absichten McMillans ebenfalls Gegenstand zahlreicher Diskussionen gewesen.

Rivera sagte nichts. Dass Erkensteen, der offenbar auf eine väterliche Art Gefallen an der jugendlichen Wissenschaftlerin gefunden hatte, hier mit zweierlei Maß bewertete, fiel ihm offenbar nicht auf. Horana war ihm verdächtig, McMillan hingegen nicht.

Es wurde wirklich Zeit, dass sie alle hier rauskamen, ehe jeder endgültig verrückt wurde.

Er sah Horana lächelnd an. »Das sind gute Nachrichten. Ich hoffe, es wird sich alles so entwickeln.«

»Ich habe noch etwas!« Horana griff in die weiten Taschen ihres Overalls. In ihrer Hand hielt sie drei große Tafeln Schokolade. Sie wurden ihr fast aus den Fingern gerissen.

32

Tizia wuchs, und sie wuchs hinein in das Schiff der An'Sa, und das natürlich gegen ihren Willen. Es war ein Prozess, den sie nicht richtig verstand, ein Gefühl der Expansion, der ihr Bewusstsein anfüllte, ohne dass sie eine wirkliche Wahrnehmung von Richtung oder Ausmaß hatte. Die Kälte war zum steten Begleiter ihrer Existenz geworden, sodass sie diese schon fast nicht mehr spürte, eher indirekt, als stilles Verlangen nach etwas Wärme, im Sinne von Temperatur wie auch Zuwendung, beides verloren und unerreichbar. Tizia war es kalt geworden, und sie musste sich mitunter daran erinnern, dass dieses Gefühl nicht normal war.

Oh, Zuwendung. Sie konnte da eigentlich nicht klagen.

Die Stimme flüsterte unentwegt, und meistens schmeichelte sie ihr, lobte sie, belegte sie mit Kosenamen, als sei sie noch ein kleines Kind, und die Stimme, die Maschine, das ganze Schiff ihre neue Mutter. In gewisser Weise war die Analogie nicht falsch. Tizia wurde genährt und gehätschelt, im Grunde aufgepäppelt, und das zeigte seine Wirkung. Ihr Körper, mit der Maschine eins geworden, dehnte sich tatsächlich aus, im Geiste wie physisch, und übernahm die Strukturen des alten Raumfahrzeuges schrittweise. Tizia konnte sehen, wenn es sie danach verlangte, musste nicht in der schwarzen Blindheit verharren. Das erlegte ihr die Maschine nicht auf. Wenn Tizia ihre Augen öffnete, sah sie alles und überall zugleich, das Schiff von innen wie von außen, eine verwirrende, überwältigende Vielfalt von Perspektiven.

Nein, nicht überwältigend. Was auch immer die Maschine mit ihrem Verstand anstellte, es erweiterte ihre Fähigkeiten zur Informationsaufnahme. Sie war in der Lage, viele Dinge gleichzeitig zu betrachten und zu bewerten, ohne dass sie damit durcheinanderkam, eine immerhin für kurze Zeit faszinierende Entdeckung an sich selbst, die sie von ihrem kalten Leid ablenkte. Dann trat auch in Bezug darauf eine gewisse Gewöhnung ein. Und wenn es dann doch einmal zu viel wurde, schloss sie alle ihre Augen, und die Perspektiven verschwammen und vergingen. Dann waren da Schwärze und Ruhe, abgesehen vom unentwegten, aufmunternden und gleichzeitig so gierigen Geschwätz der Stimme, die sie einfach nicht in Frieden lassen wollte.

Richtigen Frieden bekam sie nie. Das Schiff, die Maschine war wie aufgedreht. Tizias Ankunft hatte einen Prozess zielgerichteter Begeisterung ausgelöst, anders konnte man es kaum beschreiben. Sehr zielgerichtet. Tizia spürte das Engagement, zu dessen Bestandteil sie geworden war, aber die Frage blieb: Warum wuchs sie?

Da war ein Ziel, eine offenbar sehr wichtige Aufgabe, und die Stimme sprach immer wieder davon, aber ohne ihr genau zu enthüllen, warum all dies geschah. Es war ohnehin

alles ohne Kontext nur schwer zu verstehen, und in Bezug auf die An'Sa, ihre Herkunft und ihre Kultur war sie nicht weitergekommen. Die Stimme wich ihren Fragen nicht aus, Tizia hatte eher das Gefühl, dass sie sie im Grunde gar nicht verstand. Im Kontrast zu ihrer eloquenten Kommunikationsweise dachte die Maschine bemerkenswert eingleisig. Sie schien nicht einmal den Level einer einfachen KI zu erreichen. Solange Tizia nicht verstand, was hinter alledem lag, welches uralte Programm hier gerade ablief und welche Rolle sie tatsächlich dabei spielte, würde sie mit ihren Spekulationen weiterhin wortwörtlich im Dunkeln herumstochern.
Und im Kalten.
Immerhin, sie stellte Überlegungen an. Sie dachte folgerichtig, methodisch, verarbeitete ihre Beobachtungen, denn all das war nichts, woran sie gehindert wurde, und sie war immer noch die junge Wissenschaftlerin, die ihr Handwerk beherrschte. Zumindest war das ein Gedanke, an dem sie sich gerne festhielt, um ein wenig zu verstehen, wer sie war, sich an das zu erinnern, was sie einst ausgemacht hatte und von dem sie erhalten wollte, so viel sie nur konnte.
Sie breitete sich im Schiff aus, sah knotige Ranken, die sich die toten Wände entlangschlängelten, wie schwarzer Krebs, der sich unausweichlich ausbreitete, doch in diesem Fall nicht bösartig war, sondern einen Sinn erfüllte. Nein, Tizia musste sich korrigieren. Es fühlte sich auf eine gewisse Weise durchaus bösartig an, bezogen auf die Absichten der Stimme, den ganzen Zweck dieses Prozesses, der nach Tizias Vorstellungen nur fatal enden konnte. Vielleicht interpretierte sie zu viel hinein. Vielleicht war alles nicht mehr als ein völlig sinnloses Vorgehen einer desorientierten

Elektronik, die aufgrund unvollständiger Daten und veralteter Programmierung agierte, sich entfaltete, wenn sie eine Art Hybridisierung mit einem lebenden Körper, einem aktiven Geist einging, und Tizia war nur ins Räderwerk dieser Maschine geraten, ein Opfer, aber ohne dass weitere Konsequenzen zu erwarten waren.

Das fühlte sich jedes Mal, wenn sie ihre Gedanken in diese Richtung lenkte, grundfalsch an. So war es nicht. Wenn sie eine Gewissheit erfüllte, ohne ihren genauen Ursprung zu kennen, dann diese. *So war es nicht.* Sie würde noch große Probleme bekommen oder, das war viel wahrscheinlicher, anderen solche bereiten.

Sie wurde präpariert. Sie präparierte etwas. Sie schaute genau hin und verstand nur so wenig. Das war beinahe noch schwerer erträglich als die kalte Gefangenschaft, in der sie sich befand.

Das Schiff veränderte sich. Wie Krampfadern zog sich die Wucherung ihrer Ausbreitung über die Oberfläche der toten Hülle, und dann, wie in Zeitlupe, aber doch in messbarer, für sie beinahe bis in die Kommastellen erfahrbarer Geschwindigkeit, tasteten sich Tentakel ins All, ausgehend vom neu erwachten Leib ihres Schiffes – *ihres* Schiffes, welch absurder Gedanke! –, und berührten, Stunden später, die beiden anderen An'Sa-Wracks in unmittelbarer Nähe. Dort fassten sie Fuß, drangen in die schartigen Reste einstmaliger Macht ein und setzten den Transformationsprozess fort, dessen Zentrum Tizias Geist war. »Deus ex Machina« war der Begriff, der ihr immer wieder durch den Kopf schoss, nur dass in diesem Fall der Gott die Maschine war und sie ihm nur Inspiration und Anlass, nicht aber Weisung und Richtung zu geben schien. Er war sicher die Lösung eines Problems, nur leider wusste sie weder, was das Problem war, noch, wem die Lösung diente. Sie ahnte, dass die genaue Definition beider Begriffe ihr wenig Freude machen würde.

Ihre Tentakel, schwarz und in sich gekrümmt, verdreht wie die alten Zweige knorriger Bäume, zogen die beiden anderen Schiffe langsam an sich heran. Sie kamen näher, sehr langsam, sehr beständig, und Tizia spürte, dass das für die Maschine anstrengend war.

Anstrengend, schoss es ihr durch den Kopf. Da war Energie, gesammelt über Jahrhunderte, gespeist durch Energierezeptoren unbekannter Bauart, aber in jedem Fall eingeschränkt durch den Verfall der Anlagen. Und sie selber, ihre Aufnahme in die Maschine, ihre Transformation und die Kontrolle, die sie ausübte, hatten einen Teil dieser Energie gekostet.

Ja!

Tizia spürte es!

Die Kontrolle kostete Energie und Aufwand! Die sie umgebende Kälte war nicht die des Weltraums, es war Ausdruck der Maßnahmen, mit der ihr Geist in seine Schranken verwiesen wurde, die Richtung ihrer Gedanken ...

Gedanken.

Tizia verlor den Faden für einen Moment.

Sie musste sich konzentrieren. Es war sehr wichtig gewesen, doch je stärker sie nach dem Faden ihrer Überlegungen griff, desto heftiger schien sich dieser ihr zu entziehen.

Die Maschine wollte nicht, dass sie in diese Richtung dachte. Tizia spürte, dass es um sie herum kälter wurde, und reagierte instinktiv. Sie intensivierte ihre Anstrengungen, fischte weiter im kalten Teich nach der verheißungsvollen Idee. Energie, das wusste sie jetzt noch, darum ging es. Es wurde kälter und kälter, und das war gut, denn diese Art von Kälte musste die Maschine erzeugen, und sie strengte sich dabei an. Anstrengung war gut. Tizia schaute ins Weltall hinaus. Der Prozess, mit dem die beiden anderen Raumschiffe ihrem näher gekommen waren, kam beinahe zum Erliegen. Ein wildes Gefühl des Triumphs überkam sie. Sie konnte es beeinflussen. Wie überall in der Sphäre, so waren auch hier die Ressourcen begrenzt. Und Tizia konnte anstrengend sein.

Sehr anstrengend.

Eine große Freude überkam sie, ein Gefühl ungeahnter Macht. Sie hatte ihren Hebel gefunden, mit dem sie ansetzen konnte. Tizia McMillan war nicht hilflos, ganz und ...

Der Überfall kam unvorhergesehen, eine große Kraftanstrengung sicher und eine erfolgreiche. Die Welle an eisiger Umklammerung, die sie von überallher zu umfassen schien, schwappte über sie hinweg und spülte jede schwache Barriere fort, die sie zu errichten versuchte. Mit der Kälte kam die Schwärze. Die Maschine schaltete ihr Bewusstsein ab.

Tizia spürte dennoch den Triumph, als sie ins Nichts versank. Sollte sie ruhig ausgeschaltet werden. Sie wusste mit instinktiver Sicherheit, dass sie im Zustand der Bewusstlosigkeit keine Hilfe für die Pläne ihres Gefängniswärters war. Sie nützte nichts. Sie schadete nicht, aber vor allem nützte sie nichts.

Sie war nicht wehrlos.

Niemals zuvor in den letzten Tagen hatte sich Tizia McMillan so voller Macht gefühlt wie in diesem Moment, da sie in die kalte Ohnmacht gerissen wurde.

33

Es war nicht wie Wasser, es war zäher. Im Grunde hatte Jordan das auch so erwartet. Dennoch waren die Bewegungen die gleichen wie im Ozean, und sein Körper erinnerte sich gut daran. Das anfängliche Glücksgefühl verging relativ schnell, als er merkte, dass es hier ganz anders war, eine potenziell feindliche, ganz sicher aber schwer durchschaubare Umgebung.

Letzteres im wahrsten Sinne des Wortes. Es war, als hätte jemand mehrere transparente Plastiktüten vor seinen Augen zerknüllt: Jordan konnte sich durchaus orientieren – und die Ortungsanzeige in seinem Helm hätte ihm den Weg gezeigt, auch wenn er gar nichts mehr wahrnehmen würde –, aber es fehlte an Schärfe. Es half allerdings nicht, dass das HUD ständig zu flackern begann, wenn er sich heftiger bewegte, und manchmal Werte zeigte, die mit der Realität nur schwer in Einklang zu bringen waren. Es funktionierte ein wenig, gut genug, dass er es nicht frustriert ausschaltete, aber nicht gut genug, als dass er sich wirklich voll darauf verlassen konnte.

Dinge schwammen hier unten herum, das war das Erste, was er bemerkte. Es waren keine Fische, aber es war Leben, daran bestand kein Zweifel. Es waren Klumpen, die träge in der Flüssigkeit trieben, ohne sich aktiv zu bewegen, mal faustgroß, mal wie ein Wal, und Jordans erste Assoziation waren Fleischklöße in einer Suppe. Er näherte sich einem der Klöße, als er die Station gerade einmal seit fünf Minuten verlassen hatte, und betrachtete ihn aus der Nähe. Grob kugelförmig, aber uneben, wie ein Organ, und in der Tat drängte sich dieser Eindruck immer mehr auf. Das war kein Abfall, nicht das hiesige Äquivalent von Algen, es hatte eine Bedeutung, die darüber hinausging. Als er sich mit einer Hand dem Klumpen näherte und ihn berührte, fand er ihn weich vor, nachgiebig, aber mit einer gewissen Konsistenz, die ihn zusammenhielt. Am überraschendsten jedoch war, dass in dem Moment, da die sanfte Berührung stattfand, eine Art Funkenregen durch den Kloß zu fahren schien, ein kurzes, schwaches Gewittern, das sofort wieder endete und ihn erst an eine Illusion glauben ließ. Aber der Anzug zeichnete alles auf, und Jordan musste feststellen, dass er sich diesen Effekt nicht eingebildet hatte. Eine elektrische Ladung war ausgelöst worden, und er konnte nur indirekt die Ursache sein, der Anzug war nichtleitend und bestens isoliert.

Eigentlich.

Wer wusste schon, was hier unten noch so war, wie es sein sollte?

Jordan wurde neugierig. Er umschwamm die Brocken leicht und orientierte sich an der Hitzequelle, die weiter unter ihm lag, tiefer, wo es richtig dunkel wurde, wie in der Tiefsee, und allein die Scheinwerfer ihm ermöglichten, überhaupt noch etwas wahrzunehmen. Die Funkverbindung zur Station war brüchig und kratzig, und es stand zu vermuten, dass sie irgendwann abbrechen würde, aber das hielt ihn nicht ab. Er wollte nicht mit leeren Händen zurückkehren, er wollte etwas vorweisen können. Die Druckverhältnisse waren vertretbar, der Anzug beschützte ihn gut, und Jordan war zwar aufgeregt, er empfand jedoch keine Angst.

Keine Angst mehr. Er fühlte sich gerade sehr gut.

Er tauchte hinab.

Irgendwann, nach gut zehn Minuten des steten Tauchgangs in die Tiefe, endete die Funkverbindung. Das ließ ihn kurz innehalten. Doch sie hatten damit gerechnet oder diese Möglichkeit zumindest einkalkuliert. Kein Grund, die Expedition abzubrechen.

Jordan machte weiter. Er bewegte sich regelmäßig, verzichtete auf Hilfsmittel, benutzte Arme und Beine, kraftvoll und regelmäßig, und es tat ihm sehr gut. Seine Muskeln dankten es ihm, taten getreulich ihren Dienst, fühlten sich angenehm an, benutzt, gebraucht, endlich in ihrem Element, das sie so lange vermisst hatten, zumindest in so etwas Ähnlichem wie dem geliebten Wasser. Jordan fühlte sich wohl in seinem Körper. Er fühlte sich dermaßen wohl, dass er bereits bedauerte, dass dieser Tauchgang einmal ein Ende haben würde.

Es wurde dunkel um ihn herum, und erst jetzt erkannte er, dass da immer noch ein distinkter, dunkelroter Schimmer in der Flüssigkeit lag, der trotz der Tiefe alles durchdrang. Es war ein gleichermaßen beruhigender wie irritierender Eindruck, den Jordan nicht recht einzuordnen vermochte, der ihn aber emotional berührte. Er fühlte sich geborgen, wie in einer Gebärmutter, und so absurd erschien ihm dieser Vergleich nicht einmal, und dann aber auch bedroht, als würde in der tiefen, dunkelroten Unendlichkeit unter ihm eine Gefahr lauern, die zu wecken er nun wagte und die ihn verschlingen würde.

Doch die Scanner zeigten keine Gefahr. Wenn sie etwas zeigten. Manchmal präsentierten sie auch nur Irrlichter. Und das leider immer öfter. Es war absehbar, dass die Hochtechnologie seines Anzugs irgendwann endgültig den Geist aufgeben würde.

Was sie aber noch zeigten, war ein gigantischer Klumpen, ein Stück organischer Masse, viel größer und fester als die Teile, die durch die Flüssigkeit trieben, Quelle der Wärme, Quelle des dunkelroten Lichts, Zentrum des Kerns. Das war sein Ziel, was auch immer es bedeuten würde, und Jordan empfand nun neben Ehrfurcht auch das erste Mal ein wenig Angst, denn er war hier unten ... allein.

Und er fühlte sich beobachtet.

Er wurde wahrscheinlich ein wenig verrückt.

Jordan schob diese Gedanken beiseite und konzentrierte sich. Der Anzug funktionierte. Seine Muskeln sangen das Lied lustvoller Anstrengung. Warum sollte sein Verstand nicht auch funktionieren? Dies war kein Ausflug, kein Urlaub, dies war Arbeit und Pflicht, und es war wichtig. Es war besser, wenn er sich jetzt gründlich zusammenriss. Außerdem baute Elissi auf ihn. Wenn das kein Ansporn war, was dann?

Er hielt inne in seinen Bewegungen, gönnte sich einen Moment Ruhe. Eine gute Entscheidung, denn dadurch fühlte er erstmals die Strömung. Bisher war sie nicht in eine bestimmte Richtung gegangen. Sicher, es hatte Bewegungen in dieser Art von Wasser gegeben, sonst würden die Organklumpen auch nicht in bestimmte Richtungen driften, aber niemals nur in eine. Das änderte sich jetzt. Er fühlte einen schwachen Sog in Richtung des Kerns, wie eine sanfte Aufforderung, jetzt nicht müßig zu sein, sondern die Reise fortzusetzen. Er hatte jede Absicht, dennoch bereitete ihm seine Beobachtung Sorge. Ein schwacher Sog konnte ein starker werden. Er war Taucher. Es gab unter Wasser Strömungen, es gab Abhänge und Kliffs, sogar richtige Unterwasserflüsse; es gab Kräfte, die einen aus der Bahn reißen konnten, die einen hilflosen Taucher zum Spielball machten, mit möglicherweise tödlicher Konsequenz. Er war kein Lebewesen dieses Elements, er war ein Eindringling, ein Fremdkörper, und es war notwendig, sich dieser Tatsache immer wieder bewusst zu werden.

Er folgte dem Sog, denn es war weiterhin die richtige Entscheidung. Hin und wieder machte er halt, erprobte seine Fähigkeit, gegen den Einfluss zu schwimmen, und fand, dass dies jederzeit möglich war, vor allem mithilfe der kleinen Motoren auf seinem Rücken, die ihm zusätzlichen Schub zu geben vermochten. Noch bestand also keine Gefahr.

Und er konnte sich weiterhin orientieren. Das Objekt im Kern wuchs vor ihm heran, eine unheimliche Majestät, die durch das dunkelrote Licht nur betont wurde. Es war eine stille Macht, die all dies hier ausstrahlte, eine Macht, die Jordan nicht verstand. Was würde er tun, wenn er angekommen war? Anklopfen?

Vielleicht war das nicht einmal die schlechteste Idee.

Im Zweifel würde es wieder eine Entladung geben. Ein deutliches Hallo.

Der Sog blieb beständig. Jordan ging immer tiefer. Die Zeit verging, langsam, alles noch absolut im grünen Bereich. Hin und wieder sandte er ein Signal an seine Freunde, manchmal gab es ein Knacken als Antwort, was hieß, dass immerhin sein Lebenszeichen angekommen war, ein durchaus beruhigendes Gefühl. Alles lief gut. Kein Grund zur Sorge. Doch das dunkelrote Glühen umfing ihn nun wie der Vorbote eines Höllenfeuers, und seine Augen spielten ihm Streiche, sahen Bewegungen, wo keine waren, wahrscheinlich alles Einbildung. Der Kern erfüllte sein Sichtfeld nun, und es wurde deutlich, dass er mehr war als nur ein vergrößerter organischer Klumpen. Wie das Organ eines Cyborgs war das Ding durchsetzt von Plastik- oder Metallleitungen, die wie ein unregelmäßiges Geflecht über der Masse lagen, fast wie ein schlecht sitzendes Haarnetz, das allzu wilde Strähnen zusammenhielt. Und dann gab es eine Öffnung, etwas, das Jordan unmittelbar mit einem Zugang assoziierte. Vielleicht gar kein Zugang, vielleicht ein Ablass für irgendwas. Das hier war eine Art Lebewesen, es produzierte möglicherweise Abfallstoffe, Exkremente, die in irgendeiner geregelten Form ausgeschieden wurden. Vielleicht waren die kleineren Klumpen, die durch die Flüssigkeit trieben, nur unterschiedlich große Stücke Scheiße, und er trieb die ganze Zeit in der größten Kloake der bekannten Galaxie.

Bei dem Gedanken wurde ihm ein wenig übel. Es war besser, diese Assoziationskette nicht weiterzuverfolgen.

Es wurde Zeit, dass er etwas zu tun bekam, etwas Handfestes zu beobachten, mit etwas oder jemandem zu interagieren, sonst würde er hier unten nicht mehr froh werden. Zugang oder nicht, es war ein Orientierungspunkt, und Jordan strebte darauf zu.

Es dauerte einige wenige Minuten, da sah er nichts anderes mehr vor sich. Der Helmscanner tastete die Masse ab. Sie hatte einen Durchmesser von etwa zweihundert Metern, war annähernd kugelförmig, wenngleich die unregelmäßige Form zumindest optisch dominierte. Als Jordan die runde Öffnung erreicht hatte, fand er, dass sie in der Tat einer Mannschleuse sehr ähnelte und er, mit etwas Mühe, hineinpasste, wenn er nur eine Möglichkeit fand, sie zu öffnen.

Es gab ein Handrad.

Jordan schaute sich das Rad nachdenklich an. Natürlich war es eine voraussehbare, eine logische Konstruktion, die für die Greifwerkzeuge vieler Völkerschaften die ideale Voraussetzung bot, Energie auf einen Mechanismus zu übertragen, ein Konstruktionsprinzip, das sich aus den naturgesetzlichen Bedingungen ergab und daher nur wenig Variationsbreite vertrug, entwickelte man es zum logischen Ende. Dennoch, das plötzliche Gefühl von Vertrautheit, das ihn erfüllte, war zu stark, als dass er es als dumme Assoziation abtun wollte.

Er griff zum Rad und drehte es. Es ging nicht leicht, klemmte aber auch nicht, und hatte er es erst in Schwung gebracht, wurde es immer besser. Die äußere Tür der Schleuse öffnete sich, indem sie in die dahinter liegende Kammer einschwenkte. Jordan schaute hinein, es war ein kahler, weißer Raum, der sich blitzschnell mit der Flüssigkeit gefüllt hatte, und er wurde, wie erwartet und erneut auf berückende Weise vertraut, durch eine zweite, vergleichbare und mit einem Handrad bewaffnete Schleusentür nach innen abgeschlossen.

Es gab nichts, was ihn hielt. In die Enge der Kammer einzutreten, die scheinbar unendliche Weite des Ozeans zu verlassen, gab ihm für einen Moment das Gefühl der Bedrückung, aber er ließ sich davon nicht beirren. Wurde ihm richtig schwummrig zumute, konnte er auf einige Tabletten aus der Anzugapotheke zurückgreifen, darunter auch ein Mittel, das ihn, so hatte ihm Radek mit einem leicht warnenden Unterton bedeutet, für eine Weile sehr mutig machen würde. Er solle es nur im Ausnahmefall nehmen, wenn er richtig große Angst hatte, und so weit war Jordan noch nicht.

Als er die Schleusentür hinter sich schloss, begann ein Mechanismus, die Flüssigkeit aus der Kammer zu pumpen. Das schien problemlos zu funktionieren. Die Kammer war schnell leer, und es dauerte wenige Sekunden, da leuchteten die Kontrollen des Anzugs in einem beruhigenden Grün: Druck und Atemluftqualität waren ausreichend. Erneut beschlich Jordan diese Anwandlung seltsamer Vertrautheit: Auch hier unten, wie überall auf der Station, war die Luft atembar und bekömmlich für Wesen seiner Natur. Entweder waren die mysteriösen Erbauer wie sie – zumindest in diesem Aspekt –, oder sie passten ihre Anlagen an. Was würde wohl passieren, wenn ein Methanatmer die Station betrat? Jordan wusste nicht einmal, ob es in der Sphäre so ein Wesen gab – oder ob eine solche Zivilisation überhaupt existierte.

Für unmöglich hielt er jedenfalls nichts mehr.

Jordan spürte eine Bewegung und beobachtete, wie sich ein feiner Schleier an Flüssigkeit auf seinen Anzug legte, der sofort abtrocknete, ein Prozess, der sich noch zweimal wiederholte. Es war kein großes Rätsel. Ein Fremdkörper war eingedrungen, wie ein chirurgisches Instrument, und bevor dieser ins Allerheiligste vorgelassen werden konnte, musste er desinfiziert oder anderweitig präpariert werden, um keinen Schaden anzurichten.

Der Anzug meldete keine Beschädigung. Jordan ging davon aus, dass er jetzt schlicht sehr, sehr sauber war.

Zeit, die zweite Schleusentür zu öffnen.

Den Helm behielt er wohlweislich geschlossen. Jordan wusste nicht, was ihn dazu veranlasste: die Tatsache, dass hier alles so war, wie man es erwarten konnte, oder die, dass das eigentlich nicht sein konnte. Er wollte nicht beruhigt in einer vertrauten Umgebung agieren, er wollte durch Fremdartigkeit fasziniert und überrascht werden.

Da würden sich seine Gastgeber noch etwas anstrengen müssen.

34

»Wir sind bald da, und wir sind beunruhigt.«

Qesja saß würdevoll auf ihrer Sitzgelegenheit in ihrem Audienzsaal, ein beeindruckender, kräftiger Körper, der jedoch, wenn er nicht gerade durch eine Schwangerschaft in seiner Beweglichkeit limitiert wurde, sehr agil und mächtig wirkte. Laetitia Genq hatte in den vergangenen Tagen ausreichend Gelegenheit gehabt, sich mit den Eigenheiten der Skendi vertraut zu machen. Dies geschah sowohl über den ihr persönlich zugeteilten Resonanzbauch, der alle Fragen beantwortete, entweder er selbst oder Qesja durch ihre Repräsentation, als auch persönlich, denn die Königin war die meiste Zeit über relativ gelangweilt. Ihr Schiff funktionierte perfekt, mit einer aufeinander eingespielten Mannschaft und zwei Prinzessinnen als Führungsoffizierinnen, die Qesja von allem Mikromanagement befreiten. Die An'Sa blieben in Schweigen gehüllt. Genq hatte um eine Audienz gebeten, aber keinerlei Antwort bekommen. Qesja hatte sie von diesen Bemühungen nicht abgehalten, ihr aber von Anfang an deutlich zu verstehen gegeben, dass sie sinnlos sein würden. Und so war es auch.

Niemand durfte das Schiff dieser mysteriösen Zivilisation betreten, und die Scanner sagten wenig aus, weniger jedenfalls, als man aufgrund der geringen Entfernung erwarten durfte. Die Skendi zeigten Mut, dass sie sich auf eine Reise einließen, deren Gastgeber sich geheimnisvoll gab – und es war nicht einmal klar, warum die An'Sa den Königinnen überhaupt das Angebot gemacht hatten. Es gab eine Hypothese, dass die Bewohner des Pfeilschiffes die Skendi als eine Art Kommunikationsfilter verwendeten, um auf ihrer Reise nicht in die Verlegenheit zu geraten, selbst mit allerlei lästigen Gesprächspartnern konfrontiert zu werden. Die Skendi als kollektiver Resonanzbauch der An'Sa, nur mit dem Unterschied, dass ihr eigener Beitrag zu jedem Austausch sich auf einige sehr dürre Informationen beschränkte.

Was Genq auch nicht in Erfahrung bringen konnte, war die genaue Motivation dafür, dass die Skendi diese weite Reise auf sich nahmen, um ihre entführte Schwester zu finden. Die Andeutungen, die die Androidin der Fruchtmutter entlocken konnte, wiesen auf ein kompliziertes dynastisches Problem hin, in das Quara verwickelt war und zu dessen Lösung sie irgendwie beitragen konnte. Genq hatte irgendwann aufgehört nachzufragen.

Jetzt näherte sich die Reise ihrem Ende. Die Androidin wusste mittlerweile, was genau damit gemeint war: Das sehr schnell fliegende Schiff der An'Sa hatte die Sphäre nicht nur eingeholt, sondern überholt und würde es im wahrscheinlichen Zielsystem erwarten. Wie genau ihre Navigatoren den

Flug des Objektes vorausberechneten, wussten weder Qesja noch Genq, ebenso wenig, ob das System wirklich das Endziel oder nur der Abschluss einer weiteren Etappe war. Aber auf der Basis der Aufzeichnungen, die die Androidin gesichtet hatte, war davon auszugehen, dass sie ziemlich genau wussten, was sie da taten.

»Sie sind beunruhigt?«, fragte Genq. »Worüber?«

»Ich weiß nicht, was die An'Sa vorhaben, um in die Sphäre einzudringen, ich weiß nicht, wie die Sphäre reagieren wird, ich weiß nicht, welche Situation wir in ihr vorfinden, ich weiß nicht, ob wir überhaupt autonom agieren können, und ich weiß nicht, ob wir den langen Weg zurück alleine machen müssen.«

»Wenig oder nichts zu wissen, ist in der Tat Grund zur Sorge«, sagte Genq diplomatisch, auch weil es für sie im Grunde nicht zutraf. Sie wusste, was eine Risikoabschätzung war, eine Extrapolation aufgrund bestehender Daten und berechneter Wahrscheinlichkeiten, und diese führte natürlich zu einem gewissen Prozentsatz, der Auskunft über Erfolg und Scheitern gab. Aber Sorgen machte sie sich eigentlich nicht. Dafür fehlten ihr die Hormone. »Allerdings ist das schon seit Antritt Ihrer Reise so. Etwas anderes beunruhigt Sie mehr.«

Qesja sah Genq respektvoll an. »Sie beobachten aufmerksam. Ich bewundere die Fertigkeiten Ihrer Zivilisation bei Ihrer Herstellung.«

»Ich bin ein ausgereiftes Modell«, akzeptierte Genq das Lob.

»Sie haben recht, es gibt eine weitere, aktuelle Information, die mir große Sorge bereitet.«

»Was wäre das?«

Qesja ließ vor Genqs Augen eine Holoprojektion entstehen, nicht unähnlich der im Konkordat verwendeten Technologie. »Mit dem Zielsystem ist etwas nicht in Ordnung.«

Genq sagte nichts. Sie war es gewohnt, dass biologische Lebensformen ungenaue Angaben machten und manchmal dramaturgische Effekte durch ihre Wortwahl heraufbeschworen, Effekte, die Genq verstand, aber die natürlich bei ihr nicht wirkten. Erfahrungsgemäß war darauffolgendes Schweigen im Sinne einer stillen Aufforderung, doch bitte zur Sache zu kommen, die beste Reaktion.

»Sehen Sie selbst. Diese Daten haben wir von den An'Sa bekommen. Sie sind beunruhigend.«

Sie waren in der Tat nichts anderes als das, und Genq war zufrieden damit, keine Hormone zu haben – oder sonst irgendwas, das ihr Sorge bereiten konnte.

Sie betrachtete die Darstellung trotzdem etwas länger, um sicherzugehen, sie auch richtig verstanden zu haben. Denn das, was sie dort erblickte, war außergewöhnlich, sehr sogar. Sie konnte es erst nicht richtig einordnen.

»Sehe ich das richtig? Da sitzt etwas auf der Sonne?«, fragte sie.

»Das ist zutreffend – wenn stimmt, was wir hier bekommen haben.«

»Sie misstrauen den An'Sa?«

»Aber selbstverständlich, aus tiefstem Herzen.«

Genq nickte. Sie hatte es nur bestätigt hören wollen. Ein Objekt auf der Sonne, wie eine Spinne, mit einem schwarzen Schatten, der wirkte wie der aufgeblähte Leib einer trächtigen Spinnenmutter, die jederzeit eine Vielzahl kleiner Tiere aus sich entlassen würde, und langen, dürren Beinen, mit denen ein guter Teil des Sonnenkörpers umarmt wurde. Es war ansonsten kein besonderes System, der Stern der Klasse F, und keine Angaben über Planeten, vielleicht vor allem deswegen, weil sie nicht so interessant waren wie diese Konstruktion, die entweder direkt auf der Sonnenoberfläche briet oder sie doch so nahe umkreiste, dass der Unterschied von ferne marginal wirkte.

Eine völlig unglaubliche, absolut nicht nachvollziehbare Konstruktion. Dennoch, wenn man nicht von Erstaunen gelähmt war, konnte man rasch zur Analyse schreiten.

»Ein Energieabnehmer«, begann Genq mit ihrer ersten Hypothese. »Direkte Aufnahme von Fusionsenergie aus dem Stern, für einen Zweck, der verdammt viel davon benötigt.«

»Eine meiner Vermutungen. Die Frage ist wohl, was dieser Zweck sein könnte. Die nächste Frage ist: Das kann eine Bedrohung sein, doch die Sphäre hält direkt darauf zu. Ist das also ein Problem für die Sphäre oder ist es ...«

»... ihr Ursprung?«, vervollständigte Genq.

»Vielleicht arbeitet die Sphäre gar nicht so rational, wie wir denken. Vielleicht wird sie schlicht von Signalen zivilisatorischer Intelligenz angelockt, reagiert darauf wie auf einen Lockstoff, fliegt blind hin, ohne zu überlegen und abzuwägen. Würde auch in eine Falle laufen, wenn es eine gäbe, oder der eigenen Nemesis begegnen, weil sie nicht anders könnte.«

»Die Sphäre lockt an und wird selbst nur angelockt?«, fasste Genq zusammen.

»Eine Idee so gut wie jede andere.«

»Was dazu führen wird, dass wir möglicherweise gerade dabei sind, den gleichen Fehler zu begehen«, schloss Genq.

»Deswegen habe ich Sie informiert, Erdendroidin. Ich

habe die An'Sa gefragt, ob sie etwas über dieses Objekt wissen und ob sie es als Bedrohung ansehen.«

»Und?«

»Sie haben die Frage ignoriert. Dann habe ich sie gefragt, ob wir nicht vorsichtig sein sollten und den Kurs besser ändern, erst mal sehen, was so passiert.«

»Sie wurden erneut ignoriert?«

Qesja lachte. »Keinesfalls. Die Antwort war ein klares Nein.«

»Also sehen sie das Ding nicht als Gefahr.«

»Oder es interessiert sie genauso wenig wie die Sphäre, Hauptsache, sie erfüllen ihre Mission.«

Genq überlegte kurz. »Wir sind nicht mehr allzu weit entfernt. Das Schiff der Skendi könnte abkoppeln und ab jetzt alleine operieren.«

»Darum bat ich. Ich wurde ...«

»... ignoriert«, sagte die Droidin. »Ich verstehe. Mitgefangen, mitgehangen.«

Qesja sah Genq fragend an, da sie den Kontext dieses Sprichwortes nicht verstand, dann flüsterte ihr einer ihrer Bäuche etwas zu, offenbar jemand, der sich ein wenig intensiver mit irdischer Linguistik befasst hatte, wie an Bord dieses Schiffes ohnehin ein bemerkenswerter Grad an Spezialisierung herrschte. Sie machte eine zustimmende Geste, nachdem der Bauch seine Erläuterungen beendet hatte.

»Ja«, sagte sie zur Bekräftigung. »Ich fühle mich etwas hilflos. Und nein: Wir werden unser Schiff nicht gegen den Willen unserer Gastgeber lösen können, ohne erhebliche Beschädigungen in Kauf zu nehmen – vor allem dann, wenn die An'Sa beleidigt reagieren sollten und anfangen, auf uns zu schießen.«

»Sieht so aus, als seien unsere Optionen begrenzt.«

»In der Tat«, erwiderte Qesja mit einem etwas bitteren Unterton. »Dieses Schiff wird in Alarmzustand versetzt, sobald wir ankommen, und ich werden Ihnen eine Beobachtungsposition auf der Brücke zuweisen, Laetitia Genq. Sie sind mein geehrter Gast. Aber ich kann nicht für Ihre Sicherheit garantieren.«

»Ich habe dieses Schiff in der Erkenntnis betreten, dass es meine letzte Reise werden könnte. Mein Selbsterhaltungstrieb ist programmiert, er führt nicht zu irrationalen Erwartungen oder Verzweiflungstaten. Dennoch: Sollten Sie auf meine Fähigkeiten und guten Dienste zurückgreifen wollen, biete ich Ihnen diese hiermit an.«

»Dafür danke ich Ihnen. Es kann sein, dass ich darauf zurückkomme.«

»Sie rufen mich.«

Damit war Genq entlassen. In ihren Datenspeichern trug sie alles, was Qesja von den An'Sa übermittelt bekommen hatte. Sie würde sich intensiv damit befassen. Aber bereits jetzt kam sie zu dem Schluss, dass Kyen, der Wagemutige, als er seine Entscheidung getroffen hatte, auf eine Teilnahme an dieser Expedition zu verzichten, vor allem eines gewesen war: Kyen, der Vernünftige.

Genq aber machte sich, im Rahmen ihrer Möglichkeiten, ernsthafte Sorgen.

35

»Das sind unsere Bedingungen. Ihre Auftraggeber sollten sich der Tatsache bewusst sein, dass es um Sicherheitserwägungen geht, nicht um Schikane. Es geht darum, Vertrauen aufzubauen. Dazu sind einige Schritte notwendig«, sagte Lyma Apostol zu Horana LaPaz, aber natürlich im Grunde nicht zu ihr, sondern jenen, die zuhörten und sie dirigierten. Die Anwältin nickte.

»Ich verstehe Ihre Sicherheitsbedenken«, erwiderte sie gelassen, und sie versuchte, Apostol zu zeigen, dass sie diese teilte, ohne das laut sagen zu müssen. Ob ihr bedeutungsvoller Blick aber bei der Kommandantin der *Scythe* ankam, dessen war sie sich nicht sicher. »Admiral Eirmengerd und Ratsvorsitzender Saim wollen keinen verdeckten Angriff starten, sie wünschen einen Austausch. Einen Ausgleich sogar. Die Situation ist nicht geeignet für eine militärische Auseinandersetzung. Fruchtmutter Quara wird bemerkt haben, dass die Angriffe auf ihre Schutzbefohlenen beendet wurden. Sie sind jetzt über das militärische Potenzial des Rates informiert und sollten abschätzen können, dass es sinnvoller ist, ins Gespräch zu kommen und eine Lösung zu finden, die weitere Tode verhindert.«

»Die Worte hör ich wohl, allein, mir fehlt der Glaube«, sagte Apostol und lächelte fein. »Saims Langzeitplan ist es doch, einen Neuanfang in der Sphäre zu beginnen und dafür ... Platz zu schaffen.«

Genauso ist es immer noch, dachte Horana und wünschte sich, der Kommandantin exakt das auch bestätigen zu dürfen. Aber dann wäre es aus mit ihrer Rolle und, wenn Eirmengerd schlecht gelaunt war, auch mit ihrem Leben. Seit der General persönlich die Aufgabe übernommen hatte, Horana zu »beraten«, war der Ton gleichermaßen verbindlicher wie auch rauer geworden. Der Soldat war kein Diplomat und wollte eigentlich auch keiner sein.

»Der Ratsvorsitzende«, sagte sie also stattdessen, »ist sich veränderter Rahmenbedingungen bewusst. Der Kern unterzieht sich einem uns unbekannten Prozess. Möglicherweise lässt er sich nunmehr nutzbar machen, als Ressourcenquelle, vielleicht sogar als Zugang zur Steuerung der Sphäre. Das verändert in den Augen Saims die Optionen und hat demnach auch Auswirkungen auf die weitere Vorgehensweise. Teil dieses Erwägungsprozesses wäre das Treffen und die Übergabe der Gefangenen als Zeichen des guten Willens. Sie aber wollen, dass diese Zusammenkunft weitab vom Kern stattfindet, irgendwo im Trümmergürtel. Ich bin mir nicht sicher, ob die berechtigte Sorge um Sicherheit hier nicht ein falsches Signal sendet. Ihr Misstrauen ist nicht berechtigt. Die Delegation wird keine Waffen bei sich führen. Das Schiff wird ebenfalls unbewaffnet sein. Eine Fähre der

Licht, vertrautes Terrain. Sie dürfen es durchsuchen. Es wird nichts verborgen. Aber die Forschungsstation ist nun einmal Territorium des Rates, und der Hüter des Tores ist Mitglied des Rates, auch wenn Riem sich dieser Tatsache derzeit nicht zu erinnern wünscht. Es ist ein Zeichen des Respekts ...«

»Respekt ist nicht das Wort, das ich hier verwenden würde«, warf Apostol ein. »Mir mangelt es nicht an Respekt, interessanterweise auch der Fruchtmutter nicht. Lassen Sie uns doch einen Kompromiss vereinbaren. Wir treffen uns in der Mitte – sozusagen auf neutralem Gebiet. Sollte es gut laufen, entsendet Saim eine Delegation zu uns und akzeptiert, dass die Fruchtmutter einen Resonanzbauch als Botschafter beim Rat positioniert – und einen, der die *Licht* inspiziert, die rein rechtlich gesehen uns gehört. Oder mir, genauer gesagt, als Vertreterin des Konkordats.«

Horana beherrschte sich mustergültig. Das war, eben rein rechtlich gesehen, ziemlicher Blödsinn. Die bloße Tatsache, dass Apostol die Kommandantin eines Polizeikreuzers war, sagte rein gar nichts aus. Aber Horana würde eine entsprechende Rückfrage Eirmengerds natürlich ganz im Sinne Apostols beantworten. Dies war ohnehin alles reine Spiegelfechterei. Saim wollte etwas. Quara und Apostol offenbar auch. Horana war nur diejenige, die dazwischensaß und so tat, als würde sie verhandeln. Aber das war für sie keine neue Situation. Als Anwältin war man manchmal das Sprachrohr bemerkenswert verblödeter Mandanten, die einen dafür bezahlten, dass man Quatsch redete und Positionen vertrat, die kein vernünftiger Mensch ernst nehmen konnte. Solange man sich damit im Rahmen der Gesetze bewegte, war dies ein Teil der Aufgabe einer Rechtsvertretung, und solange die Rechnungen bezahlt wurden, ertrug man es mit zusammengebissenen Zähnen und einem maskenhaft freundlichen Lächeln.

Dies hier war einfacher. Horana war auf Apostols Seite. Hoffentlich merkte es die Kommandantin. Horana wollte, so die Gefangenenübergabe klappte, nicht als Quisling dastehen. Das war sie nicht.

Noch ein bedeutungsvoller Blick in Richtung der Kommandantin. War da ein unmerkliches Nicken gewesen oder war dies nur Einbildung, geboren aus Horanas Hoffnung auf Absolution? Sie würde es früh genug merken, wie man zu ihr stand.

Wenn alles gut ging.

Sie musste es sich selbst zugeben: Die Chance, dass Saim sie alle betrog, war da.

»Ich werde den Vorschlag übermitteln«, erklärte die Anwältin, wohl wissend, dass er bereits in diesem Moment bei Saim angekommen war oder zumindest bei den Iskoten, die sich schon ihre Gedanken machen würden. »Sie werden schnell von uns hören. Haben Sie einen konkreten Vorschlag in Bezug auf den Treffpunkt?«

»Warum nehmen wir nicht eine Position, die allen bekannt ist und die uns ein wenig daran erinnert, was passieren kann, wenn man scheitert.« Apostols Bemerkung klang bedeutungsvoll, und als sie die Koordinaten nannte, nickte Horana. In der Nähe der toten An'Sa-Schiffe, das war natürlich von einer gewissen symbolischen Bedeutung, vor allem, wenn die Informationen über den Fluchtversuch von Tizia McMillan stimmten, die Eirmengerd ihr gegeben hatte – wobei sie fest davon ausging, dass die Geschichte nicht einmal annähernd so abgelaufen war, wie er es ihr geschildert hatte. Wusste Apostol im Detail von dem »Unfall«, der sich so unvorhergesehen ereignet hatte und in den die An'Sa-Kreuzer offenbar irgendwie verwickelt gewesen waren?

Wollte sie nach Tizia suchen? Horana hoffte es fast. Sie fühlte sich schuldig, ohne dafür einen bestimmten Grund zu haben. Warum war die junge Frau entflohen? Was war in ihrem Kopf vorgegangen? Es hatte zweifelsohne eine Veränderung gegeben.

Es nagte an ihr.

Apostol sah sie auffordernd an.

Horana konnte nicht direkt fragen. Aber die Wahl des Treffpunkts war zweifelsohne überlegt erfolgt. Und weder Saim noch Eirmengerd würde dies entgehen. Dennoch hatte die Anwältin das Gefühl, dass sie dem Vorschlag zustimmen würden.

Sie beendeten das Gespräch mit einigen Floskeln, und dann saß Horana vor der erloschenen Holografie. Die Anspannung fiel nur allmählich von ihr ab. Die ganze Zeit hatte sie an sich halten müssen, ihre wahren Gefühle nicht hinauszuschreien, die flehentliche Bitte an Captain Apostol, nichts zu tun, was die Übergabe der Gefangenen riskieren würde. Wenn auch nur die leiseste Chance bestand, die eintönige und deprimierende Haft zu beenden, wollte sie, dass sie genutzt wurde, sonst würden sie alle wahnsinnig werden. Und außerhalb des direkten Zugriffs durch Saim wären sie auch besser gegen seine manchmal erkennbar erratischen Meinungswechsel gefeit, die den Ratsvorsitzenden unberechenbar machten – was in Verbindung mit einem Hang zu rücksichtsloser Grausamkeit höchst problematisch sein konnte.

Nach allem, was sie wusste, funktionierte die Fruchtmutter Quara besser, von Captain Apostol einmal ganz zu schweigen.

Horana drehte sich um, als jemand die Übertragungskabine betrat. Es war der iskotische General.

»LaPaz«, sagte er anstelle eines Grußes. »Wir lassen ein klein wenig Zeit verstreichen, aber wir sind einverstanden. Ein symbolischer Ort und ein symbolischer Zeitpunkt: Wir treffen uns, wenn die Sphäre ihre aktuelle Etappe beendet hat. Ein schöner Abschluss für uns beide und für viele ein Neubeginn.«

Die zu erwartende Gefangennahme einer weiteren Spezies durch die unermüdlich unerbittliche Sphäre als den Anlass für einen »Neubeginn« zu bezeichnen, war eine unangenehme Verniedlichung eines an sich unhaltbaren Zustands.

Aber was konnte sie auch von jemandem wie Eirmengerd anderes erwarten?

»Hier.« Der Iskote reichte ihr Schokolade. Sie nahm sie, ohne zu zögern, wohl wissend, dass dies keine Geste der Freundschaft, sondern ein Zeichen der Unterdrückung war.

Doch es war gut, wenn sie etwas mitbrachte.

36

Die *Scythe* nahm Fahrt auf, und es war ein gutes Gefühl, dass der Kreuzer wieder in Bewegung war, vor allem, weil für Apostol damit der Eindruck verbunden war, *etwas* zu tun. Das Schiff der Menschen begab sich möglicherweise in Gefahr, daran bestand kein Zweifel, aber es war gleichzeitig ein Schritt vorwärts, und die Besatzung hatte sich die ganze Zeit wie in einer Stasis gefühlt, unfähig, das eigene Schicksal zu verbessern, abwartend, letztendlich hilflos. Wer *etwas* tat, überwand dieses Gefühl, und Apostol molk die Möglichkeit, indem sie die Crew ausgesprochen beschäftigt hielt. Drei Resonanzbäuche begleiteten sie, die Delegation der Fruchtmutter, und Riem als das einzige hier anwesende Ratsmitglied, allein schon um den Vertretern Saims zu zeigen, dass man mit einer Stimme zu sprechen begonnen hatte. Bestärkt wurde dies durch die Tatsache, dass in den letzten Tagen sieben weitere Schiffe eingetroffen waren, die sich unter den Schutz Quaras gestellt hatten, darunter eine

Spezies, die sich vorher als dem Rat zugehörig gefühlt hatte und jetzt anderer Ansicht war. Saims Front bröckelte. Sie tat es auf vorhersehbare Weise – er selbst hätte diesen Stein irgendwann entfernt, daran bestand wohl kein Zweifel. Dennoch war es eine Stärkung ihrer Verhandlungsposition, meinte die Fruchtmutter. Eine weitere Provokation für einen Ratsvorsitzenden, der ohnehin eine sehr dünne Haut zu haben schien, meinte Snead, der die ganze Aktion mit dem größten kritischen Abstand beurteilte. Apostol selbst schwankte ein wenig zwischen beiden Positionen, ein Grund mehr, warum sie als Leiterin dieser Mission vielleicht am besten geeignet erschien. Sie hatte die Aufgabe aber vor allem akzeptiert, weil sie Verantwortung für die Überlebenden der *Licht* empfand und alles daransetzen wollte, diese zu retten. Ob ihre dann neu gewonnene Sicherheit – von Freiheit konnte innerhalb der Sphäre ja kaum die Rede sein – sich als dauerhaft erweisen würde, stand auf einem ganz anderen Blatt.

»Wir halten gebührenden Abstand zu den Wracks der An'Sa«, befahl Apostol, die den Kursverlauf und den Flug genau beobachtete. »Ich habe nur Schlechtes von dort gehört. Ich möchte, dass wir sie ständig im Auge behalten. Wir nehmen die Position als Wegmarke, wir wollen mit dem Raumschrott aber nichts zu tun haben.«

Niemand widersprach, als die *Scythe* mit geringer Beschleunigung ihren Weg durch das Trümmerfeld zog. Sie flogen langsam, und sie hatten alle Systeme hochgefahren, leuchteten wie ein Tannenbaum, um leicht geortet zu werden. Auch das Schiff des Rates, die Fähre von der *Licht*, ging ähnlich vor und glühte bereits auf den Ortungsschirmen in ihre Richtung. Es war ein ziviler Transport, und wenn die

Iskoten keine Höllenmaschine an Bord installiert hatten, gab es keine Probleme. Die Scanner zeigten nichts, was darauf hindeutete, und die Spezialisten des Polizeikreuzers hatten ein Auge für derlei entwickelt.

Bis jetzt verlief alles exakt so, wie sie es sich vorgestellt hatten. Saim kam natürlich nicht selbst, hatte allerdings mit einem Direktor Pultan Henk jemanden entsandt, der nicht in Gefahr geriet, durch allzu martialisches Auftreten für Unwillen zu sorgen. Horana, die bis zuletzt im Austausch mit der *Scythe* gestanden hatte, hatte Henk als einen Wissenschaftler beschrieben, der nebenher noch diplomatische Aufgaben für Saim zu erfüllen schien. Sie war gespannt, wie sich diese Begegnung entwickeln würde. Auftakt aber würde die Übergabe der Gefangenen sein. Quara und sie selbst hatten in der Vorbereitung auf diesem Detail bestanden. Erst die eigenen Leute, dann die Politik. Saim hatte sich damit schnell einverstanden erklärt.

Zu schnell? Führte er damit etwas im Schilde? Es war wohl diese Unsicherheit, die Ursache für Apostols Nervosität war. Eines jedoch empfand sie derzeit nicht mehr – eine wohltuende Abwechslung für sie –, nämlich Ungeduld. Jetzt, wo sich die Dinge entwickelten und ein wichtiges Etappenziel vor ihnen lag, drängte nichts sie zum Handeln.

»Was sagen die Scanner?«, hörte sie Snead fragen, dem das Misstrauen anzusehen war, eine Regung, gegen die sie nichts hatte. Misstrauen war gut, vor allem dann, wenn es, wie in diesem Fall, mit Wachsamkeit verbunden war.

»Nur die Fähre der *Licht* – und die Wracks!«, kam die Antwort. Die Wracks waren das Problem. Nicht alle waren energetisch tot. Gerade ihre Wegmarke, die Pfeilschiffe der An'Sa, waren dafür bekannt, aktiv zu sein, tödlich, wenn man sich ihnen zu weit näherte. Immer noch war nicht klar, was mit einem Besatzungsmitglied der *Licht* geschehen war, einer jungen Frau, der irgendwie die Flucht gelungen war – oder die überlaufen wollte. Horana hatte sich dazu sehr vorsichtig geäußert, und Apostol nahm an, dass die Anwältin ihr damit signalisierte, dass die Sache irgendwie stank.

In jedem Fall war manchmal nur schwer zu unterscheiden, ob ein altes, verlassenes Raumschiff vor einem lag oder ein aktiver Hinterhalt. Die Raumkarten waren sehr akkurat, und jedes Wrack war darin verzeichnet, sodass sie eine gute Grundlage für die Unterscheidung hatten, doch jederzeit konnten sich kleine Schiffe im Ortungsschatten größerer Relikte verbergen. Sie mussten die Augen offen halten. Snead machte das gut.

Apostol nickte, was keiner so richtig wahrnahm, da sie alle die Schutzanzüge trugen, um sich auf das Schlimmste vorzubereiten. Der breite Halsring, aus dem im Fall des Falles der Helm schoss und sich um den Kopf legte, verdeckte Bewegungen, und hin und wieder fuhr sich Lyma mit den Fingern an den Kragen darunter, der natürlich immer zu eng war und an der Haut zerrte. Es war eine Geste, die ihre leichte Nervosität ausdrückte. Snead verarbeitete die seine anders, er hielt eine seit geraumer Zeit leere Kaffeetasse umklammert, als gäbe sie ihm in diesen schwierigen Zeiten zusätzlichen Halt.

Die *Scythe* hatte keinen allzu langen Flug vor sich. Es dauerte nur etwa eine Stunde, da erreichten sie die verabredeten Koordinaten, und an diesen erwartete sie nicht nur das Delegationsschiff des Rates.

Tatsächlich war etwas Unvorhergesehenes passiert.

Und das gerade dort, von wo sie am ehesten Probleme erwartet hätten.

»Was ist das?«, brachte die Verwirrung Sneads auf den Punkt. Das Scannerbild prangte in prachtvoller Größe vor ihrer aller Augen, denn jetzt war die Meinung eines jeden gefragt, dem zur Antwort auf die Frage des Offiziers etwas einfiel. Lyma Apostol gehörte nicht dazu.

Etwas ging mit den An'Sa-Schiffen vor sich.

Apostol hatte die Archivdaten konsultiert. An'Sa flogen pfeilförmige Raumfahrzeuge von beeindruckender Länge, aber einem Durchmesser, der die Schiffe aus der Ferne richtiggehend zerbrechlich erscheinen ließ, von einem mittig gelegenen Wulst einmal abgesehen. Genau diesen Anblick, ohne Veränderung seit Jahrhunderten, hatte Apostol erwartet. Eine Wegmarke, nicht mehr.

Die Wegmarke jedoch sah jetzt anders aus, und das auf sehr bedrohliche Weise. Was einstmals drei Pfeilschiffe gewesen waren, stellte sich nun als ein wucherndes Konglomerat aus Metall, Plastik und weiteren, nicht recht definierbaren Baustoffen dar. Die alten Schiffe waren ineinander verschmolzen, aber nicht sauber und fugenlos, sondern wie von einem Pilz überwachsen, der überall Schwellungen und Wunden aufwies. Tentakelähnliche Fortsätze reckten sich ins All, und sie hatten begonnen, nach anderen Wracks in der Nähe zu greifen, die aus unerfindlichen Gründen den Abstand zu den An'Sa-Schiffen verringert hatten. Wracks, die über keinerlei aktiven Eigenantrieb mehr verfügten und die sich jetzt, durch kaum wahrnehmbare Filamente durch die Leere gezogen, auf die verwachsene neue Struktur zubewegten, mit messbarer, wenngleich langsamer Geschwindigkeit.

Sie alle schauten sich das ratlos an. Es gab nur leicht erhöhte Energiewerte, entweder waren die alten Schiffe in dem, was sie taten, sehr effizient oder gut abgeschirmt.

Etwas geschah.

Etwas wuchs und veränderte sich.

Man konnte es nicht ignorieren. Lyma Apostol war nicht die Einzige, die mit diesem Anblick eine Bedrohung verband. Die Resonanzbäuche, echte und repräsentierte Gesichter gleichermaßen, betrachteten das Abbild mit Entsetzen. Und die Begrüßung durch Direktor Henk war keine diplomatische, sondern eine verwirrte. Als das Gesicht des Kastenwesens auf den Schirmen erschien, hielt er sich nicht lange mit höflichen Präliminarien auf.

»Sind Sie dafür verantwortlich?«, platzte er in die Stille hinein. Die Verbindung hatte Inq etabliert, der Einzige auf der Brücke, den nichts und niemand verblüffen konnte.

»Ich grüße Sie ... Direktor Henk?«, erwiderte Apostol, die sich nicht weiter aus dem Gleichgewicht bringen lassen wollte, obgleich ihre Augen unverwandt auf das Weltraumgeschwür gerichtet waren. Ihr war unwohl. Es war nicht Angst, noch nicht, sicher ein wenig Vorsicht, aber vor allem ein Gefühl der Überforderung. *Was ist das?* folgte in ihrem Kopf einem *Jetzt das nicht auch noch!* und einem *Nimmt es denn kein Ende?* Dass sie letztere Frage nur mit einem klaren *Nein!* beantworten konnte, verbesserte ihre emotionale Lage nicht.

»Captain Apostol. Entschuldigen Sie. Das da ... das hat mich aus der Fassung gebracht. Sind Sie dafür verantwortlich? Die Fruchtmutter? Wir ...«

»... wissen nichts. Ich sehe dies das erste Mal. Quara ebenfalls. Und wenn ich Ihre Reaktion richtig deute, ist es für Sie auch neu.«

Henk konnte man nicht ansehen, ob er eine zustimmende Geste machte oder nicht, sein quadratisches Selbst war für Apostol völlig fremd und nicht zu deuten. Seine Sprache aber war klar und nachvollziehbar.

»Völlig neu. Das sollte da nicht sein.«

»Es ist ein neuer Prozess?«

»Ein unvorhergesehener.«

»Ist Ihrer Kenntnis nach etwas vorgefallen, was dies hätte auslösen können?«

Direktor Henk zögerte etwas, und Apostol wusste nicht, ob das von Bedeutung war oder nicht. Sie ahnte allerdings, woran er dachte. Vielleicht rückte er jetzt mit Details dessen vor, was hier passiert war.

»Ich befürchte, dass in der Tat etwas geschehen ist, von dem wir aber nicht sagen können, ob es in Bezug zu dieser Veränderung steht. Ich glaube, die geehrte Horana LaPaz hat Ihnen gewisse jüngste Entwicklungen bereits angedeutet.«

»Sie wollen uns das genauer erklären? Jetzt wäre eine wirklich gute Gelegenheit.«

Henk wollte, das war ihm anzusehen, war sich aber wohl nicht sicher, ob er auch durfte. Apostol bekam das Gefühl, dass es derzeit nichts weiter nützen würde, weiter in ihn zu dringen.

»Wir können das erste Treffen so schnell wie möglich beginnen«, sagte sie dann und begab sich damit auf Territorium, auf dem Henk sich lieber aufhielt. »Wir sind bereit, jederzeit.«

»Wir auch. Entsprechend unserem Protokoll beginnen wir auf Ihrem Schiff, Captain?«

»So wurde es vereinbart.«

»Die Fähre dockt an, wir sind absolut unbewaffnet. Wir bringen die Gefangenen mit. Sechzehn Individuen, alle gesund und munter.«

»Das ist erfreulich«, war Apostols karge Antwort. »Darf ich vorschlagen, zu den An'Sa einen vergrößerten Sicherheitsabstand zu halten?«

»Ihren Vorschlag halte ich für ausgezeichnet.«

Henks Antwort kam schnell und entschieden. Er hatte Angst. Er wusste wirklich nicht, was *genau* sich dort abspielte – aber er hatte eine Ahnung, und Apostol würde ihn erneut darauf ansprechen. Sie unterbrach die Verbindung, nachdem sie einige Höflichkeiten ausgetauscht hatten, die sie jetzt nachholten.

»Snead, mein Freund, was geht da vor sich?«, fragte sie. Die Andockschleuse meldete Bereitschaft. Sie konnte jetzt wenig anderes tun, als auf die Annäherung zu warten. Das Dockingmanöver würde nicht viel Zeit beanspruchen. Die Fähre wurde von einem Besatzungsmitglied der *Licht* gesteuert.

»Energieentwicklung ist da, aber auf einem stetigen, eher niedrigen Niveau, wenngleich mit unregelmäßigen Ausschlägen, als ob jemand relativ erratisch Speicher abruft. Ich kann es nicht erklären. Die Struktur selbst widersetzt sich den Scannern weitgehend. Sie ist halb organisch, halb künstlich, eine Art Plastikverbundstoff, flexibel und vielfältig einsetzbar. Die An'Sa-Schiffe sind die Quelle, und es wird immer noch eine Menge davon produziert. Sieh hier, das haben wir aufgezeichnet.«

Snead aktivierte einen zweidimensionalen Bildschirm. Er zeigte, wie sich von einem der wuchernden Schiffe ein Filament löste, etwas zerfaserte, dünner wurde, kaum noch wahrnehmbar, sich dann ausbreitete, wie ein ausgeworfener Ankerhaken, und das sehr zielgerichtet. Es traf auf ein Wrack, kein An'Sa-Schiff, das in der Nähe schwebte, setzte sich fest, erst nicht mehr als ein dunkler Punkt, der sich dann zielstrebig ausbreitete.

»Materieumwandlung«, meinte Snead. »Das ist die erste Hypothese. Welchem Zweck das dient, weiß ich nicht. Aber es ist ganz bestimmt beunruhigend, vor allem nach so langer Ruhezeit.«

»Captain, wir messen weitere Energieschwankungen«, meldete Inq.

Apostol wandte sich um. »Das An'Sa-Schiff?«

»Nein. Es sind offenbar die Vorboten des Austritts der Sphäre aus dem übergeordneten Kontinuum. Wir sind am Ende der Flugetappe angekommen. Unser Ziel ist erreicht.«

Apostol fühlte, wie eine plötzliche Vorahnung sie ansprang, wie ein Unheil, das kurz davorstand auszubrechen. Das war eine Koinzidenz, die ihr große Sorgen bereitete. Sie sah Snead an, der ihr zunickte, die Stirn gerunzelt. Es ging ihm genauso. Etwas entwickelte sich. Es war furchtbar, so gar nichts zu wissen und tun zu können. Sie musste die Ruhe bewahren, unbedingt.

»Hat das Auswirkungen auf unser Schiff?«

»Nur marginale. Es kann zu Störungen kommen, auch in der Kommunikation, aber ich wollte es nur sagen. Wir werden wahrscheinlich irgendwann zusätzlichen Besuch bekommen, wenn alles so abläuft wie bisher. Noch mehr gierige Trottel.«

»Als ob es hier nicht eng genug wäre.«

Die Toröffnung war weit entfernt. Saim würde sich darum kümmern und entweder einen neuen Verbündeten oder einen neuen Feind finden. Dass jemand in die Sphäre kommen würde, war unstrittig. Das Objekt machte nur halt, wenn es eine raumfahrende Spezies ortete, das war die vorherrschende Hypothese. Die historischen Aufzeichnungen legten nahe, dass es bisher nur sehr wenige Halte gegeben hatte, die nicht zu einer Erweiterung der Sphärenpopulation geführt hatten.

»Wir konzentrieren uns auf die Gefangenen und auf Henk – und was wir tun können, um aufzuschieben, was letztlich unausweichlich sein wird«, sagte Apostol schließlich. Wie aufs Stichwort war zu beobachten, dass sich die Fähre in Position brachte und auf die *Scythe* zuschwebte. Die Scanner beharkten es mit allem, was sie hatten, und es gab keinerlei Hinweis auf einen miesen Trick. Das Fahrzeug wirkte völlig harmlos. Vertraut und harmlos. Wenigstens etwas.

Apostol beobachtete, wie es näher kam.

»Ich gehe zur Schleuse. Ihr haltet hier die Augen offen.«

Damit wandte sie sich ab und setzte ihre Ankündigung in die Tat um. Als sie die Schleusensektion betrat, leuchteten bereits die rotierenden Warnlampen an der Decke. Der Andocktunnel war ausgefahren und würde die Fähre leicht auf Abstand halten. Alles in allem war es ein Routinemanöver, das von der Automatik ganz selbstständig durchgeführt werden konnte.

»Hoffentlich sind sie alle gesund«, murmelte der Techniker, ein Mann namens Taskit, der neben Apostol stand und formal für den Vorgang verantwortlich war. »Der Arzt ist nicht da.«

»Er kann nicht überall sein. Wir kommen zurecht«, erwiderte die Kommandantin und verwies auf die beiden Medoroboter, die neben zwei weiteren Polizeieinheiten standen.

Ob nun ein wütender Mob oder offene Brüche, sie waren auf beides gut vorbereitet.

Es gab weder das eine noch das andere.

Als die Schleuse sich öffnete, kam als Erste Horana LaPaz zum Vorschein, mit einem Gesichtsausdruck, als könne sie das alles im Grunde nicht glauben. Gefolgt wurde sie von allen anderen angekündigten Besatzungsmitgliedern der *Licht*, allen voran Captain Rivera, der einen sehr erschöpften und gleichzeitig extrem erleichterten Eindruck machte. Apostol trat auf ihn zu, salutierte auf altmodische Art, eine der wenigen Traditionen, die es vom Militär bis in die existierenden Raumdienste geschafft hatte, wenngleich eher für formale Anlässe.

Irgendwie war das jetzt so ein Anlass. Es fühlte sich bedeutsam genug an.

»Captain Rivera«, sagte sie laut. »Willkommen auf dem Konkordats-Polizeikreuzer *Scythe*! Ich bin froh, dass Sie bei uns sind – Sie alle!«

Zwei oder drei der Neuankömmlinge klatschten, alle sahen sehr erleichtert aus. Rivera straffte sich, erwiderte den Gruß.

»Captain Apostol, ich danke Ihnen im Namen aller.« Die Antwort kam leise, fast heiser, und Apostol machte eine einladende Handbewegung ins Schiffsinnere.

»Taskit hier wird Ihnen Unterkünfte zuweisen und versuchen, Ihre Wünsche zu erfüllen. Ich erwarte, dass Sie an den Verhandlungen …«

Sie unterbrach sich selbst, als in Begleitung zweier Iskoten Direktor Henk zum Vorschein kam, quadratisch, kompakt, bisher abwartend, aber offenbar des Wartens nun müde. Er baute sich vor Apostol auf.

»Ich begrüße Sie, Direktor!«, sagte die Kommandantin schnell. »Willkommen ...«

»Danke. Können wir die Formalien verschieben? Captain Apostol, ich habe gerade sehr beunruhigende Nachrichten erhalten. Wir müssen unsere Verhandlungen nicht nur beschleunigen, wir müssen ihren Inhalt möglicherweise überdenken.«

Apostol blinzelte, sah Rivera an, der ihr ebenso zunickte wie Horana LaPaz.

»Die Sphäre ist eingetroffen, vor wenigen Minuten«, erklärte der Captain leise.

»Das haben wir mitbekommen. Was ...«

»Und wir wurden erwartet«, ergänzte Horana LaPaz.

»Erwartet? Auch das Konkordat hat ...«

»Nicht so«, unterbrach Henk mit einem drängenden Unterton. »Wir wurden erwartet – und jemand versucht, in die Sphäre einzubrechen.«

»*Auszubrechen*, meinen Sie?«

»Nein, Captain. *Ein*. Und es scheint, als würde das auch gelingen.« Henk räusperte sich. »Ratsvorsitzender Saim hat den sphärenweiten Alarm ausgelöst. Ich versichere Ihnen, das ist seit Jahrhunderten nicht mehr passiert. Wir haben Probleme, Captain Apostol. Verdammt große Probleme.«

37

»**E**nergieanstieg. Da geht ein wildes Gewitter vor sich. Der Sphärenschirm fluktuiert. Der Torbereich wird angegriffen. General, Ihre Befehle!«

Befehle, dachte Eirmengerd, der sich an Bord seines Flaggschiffes selbst ein Bild von der Entwicklung machte, auf die unzähligen Monitore und Projektionen starrte und mit jeder Minute weniger wusste. *Was soll ich nur befehlen?*

Das war das Problem mit der Autorität. Sobald man in eine Situation geriet, wo die eigene Macht ihre Grenzen fand, fühlte man sich noch hilfloser, als hätte man diese Macht nie besessen. Wer hätte auch mit so etwas gerechnet? Eine Etappe beendet, etwas warten, dann kamen die nächsten Idioten, die sich anlocken ließen, die Tür ging auf, die Tür ging zu, und die Reise wurde fortgesetzt. So war es immer gewesen. Immer! Warum musste es ausgerechnet jetzt anders sein?

Sie waren auf so was nicht vorbereitet.

Niemand war das.

Reiß dich zusammen!, dachte der Iskote. *Du bist der General. Wer keine Befehle hat, der stellt Fragen.*

»Wie reagiert die Sphäre?«

»Keine aktive Reaktion messbar«, sagte sein Stellvertreter Airmandad, der neben ihm stand und auf noch mehr Monitore und Projektionen starrte, um Fragen zu beantworten, auf die er genauso keine Antwort kannte. Aber er war ganz gut darin, sein Unwissen in klare Worte zusammenzufassen. »Es gibt einen Energieausgleich aus anderen Wabensegmenten des Schirms, was zu den Fluktuationen führt. Offenbar ist die Beanspruchung massiv. Aber noch ist der Sphärenschirm stabil, soweit wir das abschätzen können.«

»Können wir sehen, wer für diesen Angriff verantwortlich ist?«

»Noch nicht. Der Schirm ist weiterhin stabil genug, um unsere Scanner zu stören. Es gibt aber eine Projektion, nach der das nicht mehr lange so sein wird.« Airmandad hielt inne, offenbar selbst von seiner Schlussfolgerung überrascht. »Der Schirm wird durchlässig, General. Wir werden sogar Nachrichten senden und empfangen können, wenn das so weitergeht. Auch wenn er nicht zusammenbricht, wir werden kommunizieren können.«

»Aber warum will jemand herein – ich meine, auf diese Weise? Was geht da vor sich?«

Airmandad hatte eine Antwort. »Die beste Hypothese ist: Die Angreifer kennen die Sphäre. Sie wissen, was hier drin ist. Sie wollen uns möglicherweise helfen. Oder jemanden herausholen. Oder alles kurz und klein schlagen.«

Eirmengerd grunzte. Eine Hypothese so gut wie die andere. Er betrachtete die Datenströme. Eine Idee formte sich in seinem Kopf, und er begann zu verstehen, vielleicht eher als alle anderen. Die Idee zu äußern ... doch. Sein Stellvertreter war kein Dummkopf.

»Schauen Sie sich an, was da passiert«, begann er mit einer höchst unnötigen Aufforderung, denn niemand hier tat etwas anderes. »Es gibt Angriffe auf das Tor, richtig? Die Sphäre zieht Energie aus den anderen Waben ab, um den Schutz um das Tor zu verstärken. Korrekt?«

»So sieht es aus.«

Die Hände des Generals wirbelten über die Kontrollen. »Sehen Sie hier. Was ist das?«

Airmandad beugte sich nach vorne. »Diese Wabe ist besonders geschwächt. Die Energieverteilung im Schirm ist ungleichmäßig.« Er sah Eirmengerd an. »Schlau. Wenn die Angreifer so denken, ist das schlau. Sie wollen gar nicht durch das Tor. Sie warten darauf, dass so etwas passiert. Eine Wabe lässt nach, wird durchlässig, bricht sogar aus dem Gefüge aus, eine unerwartete Öffnung, sodass auch jene, die vielleicht innen auf sie warten, überrascht sein werden. Richtig?«

Eirmengerd nickte heftig. Schlaue Taktik.

»Mein Gedanke. Entsenden Sie eine Sonde direkt an diese Wabe. Ich muss einfach wissen, was auf der anderen Seite ist.« Der Iskote sagte »was«, nicht »ob etwas«. Er war sich absolut sicher, dass seine Annahme stimmte. Dies war ein Angriff, und es war eine überlegte, geplante Aktion, von jemandem, der die Sphäre kannte und sich über ihre Funktionsweise Gedanken gemacht hatte. Es passte zu gut.

»Für wen ist das hier eine Bedrohung?«, murmelte der General. Sein Stellvertreter sah ihn fragend an. Der Oberkommandierende lächelte beinahe.

»Das fragte mich Saim, bevor ich aufbrach: Für wen ist das hier eine Bedrohung?«

»Für die Sphäre«, erwiderte Airmandad das Offensichtliche. »Sie wird schließlich attackiert.«

»Aber damit auch für uns?«, hakte der General nach. Das löste, wie zu erwarten war, Nachdenklichkeit in seinem Stellvertreter aus. Doch er kam nicht dazu, eine weitere Hypothese zu entwickeln.

»Schwankungen nehmen zu, die Wabe destabilisiert in einer besorgniserregenden Geschwindigkeit«, hörten sie beide die Meldung. Eirmengerd sah in der Tat mit Besorgnis auf die Entwicklung. Hier drin waren die iskotischen Kampfschiffe, das Trägerschiff mit den gut fünf Dutzend Angriffsbooten, ein echter Machtfaktor. Aber da draußen konnten sie im Zweifelsfall völlig bedeutungslos sein.

Eirmengerd verstand jetzt, was sein Problem war.

Bedeutungslosigkeit. Davor fürchtete er sich. Der König in der Sphäre, der Sklave nach ihrer Öffnung, nein, nicht einmal ein Sklave, einfach nur ein Niemand. Wenn sich die Parameter verschoben, wenn neue Größen hinzukamen, ging das sehr schnell. Dann galten auch alte Loyalitäten nichts mehr. Wen interessierte Saim oder der Rat oder sonst wer, wenn die Sphäre sich öffnete? Alle wurden mit einem Male völlig irrelevant. Raus hier, sich umsehen, überleben, das Leben neu ordnen.

Saim brauchte eine funktionierende Sphäre genauso wie er. Wenn es sie nicht mehr gab, gab es sie beide auch nicht mehr, nicht als Männer von Amt und Würden, die in der Lage waren, eine Vision umzusetzen. Dann waren sie ... Staub. Nichts.

Eirmengerd spürte die Angst, wie sie langsam nach ihm griff.

Angst. Das war eine ungewohnte Empfindung.

Jetzt machte der Iskote mit ihr Bekanntschaft, und es war sehr unangenehm.

»Die Wabe zerbricht! Wir können es direkt mit ansehen!«

Anders ließ es sich in der Tat nicht beschreiben. Über die Energiestruktur fuhr ein Flimmern, wie ein letztes Aufbäumen, in dem die Sphäre noch einmal versuchte, die eigene Integrität zu bewahren. Sie kämpfte um ihre Fassung, doch es war aussichtslos.

Eirmengerd blickte ins Weltall.

Für einen Moment war es totenstill. Alle starrten sie. Weltall. Keine alte Aufzeichnung. Das richtige, echte Universum in all seiner schimmernden Pracht. Schrankenlos, grenzenlos, und ... erreichbar.

Sie sahen es durch die Kameraaugen der Sonde, aber dann doch direkt auf die Sterne, und das zum allerersten Mal in ihrem Leben. Der General starrte für einen weiteren Moment, als das leuchtende Band dieser Galaxie sein Schimmern auf die Brücke seines Schiffes warf, es war ein Augenblick der Andacht, dem sich auch der harte Iskote nicht entziehen konnte. Es war ein Zauber und das Versprechen nach Freiheit und ...

»Alle Einheiten zur Bruchstelle«, hörte er sich befehlen. »Schicken Sie die Sonde hindurch. Machen Sie schon!«

Die Starre löste sich. Seine Befehle wurden ausgeführt. Egal was passierte, auf die Disziplin an Bord dieses Schiffes konnte er sich immer verlassen.

»Was ist das?«

So reagierte sein Stellvertreter als Erster auf das Bild, das sich abzeichnete, als die Sonde durch die Öffnung nach außen trat. Ein Raumschiff befand sich keine 200 Klicks entfernt, und es war zweifelsohne erkennbar, dass es sich um die Quelle des Angriffs auf die Sphäre handelte. Es war von einem eigenen Schutzfeld umhüllt, und dieses glühte auf, denn die Sphäre wehrte sich nicht nur passiv. Es wurde geschossen.

»Das ist ein Raumkampf«, sagte Eirmengerd. »Ziehen Sie die Sonde aus der Kampfzo...«

Es blitzte auf. Dann brach die Verbindung ab. Airmandad sah seinen Kommandanten um Entschuldigung bittend an, doch der General war nicht erbost. Da draußen wurde gekämpft, und die Tatsache allein, dass die Sphäre den Angreifer nicht fortfegte wie ein lästiges Insekt, sprach für die Ernsthaftigkeit der Situation. War die Sphäre nur als Gefängnis in der Lage, Macht auszuüben? Scheiterte sie bei ernsthaftem Widerstand von außen?

Ihre Beobachtungen legten diese Schlussfolgerung nahe.

»Aufzeichnungen. Ich will jede Sekunde noch einmal sehen!«

Sein Befehl wurde sofort ausgeführt. Es war nicht viel Material, aber in Standbilder aufgelöst ...

»Das da! Vergrößern! Genügt die Auflösung?«

Sie war ausreichend. Ein Schiffsgigant zeichnete sich ab, natürlich verschwindend klein im Vergleich zur Sphäre, doch eindeutig als Ausgangspunkt des Angriffes auszumachen, eine feuerspeiende Furie, wenn man den mitgelieferten Emissionsdaten Glauben schenken wollte.

»Das gefällt mir nicht«, murmelte Eirmengerd, als er das Bild einen Moment auf sich wirken ließ. »Sehen Sie alle, was ich sehe? Es ist keine Überinterpretation, die etwas zusammensetzt, was gar nicht da ist? Sie da!«

Er winkte einem Ortungstechniker, der eingeschüchtert neben ihn trat, sehr unbehaglich ob der plötzlichen Aufmerksamkeit, die ihm zuteilwurde.

»Herr«, sagte er unterwürfig. Eirmengerd lenkte seine Aufmerksamkeit auf das Detailbild.

»Was sehen Sie?«

»General ...«

»Frei heraus. Egal, was es ist.«

Der Mann straffte sich. »General, Herr, es ist ein Pfeilschiff der An'Sa, durch eine mir unbekannte Vorrichtung oder Technik mit einer königlichen Barke der Skendi verbunden.«

»Exakt. Ich bin also nicht verrückt?«

Der Techniker beschloss, die Frage unbeantwortet zu lassen, und wurde sogleich von Eirmengerd wieder an seinen Arbeitsplatz geschickt, eine Aufforderung, der er mit sichtlicher Erleichterung Folge leistete.

»Quara steckt dahinter?«, fragte Airmandad verständnislos.

»Sie sind ein Idiot!«, blaffte sein Vorgesetzter. »Das hier ist etwas ganz anderes. Quara konnte genauso wenig mit der Außenwelt kommunizieren wie wir. Aber ihr Verschwinden wird in ihrem Volk gewisse Prozesse ausgelöst haben, und man hat sich auf eine sehr lange Reise gemacht – und hat dabei Hilfe bekommen. Unerwartete Hilfe, wenn ich das sagen darf.«

»Und die Vorgänge um die Wracks? Die Energieausbrüche und Wucherungen? Müssen wir davon ausgehen, dass diese Dinge in Verbindung zueinander stehen?«

»Das müssen wir wohl, oder?«

Eirmengerd starrte für einen weiteren Moment auf die Darstellung der zwei Schiffe. Er war ein mutiger Mann, dem persönlichen Risiko nicht abgeneigt, aber jetzt passierten zu viele Sachen auf einmal, die niemand mehr unter Kontrolle bringen konnte. Dinge, die in ihm große ...

Angst.

Sie lösten Angst aus. Richtige Angst. Nicht um Macht und Einfluss, sondern um das eigene Leben.

»Ich bin in meinem Raum«, sagte er seinem Stellvertreter. »Ich konferiere mit dem Ratsvorsitzenden. Das läuft alles aus dem Ruder. Bleiben Sie in Bereitschaft.«

»Sollen wir den Feind angreifen?«, fragte Airmandad.

»Sie sind völlig irre«, sagte der General schneidend. »Die wischen mit uns den Boden auf.«

Damit wandte er sich ab. Sein Stellvertreter blieb schweigend zurück.

Schweigend und voller Furcht vor einer zunehmend ungewissen Zukunft, ein Gefühl, das er mit jedem an Bord teilte.

38

Als der Siebte erwachte, wusste er, dass die Zeit gekommen war.

Nein, da war kein Pathos.

Im Grunde genommen war es ein alberner Gedanke. Die Zeit als etwas Lineares zu betrachten, gehörte zu den großen Irrtümern aller Sterblichen, und der Siebte, irgendwo zwischen sterblich und unsterblich, war sich dieses Irrtums aus eigener Erfahrung sehr schmerzhaft bewusst. Wieder für eine ordentliche, nachvollziehbare und vor allem handhabbare Linearität zu sorgen, das war sein großes Ziel, und diesmal würde er dabei ganz besondere Sorgfalt walten lassen.

Aber es war »an der Zeit«, so oder so, sonst wäre er nicht geweckt worden. Der Siebte widerstand der Versuchung, mit den anderen sechs in Kontakt zu treten, die in diesem Moment wahrscheinlich exakt die gleichen Gedanken hegten oder zumindest sehr ähnliche, denn sie waren alle vom gleichen Schlag.

Jetzt nur keinen Fehler machen, mahnte sich der Siebte. Es durfte keinen Achten geben. Das würde alles sehr lästig machen, und allein die Zeit, die dann wieder vergehen würde ... Nein, nicht einmal daran denken.

Der Siebte wusste, dass all das, was er gerade tat, sich nur um eine Illusion handelte. Es war eine sorgfältig durchdachte Illusion, die seine geistige Gesundheit bewahren sollte, und so ließ er die Erkenntnis nicht allzu weit in sich vordringen. Er schaute an sich hinab, die weiße Decke lag über seinem Körper, dessen Konturen sich undeutlich darunter abzeichneten. Die ganze Schlafkammer, klein, wie sie war, schimmerte in weißen Tönen. Es war ruhig, nicht einmal das Summen der bescheidenen Anlagen der *Blase* war zu hören, und er war dankbar dafür. Er hatte eine Aversion gegen laute Geräusche entwickelt, seit dem Vierten eigentlich schon, und er achtete darauf, dass alles ruhig verlief. Als er seine Beine zur Seite schwang, um sich zu erheben, glitten seine Füße in gepolsterte Pantoffeln, die nicht nur seine Sohlen umschmeichelten, sondern nahezu über den Boden flüsterten, als er losging.

Weiche Pantoffeln waren wichtig, vor allem für einen Mann seines Alters.

Es war immer noch albern.

Er hatte de facto nur wenige Minuten geschlummert. Sein Schlafbedürfnis war gering, schon immer gering gewesen, und die relative Eintönigkeit seiner Existenz hatte dazu beigetragen. Dennoch hielt er am Ritual fest: Aus dem Nahrungsspender nahm er den Becher mit der dampfenden heißen Flüssigkeit, deren süßer Geschmack angenehm in seinem Mund lag, kaum dass er den ersten Schluck zu sich genommen hatte. Er nickte sich selbst zu. Er war erwacht.

Es machte die Sache leichter. Da war eine nahezu atavistische Scheu in seinem Unterbewusstsein, die diesen Vorgang für »falsch« hielt, und dieses Unbehagen ließ ihn nicht los, es wirkte belastend. Das Ritual half ihm, die Zeit zu überbrücken, den Scheidepunkt zu bestimmen und alles damit für sein Ich erfahrbarer, vor allem erträglicher zu machen.

In seinen wattierten Pantoffeln, angetan mit der leichten Schlafkleidung, die er eigentlich nie mehr auszog, außer um sie zu reinigen, wanderte er den kurzen Gang in das winzige Kontrollzentrum. Der Siebte war allein – ja, da waren die anderen sechs, aber sie hatten notwendigerweise ihre eigenen Blasen –, und er benötigte nicht viel Platz. Außerdem war der Aufwand zum Erhalt der *Blase* erheblich, und je kleiner sie war, desto weniger war sie dem Sonnenherrn eine ständige Erinnerung, dass da ein Stachel in seinem Fleisch lauerte. Das war gut.

Er streckte sich nicht, weil seine Muskeln gar nicht verspannt sein konnten, weil die Stasis kein altmodischer Kühltank war, sondern eine Manipulation der Zeit selbst und er sich doch gerade erst zur Ruhe gelegt hatte. Ein wenig Schlaf hatte er natürlich bekommen, es war psychologisch wichtig, Momente in der persönlichen Wahrnehmung verstreichen zu lassen. Wenn man sogleich, nur nach einem Blinzeln, wieder so richtig da war, dann erdrückte einen irgendwann das Gefühl der Irrealität, es wurde zu einer echten Belastung. Hundert Jahre, tausend, manchmal auch so viele mehr, siebenmal jetzt schon, und subjektiv waren seit Beginn der Großen Reise dann nur Minuten vergangen – das hielt kein Verstand aus, auch der seine nicht, und der war extrem belastbar.

Jetzt galt es, die Lage zu sondieren. Er trank weiter in kleinen Schlucken aus dem Becher, eine rein mechanische Tätigkeit. Sie half ihm, sich zu konzentrieren. Er sah sich um.

»Sie sind da?«, fragte er überflüssigerweise, denn es konnte keinen anderen Grund dafür geben, dass er erweckt worden war. Ein Gong ertönte, leise und unaufdringlich, ein Zeichen der Bestätigung. Er benötigte keine dummes Zeug schnatternde KI. Wollte er kommunizieren, hatte er die sechs, angemessene Gesprächspartner, die seine Ideen und Leidenschaften teilten, mit denen er sich gut verstand. Der Begriff »Künstliche Intelligenz« war ohnehin nicht wahr. Es war immer alles nur eine Annäherung und zumeist eine ermüdend dumme. Ein Gong genügte. Nuancen in der Vibration sagten ihm alles, was er wissen musste. Eine sprechende Maschine hatte er schon immer als eine Art persönlicher Beleidigung empfunden.

Er machte eine ausholende Handbewegung, und die dreidimensionale Darstellung des Systems erschien vor seinen Augen, so oft gesehen, so gut eingeprägt, es gab nichts, was er nicht bereits intensiv betrachtet hatte. Langweilig, wenn nicht die Ankunft der Sphäre da wäre, die Chance, es anders zu machen, besser. Endgültig. Ein Gedanke, der ihn belebte. Der einzige Gedanke, der das erreichte.

»Zeige mir die Sphäre.«

Sofort erschien sie vor ihm, in ihrer schillernden Pracht. Er war immer noch stolz auf sie, wenn auch definitiv zu viel schiefgelaufen war und zu oft. Er suchte, und er fand, wie erwartet, mit einer nur kleinen Abweichung.

Die Angreifer waren in Stellung. Das hatte er nie verhindern können, der Fünfte hatte es bereits aufgegeben. Es gab in diesem Stadium zu viele Variablen, und die meisten davon waren gegen seine Absichten gerichtet, sodass jede Intervention zu diesem Punkt in einer Katastrophe zu enden drohte. Die An'Sa waren gut, es gab einen Grund, warum sie sich die Exakten Denker nannten, denn sie taten genau das: sehr, sehr exakt denken. Der Siebte konnte nicht verhehlen, dass er eine gewisse Bewunderung für diese Zivilisation empfand, die in vielem so sehr der eigenen überlegen schien. Wie schade nur, dass sie in ihrem Tun so verbissen und verblendet waren, keine Abweichung erlaubten, sich nicht und anderen. Der Siebte wusste bei all den Maßnahmen, die sie alle schon vor vielen Jahrtausenden ergriffen hatten, dass man mit einem An'Sa nicht reden konnte. Und wenn, dann bestand die Gefahr, dass der Irrsinn ihrer Beharrlichkeit auf einen selbst übergriff wie eine Infektion. Der Zweite konnte davon berichten. Eine sehr, sehr unangenehme Situation.

Der Siebte gedachte, sie nicht zu wiederholen. Er war kein Masochist, eher das Gegenteil. Er wollte seine Ruhe, er wollte seine Macht zurück, und er wollte nach Hause, nicht unbedingt in dieser Reihenfolge.

Der Angriff hatte begonnen. Die Energieausbrüche waren erheblich. Die An'Sa gingen, wie immer, sehr klug vor, und die Sphäre lag im Grunde im Koma, seit der Kern außer Gefecht gesetzt worden war. Sie konnte sich nicht zielgerichtet wehren. Der Siebte hatte wirklich versucht, die Ereignisse zu vermeiden, die zu diesem Zustand geführt hatten, aber es war immer wieder genauso ausgegangen. Was damals geschehen würde, war zu weit entfernt, als dass er es manipulieren konnte, und seine Gefangenschaft in der *Blase* – so freiwillig sie auch sein mochte – half dabei nicht weiter. Hier, im System des Sonnenherrn, entschied sich alles. Wie bereits sechsmal. Zu seinen Ungunsten. Der Siebte war kein Wesen großer Religiosität, ganz im Gegenteil, aber es war wirklich an der Zeit, diesen Zyklus zu unterbrechen.

Sieben war eine magische Zahl. Er gestattete sich diesen kleinen Atavismus.

»Was macht der Sonnenherr?«, fragte er leise, und der Gong antwortete mit einem warnenden Timbre. Auch das war zu erwarten. Die gigantische Konstruktion, die die Sonne in einem nahen Orbit umkreiste, schlief nie wirklich. Sie ging ihrem unglaublichen Werk nach, wie ihre Erbauer es vorgesehen hatten, methodisch und mit viel Zeit. Nun aber erwachte die epochale Maschinerie, denn sie nahm, erneut, zum siebten Mal, die Bedrohung wahr.

Der Beobachter mit dem Becher in der Hand nahm sich einen Moment Zeit, in den Sternenhimmel zu sehen. Er war gleißend hell, hier in der Nähe des galaktischen Kerns, wo die Sternendichte erheblich größer war und es niemals so richtig Nacht zu werden schien, weil die Milchstraße nicht als fernes Glitzerband erschien, sondern als schimmernde Allgegenwart. Die letzte Etappe der Sphäre führte immer bis hierhin, und sie hatte sechsmal zu seinem Scheitern geführt.

Die Furcht sprang den Siebten an, doch er schob sie entschlossen zur Seite.

Keine Zeit für Furcht.

Zeit für Konzentration.

»Sind die anderen sechs erwacht?«

Der Gongton klang zustimmend, und der Siebte war für einen Moment versucht, sich mit seinen Brüdern in Verbindung zu setzen, entschied sich dann aber dagegen. Er hatte so oft mit ihnen geredet, mit jedem Einzelnen von ihnen und in der Gruppe. Alles war gemeinsam durchgekaut worden, immer und immer wieder, und seine Beharrlichkeit würde sich hoffentlich auszahlen. Aber außer Sechs, der immer noch ein gewisses Feuer in sich lodern hatte, schienen die restlichen Brüder mehr und mehr an Energie zu verlieren. Sie waren fatalistisch geworden, ein Charakterzug, den der Siebte an sich niemals für möglich gehalten hatte. Es würde geschehen, wie es geschah, so sagten sie. Wenn es gut ginge, wäre es gut, fügten sie hinzu. Das war nicht die Haltung, die zum Erfolg führte. Sie waren keine An'Sa, die aus ihrer Verzweiflung über die Ungerechtigkeit des Universums alles daransetzten, ihr einziges Ziel zu erreichen. Sie waren Menschen. Menschen vernichteten auch, aber nur um die Mittel in die Hand zu bekommen, Neues zu erschaffen.

Der Siebte trug die Verantwortung. Seine Brüder sahen nur zu. Das war besser so. Wenn alles klappte, würden sechs von ihnen in Kürze sterben, dafür würde er sorgen, obgleich er etwas anderes versprochen, sie sich etwas anderes geschworen hatten.

Der Siebte lächelte. Der Schwur. Er glaubte nicht einen Moment daran. Am Ausgang würde kein Zweifel bestehen. Er musste seine Brüder umbringen, und sie würden das Gleiche mit ihm probieren. Alle hatten sie sicher schon ihre Vorbereitungen getroffen. War der Sonnenherr erst bezwungen, kam gleich noch eine weitere Schlacht. Er freute sich darauf. Er mochte es, würdige Gegner zu haben, und niemand war würdiger als die anderen sechs.

»Löse die Verankerung der *Blase*. Wir müssen jetzt näher ran.«

Ein sanfter Gongton der Bestätigung. Der Energieanker wurde sofort eingezogen, für einen Moment schwebte die *Blase* frei im Raum, dann beschleunigte sie sanft. Jetzt spätestens musste der Sonnenherr auf ihn aufmerksam werden, denn der Siebte bediente sich der gleichen Technologie, und er hatte sie dem Sonnenherrn gestohlen.

Nein, korrigierte der Bruder sich selbst. Das war die große Leistung des Ersten gewesen. Sein Beitrag. Ihn zu töten, wenn alles getan war, würde ihn ein wenig traurig machen. Nicht übermäßig – was sein musste, musste sein –, aber doch ein wenig. Dem Siebten waren Empfindungen der Nostalgie keinesfalls fremd.

»Auf die Sphäre zuhalten. Ich möchte wissen, wann das Signal aus dem Zentralkern kommt.«

Der Gong bestätigte auch diesen Befehl.

Der Siebte lehnte sich zurück, die Tasse in der Hand, aus der es immer noch dampfte, und er nahm einen Schluck. Er war nunmehr erwacht, so richtig, und er fühlte sich gut.

Jetzt nur nicht übermütig werden.

39

Es war bedrückend eng. Hinter der zweiten Schleusentür war kein fester Gang gewesen, sondern ein flexibler Schlauch, transparent, der sich gewunden durch etwas zog, das Jordan nur ganz eindeutig als Gewebe identifizieren konnte, und es war, als sei er ein Nanobot, der sich durch das Gehirn oder die Leber oder die Niere eines menschlichen Wesens bewegte, um eine Operation durchzuführen.

Er war nicht »nano«. Aber er fühlte sich klein, daran war nicht zu rütteln.

Der Boden des Schlauchs gab unter seinen Füßen nach, ein wenig wie eine Hängebrücke, die gefährlich schwankend über einen Abgrund gespannt worden war. Er hielt sich unwillkürlich an den Schlauchwänden fest, wenn die Bewegungen zu stark wurden, die wellenförmig in beide Richtungen von ihm ausgingen. Der Schlauch war von variierendem Durchmesser, manchmal wirklich sehr eng, und obgleich die Wände auf Druck leicht nachgaben, fühlte sich Jordan gerade in diesen Passagen sehr unwohl. Er konzentrierte sich auf den Weg vor ihm, der einigermaßen gerade verlief und nicht allzu lang zu sein schien.

Hier drin war es warm. Das Thermometer zeigte es an, nicht bedrohlich für den Anzug, aber sehr unangenehm, wäre er gezwungen, sich seiner zu entledigen. Von der Atemluft einmal ganz zu schweigen. Immerhin, die Druckverhältnisse schienen normal zu sein.

Jordan hatte nicht die geringste Absicht, den Anzug auszuziehen. Dieser gab ihm Halt, und das nicht nur in physischer Hinsicht.

Er durchquerte den Schlauch bis zu seinem Ende. An seiner Öffnung blieb er stehen. Vor ihm lag etwas, das man nur als aufgeblasenen Plastiksack bezeichnen konnte, kein Raum im eigentlichen Sinne, ein Hohlkörper von unregelmäßiger Form, transparent und halb gefüllt mit der organischen Flüssigkeit, die auch das Innere dieses Gewebeklumpens ausmachte. Und mittendrin, halb in die Luft ragend, halb bedeckt von der dickflüssigen Masse, lag ein Ding.

Jordan war wirklich kein Experte, was das anging.

Ein feines, silbernes Gittergewebe durchdrang das Objekt, genauso wie den großen Klumpen, in dessen Inneres er jetzt vorgedrungen war. Sicher kein Zufall. War es künstlicher Natur? War es natürlichen Ursprungs? Jordan ließ die Kamera laufen, alles wurde aufgezeichnet, vielleicht, nein, ganz sicher gab es Klügere als ihn, gebildete Wesen, die damit mehr anfangen konnten. Was immer es auch war, es strahlte Lebendigkeit aus, aber das war keine Wissenschaft, das war Empathie, und derer rühmte sich Jordan, sorgfältig trainiert durch seine Arbeit mit Elissi, da er für sie beide Rücksicht nehmen musste. Er trat an das Ding heran, und es fiel ihm wirklich immer noch kein besseres Wort dafür ein. Etwa zwei Meter im Durchmesser, graubraun mit silbernen Streifen, feucht glänzend, wo es aus der Flüssigkeit ragte, und warm – eine Quelle der Wärme, kein Zweifel. Jordan widerstand dem Impuls, die Hand auszustrecken und es einfach zu berühren. Er war kein kleines Kind mehr. Schön wäre es aber, jetzt mit jemandem über das hier reden zu können. Selbstgespräche waren nie sein Ding gewesen, und in diesem Moment hätte er gerne irgendeine Stimme gehört. Die Anzugelektronik war hoch spezialisiert und konnte mit ihm kommunizieren, Hypothesen über graubraune Organklumpen im Inneren eines noch größeren Organklumpens überstiegen allerdings die Kapazitäten erkennbar.

Seine ebenfalls, wie er einräumen musste. Was würde Elissi sagen, wenn sie all das hier sah? Er wünschte sich wie selten zuvor, dass sie das hier jetzt zusammen mit ihm beobachten könnte.

Ein Signalton erklang. Die Hälfte der vereinbarten Zeit war um. Eigentlich sollte er sich jetzt sofort auf den Rückweg machen, aber er hatte nicht die Absicht. Er war jetzt hier. Zeit, es zu einem Abschluss zu bringen. Ohne jede weitere Erkenntnis zurückzukehren, das konnte er nicht verantworten.

Er war dieser Erkenntnis sehr nah, das spürte er deutlich.

Er trat nach vorne, mit den Beinen in die Flüssigkeit, die ihn sanft und sehr warm umspielte. Eine Reaktion wurde sichtbar, ein Lichtreflex, der über das Silbergitter flackerte, als würde ihm jemand zuwinken. Eine Vorstellung, die in ihm beinahe so etwas wie Besorgnis auslöste. Nahm ihn das Ding denn wahr? Würde er es merken, wenn ihm jemand im Gehirn herumlaufen würde?

Denn das war zunehmend seine Überzeugung. Das hier war so etwas wie ein Gehirn, eine Schaltzentrale, und er würde sich absolut nicht wundern, wenn es so etwas wie ein Ich-Bewusstsein hatte. Eines, das möglicherweise lange in einem tiefen Schlummer gelegen hatte und nun erst erwachte, begleitet von dieser Wärmeentwicklung, die damit zusammenhängen konnte. Und in den Schlaf geschickt durch die Nachwirkungen des Angriffes, des Kampfes, auf dessen Spuren sie überall gestoßen waren.

Jordan gefiel die Geschichte. Sie erklärte die Puzzleteile. Sie war ein wenig romantisch. Die schlafende Prinzessin war ein graubrauner Klumpen, aber man durfte nicht allzu wählerisch sein, und er spürte in sich sowohl Bereitschaft wie Interesse daran, die Schlafende nun endgültig wach zu küssen.

Natürlich rein metaphorisch. Der Helm blieb zu.

Doch *wie* genau sollte er küssen? Berühren? Einen Funkspruch senden? Jordan trat näher an das Gehirn heran – das klang wirklich besser als »Ding«, und er würde diesen Begriff benutzen, solange er Sinn ergab – und betrachtete es genau. Dann, mit einem Male, zuckte er zurück, etwas erschrocken. Hatte sich da etwas bewegt? Nein, eine Einbildung. Die graubraune Oberfläche lag ruhig da, völlig ungestört. Nichts passiert. Erneut eine genaue Beobachtung, erneut widerstand er der Versuchung, einfach die Hand auszustrecken und die Substanz zu berühren. Nein, nicht ganz: Er hob die Hand in der Andeutung einer entsprechenden Geste, ohne sie zu vollenden.

Dann wurde er gepackt.

Er hatte es nicht gesehen. Eine schnelle Bewegung aus dem »Gehirn« heraus, eine Wulst, die sich aufstülpte, öffnete, ein feucht schimmerndes, rötlich braunes Inneres freilegte, und daraus griff eine Art knotiger Arm, wie rohes Fleisch ohne die schützende Haut, und am Ende eine Kralle, knochig oder knorpelig, kräftig in jedem Fall. Sie packte sein Handgelenk und zerrte daran.

Das tat weh.

»Verdammt!«, zischte Jordan und zog sich zurück.

Wollte es.

Konnte nicht.

Es wurden mehr feuchte Knorpelarme, mehr Griffe, erneutes Zupacken.

Seine Fußgelenke waren umklammert, als ob ein Zombie aus dem Grab nach oben gegriffen und sie erfasst hätte, und der Vergleich war so erschreckend, dass Jordan für einen Moment jede Beherrschung verlor. Er schrie auf, versuchte einen Satz, knickte nach hinten, als er das Gleichgewicht verlor und auf dem Hintern landete, und dann schnappten weitere Krallen nach ihm, gruben ihre Knorpelfinger in seinen Anzug. Er wehrte sich. Verbissen, kraftvoll, der Anzug half, bemerkte die Notsituation. *Das Messer*, fiel ihm ein, die Standardausrüstung eines jeden Tauchers, und er griff danach mit seinem letzten freien Arm. Das Heft lag beruhigend in seiner Hand, und er überlegte keine weitere Sekunde. Die Klinge fuhr durch den weit herausragenden, sich flexibel an zahlreichen Gelenken windenden Knorpelarm, der seine andere Hand umklammerte, und sie war scharf. Rötlich braune Flüssigkeit trat als, als er durch den Knorpel stach, an ihm schabte wie mit einer Säge, sodass sich Gewebeteile lösten. Der Griff wurde schwächer. Jordan frohlockte.

Nur kurz.

Es waren zu viele. Es wurden mehr und mehr.

Es war, als würde alles hier nach ihm greifen. Er fühlte sich zu Boden gezogen, nein, in den Boden hinein, und es war keine bloße Illusion, es war tatsächlich so, denn unter ihm öffnete sich ein Spalt, wurde breiter, ausgefranst an den Rändern, als ob Gewebe mit Kraft voneinander hätte getrennt werden müssen. Jordan schlug um sich, doch es dauerte nur Momente, und er wurde wieder gepackt, gefesselt, und das Messer entfiel seiner Hand, fiel hinab in die Flüssigkeit, und dann schwappte diese über Helm und Anzug.

»Keine Kontrolle!«, teilte ihm die Elektronik lapidar mit.

Als ob er das nicht selbst gemerkt hätte.

Er wehrte sich, aber nur noch schwach. Die Umklammerung war eisern, die Klauen taten ihm durch den Anzug auf der Haut weh, obgleich sie diesen nicht durchschnitten. Kein Trost.

Die Angst erfüllte Jordan nun. Er fühlte, wie sie ihn zu überwältigen drohte, genauso wie dieser plötzliche Angriff. Er dachte natürlich an Elissi und daran, dass er ihr Angebot doch hätte annehmen sollen. Sex. Daran musste er jetzt denken. Was für ein Primitivling er doch war – und gleichzeitig zu gut für diese Welt, zu edel, zu hilfreich, zu respektvoll. Sie hätte ihm das Geschenk gemacht. Jetzt war die Zeit abgelaufen, so befürchtete er, und seine Haltung nützte ihm nichts mehr.

Es wurde dunkel um ihn herum, als sich das Fleisch um den Helm schloss, rötliches Schimmern sein Gesichtsfeld umfing und er keine Konturen ausmachen konnte. Er wehrte sich nicht mehr, und dann tat es auch nicht mehr weh.

Stille. Ruhe. Bewegungslosigkeit.

Jordan hörte seinen Atem, ein wenig rasselnd, und das Blut in den Ohren rauschen. Er durfte nicht hyperventilieren. Beruhigung. Einatmen. Ausatmen. Der Blutdruck musste runter.

Dann wieder etwas Bewegung, als würden ihn die Arme weiterreichen, voranbewegen in eine unbekannte Richtung. Er blinzelte. War da ein Licht? Eine sich nähernde Helligkeit, wie der Schein einer Lampe, unbeständig, flackernd. Etwas näherte sich ihm, mehr, als er sich bewegte, ein langer, schlanker Arm, wie ein flexibler Tentakel, und er hielt vor seiner Sichtscheibe inne, am Ende ein Fortsatz, der ihn sehr an einen Saugnapf erinnerte. Der Arm leuchtete aus sich heraus, war halb transparent. Von so nahe konnte Jordan darin feine Äderchen erkennen, Muskeln, so etwas wie Sehnen, wenn er sich nicht irrte. Der Saugnapf, wenn es denn einer war, starrte ihn an, obgleich er wirklich keine Ähnlichkeit mit einem Auge hatte.

Aber Jordan fühlte sich beobachtet.

Es war ein Gefühl, das er nicht von der Hand weisen konnte, es drängte sich ihm förmlich auf. Er starrte zurück und zuckte zusammen, als der Saugnapf mit einem dumpfen Knall auf seiner Helmscheibe landete. Dann trat eine Flüssigkeit aus, farblos, und Jordan sog scharf Luft ein, als ein beißender Geruch den Helm erfüllte.

Eine Säure. Sie löste das transparente Plastik auf, und dennoch trat keine Flüssigkeit ein. Der Saugnapf umschloss die kleine Öffnung luftdicht. Er würde nicht ertrinken. Der Druck im Helm blieb bestehen. Kein Verlust an Atemluft. Ein Tropfen fiel auf seine Haut, und er erwartete unwillkürlich einen starken Schmerz, aber außer dem unangenehmen Geruch passierte nichts weiter. Was auch immer aggressiv auf das Anzugmaterial wirkte, es ließ seine Haut völlig unbehelligt. Es war nicht einmal unangenehm, nur ein Tropfen Tau auf seiner Wange, wie eine Träne, die ihm hinunterrann.

Er blickte wie hypnotisiert auf die winzige Öffnung in der Mitte des Saugnapfes, dann kniff er die Augen zusammen. Einem Gespinst gleich krabbelten Fäden aus dem Zugang, weißlich, dünn, kaum zu erkennen, wie Spinnennetze, aber nicht miteinander verbunden, eher wie ein loses Bündel, das sich tanzend bewegte wie die Futtertentakel einer Unterwasserpflanze, die im Meer nach Plankton fischte.

Es wirkte nicht bedrohlich. Aber es näherte sich seinen Augen. Dann tanzten und tasteten die weißen Fäden direkt vor seinen Pupillen. Jetzt kam wieder die Angst. Jordan presste die Lider zusammen, doch dann spürte er, wie die Fädchen sich an ihnen zu schaffen machten, an den Wimpern zupften, die Hautfalte umgingen, die Lider anzuheben schienen, obgleich er sie weiterhin mit aller Macht zudrückte. Dann ein Tasten, von dem er wusste, dass es nur eines bedeuten konnte ... die Fäden durchdrangen ...

Ein weißes Licht in seinem Kopf.

In seinem Kopf.

Als hätte jemand einen Scheinwerfer eingeschaltet, der direkt auf ihn gerichtet wurde.

Er konnte die Augen nicht geblendet schließen, denn sie waren immer noch zu, obgleich die Fäden sich längst Zugang verschafft hatten.

Jordan wurde schwindelig. Hilflosigkeit erfasste ihn und drohte sich in akute Panik zu verwandeln. Er fühlte sich entblößt.

Das Licht war auf ihn gerichtet, und er war nackt in seinem durchdringenden Schein.

Das war vielleicht die schrecklichste Empfindung, die er jemals in seinem Leben gehabt hatte.

Jordan schrie.

40

»**W**elch Freude. Unsere Familie ist vereint. Ich bin bereit, so unerwartet. Du kamst zur rechten Zeit, meine kleine Fee. Die Sphäre ist geöffnet. Wir vollenden, was wir einst begonnen haben, und diesmal hoffentlich für immer. Und du wirst geheilt werden.«

Tizia McMillan wurde durch diese Worte aus einer Art Halbschlaf geweckt, der nie ganz in einen echten Schlummer mündete, ein ständiges Einnicken und Aufwachen, und ein unangenehmes dazu, da sie sich in den Sekunden des Erwachens immer furchtbar kalt fühlte. Dann wollte sie sich eine warme Decke nehmen, sich auf dem Sofa zusammenrollen, wie damals in ihrer kleinen Wohnung, die ihr irgendwann nicht mehr genug gewesen war.

So war sie hier geendet.

Alles würde sie dafür geben, noch einmal mit der Hand über die Stickerei des Kissenbezugs fahren zu dürfen. Es war ein albernes Motiv gewesen: ein Vogel, der auf einem Ast saß und den Schnabel geöffnet hatte, dazu die Darstellungen von Noten, die durch die Luft schwebten. Ein Geschenk ihrer Mutter, das auf ihrem Sofa gelegen hatte, seit Tizia dem ersten Impuls widerstanden hatte, es einfach wegzuwerfen.

Der Gedanke daran tat ihr weh.

Nichts und niemand wärmte sie. Und jetzt konnte sie nicht einmal mehr die Gedanken und die Sehnsucht vertreiben, denn die Stimme sprach zu ihr, und sie klang zuversichtlich und hoffnungsvoll, was Tizia nur noch zusätzliche Angst bereitete. Die Hoffnung der Stimme konnte für sie, ihr Instrument, nichts Gutes bedeuten.

Was geschieht?, dachte sie mühsam.

»Es ist Zeit. Zurück zur Familie. Wer hätte das gedacht?«

Mehr hörte sie nicht, und es war wie immer zu kryptisch. Aber sie durfte nach draußen sehen, und als ihr Blick auf die *Scythe* fiel, ein Schiff, das sie nie zuvor gesehen hatte, das aber aufgrund der Designsprache des Konkordats sofort vertraut wirkte, sprang sie eine große Sehnsucht an. Sie hörte sich in Gedanken um Hilfe rufen, ihr ganzes Sehnen auf dieses plötzlich so nahe Raumschiff richten, auf dem sie niemand hörte oder irgendwie anders wahrnahm.

Sie sah, wie die dünnen, schwarzen Tentakel aus dem Konglomerat, das einst die Pfeilschiffe und die Wracks in ihrer Nähe dargestellt hatte, nach außen griffen, noch weiter als bisher, förmlich geworfen, mit aller Macht. Und sie spürte, dass ihr Sehnen durch diese dunklen Filamente, die sich streckten und reckten, einen Ausdruck bekam. Tizia schreckte zurück. Sie wollte die *Scythe* nicht angreifen. Sie wollte niemandem schaden. Und das wiederum stimmte nicht, wie ihr die andere Tizia, zu plötzlicher und unerwarteter Aktivität erwacht, sofort vorhielt, sie anschrie und aufrief, das alles hier zu beenden, sich zu beenden, denn alles sei besser als eine Fortsetzung dieser Existenz.

Sie musste wahnsinnig geworden sein, so sehr war sie außer sich.

Tizia wollte sich an den Kopf fassen, doch ihre Arme lagen eingebettet in Manschetten, regungslos wie der Rest ihres kläglichen, kalten und starren Leibes. Keine Linderung. Keine Wärme. So konnte man nur noch verrückt werden, doch die Kälte umfasste sie, presste Rationalität in ihr Bewusstsein, spülte die dunklen Gefühle hinaus, ließ nur die kühle Klarheit zurück, in der Gedanken an Selbstmord keinen Platz hatten.

»Später, kleine Fee, wirst du erlöst werden. Habe ich dir nicht die Heilung versprochen?«

Ein Versprechen. Und was bedeutete diese »Heilung« wirklich? Was hieß »später«?

Die *Scythe* reagierte. Tizia spürte, wie ein Trommeln auf ihrer Haut, wie das Konglomerat, die herauseilenden Filamente mit den Tastern in den Fokus genommen wurden. Sie wussten, was passierte. Konnte sie das nicht nutzen? Plötzliche Hoffnung erfasste Tizia. Vielleicht konnte sie sich doch noch bemerkbar machen? Ein Signal senden? In ihrem Kopf entstand eine absurde Vorstellung von schwarzen Tentakeln, die im Morsecode an die Hülle des Kreuzers klopften, absurd allein schon deswegen, weil sie den altehrwürdigen Code gar nicht kannte. Sie hatte keine direkte Kontrolle über die dünnen Arme, die nun schon Kilometer überbrückt hatten, gespeist aus der Assimilation der umliegenden Schiffe, sie wusste nur, dass all dies nicht möglich gewesen wäre, hätte sie die Maschine nicht erneut beseelt.

Sie war schuldig.

Sie war Opfer.

Sie war hilflos und tätig zugleich.

Der Polizeikreuzer drehte ab. Sie erkannte die aufflammenden Triebwerke, fühlte die schmeichelnde Hand der Hitze, die sich aus den Düsen in die Kälte des Alls ergoss. Sengende Hitze, die sie mit klaren Sinnen wahrnahm, die nicht die ihren waren, die sie aber zu den ihren machte. Hitze, die so verheißungsvoll war, dass sie das starke Bedürfnis empfand, sich hineinzuwerfen und darin zu verbrennen. Doch sie war bewegungsunfähig und dazu verurteilt, nur zu beobachten. Immerhin, diese Gnade erwies die Maschine ihr.

Der Kreuzer kam nur langsam voran. Masseträgheit. Die ins All schießenden Filamente, angetrieben durch verstärkten Eifer, waren schneller. Die Entfernung schrumpfte zusammen. Tizia fieberte mit der *Scythe*. Sie wollte, dass sie entkam. Sie wollte ...

Etwas zitterte.

Das war nicht möglich. Nichts konnte hier zittern!

Etwas war da, einfach so im All erschienen, direkt vor der *Scythe*, die immer noch beschleunigte. Direkt vor Tizia, die für einen Moment die Kälte vergaß. Die plötzliche Erwartung und Freude spürte und einen Moment brauchte, um zu bemerken, dass es sich nicht um *ihre* Gefühle handelte.

Die Maschine jubilierte.

Sie tat es nicht in Worten. Ihr fehlten die Worte. Sie strahlte eine Energie aus, die Tizia niemals zuvor bemerkt hatte. Sie flutete das Bewusstsein der Gefangenen mit Eindrücken, unartikuliert und oft unverständlich, aber eines war dominant, überwältigend nahezu: Freude, große Begeisterung, Erleichterung. Als ob die Maschine sänge. Tizia war für einige Augenblicke gar nicht in der Lage, darauf zu reagieren, blieb wie gelähmt.

Sie schaute ins All, der Blick weiterhin ungehindert.

Ein Objekt war materialisiert, wie hineingesprungen, und sie brauchte etwas Zeit, um zu erkennen, was es war. Sie erkannte die charakteristische Form eines Pfeilschiffes der An'Sa, nur so viel größer als jede der Einheiten, die jetzt zu einem wuchernden Konglomerat verwoben waren. Und direkt darunter, verbunden durch mehrere Streben und Tunnel, ein zweites Schiff, nicht weniger beeindruckend, von ungefährer Flunderform. Sie hatte es nie zuvor gesehen, doch die Stimme nahm ihre Aufmerksamkeit, ihre Neugierde auf, artikulierte wieder Worte, die aus dem Sturm der Begeisterung herausragten.

»Skendi. Die Fruchtmutter sucht die Ihre. Sie halfen, wir erfüllten eine Bitte. Der Handel ist vollendet, der Ausgleich vollbracht. Zeit für das Endspiel, kleine Fee. Oh, welch glücklicher Moment der Erfüllung. Die Familie. Schau, sie ist da!«

Tizia beobachtete, wie sich plötzlich etwas tat. Die beiden verbundenen Schiffe lösten sich voneinander. Die Streben brachen auf, die Tunnel rissen, Splitter rieselten glitzernd durch das All wie feine Schneeflocken, und mit einer erst sanften, dann stetig schnelleren Bewegung driftete das Skendischiff davon, die Verbindung in allem gelöst. *Der Handel ist vollendet.* Die An'Sa lösten sich von ihrem Ballast, um zu tun, was sie zu tun beabsichtigten, und niemand hatte eine Ahnung, worum es hier ging, auch Tizia nicht, die mitten im Geschehen saß und alles sah, aber nichts verstand.

Dann wechselte das Bild vor ihrem geistigen Auge. Der Blick auf die *Scythe*, die immer noch danach trachtete, dem

Szenario zu entkommen, verblasste. Es war, als würde jemand auf einen Zoom drücken: Ihr Blick sprang aus der unmittelbaren Nähe fort, verließ mit schwindelerregender Geschwindigkeit die Sphäre, schoss durch ein Sonnensystem, das Tizia nicht kannte und dessen Konturen nur Schemen blieben, Planeten, Asteroiden, alles wischte wie Flecken an ihr vorbei, als die Maschine sie auf eine visuelle Reise mitnahm, bis hin zur Sonne, deren lodernde Gluthölle sofort das Zentrum der Betrachtung einnahm, drohend und doch seltsam beruhigend und vertraut, etwas anderes als die Sphäre, ein Symbol von Freiheit und vor allem Wärme. Doch davon spürte sie nichts.

Nein, da war wieder ein Gefühl. Es kam von der Maschine. Ehrfurcht. Stolz. Entschlossenheit.

»Der Sonnenherr«, sagte die Stimme.

Die Gefangene wusste erst nicht, was damit gemeint war, dann aber schälte sich ein anderes Bild aus der Darstellung heraus, erneut wurde sie herumgewirbelt, trat in einen Orbit um die Sonne ein und beobachtete, wie sich eine Struktur in ihr Sichtfeld schob, als sie begann, das Gestirn zu umkreisen.

Es war gigantisch, wie ein Spinnennetz, das die Sonne teilweise bedeckte, an die Gluthitze geschmiegt wie eine Mütze, aber durchlässig, und dominiert von einer unebenen, tiefschwarzen Struktur, die wie ein Geschwür auf der Sonne saß und ...

Kein »und«. Es war da. Was es tat, wofür es gut war, Tizia hatte nicht die geringste Ahnung. Sie starrte auf die Struktur und versuchte zu erfassen, wie groß sie war, und hier setzte ihr wissenschaftlich geschulter Verstand ein, auch ohne dass die Maschine ihr irgendwelche Informationen gab. Der Sonnenherr war, in seiner schwarzen Hauptmasse, fast so groß wie die Sphäre, ein brutaler, dunkler Fleck voller Technik. Das Gitternetz breitete sich noch weiter aus, überdeckte etwa ein Fünftel der Sonnenoberfläche. Tizia konnte nur mit Schätzungen und Relationen arbeiten, war aber mit dem Ergebnis ihrer Überlegungen am Ende zufrieden.

Nein, nicht zufrieden. Überwältigt. Was immer das war, es hatte nichts mit dem zu tun, was eine technisch weit fortgeschrittene Zivilisation wie die des Konkordats fertigbrachte. Es war weit, weit davon entfernt.

Der Sonnenherr, echote sie. *Was tut er?*

»Er schützt. Er segnet. Er erhält. Er stabilisiert. Er und seine Brüder. Ein fester Bund. Preise ihn, kleine Fee, preise ihn und erfreue dich seiner Existenz, denn ohne ihn bist du nichts und ich nicht und keiner sonst.«

Tizia fühlte sich nicht so, als wolle sie jemanden oder etwas preisen. Sie fühlte gar nicht viel, und die kurze Freude über ihre Berechnungen war bereits verflogen. Das Bild auf den Sonnenherrn verblasste, und sie schaute wieder auf die *Scythe*.

Es war kein schöner Anblick.

Die schwarzen, tastenden Filamente hatten den Polizeikreuzer erreicht und sich an seinen Rumpf geheftet. Tizia sah mit großer Beklemmung, wie die Triebwerke stotterten und die Hitze aus den Düsen verpuffte, wie die *Scythe* noch einmal an der Kette zerrte, sich mit wild feuernden Steuerdüsen mal in diese, mal in jene Richtung drehte, wie ein Tier, ein Fisch, der einem Netz zu entkommen trachtete, ein Bild der Verzweiflung, für das Tizia Mitleid empfand und Angst um ihre Mitmenschen, das letzte Stück Heimat.

Die *Scythe* wehrte sich, und Tizia beobachtete es mit bangem Interesse. Etwas blitzte auf, als die Gausskanonen des Kreuzers zu sprechen begannen, ein letzter Akt des Widerstands, und sie war in diesem Moment stolz auf das tapfere kleine Schiff, das sie nie betreten hatte, und dieser Stolz war so wärmend, dass sie ihn umklammerte und an sich drückte, solange sie konnte.

Die Garben der hoch beschleunigten Flechettes prasselten auf die Tentakelfilamente ein, verfehlten viele davon. Wo sie trafen, war es, als würden winzige Funkenschauer über die Verbindungen fahren. Tizia wusste nicht, woraus die An'Sa die hauchdünnen Greifarme herstellten, doch das Material musste gleichzeitig flexibel wie widerstandsfähig sein, denn die verschossene Munition tat sich schwer, und die Schussfolgen mussten permanent nachjustiert werden, da sich die Tentakel wanden wie Lebewesen, die dem Beschuss auswichen, soweit sie dazu in der Lage waren, ohne den Griff nach der *Scythe* zu lockern.

Und das taten sie nicht. Das war indiskutabel.

Ein Tentakelarm löste sich, als eine zweite und dritte Garbe über ihn gestrichen waren, das Material erschöpft, die Widerstandskraft aufgebraucht, zerbröselt vor Tizias Augen, die eine kurze, heftige Freude darüber empfand.

»Nein, kleine Fee«, sagte die Stimme. »So nicht.«

So nicht, echote es in ihrem Kopf. In der Tat. *So nicht.*

Weitere Tentakel schossen auf die *Scythe* zu, wie eine dunkle, vielfingrige Wolke, suchend, tastend, greifend, in einer schwer erklärbaren Gier ... nein, keine Gier, sondern Bestimmung. Eine heilige Mission. Tizia verstand die Beweggründe der An'Sa nicht, aber sie hatten definitiv etwas Religiöses. Und die Andacht, mit der die Stimme den »Sonnenherrn« erwähnt hatte, sprach ebenfalls dafür. Vielleicht betete die Maschine die andere Maschine an, eine Religion irrer Konstrukte. Es gab nichts, was Tizia in diesem Moment völlig verrückt erscheinen konnte. Alles und alle waren völlig irre geworden und sie selbst ebenfalls nicht weit davon entfernt.

Die *Scythe* wehrte sich. Tapferes, kleines Schiff.

Es führte zu gar nichts.

41

»Das führt zu gar nichts!«, rief Snead laut, um das dumpfe Brausen zu übertönen. Die Triebwerke der *Scythe* liefen auf Volllast, und der Kreuzer zitterte, da er sich gegen eine unglaubliche Kraft stemmte, die ihn in die entgegengesetzte Richtung zog. So etwas hatte noch nie jemand an Bord erlebt, und ihrer aller größte Sorge galt der strukturellen Integrität ihres Schiffes und dem Zeitpunkt, da sie abschalten mussten.

Ein Zeitpunkt, der nicht mehr allzu weit in der Ferne liegen konnte.

Auf dem Hauptschirm waren die Neuankömmlinge zu sehen, zwei Raumgiganten, die sich langsam voneinander lösten, mit winzigen Trümmern, die zwischen ihnen eine kleine Wolke bildeten, eine Scheidung mit Gewalt, das Tischtuch zerschnitten, ohne Aussicht auf Versöhnung.

Und ohne Notwendigkeit, wie Lyma Apostol vermutete.

Beide Schiffe waren klar zu identifizieren und beide ein Zeichen dafür, dass die Sphäre Löcher aufwies und dass jemand auf sie gewartet hatte. Die Folgen waren unabsehbar. Alles war auf den Kopf gestellt.

Der Resonanzbauch stand an der Funkanlage. Er sprach mit einer Fruchtmutter, und es war nicht Quara. Apostol bekam nicht mit, worüber sie redeten. Der Bauch war sehr erregt, aus den Augen beider Gesichter flossen Tränen, ganz wie bei einem Menschen. Ein winziger Ausdruck von Freude in einer unübersichtlichen Krisensituation. Apostol gönnte es ihm, aber eine Hilfe war er in diesem Moment eher nicht. Immerhin: Vor der neuen Barke hatte sie keine Angst. Was die An'Sa da aber trieben, das war absolut rätselhaft und sehr bedrohlich.

»Ich fürchte um die Triebwerke«, rief Snead nun und zeigte auf die Kontrollen, die in wenig erfreulichem Rot flackerten. »Und die Stabilität. Lyma, wir ...«

»Ich fürchte um ganz andere Dinge! Snead, ich möchte, dass ...«

Sie vollendete den Satz nicht. Ein heftiger Ruck ging durch das Schiff, die Besatzung der Zentrale wurde in ihren Sesseln hin und her geschleudert, als die Kompensatoren die Wucht nicht vollständig ausgleichen konnten. Der Bauch an der Funkanlage rutschte durch den Raum, knallte gegen eine Konsole, und es gab ein hässliches, knackendes Geräusch. Apostol hatte sofort die größten Befürchtungen, doch der Drohnenmann rappelte sich auf, blieb für einen Moment wie verwirrt stehen, um dann sogleich den Weg zurück zur Funkanlage anzutreten.

»Anschnallen, verdammt!«, zischte Snead, und der Bauch nickte nur, ohne echtes Schuldbewusstsein zu zeigen. Das

Gesicht der Bordkönigin drückte nur verbissene Entschlossenheit aus.

»Was war das?«, rief Snead.

»Wir sind frei!«, erwiderte Inq.

Das waren sie. Der Ruck war kein Angriff gewesen, er war das Resultat aus der Durchtrennung ihrer Fesseln, ein Sprung nach vorne in die Freiheit, unerwartet, aber höchst willkommen.

Die *Scythe* war frei, die Triebwerke drückten die Hülle mit Macht vorwärts und entfalteten exakt die Beschleunigung, die sie die ganze Zeit beabsichtigt hatten.

»Die Skendi!«, sagte Inq, als Apostol ihn fragend ansah. »Die haben stärkere Waffen als wir. Und mehr davon.«

In der Tat. Die neu eingetroffene Barke, obgleich noch einmal deutlich kleiner als das Schiff der An'Sa, mit dem sie eben noch verbunden gewesen war, hatte die *Scythe* befreit, wahrscheinlich auf Bitten des Bauches, der sich mittlerweile angeschnallt und das Gespräch mit den Neuankömmlingen wieder aufgenommen hatte. Ihr Bündnis mit Quara zahlte sich aus. Sie brauchten ganz dringend Freunde, so viele wie möglich.

»Was ist mit der Sphäre los?«, fragte sie.

»Ein Riss. Eine der Schirmwaben ist ausgeschaltet oder aufgeplatzt ... jedenfalls geht es raus, und es geht rein, ohne dass die Sphäre darüber Kontrolle hätte. Ich weiß nicht, wie lange das vorhalten wird«, berichtete Inq. »Offenbar sind dort auch die Iskoten versammelt. Ein großes Durcheinander. Schiffe verlassen die Sphäre, es scheint, als habe Saim seine Autorität verloren.« Inq wies auf die Darstellung auf dem Schirm, die er auf Taktik geschaltet hatte. Die Scanner zeichneten zahlreiche Schiffsbewegungen nach, und viele davon strebten auf die Öffnung zu, die deutlich markiert war.

»Sollten wir das nicht auch tun?«, regte Snead an. »Wir sind frei.«

»Wir haben Leute auf dem Kerndings und wir haben ein Bündnis mit Quara«, erinnerte ihn Apostol. »Sie half. Wir helfen. Und wir sind wahrscheinlich so weit weg von zu Hause, dass wir es alleine nicht zurückschaffen werden. Wir werden weiterhin die Kooperation Quaras benötigen. Inq, ich brauche unsere Position, möglichst genau. Und ich will mit Quara sprechen, sofort, wenn es geht.«

Der letzte Satz war an den Bauch gewandt, der sich aus seinem Sessel schälte und auf die Kommandantin zukam, das Gesicht Quaras mit durchgedrücktem Rücken in die Richtung Apostols gerichtet.

»Captain«, sagte die Skendi-Fruchtmutter, und sie lächelte wie ein Honigkuchenpferd. Die plötzliche Ankunft der Barke musste sie in der Tat sehr erfreuen. »Wir leben in aufregenden Zeiten. Nehmen Sie wieder Kurs auf den Kern. Unsere Schwester wird sich auch dorthin begeben. Nun wird alles besser. Ich bin nicht mehr allein.« Sie zwinkerte Apostol zu. »Meine Schwester hat sogar einen Prinzen an Bord. Es wird in der Tat ein sehr schönes Zusammentreffen.«

So genau wollte Apostol das nicht wissen. Was sie dadurch aber erfuhr, war letztendlich nicht in ihrem Sinne: Ihre Hilfe für die Fruchtmutter hatte in diesem Moment massiv an Attraktivität verloren. Es blieb zu hoffen, dass die Erinnerung Quaras eine positive blieb.

»Was hat das zu bedeuten?«, fragte Apostol, die sich ihre Enttäuschung nicht anmerken ließ.

»Ich habe nicht die geringste Ahnung, aber die Sphäre ist offen, aufgebrochen durch das große An'Sa-Schiff. Es wird Sie nicht angreifen, Captain, wenn Sie sich passiv verhalten. Fruchtmutter Qesja war sich recht sicher.«

»Recht sicher.«

Quara lächelte. »Wer kann sich bei diesen Irren schon sicher sein?«

Apostol nickte Snead zu.

»Du hast es gehört. Zurück, und das schnell.«

War Snead enttäuscht? Sie sah, wie er einen nahezu verlangenden Blick auf die immer noch bestehende Öffnung im Schirm warf, und sie verstand ihn gut. Das Gefängnis war offen. Aber sie trug Verantwortung, und ein Gefühl sagte ihr, dass die Geschichte hier noch nicht endete.

Und dass sie für all das Elissi brauchte, mindestens sie.

Die *Scythe* nahm Kurs auf den Kern, und es war zu erkennen, dass die neu angekommene Barke sich nun ebenfalls aus eigener Kraft von den An'Sa entfernte, sanft beschleunigte und sich in die gleiche Richtung fortzubewegen begann. Das große Pfeilschiff aber schob sich auf die Wucherung zu, unter der sich die altehrwürdigen Wracks der eigenen Zivilisation zu einem unheilvollen neuen Leben erhoben hatten. Apostol hatte wirklich Sorgen, was das anbetraf. So gut es auch war, dass die Sphäre offenbar Probleme hatte und sich ihnen ein Weg in die Freiheit eröffnete, ließ trotzdem das Gefühl sie nicht los, dass sie noch nicht am Ende der Katastrophen angekommen waren.

Dennoch. Der Abstand wuchs. Die Spannung löste sich in den Gesichtern und Körpern der Besatzung, einige atmeten tief ein und wieder aus, andere starrten für einen unaufmerksamen Moment nur vor sich hin. Keine unmittelbare

Bedrohung mehr. Unvorhersehbare, unerklärliche Dinge – aber niemand wollte ihnen in diesem Moment an den Kragen. Apostol hoffte, die Pause würde länger dauern. Für solche Situationen waren sie nicht ausgebildet worden. Es konnte leicht zu viel werden.

Und das galt auch für sie selbst.

Sie war keine Soldatin. Niemand hier war das.

»Bieten wir Direktor Henk an, zu den Seinen zurückzukehren?«, fragte Snead.

»Unter den derzeitigen Umständen wäre das wohl das Beste. Es könnte aber gut sein, dass er erst einmal um Asyl bittet. Mir scheint, dass ihm ein ziemlicher Schrecken in die Glieder gefahren ist.«

Die Fähre hatte sich während der Gewaltmanöver von der *Scythe* gelöst und wurde derzeit von Sharon Toliver aus der *Scythe* ferngesteuert. Die Automatik machte die Flugbewegungen des Polizeischiffes mit, und Apostol war froh, dass die Einheit unbeschädigt schien. Sie konnten jede Ressource gebrauchen, die das Schicksal ihnen überließ.

In der Tat hatte der Direktor nicht die geringsten Anstalten gemacht, dieses Schiff zu verlassen und so schnell wie möglich zu verschwinden. Er zog die relativ größere Sicherheit des Polizeikreuzers offenbar vor, und Apostol wollte es ihm nicht verübeln. Welche Pläne auch immer Saim verfolgte, sie hatten sich durch die jüngsten Ereignisse in Wohlgefallen aufgelöst, daran bestand kein Zweifel.

Verfügte der Ratsvorsitzende jetzt noch über Machtmittel? Die beobachtbare Absetzbewegung durch die neu geschaffene Öffnung wies eher auf das Gegenteil hin. Das Gefängnis, dessen Saim bedurfte, um seine Autorität zu konzentrieren, war offen. Niemand wusste, was sie da draußen erwartete, aber alle ahnten, worauf es hier drinnen hinauslief. Da nahmen so manche lieber die Beine in die Hand.

»Das sollten wir auch bald tun«, murmelte Apostol zu sich selbst, fing Sneads Blick auf, der ihr nur zunickte, denn ihn mussten die gleichen Gedanken umtreiben. Die Leute auf dem Kern aufgabeln und dann von hier verschwinden und die Situation von außen beobachten, das war zweifelsohne das Gebot der Stunde.

Nein, sie folgte damit nur einem Fluchtimpuls. Sie mussten vielmehr erfahren, was sich hier abspielte. Nur Wissen konnte ihr Überleben sichern. Und da draußen konnte eine noch viel größere Gefahr auf sie lauern. Allein das, was die An'Sa vorhatten, war von größter Ungewissheit.

»Captain, wir bekommen eine Nachricht von der neuen Barke, dem Schiff von Fruchtmutter Qesja«, meldete Inq, und er sah verwundert dabei aus. Apostol trat an seine Seite, etwas irritiert von seinem Tonfall. Was hatte den Roboter überrascht?

»Wer ist ... oh!«

Jetzt sah sie es auch.

Auf dem Schirm vor Inq war das Gesicht einer Frau zu sehen, die direkt an ihr vorbei auf den Androiden schaute. Der stand steif da, als sei er vom Donner gerührt. Er spielte das gut.

»Laetitia Genq«, stellte sich die Frau vor.

»Severus Inq«, erwiderte er. »Sie sind ein 14A-Modell. Ich habe noch keines getroffen. Mit dem neuen Erweiterungssatz?«

»Voll ausgerüstet und nach ISO 458035 zertifiziert«, bestätigte Genq lächelnd. Apostol sah von einer zum anderen.

War das die übliche Art und Weise, mit der sich Androiden begrüßten? Elektronischer Schwanzvergleich?

»Beeindruckend. Das Konkordat war Haltepunkt Ihrer Reise? Sie sind zugestiegen?«

»Eine Reise, die kürzer war als erwartet. In der Tat, ich wurde zum Gast auf Qesjas Schiff. Bevor Sie fragen: Ich bin die Einzige. Es gab Herausforderungen bei der Rekrutierung von Freiwilligen.«

Snead und Apostol sahen sich an, lächelten säuerlich. Welch ein Wunder.

»Beeindruckend«, wiederholte Inq. »Sie bringen Nachrichten aus der Heimat.«

»Die Hoffnung war, Ihnen zu helfen.«

»Wir treffen uns auf der *Scythe*.«

Genq zögerte. »Ich bin der Auffassung, dass meine fortgesetzte Anwesenheit auf dem Schiff der Qesja zum allseitigen Nutzen sein könnte.«

Inq neigte den Kopf. »Ich respektiere die verbesserten Datenanalysealgorithmen einer 14A mit Erweiterungssatz.«

»Das ist sehr gütig von Ihnen, Inq.«

Das Abbild Genqs verblasste, ohne dass sie auch nur ein Wort mit Apostol gewechselt hätte. Die Kommandantin sah Inq mit hochgezogenen Augenbrauen an. »Wann ist die Hochzeit?«

»Captain, Androiden heiraten nicht. Es ist ein sinnloses Ritual, das nur zu Kosten führt. Ineffizient. Außerdem spielt Genq in einer Liga über mir.« Der Roboter sah Apostol bedauernd an. »Unerreichbar, würde ich sagen.«

Es war beruhigend, wie Lyma Apostol dachte, dass es ihnen wieder gut genug ging für dumme Witze.

»Haben Sie noch einen Moment für mich, Captain? Angesichts der Entwicklungen gibt es eine Information, die ich Ihnen jetzt geben sollte.«

Die Kommandantin sah den Roboter leicht verwundert an, vergewisserte sich dann, dass sonst nichts ihrer unmittelbaren Aufmerksamkeit bedurfte, und zeigte dann in Richtung ihrer Kabine, die gleichzeitig ihr Arbeitszimmer war. Der Androide folgte ihr in den Raum, wartete, bis sich Apostol gesetzt hatte, und aktivierte daraufhin den Schirm vor ihr, den sie in Position rückte. Er zeigte aber noch kein Bild. Die Kommandantin sah Inq interessiert an.

»Ja?«

»Captain, bevor wir hierher aufgebrochen sind, wurde ich mit einer Bitte von der Forschungsstation konfrontiert. Eine Ingenieurin namens Funshi Hatko sprach mich an.«

Der Name sagte ihr sofort etwas. »Die ist doch mit Jordan und Elissi ...«

»Genau die, aber darum geht es nicht. Hatko übermittelte mir einige Aufzeichnungen, die sie im Verlaufe ihrer Arbeiten auf der alten Station gemacht hat, mit zugegebenermaßen unzureichenden Mitteln. Die Anlage wird nur durch Spucke und Klebeband zusammengehalten, und Hatkos Werkzeuge sind beinahe genauso antik wie die Station selbst. Keine beneidenswerte Aufgabe.«

»Ich hatte den Eindruck, dass sie nicht unzufrieden ist.« Apostol hatte immerhin kurz mit ihr gesprochen.

»Sie ist eine Tüftlerin, eine Bastlerin im besten Sinne des Wortes. Obsoleszenz gibt es für sie nicht. Jedenfalls teilte mir Hatko mit, dass sie zu dem Schluss gekommen sei, dass die Station quasi organisch gewachsen sei – aufgebaut auf einem Kern, an den nach und nach zusätzliche Sektionen angeflanscht wurden. Sie entwickelte über einen langen Zeitraum die Form, die wir jetzt kennen. Viele der inneren Bereiche sind mittlerweile funktionslos und nicht einmal mehr an die Energieversorgung angeschlossen. Ein interessantes Betätigungsfeld für eine Tüftlerin.«

Apostol sah Inq forschend an. »Wohin genau führt dieses Gespräch?«

»Zu einem Rätsel, mit dem wir bereits konfrontiert wurden, das aber jetzt noch ein wenig rätselhafter wird.«

»Das ist nichts, was mir in diesem Moment weiterhilft.«

Inq nickte. »Tatsächlich bin ich mir da gar nicht so sicher. Funshi Hatko jedenfalls bat mich, mit Unterstützung von Riem, um eine kleine Dienstleistung: Wir sollten einmal den Zentralbereich der Station gründlich scannen und vor allem danach suchen, ob sich die ursprüngliche Hüllenstruktur der ersten Station ausmachen lässt. Sie wollte eine Geschichte der Aufrüstung der Anlage simulieren, ein Hobby vielleicht, aber eines, das nicht nur sie neugierig machte. Ich tat ihr den Gefallen, es war eine Sache von einer Stunde intensiver Schichtenscans. Das Ergebnis wird sie überraschen, sobald sie zurückkehrt, und ich wollte es nicht für mich behalten.«

»Lass mich raten: ein Pfeilschiff der An'Sa?«

Für eine Sekunde erwartete Apostol, dass der Roboter ihr exakt das bestätigen würde.

Inq lächelte. »Interessante Hypothese, aber nein. Viel schlimmer.«

Er aktivierte den Schirm. Auf diesem erschien erst einmal nichts weiter als eine stilisierte Darstellung der *Scythe*, der typische »Bildschirmschoner« des internen Netzwerks.

Und er blieb.

»Ja, Inq?«, fragte Apostol nach einer langen Sekunde. »Du wolltest mir etwas zeigen?«

Inq nickte zum Schirm. »Das da. Das ist die Form, Größe und Masse der Struktur, auf der die ganze Forschungsstation erbaut wurde.«

Apostol beugte sich nach vorne, die Augen ungläubig geweitet. »Du sagst damit ...«

»Ich habe die *Scythe* gefunden. Tief in der Station. Viele Tausend Jahre alt. Aber es gibt absolut keinen Zweifel. Scanner lügen nicht. Ich habe es hundertmal geprüft.«

Inq sagte nichts mehr. Apostol war ihm dafür dankbar. Sie machte einmal den Mund auf, wie eine Prüfung, ob ein Laut hinaustrete, aber sie artikulierte gar nichts. Es war, als hätte ihr jemand eine Ohrfeige gegeben und sie müsse jetzt entscheiden, ob sie heulen oder zurückschlagen wolle.

Sie schaute auf das so vertraute Bild ihres Schiffes. Am falschen Ort. Zur falschen Zeit.

Alles war falsch.

Sie wusste damit nichts anzufangen.

Ihr war dann doch eher zum Heulen.

42

»**S**ie laufen uns davon, Ratsvorsitzender«, sagte die Stimme, und sie klang dünn, schwach und leise. Damit entsprach sie Saims Gefühlslage, der in seinem abgedunkelten Arbeitszimmer auf der *Laim* vor dem Schirm saß, auf dem Eirmengerd gut zu erkennen war.

»Wer läuft uns davon?«, fragte er. Saim wollte Namen. Er hatte diesen Reflex. Namen, den Gegner identifizieren, ihn auf die Liste setzen. Die lange, lange Liste.

»Alle. Einfach alle. Oder zumindest die meisten. Ich habe keinen richtigen Überblick. Der Spalt in der Sphäre schließt sich nicht. Es gibt heftige Entladungen, aber es scheint, als habe die Reparaturautomatik – oder was auch immer jetzt daran arbeitet – alle Mühe, den Schirm wiederherzustellen. Wir wissen natürlich nicht, wie lange das vorhalten wird. Es hat sich aber sehr schnell herumgesprochen. Viele Schiffe machen sich bereits auf den Kurs zum Spalt, und sie scheinen sich durch unsere Anordnungen nicht aufhalten zu lassen.«

»Wie viele sind schon durchgeflogen?«

»Ein Dutzend, die Mutigeren. Freunde und Feinde des Rates gleichermaßen. Deswegen sage ich es ja: alle. Ratsvorsitzender, ich ...«

»Es gibt keinen Rat mehr. Und auch keinen Vorsitzenden.«

Eirmengerd erwiderte nichts. Vielleicht hatte ihn der plötzliche Ausbruch von Realitätssinn schockiert. Vielleicht wollte er auch nur seinen eigenen Zweifeln und Ängsten keinen Ausdruck geben.

Saim schaute an ihm vorbei an die Wand seines Raums. Alles war mit einem Male zerstoben und seine Pläne sinnlos. Es war eine schöne Vision gewesen, wenngleich aus der Not geboren. Eine neue Gesellschaft, die sich gut in der ewigen Gefangenschaft der Sphäre einrichtete. Mit ihm als unumstrittenen Anführer, als Messias einer neuen Zeit.

Wer hätte ahnen können, dass diese Ewigkeit ein so jähes Ende nehmen würde?

Saim raffte sich auf. Er durfte nicht Sklave der dunklen Wolken werden, die seinen Verstand zu umwölken drohten.

»Was sollen wir tun, Ratsvorsitzender?« Eirmengerd wollte offenbar auf jeden Fall an dem alten Titel festhalten.

»Sie wollen mir weiterhin gehorchen, General?«, gab ihm Saim die gleiche Ehre.

Der Iskote neigte den Kopf. »Wir müssen vorausdenken, Vorsitzender. Die Sphäre ist offen – aber wir sind verschollen, alle weit weg von zu Hause, ja, die meisten von uns wissen sowieso nicht mehr, was diese Heimat einmal war. Sie ist nicht mehr als eine ferne Erinnerung. Jetzt aber, wenn wir diesen Kerker verlassen, müssen wir unser Leben neu einrichten. Können wir all das alleine? Jeder für sich? Ohne Verständnis für ... Zusammenhänge?«

Saim dämmerte es. Genauso war es.

Der Iskote fuhr fort, die Stimme mit jedem Wort etwas eindringlicher.

»Wenn all die Vorwitzigen, die jetzt die Sphäre verlassen, merken, dass es da draußen auch nichts anderes gibt als eine feindliche Umwelt – die mächtig genug ist, um den Schirm zu durchbrechen! –, dann werden sie schnell zu dem Schluss kommen, dass Freiheit ohne Sicherheit nur eine Schimäre ist, nur eine Gefangenschaft der Umstände, und man als Antwort darauf ...«

»... neue Autorität und Kooperation bilden muss, die wiederum ...«

»... bei den meisten zu jener Autorität zurückführt, die sie kennen und mit der sie arbeiten können, auch wenn sie ihre Nachteile hat. Weil sie schlicht eine Alternative darstellt. Wahrscheinlich die bessere.«

Eirmengerd nickte zufrieden, und Saim war dem General dankbar. Er hatte ihn aus einer beginnenden Depression geholt, ihm den Weg gewiesen. *Anpassen*, dachte Saim. *Man muss sich anpassen und mit den veränderten Rahmenbedingungen arbeiten.*

Es gab immer eine Möglichkeit.

»Ein Angebot«, sagte er leise.

»Wie bitte?«

»Ein Angebot«, wiederholte Saim laut. »Wir machen allen ein Angebot. Wir nennen es nicht den Rat, und wir schieben alles, was in der Vergangenheit geschah, beiseite. Ein neues Bündnis der Flüchtlinge, der Verschollenen, der Gestrandeten. Die Allianz der Sphäre. Da kommen wir her, und wenn sie uns jetzt entlässt, so hat sie doch unser Schicksal und unsere Geschichte geformt. Eine Geschichte voller Leid und Entbehrung, aber eine voller Vertrautheit und Sicherheit. Etwas, mit dem sich sowohl jene identifizieren können, die jetzt das Neue wollen, als auch jene, die im Alten Halt suchen.«

»Eine ausgezeichnete Idee, Ratsvorsitzender.«

»Und diese neue Allianz braucht auch eine neue Struktur. Die werden wir ausarbeiten, ein Angebot an alle Willigen.«

»Natürlich werden wir in dieser Krisen- und Übergangszeit aber erst einmal auf bewährte Hierarchien zurückgreifen«, erklärte der Iskote.

»Ich sehe, wir verstehen uns gut, lieber General.«

Saim fühlte sich belebt, von neuer Kraft durchflutet. Eine Perspektive. Eine gute Idee. Verbündete. Jetzt die Gelegenheit beim Schopf ergreifen, jetzt sich selbst neu erfinden oder doch zumindest einen neuen Mantel umwerfen, eine Vision entwickeln, wo andere nur Angst haben oder unüberlegt handeln. Ja, das war seine Aufgabe. Mehr als das: Es war seine höchste Verantwortung.

Saim, der Ratsvorsitzende, war immer noch im Spiel, und wenn er das bleiben wollte, dann musste er jetzt entschieden und schnell handeln.

Und er war nicht allein. Die *Laim*, die Iskoten, ein paar treue Gefolgsleute, die Verwirrten, die zu viel Angst hatten, gleich durch das Loch zu fliegen. Eine Keimzelle, die er jetzt zu formen hatte, damit sie erblühen konnte.

»Eirmengerd, ich möchte eine Botschaft an alle schicken – an die im Rat und die außerhalb und an jene, die die Sphäre verlassen haben. Ich möchte, dass die iskotischen

Einheiten durch die Öffnung fliegen und die Nachricht draußen verstärken. Ich möchte, dass jeder davon hört. Und ich muss wissen, was dort vor sich geht. Ist das System unbewohnt? Leben dort die An'Sa? Die Erbauer der Sphäre? Ich muss alles wissen, General, und das so schnell wie möglich. Ich vertraue diese Mission den Iskoten an. Ich weiß, dass ich mich auf sie voll und ganz verlassen kann.«

Die Gestalt des Generals straffte sich, seine Augen leuchteten. Das war die Sprache, die Eirmengerd gerne hörte und gut verstand.

»Ratsvorsitzender, wir stehen loyal zu Ihnen, jetzt und in Zukunft.«

»Sehr gut. Ich bereite die Nachricht vor, ich sende sie in Kürze.«

»Wie soll ich mit jenen verfahren, die immer noch die Sphäre verlassen?«

Saim hob warnend eine Hand. Dies war wichtig, nahezu entscheidend. »Wir sind nicht die Gefängniswärter. Damit würden wir jede Legitimität verlieren. Wir lassen jeden hinaus, aber mit warnenden Worten – und dem Hinweis darauf, dass alle jederzeit willkommen sind. Willkommen, in den Schutz und die Solidarität der Sphärenallianz zurückzukehren.«

»Wir sind also *nett*?«

Saim lächelte. »Wir sind jetzt die Nettesten, die es gibt. Und die Einzigen, die ein Angebot machen können.«

»Ich melde mich, sobald wir neue Erkenntnisse haben.«

Das Bild verblasste und ließ einen zufriedenen Ratsvorsitzenden zurück. Saim jedoch blieb keine Zeit, sich zu entspannen. Wenn er das neue Versprechen mit etwas unterfüttern wollte, wenn es mehr sein sollte als eine hohle

Phrase, dann war es notwendig, sofort aktiv zu werden und sich um alle anstehenden Probleme zu kümmern. Mit dem, was außerhalb der Sphäre geschah, befasste sich jetzt Eirmengerd. Um das, was innerhalb dieser passierte, musste sich Saim bemühen. Und da waren nun nicht mehr die Skendi das vorherrschende Problem, sondern, überraschenderweise, die An'Sa.

Und alle, die kopflos und unüberlegt wegrannten.

Erwartungsgemäß waren alle bisherigen Kontaktversuche zu den Neuankömmlingen gescheitert. Jetzt galt es, andere Wege zu beschreiten, und dem Rat stand zumindest einer zur Verfügung. Wer hätte gedacht, dass das noch einmal wichtig werden könnte?

Saim sandte eine Nachricht, formulierte seine Absicht und kündigte sich an.

Er verließ sein Büro und durchschritt die Zentrale, ohne sich um die Grüße der dort Diensthabenden zu kümmern. Sein Weg führte ihn zielstrebig durch das Schiff, bis in die Wissenschaftssektion, in der normalerweise Direktor Henk das Sagen hatte. Der war auf der *Scythe* und dort sicher erst einmal gut aufgehoben, vielleicht sogar noch nützlich.

Der zuständige Wissenschaftler erwartete ihn bereits. Saim hatte sein Kommen angekündigt. Es war ein Mann seines eigenen Volkes, und Saim freute das sehr. Seine eigene latente Xenophobie hatte er nie vollständig unter Kontrolle bekommen.

»Ratsvorsitzender Saim. Ihre Bitte war ungewöhnlich, und ich bin mir nicht sicher, ob ich zu diesem Vorgehen raten kann.«

»Subdirektor Chuen. Ich kann mir gut vorstellen, dass Sie beunruhigt sind.«

Chuen sah seinen Vorgesetzten mit Zustimmung in seiner ganzen Haltung an. »Sehr beunruhigt. Sie können das natürlich anordnen, aber angesichts der Erfahrungen in der Vergangenheit würde ich gerne davon abraten.«

»Es wurden doch seitdem Vorsichtsmaßnahmen getroffen.«

»Das ist Hunderte von Jahren her.«

»Aber der Geist ist immer noch am Leben?«

»Er existiert. Leben wäre wohl sehr weit hergeholt.«

»Ich möchte ihn sehen.«

Gegen diese Bitte hatte der Subdirektor keine Einwände. Das wissenschaftliche Archiv des Schiffes war groß, und es wurden erhebliche Ressourcen darin investiert, es funktionsfähig zu halten. Saim hatte sogar einmal mit dem Gedanken gespielt, es zu schließen und die Energie anderweitig zu verwenden. Er war jetzt froh, sich dann doch dagegen entschieden zu haben.

»Hier entlang, Vorsitzender.«

Sie betraten einen saalartigen Raum, in dem das Licht abgedunkelt war. Endlose Regalreihen ließen wenig Platz, sich fortzubewegen. Es war ein Ort, der auch auf Saim seine Wirkung nicht verfehlte. Ein Ort der Geschichte. Vieles war verloren gegangen, aber das meiste von dem, was der Rat über vergangene Zivilisationen und die Historie der Sphäre wusste, was gerettet und bewahrt worden war, ließ sich hier finden.

Saim war selten hier gewesen. Von Geon war bekannt, dass er zu seinen besseren Zeiten oft stundenlang durch die engen Gänge gewandert war, um den Atem der Geschichte zu spüren, und vielleicht auch in der Hoffnung darauf, dass hier irgendwas zu finden wäre, was ihm in seiner Arbeit weiterhalf, ihn inspirierte. Saim hatte dafür nie großes Verständnis entwickelt, und dies war tatsächlich erst sein zweiter Besuch hier. Doch jetzt, während er hinter Chuen die Regalreihen und hoch aufragenden Displays entlangging, die Beschriftungen an sich vorbeiziehen ließ und das eine oder andere Mal tatsächlich interessiert stehen blieb, ahnte er zumindest, was genau Geon an diesem Ort so fasziniert hatte. Es war ein komisches Gefühl, etwas mit seinem toten Vorgänger zu teilen, eine unerwartete, schwache Gemeinsamkeit zu entdecken. Saim mochte diese Regung nicht besonders.

Dann blieb Chuen stehen und wies auf die mannsgroße, kistenförmige Anlage, auf der einige Kontrollleuchten davon zeugten, dass sie an der Energieversorgung hing. Der große Kasten machte einen wuchtigen, vor allem aber einen sehr alten Eindruck. Es handelte sich um eine unbekannte Technologie, und Saim sah den Subdirektor fragend an.

»Es war eine Expedition der Tolkater, die es damals geschafft hatte, das hier aus einem der An'Sa-Schiffe zu holen«, beantwortete Chuen die unausgesprochene Frage. »Von vierzig kamen nur zwei zurück, und beide in einem Zustand höchster geistiger Erregung. Einer verübte kurz darauf Selbstmord, sagt man. Die Aufzeichnungen sind lückenhaft. Die Tolkater sind lange ausgestorben. Dies ist ihre Hinterlassenschaft, von den ausgeschlachteten Wracks ihrer beiden Schiffe einmal abgesehen. Wir wissen, wie wir das Gerät bedienen, aber wir haben es nie geöffnet und vor allem niemals aus dem Ruhezustand erweckt.«

Chuen zögerte, und Saim wusste auch, warum. Er sprach mit dem Ratsvorsitzenden, einer Person von Respekt und Ansehen, nicht zuletzt gleichzeitig Führer ihres Volkes. Und er wollte ihm noch einmal eindringlich etwas nahelegen, das dieser nicht hören wollte.

»Sagen Sie es frei heraus!«, forderte Saim ihn auf und erlöste ihn damit von seinen Qualen.

»Vorsitzender, wir wissen nur theoretisch ...«

»Kommen Sie zur Sache, Chuen. Was ist Ihre Befürchtung?«

»Ich weiß es nicht. Das Ding kann uns auch einfach um die Ohren fliegen. Ich weiß es wirklich nicht.«

»Bringen Sie es ins Labor. Etablieren Sie ein Eindämmungsfeld. Treffen Sie alle notwendigen Vorkehrungen zu unserer Sicherheit. Aber wecken Sie es auf! Ich benötige Informationen. Da draußen ist die Hölle los, Subdirektor.«

War es seine Autorität oder die eindringliche Sprache? Chuen jedenfalls nickte nur noch zustimmend. »Wollen Sie ihn sehen?«

»Wie viel ist zu sehen?«

»Ich kann die Frontpartie transparent schalten. Es ist kein angenehmer Anblick, soweit ich weiß.«

»Tun Sie es! Wir leben in einer Zeit, in der wir keinen Raum für Annehmlichkeiten haben. Das gilt auch für mich.«

Chuen zögerte erneut, diesmal aber, weil er sich erst vergewissern wollte, was er da eigentlich tat. Er zog dabei ein Datenpad zurate, auf dem er Aufzeichnungen mit der Anlage vor sich verglich, und Saim unterbrach ihn nicht und drängte nicht zur Eile. Schließlich schien der Mann zufrieden.

Er drückte einige alte Knöpfe in die Fassung. Sie machten dabei ein schabendes Geräusch.

Es knisterte, als würde Staub verbrennen, doch dann wurde die bisher mattschwarze Oberfläche der Kiste milchig, dann transparent, wenngleich immer noch etwas verschleiert. Eine Gestalt schälte sich hervor, nicht in allen Details erkennbar. Es war ein Torso, der Oberkörper eines Lebewesens, versunken in und verbunden mit der Maschinerie, in der es ruhte. Saim trat einen Schritt näher und beugte sich über den Kasten, um genauer hinzusehen. Er widerstand der Versuchung, über die Scheibe zu wischen, als sei sie nur beschlagen. Das war sicher nicht das Problem.

»Es geht nicht besser«, sagte Chuen entschuldigend. »Es ist wirklich sehr alt. Ich bin erstaunt, dass es überhaupt reagiert hat.«

Der dominierende Schnabel im Kopf des Lebewesens war geschlossen, wirkte aber immer noch herrisch und unbeugsam. Die Augen bestanden aus Facetten wie denen von Insekten und starrten sie blicklos an. Das Lebewesen machte einen sehr entspannten Eindruck, bis Saims Blick auf die Hände fiel. Diese waren mit Stahlfesseln gebunden und zur Unbeweglichkeit verdammt, und die sechs Finger einer jeden Hand zu einer Faust geballt, als hätte das Lebewesen bis zum Schluss gegen etwas angekämpft.

»Das ist ein An'Sa?«, fragte Saim.

»Davon gehen wir aus, ja.«

»Hat dieses Ding jemals kommuniziert? War es wach, am Leben?«

»Wir wissen es nicht. Es wurde so von den Tolkatern aus einer großen Installation im Zentrum des größten An'Sa-Pfeilschiffes entnommen. Erbeutet, will ich sagen. Der Suizid der Besatzung muss noch nicht lange her gewesen sein.«

»Ist es tatsächlich noch am Leben?«

»Das ist in der Tat die entscheidende Frage. Ich habe darauf noch keine Antwort. Wir sind erst mit den Vorbereitungen beschäftigt, und ich würde es ungern überstürzen. Ich möchte auch keine ...« Chuen zögerte.

»Übertriebenen Erwartungen wecken, ich verstehe.« Saim sah den Wissenschaftler an. »Ich habe großes Verständnis für Ihre Zurückhaltung. Wir können sie uns derzeit aber nicht leisten. Wenn der da uns helfen kann, dann muss er reden. Wenn wir ihm die Daumenschrauben anlegen müssen, dann auch das.«

Chuen sagte nichts.

»Skrupel?«, fragte Saim.

»Er ist ein Patient, sollte er noch ...«

»Er ist eine Informationsquelle, ein taktisches Mittel zum Zweck. Ich kann einige Iskoten rufen lassen, die das erledigen, wenn Sie es nicht können.«

Chuen war anzusehen, dass er der Idee nicht allzu viel abgewinnen konnte. Iskoten in seinem Labor, das war keine schöne Vorstellung. Und die eigene Neugierde auf dieses Experiment, gegen das sich noch ganz andere, sehr grundsätzliche Vorbehalte äußern ließen, war viel zu groß.

Chuen war sein Diener, und er wusste, wie er seine Prioritäten zu ordnen hatte.

Der Wissenschaftler neigte den Kopf.

»Ich werde Ihnen Bescheid geben, sobald wir so weit sind. Ich vermute, Sie möchten gerne dabei sein.«

»Gerne? Nein. Aber ich möchte auf jeden Fall Zeuge des Vorgangs werden. Wie lange werden Sie für die Vorbereitungen benötigen?«

»Ich habe keinerlei Vergleichswerte. Ich muss mich ...«

»Wie lange?«

Chuen musste abwägen zwischen dem, was er für notwendig hielt, und dem, was Saim ihm zuzugestehen bereit war, und der begrenzende Faktor war zweifelsohne Letzteres. Er zögerte ein wenig zu lange mit seiner Antwort, doch ehe der Ratsvorsitzende unruhig werden konnte, hob er die Arme.

»Geben Sie mir zwanzig Stunden.«

Saim behielt seine Enttäuschung im Griff. Er hatte mit weniger gerechnet, doch dies war nicht der Zeitpunkt, in dem er unbeherrscht seinen Willen durchsetzen konnte.

Zeit war wichtig. Gerade für Leute wie ihn und den Wissenschaftler.

Er wies auf die blinkende Anzeige des Timers an Chuens Arm. »Drücken Sie das. Ich möchte, dass Sie am Leben bleiben.«

Der Wissenschaftler zuckte zusammen, vollzog die automatische Bewegung, und die Anzeige wurde wieder ruhig und schimmerte sanft.

»Ich hätte das beinahe …«, stammelte Chuen.

Saim beugte sich nach vorne und sprach, verbunden mit einer vertraulichen Geste.

»Wir müssen jetzt zusammenhalten und das Unmögliche vollbringen. Ich vertraue Ihnen. Wir sind vom gleichen Blut, Chuen. Das bedeutet in diesen Stunden mehr, als Sie sich vorstellen können. Wir müssen jetzt auf uns achten, gegenseitig.«

Die Augen des Wissenschaftlers schimmerten. Saim hatte genau die richtigen Worte gefunden. Der Ratsvorsitzende war sehr zufrieden mit sich.

»Ja, Ratsvorsitzender. Sie können sich auf mich verlassen, voll und ganz.«

43

Die *Scythe* kam am Kern an, ein Schiff voller Fragen und ungeklärter Probleme, aber in einem Stück und mit einer wohlbehaltenen Besatzung. Letzteres traf aber vornehmlich auf die Physis zu, in Bezug auf Fragen der Psyche waren sich sowohl Apostol wie auch Snead nicht ganz sicher. Die Überlebenden der *Licht* schwankten immer noch zwischen manchmal fast hysterischer Erleichterung und Entsetzen, manche mochten sich angesichts der Ereignisse fühlen, als seien sie vom Regen in die Traufe geraten. Die Männer und Frauen der *Scythe* selbst kamen langsam, das spürten die Führungsoffiziere, am Rande ihrer Belastbarkeit an. Es war Zeit, eine Perspektive für sie alle zu entwickeln, und diese konnte nach übereinstimmender Auffassung nur außerhalb der Sphäre liegen.

Aber nicht alleine. Sie waren weit weg von daheim. Sie benötigten Verbündete.

Zumindest da gab es zwischen ihnen allen Einigkeit.

»Was hören wir von der Expedition in die Tiefe?«, fragte Apostol Riem, als dieser die *Scythe* betrat, um Rat zu halten. Im kleinen Konferenz- und Planungsraum warteten bereits Rivera, Snead, Direktor Henk sowie zwei Resonanzbäuche: einer für jede Fruchtmutter der Skendi. Das Schiff der Qesja war ihnen gefolgt, als klar geworden war, wo sich die verschollene Schwester aufhielt, und die mächtige Präsenz der beiden Barken hatte etwas Beruhigendes. So war es nicht verwunderlich, dass nicht alle Bewohner der Sphäre bereits den Spalt im Schirm genutzt hatten. Die Welt da draußen war unbekannt und potenziell feindlich. Viele hatten den ersten, spontanen Impuls überwunden und waren zu dem Schluss gekommen, dass es erst einmal galt, die Dinge abzuwarten und Sicherheit zu suchen, eine Sicherheit, die in Form zweier Barken um den Kern schwebte und damit für viele sehr überzeugend wirkte.

Ihre Allianz wuchs. Trotz aller Ereignisse. Oder eher ihret*wegen*.

»Wir hören gar nichts. Die Verbindung konnte noch nicht wiederhergestellt werden, und die Zeit ist eigentlich abgelaufen. Ich mache mir Sorgen.«

»Wir können den Aufzug nicht bedienen ohne Elissis Hilfe«, gab Apostol zu bedenken. »Ein gewaltsames Vordringen kann ich bis auf Weiteres nicht gutheißen. Wir müssen Geduld haben. Ich bin zuversichtlich, was unsere Freunde da unten angeht.«

Riem war anzumerken, dass er zwar voller Hoffnung, aber nicht zuversichtlich war. Er sagte jedoch nichts. Riem war kein Spielverderber, und es gab jetzt noch anderes zu besprechen. Das Schicksal der Expedition würde sich in diesen Minuten ohnehin nicht klären lassen.

Als sie alle den Raum betraten, war die Stimmung erwartungsvoll. Rivera hatte bereits damit begonnen, sich mit den Anwesenden vertraut zu machen, wenngleich er sich in der Gegenwart der beiden Bäuche etwas unwohl zu fühlen schien.

Apostol stellte sich an das Kopfende des schmalen Tisches und hob aufmerksamkeitsheischend die Arme. Sofort kehrte beflissene Stille ein.

»Ich begrüße Sie alle zu unserer kleinen Krisensitzung, und ganz besonders Captain Rivera von der *Licht*, der zusammen mit fünfzehn seiner Kameraden sicher bei uns angekommen ist. Ich darf auch Direktor Henk willkommen heißen, der für den Ratsvorsitzenden Saim spricht.« Apostol warf einen langen Blick auf Riem, der sich nichts anmerken ließ und gegenüber Henk Platz nahm. »Wir stehen vor großen Herausforderungen. Die Sphäre ist zum Stillstand gekommen, und von außen wurde sich Zugang verschafft. Es gibt einen Spalt nach draußen. Ein An'Sa-Schiff ist eingetroffen, im Tandem mit einer zweiten Fruchtmutter, die wir in unserer Mitte aufgenommen haben. Die An'Sa-Wracks in der Sphäre haben sich einem bemerkenswerten Transformationsprozess unterworfen, und wir wissen nicht, welchem Zweck das dienen soll. Wir sind alle weit weg von zu Hause. Die Daten unserer neuen Freundin, Fruchtmutter Qesja, weisen auf eine Entfernung von vielen Tausend Lichtjahren vom Konkordat hin. Wir können diese Strecke allein mit der *Scythe* nicht zurücklegen – und wir sind noch am nächsten dran. Für alle anderen ist eine Heimreise aus Bordmitteln so gut wie unmöglich. Und ich bin mir derzeit nicht sicher, ob die An'Sa uns allen zu helfen bereit sind.« Sie seufzte. »Ich bin mir nicht einmal sicher, ob sie jetzt nicht dabei sind, unser aller Untergang vorzubereiten. Selbst Fruchtmutter Qesja weiß nicht, was ihre Absichten sind. Das ist doch immer noch korrekt, oder?«

»Absolut«, erwiderte der zuständige Bauch. »Zu meinem größten Bedauern, wenn ich das anfügen darf.«

»Ein Bedauern, das wir alle teilen.«

»Es gibt nur eine logische Konsequenz«, sagte Riem. »Das am besten dafür geeignete Schiff muss die Sphäre verlassen und Informationen einholen. Gleichzeitig versuchen Qesja und Quara, sich mit den An'Sa in Verbindung zu setzen. Da es eine Kommunikation, ja, sogar eine Kooperation gegeben hat, dürfte das der beste Weg sein.«

»Die An'Sa schweigen, seit sie die Verbindung mit unserer Barke gelöst haben«, sagte Qesjas Bauch.

»Das heißt nicht, dass man es nicht weiter versuchen sollte«, entgegnete Quaras Bauch. Bäuche miteinander diskutieren zu sehen, hatte etwas Drolliges. Apostol beschloss, sich davon nicht ablenken zu lassen.

»Darüber hinaus scheint Saim sich ebenfalls an die neue Situation anzupassen«, fügte Rivera hinzu. »Wir haben Nachrichten empfangen, mit denen er sich an alle Bewohner der Sphäre wendet. Er bietet eine neue Art der Zusammenarbeit an, wenn ich das richtig sehe.«

»Ich würde ihm nicht trauen«, sagte Riem mit einem Blick auf Direktor Henk, der die Aussage völlig ungerührt zur Kenntnis nahm.

»Es geht nicht darum, in seine Arme zu fallen«, beharrte Rivera. »Es geht darum, angesichts der veränderten Umstände so etwas wie einen Waffenstillstand zu vereinbaren. Das dürfte auch in Saims Interesse sein. Es ist bestimmt in unserem. Die Iskoten gehorchen ihm noch immer.«

»Ich stimme dem zu«, sagte Henk. Mehr nicht, keine Erläuterungen, keine Angebote, keine Versprechen. Woher hätte er auch die Verhandlungsmasse für solche nehmen sollen? Der Direktor war weise genug, erst einmal den Mund zu halten.

»Diese Anwältin kann sich darum kümmern«, sagte Apostol und schaute Rivera an, der langsam nickte, als müsse er sich erst noch selbst von dieser Idee überzeugen.

»Ich rede mit ihr«, sicherte er dann zu.

»Das Schiff, das die Sphäre verlässt, sollte die *Scythe* sein«, schlug nun Riem vor. »Der Aufenthalt der Menschen in der Sphäre war nur kurz, ihr Blick ist nicht durch eine endlose Gefangenschaft verstellt, und das Schiff ist sowohl schnell wie auch bewaffnet und in einem guten Zustand, im Gegensatz zu den meisten aktiven Einheiten innerhalb der Sphäre. Außerdem vertraue ich darauf, dass Captain Apostol in der Lage ist, die Situation richtig einzuschätzen und alle notwendigen Informationen zu sammeln.« Er neigte seinen Kopf in Richtung der Kommandantin, die das Lob mit unbewegter Miene entgegennahm. »Wenn Sie nichts dagegen haben.«

Der Vorschlag war vorbesprochen, er entsprach Apostols Wünschen.

»Ich nicht. Was sagen die anderen?«

Niemand erhob Einwände. Als die beiden Skendi darum baten, weiterhin mit Bäuchen an Bord der *Scythe* vertreten zu bleiben, gab es ebenfalls keine Probleme. Mit zunehmender Entfernung würde die Verbindung zu den Drohnenmännern nachlassen, aber das war zu verschmerzen, wenn die Expedition nicht zu lange dauerte und nicht zu weit weg führte.

Apostol sah in die Runde. »Gibt es weitere Vorschläge? Beobachtungen? Fragen?«

»Fragen haben wir sehr viele«, kommentierte Riem. »Leider fehlen uns die entsprechenden Antworten. Aber dem können wir ja jetzt Abhilfe schaffen.«

Apostol nickte. »Ich habe dann noch eine beunruhigende Information für Sie alle. Ich weiß nicht, was sie zu bedeuten hat, ebenso wenig wie die Tatsache, dass Elissi so leicht Zugang zur Kernstation erhalten hat. Aber ich muss Ihnen einige Erkenntnisse mitteilen, die sich aus einem gründlichen Scan der Forschungsstation des Rates ergeben haben. Hüter Riem hat dem zugestimmt. Die Untersuchung erfolgte auf Bitten einer Mitarbeiterin, die sich derzeit, wie sich das Schicksal so fügt, unten im Kern befindet.«

»Und ich bin immer noch so perplex wie zu dem Zeitpunkt, da Sie es mir mitgeteilt haben – so viel zum Thema Antworten«, erklärte Riem.

Apostol präsentierte die Ergebnisse von Inqs Scan und sorgte damit für die erwarteten Reaktionen. Überraschung. Unverständnis. Natürlich auch ein wenig Misstrauen. Wer würde eine Manipulation um des Effekts willen sogleich in Abrede stellen wollen? Henk sicher nicht. Und wie Qesja dachte, das war noch nicht richtig bekannt, dafür kannten sie jene nicht gut genug.

Apostol duldete das allgemeine Gemurmel eine Weile, dann erhob sie wieder das Wort.

»Sie sehen, unsere Anwesenheit in der Sphäre wird immer verwirrender.«

»Wir sollten in das Innere der Hüterstation vordringen und nach Antworten suchen«, schlug Rivera vor, den ein plötzliches Jagdfieber erfasst zu haben schien. Die

Freilassung jedenfalls hatte ungeahnte Energien in ihm freigesetzt. Er schien sehr daran interessiert, mehr zu tun, als nur beratend tätig zu sein. Apostol wusste, dass sie eine Aufgabe für ihn finden musste, war sich aber nicht sicher, ob diese geeignet war.

»Wir werden das erwägen«, erklärte Riem mit gemessenem Tonfall. Damit machte er deutlich: Er entschied, was auf und mit der Forschungsstation geschah, sie war der letzte Rest an Autonomie, auf den er zurückgreifen konnte, und naturgemäß würde er die Kontrolle darüber verteidigen. Apostol hatte nicht die Absicht, ihn mit irgendetwas zu überfahren.

»Das werden wir sicher«, stimmte sie zu und warf Rivera einen bedeutungsvollen Blick zu, der die Geste offenbar verstand und sich auf ein Nicken beschränkte.

Apostol sah in die Runde. »Der Vorschlag, dass die *Scythe* für uns die Sphäre verlassen soll, ist auf einhellige Zustimmung gestoßen, wie ich sehe. Ich bin damit einverstanden, allein schon weil ich selbst darauf brenne, die Entwicklungen da draußen zu erforschen. Wir wissen aber schon eine Menge über das System, denn unsere neuen Freunde waren ja vor uns hier. Fruchtmutter?«

Der Bauch aus der neu angekommenen Barke trat vor. »Ich zeige Ihnen jetzt Aufzeichnungen, die wir nach unserer Ankunft in diesem System gemacht haben, noch in Verbindung mit dem An'Sa-Schiff. Wir hatten ausreichend Gelegenheit, unsere Ortungsanlagen einzusetzen, ehe unsere Gastgeber damit begannen, die Sphäre anzugreifen und aufzuknacken. Das System besteht aus acht Planeten, die alle unbewohnt zu sein scheinen – und auch weitgehend unbewohnbar sind, wenngleich einer mit etwas gutem Willen und viel Aufwand kolonisierbar gemacht werden könnte. Ein an sich nicht weiter herausstechendes Stück Galaxis, wenn da dies hier nicht wäre.«

Der Bauch hatte seine Worte durch eine dreidimensionale Projektion begleitet, die zwischen ihnen schwebte und ein allzu vertrautes Abbild des an sich unspektakulären Systems zeigte. Die dazu eingeblendeten Daten der galaktischen Koordinaten zeigten allen Beteiligten, auch den Menschen aus dem Konkordat, dass sie weit weg von zu Hause waren. Nahe am galaktischen Zentrum. Der Glanz der Sterne war atemberaubend, und der Bauch regelte ihn herunter, um nicht abzulenken.

Keiner konnte einfach so in ein Raumschiff steigen und in die Heimat zurückkehren außer vielleicht die An'Sa, die aber derzeit andere Absichten zu verfolgen schienen.

»Das hier sollten Sie sich alle ansehen«, sagte der Bauch. Der Zoom auf die Sonne zeigte, was an diesem System außergewöhnlich war. Sie starrten auf die Struktur, ein Meisterwerk der Technik, und gleichzeitig der absolute Wahnsinn in ihrer aller Augen. Die Struktur hielt sie alle für einen Moment in atemloser Stille, vor allem, als die Aufzeichnungen die Größe der Installation deutlich machten – und die Nähe zu einem brutalen Glutofen.

»Was ist das?«, fragte Rivera schließlich.

»Wir wissen es nicht«, sagten die beiden Bäuche im Chor, ohne dass es ihnen peinlich zu sein schien.

»Warum so nahe an der Sonnenoberfläche? Die Beanspruchung muss enorm sein!«, sagte Riem, dem anzusehen war, dass ihn der Anblick faszinierte.

»Unsere Messungen geben darauf keine klare Antwort, aber eines ist bemerkenswert: Die Anlage ist ganz klar deutlich kälter als die dahinter liegende Sonnenoberfläche. Die Temperatur beträgt auf der Oberfläche im Schnitt 5700 Grad.«

Der Bauch verwendete eine andere Gradeinheit, eine der Skendi, doch die KI der *Scythe* übersetzte simultan in die Einheiten, die den verschiedenen Sprachen in diesem Raum zugrunde lagen.

»Die Anlage selbst aber ist nicht heißer als rund 300 Grad. Der Unterschied ist so massiv, er ist nicht allein durch den Schatten zu erklären. Tatsächlich sind wir der Ansicht ...«

»... dass die auftreffende Energie absorbiert und umgewandelt wird«, vervollständigte Henk nachdenklich. Der Wissenschaftler in ihm trat nun in den Vordergrund. Auch der kastenförmige Emissär Saims war sichtlich fasziniert. »Das ist eine Energieaufnahmestation.«

»Mehr als das. Wir haben keinen Hinweis gefunden, was mit diesen erheblichen Energiemengen geschieht«, sagte der Bauch Qesjas. »Sie sind verschwunden.«

»Sie werden genutzt«, sagte Henk.

»Wir widersprechen der Hypothese nicht«, erwiderte der Bauch. »Aber wozu?«

»Reagierte diese Anlage auf Kontaktversuche?«, fragte Apostol.

»Nein. Aber als wir die An'Sa fragten, worum es sich handelt, nannten sie uns einen Begriff: Sie bezeichneten die Anlage als den Sonnenherrn.«

»Sonnenherr? Eine gleichermaßen zutreffende wie rätselhafte Bezeichnung«, kommentierte Rivera. »Was sagen die An'Sa noch?«

»Nichts. Sie waren dann sehr damit beschäftigt, die Eierschale der Sphäre aufzubrechen und das zu tun, wozu sie hierhergekommen waren.«

»Und wir wissen nicht, was das ist«, schloss Apostol und warf noch einen letzten Blick auf die beeindruckende Präsentation, ehe sie erlosch.

Es blieb einen Moment still. Sie hatten alle verdammt viel zu verdauen.

»Dann ist alles gesagt und beschlossen«, fasste die Kommandantin der *Scythe* zusammen. »Wir haben unsere Vereinbarungen getroffen. Lassen Sie uns diese umsetzen. Gibt es noch Fragen?«

»Wir kümmern uns um die Expedition zum Kern«, sagte Quara unaufgefordert, aber als Antwort auf eine Frage, die gar nicht gestellt worden war. »Sie bekommen Obdach auf meinem Schiff, sobald sie wieder eintreffen. Es wird für alles gesorgt, ich verspreche es.«

»Wir hinterlassen einen unserer Medoroboter für den Notfall«, kündigte Apostol an. »Hoffen wir, dass nichts Schlimmes passiert ist. Weitere Fragen?«

»Tausende«, murmelte Rivera. Apostol nickte ihm lächelnd zu.

»Dann fangen wir mal an, Antworten zu finden«, sagte sie und schloss die Sitzung.

Es war ein gutes Gefühl, wieder etwas tun zu können. Hoffnung. Neugierde. Aufbruch. Eine gute Kombination, solange sie nicht in einer Katastrophe endete.

Nur eine Stunde später brach die *Scythe* auf.

44

»Jordan.«

Er erwachte aus einer Art Delirium. Er kämpfte sich durch einen klebrigen Gelee an Gedanken und Empfindungen, die alle seiner Kontrolle entglitten waren. Er ruderte metaphorisch mit den Armen, wand und drehte sich, um einen eigenständigen, kontrollierten und bewussten Satz in seinem Kopf zu formulieren. Sein Körper bewegte sich in Wirklichkeit nicht, er war umgeben von klammer Feuchtigkeit, die sich lähmend, aber nicht schmerzhaft auf ihn gelegt hatte.

Nicht einmal richtig unangenehm.

»Jordan.«

Die Stimme war hörbar, kein Konstrukt seiner lebhaften Fantasie. Sie war distinkt, woanders, außerhalb seines Kopfes, und sie flüsterte mit einem sanften, blubbernden Nachklang, wie diese Fischaliens aus seiner Lieblings-Cartoonserie *Sternenschiff Feuersänger*, die er als Teenager so begeistert verfolgt hatte.

Eine Erinnerung, die ihm half, sich aus dem Gelee zu befreien. Warum und wann er in diesen versunken war, er erinnerte sich nicht. Da war das helle Licht gewesen, ja, und dann setzte sein Gedächtnis irgendwie aus. Jetzt war er wieder da. Voll da. Die Crew der *Feuersänger* wäre stolz auf ihn.

Er dachte. Er dachte einen vollständigen Satz, etwas mühsam zusammengesetzt, beinahe wie im Unterricht damals, Satzteil an Satzteil, bis er einen Sinn ergab. Mama backt Kuchen. Opa liest Zeitung. Jordan kommt zu Sinnen.

Er kam zu Sinnen. Er blinzelte, obgleich er nichts in den Augen hatte, eine physische Reaktion auf sein Bemühen um gedankliche Klarheit. Vor sich sah er nur rötliche Dämmerung. *Flüssige* Dämmerung. Das gab es gar nicht, aber die Assoziation blieb in seinem Kopf, und er war froh darum. Die Tatsache, dass er wieder in Metaphern denken konnte, zeigte, dass er so langsam die Tassen in seinem Schrank wieder sortiert bekam.

Er konnte sehen. Der Helm war verschlossen, mit einer großen, etwas schartig aussehenden Narbe an Reparaturmaterial, eine normale Reaktion, als der Tentakel, der eingedrungen war, sich zurückgezogen hatte ... haben musste.

Jordan hatte davon nichts mitbekommen. Er blinzelte. Seine Augen funktionierten einwandfrei. Er hatte nur etwas Kopfweh.

Er war definitiv noch im Kern. Niemand hatte ihn herausgeholt. Wie viel Zeit war vergangen?

Das führte zu einer weiteren wichtigen Frage: Wer zum Teufel sprach da zu ihm?

»Jordan.«

»Ja. Ich höre.«

Er sagte es laut, dumpf in seinen Helm hinein, die Stimme ein wenig kratzig, als hätte er sie sehr lange nicht gebraucht. War er Stunden ohne Bewusstsein gewesen? Tage? Er hoffte, nicht allzu lange. Dass sich seine Gefährten mittlerweile große Sorgen um ihn machen würden, daran bestand kein Zweifel. Jordan machte sich auch um sich Sorgen, er hatte dafür also größtes Verständnis.

»Bist du es?«

»Ja, ich bin Jordan.«

»Bist du es?«

Wer auch immer zu ihm sprach, war schwer von Begriff oder hatte andere Probleme, und da Jordan niemanden sah, nur das leicht angeblubberte Wort hörte, das durch den Helm an seine Ohren drang, konnte er nicht beurteilen, was zu tun war, um die Situation für sie beide zu verbessern.

»Wer bist du?«, beschloss er die naheliegende Gegenfrage zu stellen.

»Jordan.«

Nein, das bin ich, schoss es ihm durch den Kopf, er sprach es aber nicht aus. Er war sich nicht sicher, ob die Stimme ihm eine Antwort auf seine Frage gegeben hatte oder nur erneut nach ihm rief, und diese leise Sehnsucht in der Stimme, die er sich nicht nur einbilden konnte, berührte ihn irgendwo.

»Ich bin Jordan«, sagte er stattdessen, langsam, ruhig, wie zu einem weinenden Kind, das des Trostes bedurfte. Irgendwie schien ihm dies die richtige Analogie zu sein.

Für einige Momente gab es keine Antwort.

»Du bist da«, hörte er dann.

»Das stimmt. Hier bin ich. Wo bin ich?«

»Du bist da«, kam es ein zweites Mal. Jordan unterdrückte die wachsende Ungeduld in sich. Nicht nur er schien aus einem Delirium erwacht zu sein, auch sein Gesprächspartner machte diesen Eindruck. Er würde nichts erreichen, wenn er drängelte, also gemahnte er sich zur Ruhe. Er war weit gekommen, er durfte es jetzt nicht gefährden.

Was auch immer »es« genau war.

Jordan beschloss zu warten. Es war einigermaßen korrekt anzunehmen, dass diese Konversation nicht nur für ihn eine Ausnahmesituation darstellte, sondern auch für das, was da mit ihm redete. Angesichts der Umstände ihrer Begegnung war er möglicherweise die erste Person seit Jahrtausenden, die in ein Gespräch eintrat, vielleicht sogar überhaupt die erste. Andererseits war die Fähigkeit zur Kommunikation vorhanden, und ...

Jordan zuckte ein wenig zusammen. Er hatte die Worte gehört, das war keine Telepathie, es war eine akustische Vermittlung gewesen. Natürlich konnte es sein, dass die Wesenheit, die ihn offenbar umgab und ihn in sich hineingezogen hatte, sein Gehirn durchforschte, um die notwendigen Kenntnisse zu erlangen. Schließlich kannte sie seinen Namen, ohne dass er sich vorgestellt hatte. Aber es war eindeutig: Sie sprach auf Konkordat-Standard mit ihm.

»Wie lange muss ich hierbleiben?«, fragte er. Er versuchte, es nicht zu ängstlich klingen zu lassen.

»Ich bin allein.« Das klang nicht ängstlich, dafür aber traurig.

»Das tut mir leid.«

»Niemand mag mich.«

Das war kein Selbstmitleid, das war eher eine Aussage im Sinne einer Feststellung gewesen. Jordan fand es durchaus schwer, einen großen Gewebeklumpen innerhalb eines Ozeans aus organischer Flüssigkeit zu »mögen«, aber da er eine gewisse Gewöhnung darin hatte, sich für Menschen zu interessieren, die für andere nur seltsam waren, fühlte er sich bereit, das Gedankenexperiment zuzulassen.

»Ich lerne dich gerne kennen. Ich könnte dich mögen.«

»Das ist sicher.«

Jordan verbarg seine Überraschung nicht. Diese Antwort kam unerwartet.

»Wenn dem so ist, kannst du mir doch sagen, wer du bist. Hast du einen Namen?«

Er bewegte sich – nicht aus eigenem Antrieb, sondern weil die träge Gewebeflüssigkeit um ihn herum, durchsetzt mit Nervenmaterie, sich bewegte. Wo waren die Muskeln und Sehnen, die dies ermöglichten? Und wozu war das überhaupt notwendig? Jordan schob die Fragen biologischer Natur für einen Moment beiseite. Er wurde bewegt, und das nicht, um ihm zu schaden, da war er sich einigermaßen sicher. Es war eine emotionale Reaktion.

Die Assoziation, die ihn ansprang, kam überraschend. Es war wie ein Streicheln. Sanft und beruhigend. Und sehr irritierend. Verdammt irritierend sogar.

»Ich erinnere mich nur schwach«, kam die Antwort. Was Jordan nun auffiel: Die Stimme bildete langsam komplexere Satzstrukturen. Sie erwachte offenbar tatsächlich gleichfalls aus einem langen Schlaf, kam zu Bewusstsein, wie nach einer durchzechten Nacht, und klaubte nun Erinnerungsfragmente zusammen. Sie begann mit einer rein gefühlsmäßigen Reaktion, jetzt begann Rationalität einzusetzen, so war zumindest Jordans Interpretation. Sie erfüllte ihn mit langsam wachsender Zuversicht.

»Versuch es mal. Du hast dich ja auch an mich erinnert.«
Ein Schuss ins Blaue, und ein Treffer.

»Ja. Ja, das stimmt. Dich kenne ich gut. Viel besser als mich selbst.«

Mehrere Sätze hintereinander. Selbstreflexion. Jordans Zuversicht wuchs.

»Das freut mich, dass du mich so gut kennst. Ich will dich bitte auch kennenlernen.«

Es kam keine sofortige Antwort, und für einen Moment hatte Jordan Angst, er hätte etwas Falsches gesagt, wäre vielleicht zu forsch aufgetreten. Dann aber kam die Reaktion, und sie war nicht beleidigt oder empört, sondern verwirrt, das hörte er aus dem Unterton deutlich heraus.

»Aber du kennst mich doch sehr gut. Es gibt niemanden, der mehr über mich weiß.«

Jordan zögerte. Wie sollte er mit dieser Antwort umgehen? Sie entsprach so gar nicht der Wahrheit, dass er sich scheute, es auch zu sagen. Er wollte die Stimme nicht verletzen. Sie klang so, als könne man ihr leicht wehtun. Jemandem Schmerz zuzufügen, in dessen Inneren man sich befand, war keine gute Idee, so viel konnte er sich denken.

»Ich bin verwirrt und müde, kann mich nicht bewegen«, sagte er ohne Vorwurf. »Meine Gedanken sind nicht so klar, wie ich das gerne hätte.«

»Ja, das verstehe ich.«

»Lass uns noch einmal von vorne anfangen, langsam vorgehen. Das ist gut für uns beide.«

»Das ist es.« Es klang beinahe erleichtert. Jordan war auf dem richtigen Weg. Er beschloss, genau das zu tun, was er gerade vorgeschlagen hatte, und stellte erneut die Fragen, die ihn logischerweise am meisten bewegten.

»Wer bist du? Wie ist dein Name? Hast du einen Namen?«

»Jeder hat doch einen Namen«, wunderte sich die blubbernde Stimme.

»Das ist wahr. Wie ist deiner?«

»Aber kennst du ihn wirklich nicht?«

Ein Moment, in dem man ehrlich sein musste. »Nein, leider nicht. Vielleicht erinnere ich mich auch nicht richtig. Hilf mir doch. Sag mir deinen Namen.«

Wieder das kurze, nachdenkliche Zögern. Dann, leise, als ob sie ein Geheimnis preisgeben würde, das sie lieber noch eine Weile bewahrt hätte, sprach die Stimme:

»Aber Jordan. Ich bin es doch. Ich bin Elissi.«

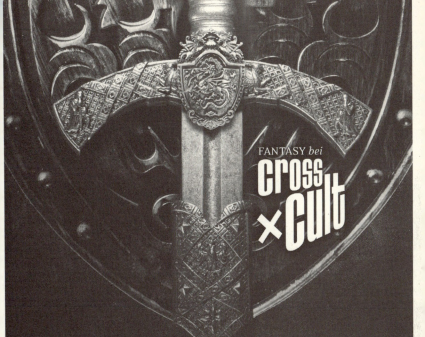

3|RESONANZ

MÄRZ 2019